시인의 길 찾기와 그 여로 읽기

시인의 길 찾기와 그 여로 읽기

노용무

역락

머리말

이 책은 필자가 예전에 공부했던 글들을 모아 엮은 모음집이다. 기억의 편린처럼 각 편의 글은 그때 그 시절을 소환시킨다. 기억으로부터 까치발을 세운 이 책의 글들은 연구자의 '길'을 처음 들어섰을 때부터 최근의 간이역까지 이어져 있다. 얼마나 더 그 길 위에 서 있을지는 모르겠지만 말이다. 점차 정리하고자 하는 욕망이 앞으로 더 나아가고자하는 길을 머뭇거리게 만들기도 한다. 하지만 그 길에서 아직 벗어나지 않았기에 지금, 이 글을 작성하고 있는 것이다.

길. 길은 동서고금을 통틀어 매력적인 모티프이자 상징으로, 수많은 예술가에게 매혹적으로 펼쳐져 있다. 물론 지금, 이 순간에도. 필자는 전공이 시문학이고, 시인들의 작품을 읽어 들이는 직업을 지녔다. 하여, 셀 수 없이 많은 시 작품들의 우물에서 필자의 두레박은 '길'이었다. 길어 올리는 작품들을 읽고 또 읽으며, 그 작품을 생산했던 시인들의 길을 다듬고 쪼개고 붙였다. 생각해보면, 길의 메타포에 풍덩 빠져버린 내가 한 땀 한 땀, 한 궤 한 궤 끌어 올렸던 작업은 바로 나의 여로였고 삶이었다.

이 책에 수록한 시인들의 면면을 보면 모두 대학원 시절부터 공부했던 작가들이었다. 지면을 통해서만 공부해야 했던 시인들이 대부분이지만 실제로 만나 뵙고 글을 쓰는 와중에 '아우라'를 느꼈던 시인이 두 분 있었다. 신경림 시인과 양병호 시인이다. 신경림 선생님은 주로 작품을 통해 만나고, 양병호 선생님은 내 삶의 현장에서 소통할 수 있었다. 두 분은 '길'이었다. 물론 내가 가고자 했던 길이었지만 따라갈 수 없었던 길이었고, 멀어져만 갔던 그들의 길에서 어슴푸레한 실루엣만을 보았을 뿐이었다. 그렇지만, 여전히 나보다 먼저 나선 그들의 길 위에 지금 내가 서 있다. 그들이 그랬던 것처럼, 넘어지고 쓰러지고 그러다가 다시 일어서고, 언제 그랬냐는 듯 함박웃음을 지을 것이다. 또다시 쓰러지겠지만.

흐름 / 양병호

살다보면,
둥글둥글 닳아지더라
나를 잃고 조금씩 너를 닮아가더라
너도 나도 서로 흐릿하게 지워지더라
풍경을 잃고 표정도 잃고
밑줄 하나 긋지 못한 채 단순하게 요약되더라
말줄임표로 흐릿해지는 세월의
강을 따라
휘청휘청 흘러가더라
어둠이 밀려오는 저녁 무렵
노을을 배경 삼아 날아가는
새 떼를 바라보며
조용히 멀어지고 있더라
여전히 출렁이는 세상의 뒤란으로
비칠비칠 물러나고 있더라
아등바등 살다 보면,

이제, 이 책에서 말하지 못한 최근의 작품 한 편을 인용하고 맺는다. 남루한 턴테이블에 오래된 LP판을 얹으니, 귀 기울이면 보이는 길의 풍경이 고스란하다. 고슬고슬한 그 길 위에 다시 나서야 할까. 문학 내적 형식으로서의 길이 시작과 여정 그리고 필연적으로 끝을 수반하는 구조를 지니고 있듯 이 글도 그러하고 이 책도 그러할 것이다. 살다 보면, 혹여 아등바등 살다 보면, 어느새 머리말도 꼬리말로 이어질 것이기 때문이다. 누군들, "말줄임표로 흐릿해지는 세월의/강을 따라"난 길 위에서 '휘청휘청' 걸어가지 않을까. 나처럼……

역병이 창궐하는 2020년 새 봄,
인문대 교정 봄 뜰에서
노용무

차례

머리말 _ 5

제1장 한국 근대시와 기차가 놓인 길

1. 서론———————————————————— 15
2. 풍경으로서의 근대와 북쪽을 향한 철로————— 16
3. 근대의 이중성과 주체의 양가성———————— 25
4. 결론———————————————————— 36

제2장 정지용의 '집' 찾기와 여로

1. 서론———————————————————— 39
2. 이미지즘의 전개와 詩作 경향————————— 47
3. '집' 이미지의 변모 양상——————————— 65
4. 결론———————————————————— 97

제3장 백석 시와 토포필리아

1. 서론———————————————————— 105
2. 공간론의 심상지리와 인문지리학의 장소론———— 110
3. 과거의 공간과 기억의 장소애————————— 115
4. 여행자의 시선과 현실의 장소감———————— 120
5. 만주의 무장소성과 고향에의 회귀의식————— 129
6. 결론———————————————————— 136

제4장 해방기 문학의 내적 형식과 길 모티프 연구
-이용악의 시와 허준의 「잔등」을 중심으로

1. 서론 —————————————————————— 139
2. 두 작가의 길 떠나기와 그 여로 ————————— 141
3. 길 위의 두 작가와 그 내면풍경 ———————— 150
4. 결론 —————————————————————— 162

제5장 박봉우 시의 '나비'와 비상

1. 서론 —————————————————————— 165
2. 이데올로기를 비상하는 '나비' ————————— 169
3. 근대 지향의 '나비'와 근대에 저항하는 '나비' —— 174
4. 광기로서의 '나비' ————————————————— 185
5. 결론 —————————————————————— 191

제6장 바람의 시인-조태일론

1. 바람의 이미지와 그 이중성 ————————————— 195
2. 근대의 바람, 억압과 부자유의 동력학—————— 197
3. 근대에 대한 사유와 저항 의지 ————————— 204
4. 근대의 성찰과 근원적 생명력의 회귀————— 210
5. 고향으로부터 고향으로 부는 바람—————— 217

제7장 그대에게 가는 풍경 혹은 나를 찾아가는 시간
-양병호, 『시간의 공터』(모아드림, 2004)론

1. 카오스, 가상과 현실의 경계 ———————— 221
2. 그대를 향한 두 갈래의 길 ———————— 224
3. 그대와 나의 거리 ———————— 227
4. 그대와 나, 그리고 우리가 놓여진 시간———— 231

제8장 이용악의 「북쪽」 읽기

1. 서론———————————————— 233
2. 「북쪽」의 구조와 의미 ———————— 235
3. 북쪽의 의미, 전근대와 근대의 변증———— 240
4. 남쪽의 의미, 중심에 대한 욕망과 좌절———— 248
5. 결론———————————————— 256

제9장 신동엽의 「香아」 읽기

1. 서론———————————————— 259
2. 「香아」의 의미 따라가기 ———————— 262
3. 근대와 근대화의 논리
   -"무지개 빛 허울"과 "기생충의 생리" ———— 269
4. 사이비근대화와 식민질서
   -"얼굴 생김새 맞지않는 발돋음의 흉내" ———— 275
5. 현실극복을 위한 대안적 전망
   -"우리들의 고향 병들지 않는 고향"을 위하여 —— 282

제10장 김수영의 「어느날 古宮을 나오면서」 읽기

1. 서론 ——————————————————— 285
2. 정당함과 정당하지 못함 혹은 옹졸함과
   옹졸하지 않은 것 —————————————— 287
3. 중심과 주변에 대한 소시민의 자기풍자 ——— 295
4. 결론 ——————————————————— 303

제11장 신경림의 「아버지의 그늘」 읽기

1. 서론 ——————————————————— 305
2. 아버지, 전통과 고향의 상징적 계보학 ————— 308
3. 아버지의 그늘, 지양과 지향의 변증적 자기 연민 — 318
4. 결론 ——————————————————— 329

제12장 한국 근대시와 영미시의 영향 관계 읽기

1. 들어가며 ————————————————— 331
2. 소년, 최남선과 바이런 ——————————— 333
3. 태서문예신보, 김억과 예이츠 ———————— 339
4. 진달래꽃, 김소월과 예이츠 ————————— 345

참고문헌 _ 349

시인의 길 찾기와
그 여로 읽기

제 1 장

한국 근대시와 기차가 놓인 길

1. 서론

한국근대사 혹은 한국근대시의 기점을 논의할 때 그 핵심은 근대 또는 근대성에 놓여 있다. 이때 근대사나 근대문학사의 전제조건은 전근대라 할 수 있다. 근대의 기점이란 전근대와 근대의 경계나 바로미터를 의미하기에, 그 기점의 시작이 기차의 탄생으로부터 출발한다는 점에서 문제적이다. 왜냐하면 기차는 근대의 상징이자 전형으로 기능하기에 기차의 탄생을 통해 비로소 전근대는 근대화될 수 있었기 때문이다.

자생적 근대화론은 우리나라 내부의 근대적 동력에 민감하게 반응했던 학자들의 애정에 기초한 학설이었다. 그것이 식민지 근대화론이나 식민지 수탈론에 대한 나름의 학자적 대응이었을지라도 근대 혹은 근대성은 우리 것이 아니었다. 왜냐하면 철도가 무거운 강철덩어리를 너무도 가뿐하게, 지축을 울리는 굉음을 울리며 우리의 풍경에 편입되면서 비로소 우리의 근대가 시작되었기 때문이다.

철도는 근대의 표상이자 근대화의 시작이다. 지난 20세기가 속도의
시대였다면 그 속도를 관장했던 것은 기차였다. 말이나 마차로 대변된
자연 에너지의 시대였던 전근대에서 내연기관을 이용하는 기계 에너
지로의 전환은 인간이 자연을 정복의 대상으로 인식하게끔 만들었던
근대화의 서곡이었다. 기차는 서구가 비서구에게 행했듯, 일제가 식민
지 조선에 펼쳤던 '문명화의 사명'을 대내외에 천명하는 제국주의의
첨병으로 우리에게 다가왔다. 최초의 철로였던 경인선의 개통과 더불
어 우리에게 주어진 속도는 근대화의 핵심 동력이었고 식민지 조선에
남겨진 태생적 질곡의 시작을 알리는 식민적 근대성의 기표였다.

본고는 근대 이후 우리시에 나타난 기차 모티프를 고찰하여 시인의
근대에 대한 사유에 놓인 기차의 의미를 추적하고자 한다.[1] 이는 당대
개별 시인에게 부과된 현실과 그 현실을 인식하는 주체의 양상이 어
떻게 변모하는가를 해방 전후 한국 근대시에 나타난 기차 모티프의
변모양상을 통해 밝히는 작업이기도 하다.

2. 풍경으로서의 근대와 북쪽을 향한 철로

철도는 자연이 인간 위에 군림하는 세계를 막내리고 인간이 자연

---

1) 지금까지 이루어진 기차에 관한 논의는 기행문이나 서사장르를 통해 다양하게 이루어졌
  지만 우리시의 '기차' 모티프에 대한 연구는 나희덕(「1930년대 시에 나타난 '기차' 표상
  과 근대적 시각성」, 현대문학이론학회, 『현대문학이론연구』27집, 2006.4)의 글이 유일하
  다. 이 글은 1930년대 시에 나타난 '기차' 표상을 중심으로 김기림, 김광균, 정지용, 오
  장환의 작품을 통해 근대적 시각성의 양상을 고찰한 논문이다. 본고에서는 이러한 논의에
  힘입어 '기차' 모티프를 형상화한 해방전후의 전작품으로 범위를 확산하여 개별시인들의
  근대 혹은 근대성 일반에 대한 인식과 연관된 '기차'의 의미를 추적하는 데 목적을 둔다.

위에 등극하는 세계를 열었다.[2] 그러나 자연을 정복하는 주체로서의 인간이란 서구인을 뜻하며 제국주의를 담론으로 하는 오리엔탈리즘으로부터 자유롭지 못하다. 오리엔탈리즘의 또 다른 쌍생아인 옥시덴탈리즘으로 무장한 일본의 천황제 군국주의는 유럽의 근대를 전도시켜 자연을 정복하는 최초의 아시아인이 되기를 기획했던 식민담론의 일부일 뿐이다. 일본이 스스로 아시아의 일원이면서 열등한 아시아를 주창하고, 아시아의 맹주임을 자처하면서 서양 제국주의 침략을 막아내겠다는 '대동아공영권'의 모순된 논리와 기차가 상징하는 근대의 이중적 속성은 정확히 일치한다. 따라서 기차는 서구의 제국주의로부터 이를 학습한 일본의 군국주의에 이르기까지 폭력과 야만의 역사를 제3세계에 전파하는 도구적 기능을 담당할 수밖에 없었다.

일본은 청일전쟁 이후 철도부설권에 대해 집착하였다. 조선에 철도를 독점적으로 건설하겠다는 야심은 1898년 노량진과 인천 사이를 잇는 경인선의 개통 이래 본격적으로 드러나기 시작한다. 우리나라 최초의 기차가 놓여진 풍경은 양가적이었다. 근대적 풍경으로서의 기차가 그 모습을 드러낼 때 조선의 전근대적 시선은 신천지나 신세계를 보는 듯한 새로움이었다. 그것은 '극장과 숲'[3]으로 이원화되는 풍경 속에서 '극장'만이 전경화되는 양상이다. 그러나 전경화된 '극장'의 이면에 숨겨진 식민적 근대의 모습은 간과된다. 풍경이란 하나의 인식틀이며, 일단 풍경이 생기면 곧 그 기원은 은폐된다.[4] 근대적 풍물로서 다가온 기차가 새로움이라는 신문물의 상징적 표상이 될 때 그 표상의 근저에 흐르는 근대의 이중성은 내면화되기에 은폐되거나 알레고리화

2) 박천홍, 『매혹의 질주, 근대의 횡단』, 산처럼, 2003, 5쪽.
3) 손종업, 『극장과 숲-한국 근대문학과 식민지 근대성』, 월인, 2000.
4) 가라타니 고진, 박유하 역, 『일본근대문학의 기원』, 민음사, 1997, 32쪽.

의 과정을 거친다.

> 찻길이 놓이기 전
> 노루 멧돼지 쪽제비 이런 것들이
> 앞뒤 산을 마음놓고 뛰어다니던 시절
> 털보의 셋째아들은
> 나의 싸리말 동무는
> 이 집 안방 짓두광주리 옆에서
> 첫울음을 울었다고 한다.
>
> —이용악, 「낡은 집」에서

찻길이 놓이기 전과 후는 너무도 판이하게 다르다. 찻길은 기차를 전제로 놓이는 것이다. 기차의 도입 선후관계에 따라 그대로 전근대와 근대 이후로 양분할 수 있다. 그 경계에 놓이는 기차로 인해 "노루 멧돼지 쪽제비 이런 것들이/ 앞뒤 산을 마음놓고 뛰어다니던 시절"은 낡고 전통적이고 버려야 할 전근대적 개념의 영역으로 편입된다. 따라서 찻길이 놓이기 전과 후를 읽어냈던 이용악의 시선은 철도가 지니는 근대적 상징성을 내포하고 있다. 찻길이 놓인 후 털보와 그의 가족의 삶은 식민적 근대성의 폭력적 현실에 노출되지만 일차적으로 그들의 눈에 비친 기차와 기차가 자아내는 풍경은 그 자체로 '경이'였다.

> 우렁차게 토하는 기적소리에
> 남대문을 등지고 떠나 나가서
> 빨리 부는 바람의 형세 같으니
> 날개 가진 새라도 못 따르겠네
>
> —최남선, 「경부철도가」에서

기차가 놓이기 전은 자연 에너지의 시대였다. 말이나 봉화 혹은 인편으로 주고 받았던 통신 수단의 시대에 '날개 가진 새'는 빠름의 대명사라 할 수 있다. 그러나 최남선이 보았던 기차는 새를 능가하는 '빨리 부는 바람의 형세'였으니 더 이상의 수사가 필요치 않다. 1876년 조선인 최초로 기차를 보았던 김기수는 "담배 한 대 피울 동안에 벌써 신바시에 도착하였으니 즉 구십 리"[5]를 주파한 기차의 위력에 어찌할 바를 몰랐다. "바람을 타고 가거나 구름 위로 솟아오른 듯한 황홀한 기분"[6]을 느꼈던 유길준 또한 최남선의 '경이'와 별반 다를 게 없었다. 그러나 기차에 대한 '경이'의 시선은 1930년대에 이르면 사뭇 다른 양상을 보여준다.

> 유랑하는 백성의 고달픈 혼을 싣고
> 밤차는 헐레벌떡거리며 달아난다.
> 도망꾼이 짐 싸가지고 솔밭길을 빠지듯
> 야반 국경의 들길을 달리는 이 괴물이여!
>
> 차창 밖 하늘은 내 답답한 마음을 닮았느냐?
> 숨막힐 듯 가슴 터질 듯 몹시도 캄캄하고나.
> 유랑의 짐 우에 고개 비스듬히 눕히고 생각한다.
> 오오 고향의 아름답던 꿈이 어디로 갔느냐?
>
> 비둘기집 비둘기장같이 오붓하던 내 동리,
> 그것은 지금 무엇이 되었는가?
> 차바퀴 소리 諧調 맞춰 들리는 중에
> 희미하게 벌어지는 뒤숭숭한 꿈자리여!

---

5) 김기수, 부산대한일문화연구소 옮김, 『주역 일동기유』, 부산대한일문화연구소, 1962, 62쪽.
6) 유길준, 채훈 옮김, 『서유견문』, 양우당, 1988, 301쪽.

북방 고원의 밤바람이 차창을 흔든다.
(사람들은 모두 피곤히 잠들었는데)
이 적막한 방문자여! 문 두드리지 마라.
의지할 곳 없는 우리의 마음은 지금 울고 있다.

그러나 기관차는 夜暗을 뚫고 나가면서
「돌진! 돌진! 돌진!」 소리를 지른다.
아아 털끝만치라도 의롭게 할 일이 있느냐?
피로한 백성의 몸 우에
무겁게 나려덮인 이 지리한 밤아,
언제나 새이려냐? 언제나 걷히려냐?
아아 언제나 이 답답함에서 깨워 일으켜려느냐?

-박팔양, 「밤차」 전문

철로 위의 '기관차'는 시간적으로 밤, 공간적으로 국경 부근에서 '북방 고원'을 질주하고 있다. 박팔양의 「밤차」는 1930년대 시문학의 북쪽 모티프를 전형적으로 보여준다. 이 시는 북쪽으로 난 길을 통해 시적 형상화를 보이고 있다는 점과 그 길이 철로가 향하는 방위와 겹친다는 점, 그리고 기차를 객관적 상관물화하여 화자의 서정을 그리고 있다는 점에서 당대 식민지 조선의 현실을 함축하는 유이민 시 계열의 작품으로 볼 수 있다.

창 안과 밖을 경계로 하는 매개체는 유리창이다. 기차 안에 위치한 화자는 객창을 통해 밖을 내다보고 있다. 그러나 밤차이기에 차창 밖의 풍경이 보이지 않는다. 유리창은 창 안과 밖을 시선으로 이어주는 통로이면서 공간을 분할하는 단절이기도 하다. 이때 차창은 기차의 안과 밖을 분할하는 단절의 기능을 수행하면서 화자 자신의 얼굴을 비추는 거울의 역할을 하게 된다. 차창 밖은 '고향의 아름답던 꿈'과 "비둘기집 비둘기장같이 오붓하던 내 동리"가 놓여 있지만 밤바람이 차창을 흔들뿐 유리창은 고향의 모습을 비추어주지 못한다. 대신 차창 안에 놓인 풍경만이 유리창에 새겨질 뿐이다. 그것은 야반도주하여 솔밭길로 빠지고 있는 시적 화자와 겹치는 '피로한 백성'의 답답한 마음이었다.

그리운 이야 그대가 선 보리밭 위에 제비가 떴다.
깨끗한 눈가엔 이따금 향기론 머리칼이 날린다.
좁은 앙가슴이 비둘기처럼 부풀어올라,
동그란 눈물 속엔 설움이 사모쳤더라.

고향은 들도 좋고, 바다도 맑고, 하늘도 푸르고
그대 마음씨는 생각할수록 아름답다만,
울음소리 들린다, 가을바람이 부나보다.

낙동강가 구포벌 위 갈꽃 나부끼고,
깊은 밤 정거장 등잔이 껌벅인다.
어머니도 있고, 아버지도 있고, 누이도 있고, 아이들도 있고,
건넛마을 불들도 반짝이고, 느티나무도 거멓고, 앞내도 환하고,
벌레들도 울고, 사람들도 울고,

기어코 오늘밤 또 이민열차가 떠나나보다.
                              -임화, 「밤 갑판 위」에서

박팔양의 「밤차」가 기차의 안을 중심으로 북쪽을 향하는 화자와 승객들의 서정을 형상화하였다면 임화의 시는 기차 밖에서 떠나는 기차를 바라보는 화자의 심정을 표현하는 작품이다. 화자는 '그리운 이'가

고향을 등지고 떠나는 풍경을 그리고 있다. 1연의 '설움'과 2연의 '울음소리'는 3연의 '깊은 밤 정거장'을 세밀하게 묘사하는 화자의 정서를 대변해준다. 그것은 고향의 풍경을 통해 다가온 내면의 발견이다.

떠나기 전에 느낄 수 없었던 고향은 떠날 수밖에 없는 상황에 처하게 될 때 비로소 다가온다. 그것은 식민적 근대에 내재한 또다른 모습을 체험적으로 인지하는 과정을 필연적으로 수반할 수밖에 없다. 그 과정은 기차를 속도의 경이로움이나 '괴물'(박팔양, 「밤차」)로 그리는 비유적 반응으로부터 "밤의 층계를 굴러나리는/ 처참한 차바퀴 소리"(김광균, 「夜車」)에 짙게 배인 애수 그리고 '병든 歷史'가 '슬픔으로 통하는 모든 路線'(오장환, 「The Last Train」)에 이르는 내면의 풍경 속에 내재해 있다.

"기어코 오늘밤 또 이민열차가 떠나나보다"에 나타난 이민열차는 이민자들의 고향을 내면화하는 기제로 기능한다. 어쩔 수 없이 떠나는 현실과 더불어 밤이라는 시간은 그 현실의 폭악성을 증폭시키고 있다. 또한 나라와 나라의 경계를 넘어 망명의 성격을 내재한 '이민'이란 시어는 자신의 고향에 놓인 모든 것들과 겹치면서 화자가 국경을 넘을 수밖에 없는 현실을 배가한다.

> 풀쪽을 樹木을 땅을
> 바윗덩이를 무르녹이는 열기가 쏟아져도
> 오직 너만 냉정한 듯 차게 흐르는
> 강아
> 天痴의 江아
>
> 국제철교를 넘나드는 武裝列車가
> 너의 흐름을 타고 하늘을 깰 듯 고동이 높을 때

언덕에 자리잡은 砲臺가 호령을 내려
너의 흐름에 선지피를 흘릴 때
너는 초조에
너는 공포에
너는 부질없는 전율밖에
가져본 다른 동작이 없고
너의 꿈은 꿈을 이어 흐른다.

-이용악, 「天痴의 江아」에서

1930년대를 관통하는 철로는 북쪽을 향한 길 위에서 식민지 조선의 현실을 표상한다. 기차 모티프를 주로 하는 시편의 공통분모는 대부분의 시에서 형상화된 기차가 북쪽을 향하고 있다는 점이다. 이 시는 식민지 조선의 북쪽 끝 국경을 달리는 기차를 두만강 위 철교에 정지시켜 화자의 회한을 전경화하고 있는 작품이다.

'천치의 강'은 국경을 가르는 두만강이다. 그 강의 이편이 자신의 고향을 등지고 강의 저편으로 넘어가야만 하는 사람들로 넘쳐나는 곳이라면 두만강 저편은 왜곡되고 파편화된 삶의 질곡으로부터 어쩔 수 없이 가야만 하는 북쪽보다 더 북쪽이다. 그곳은 '오랑캐령'이거나 '아라사'로 "이웃 늙은이들은/ 모두 무서운 곳"(이용악, 「낡은 집」)으로 인식하고 있는 북쪽이기도 하다.

눈 덮인 철로는 더욱이 싸늘하였다
소반 귀퉁이 옆에 앉은 농군에게서는 송아지의 냄새가 난다
힘없이 웃으면서 차만 타면 북으로 간다고
어린애는 운다 철머구리 울듯
차창이 고향을 지워버린다

어린애가 유리창을 쥐어뜯으며 몸부림친다

-오장환, 「北方의 길」 전문

이 시에 이르면 북쪽을 향한 철로가 갖는 당대적 의미를 구체적으로 확인할 수 있다. 1연에서 눈 덮인 철로는 송아지 냄새가 나는 농군을 승객으로 하는 기차를 싣고 있다. 여기에서 '북방의 길'은 대부분 식민지 조선 내에서 자작농에서 소작농으로, 그리고 도시 빈민층과 노동자 계층으로 끊임없이 이동당해야 했던 농민의 길이었다. 그 길의 끝은 북방으로 난 철로였고, 그 철로는 "차만 타면 북으로 간다고/ 어린애는 운다 철머구리 울 듯" 울었던 식민지 조선 현실의 반증이었다.

"차창이 고향을 지워버린다"에서 나타나듯, 북쪽으로 향하는 기차는 남쪽의 고향으로부터 점점 멀어진다. 오장환은 어린 아이의 응석을 극적으로 배치하여 비극성을 한층 강조한다. '철머구리 울 듯' 우는 어린애의 울음은 고향의 모습을 지워버리는 '유리창을 쥐어뜯으며 몸부림'치는 그 아비의 심정이기 때문이다. 이와 같은 맥락에서 북쪽을 향한 철로는 이용악의 시편에서 전형적으로 형상화되어 있다.[7] 예를 들어, 국경을 달리는 "찻간에/ 조고마한 자랑도 자유도 없"(「두만강 너 우리의 강아」)거나 '불술기 구름 속을 달리는' 기차 안에서 '두 낮 두 밤을 두루미처럼 울'며 '외로워서 슬퍼서 치마폭으로 얼굴을 가렸'(「전라도 가시내」)던 사람들은 모두 북쪽으로 향한 철로 위에 놓여 있었다.

---

7) 노용무, 「이용악 시에 나타난 길의 의미」, 현대문학이론학회, 『현대문학이론연구』21집, 2004. 4. 참조.

3. 근대의 이중성과 주체의 양가성

근대문학사에서 근대를 향한 동경의식은 다양한 작가를 통해 다기한 방식으로 나타난 바 있다. 그 중 하나가 '바다'이미지이다. 바다이미지는 새로운 것을 동경했던 근대지식인에게 근대적인 것으로 이끄는 매개이자 단절의 이중적 속성으로 인지되었다. 한편 이러한 단절과 매개의 이중적 속성은 '나비'이미지를 등장시킨 여러 시편에서 명증하게 드러난다. 예를 들어, 늦은 가을 바다의 흰 물결을 '꽃'을 착각하여 돌아오지 못하는 나비의 운명을 그린 최승구의 「조에 접」이나, 새로운 세계인 바다를 향해 돌진하는 주체이자 삶의 의미를 탐구하는 존재인 '나비'를 통해 "아무도 그에게 수심을 일러 준 일이 없기에" 지쳐서 돌아 올 수밖에 없었던 김기림의 「바다와 나비」 등은 근대지식인의 근대지향성과 더불어 그 좌절을 보여주는 작품이다. 이와 같은 맥락에서 '기차'이미지는 바다와 나비의 모티프를 아우르며, 근대성과 관련하여 그 이중적 속성을 함축적으로 보여준다.

근대의 이중성은 억압과 해방의 두 측면이다. 이때 우리에게 다가온 근대적 풍물은 후자의 측면만이 강조되거나 강요된다. 따라서 전자의 측면은 은폐되거나 희석화된다. 기차는 이성과 합리성을 통해 새로움과 신세계를 열어 전근대적 조선인의 시선을 사로잡았다. 인공의 기계적 에너지에 의해 자연에 예속된 인간의 신체를 벗어나게 해준 기차는 근대의 해방적 측면으로 보여질 수밖에 없었다. 그러나 기차가 강요하는 생활 방식의 전환은 근대적 시간의식에 예속되는 상황에 직면하고, 점차 식민지 조선은 시간과 속도의 획일화에 적응하게 된다. 근대적 풍물로 다가온 기차를 통해 근대적 제도를 접해야 했던 시인들은 근대의 두 측면을 바라보는 시선 또한 양가적이었다.

전차가 그 거대한 몸을
평행선의 궤도 우로 달릴 때,
차 안에 앉은 수리학자 아인슈타인의 제자는
평행선의 궤도가 무한의 종국에 가서 교차될 것을
몹시 근심하고 앉아 있다.

직선과 사선, 반원과 타원의 선과 선,
도회의 건물들은 아래에서 위로, 불규칙하게 발전한다.
6층 꼭대기 방에 앉은 타이피스트는
가냘픈 손으로 턱을 고이고 한숨 쉬이고 있다.

文明機關의 총신경이 이곳에 집중되어
오오! 현대문명이 이곳에 있어,
경찰서, 사법대서소, 재판소, 감옥소, 교수대,
학교, 교회, 회사, 은행, 사교구락부, 정거장,
실험실, 연구소, 운동장, 극장, 음모단의 소굴,
아아 정신이 얼떨떨하다.

-박팔양, 「도회정조」에서

근대의 상징이었던 기차가 '그 거대한 몸을' 움직여 화자를 이끄는
곳은 '문명기관의 총신경'이 집중되어 있는 공간이다. 전차가 달리는
평행선의 궤도는 무한의 종국에 가서도 전차가 달리는 한 교차되지
않고, 도회의 건물들은 아래에서 위로 움직이며 마천루같이 높아만 가
는 수직적 운동에 속도를 붙이고 있다. 전차의 수평선과 건물의 수직
선이 교차하는 곳에 현대문명이 집중되어 있다. 현대문명이 있는 그곳
은 문명기관의 총신경이 집중되어 있는 도시이다. 시에서 열거되어 있
는 다종다기한 문명기관의 총신경은 근대적 제도로서의 풍경을 구성

하는 개별 기관이면서 근대성이란 전체를 아우르는 보편 기관이기도
하다.

전차의 수평선은 도시의 중심에서 도시의 외곽지역으로 확장하는
반면 건물의 수직선은 그 층수에 가속도를 높여가며 하늘로 향한다.
영역의 수평적 확대와 더불어 극대화되어가는 공간의 수직성은 도시
를 현대문명의 문명기관이 거미줄처럼 엉켜 있는 신경망을 구성하는
원리이다. 문명기관의 총신경이 집중된 도시를 전차를 통해 체험한 화
자가 느낀 도시의 정조는 '오오!'와 '아아'라는 감탄사에서 드러난다.
전자가 현대문명의 새로움이나 경이로움에 대한 감탄사라면 수많은
문명기관의 열거를 통해 도시의 근대적 풍경에 압도당한 감각을 표현
한 것이 후자이다. '오오!'가 긍정적이라면 '아아'는 부정적이다. '오
오!'에서 느끼는 감탄은 '아아'가 주는 이해 또는 깨달음으로 확장되는
데 이러한 감각의 전이는 기차로부터 탄생한다. 기차가 보여준 도회의
현대문명은 다시 지리적 확장을 꾀하면서 점차 농촌 지역에까지 이르
고 있다.

> 탄식하는 사람들이 도회에 또 농촌에 있습니다.
> 무수한 노동자와 소작인과 실업군
> 일이 너무 고되어서, 또는 너무 없어서
> 그들은 날로 쇠약해가고 또 우울해갑니다
>
> 오오 저주받은 현대의 도회여, 농촌이여
> 오오 진실로 무수한 「로보트」―
> 넋잃은 기계인간들의 탄식이여!
> 도회와 농촌 거리거리에 그들의 신음소리 들립니다
> ―박팔양, 「탄식하는 사람들」 전문

어디를 가도 사람보다 일 잘하는 기계는 나날이 늘어나가고, 나는
병든 사나이. 야윈 손을 들어 오랫동안 倦怠와, 무기력을 극진히 어
루만졌다. 어두워지는 황혼 속에서, 아무도 보는 이 없는, 보이지 않
는 황혼 속에서, 나는 힘없는 분노와 절망을 묻어버린다.

-오장환, 「황혼」에서

도시의 근대성은 기차를 타고 도시 이외의 지역에까지 그 영역을
확장했다. 박팔양의 「탄식하는 사람들」은 현대문명의 전방위적 폭력
성에 대한 절규에 가깝다. 그러한 폭력성은 근대의 억압과 해방이라는
이중적 속성이 현현되면서 드러나는 현상이라 할 수 있다. 기차를 통
해 다가온 근대의 모습은 개인에게 있어서 시공간을 정복하는 경이로
다가왔고, 그것은 자연을 넘어서는 해방의 측면이었다. 그러나 기차는
인간에게 자연적 시간을 억제하고 기계적 시간을 강제하면서 지역의
고유한 시간 리듬을 해체하여 '기차시간표'라는 표준시간에 의해 지역
과 지역간의 경계를 넘나들게 된다. 이때 근대적 시간의식에 대한 개
념의 탄생과 더불어 전근대적 시간의식은 구시대의 유물이 되어 낡은
것으로 되는 반면 기차시간표는 변화의 속도를 관장하는, 빠르게 적응
해야만 할 현대문명의 표상으로 대두된다. 이를 통해 근대적인 것들에
의해 획일화되어가는 측면이 억압이다. 시인은 전국을 그물망처럼 엮
은 기차로 인해 도시의 '문명기관'이 가공할 속도로 무장하여 농촌까
지 파고든 현실을 주목한다.

탄식하는 사람들은 도시나 농촌 어디에도 존재한다. "무수한 노동
자와 소작인과 실업군"은 비단 도시의 문제만은 아니기 때문이다. 그
들을 지칭하는 '로보트'나 '기계인간'이란 시어는 현재의 관점에서 보
아도, 현대문명의 질곡을 예리하게 파악하여 기차의 경이로움에 배인

그 이면의 억압적 측면을 탁월하게 형상화하는 데 기여한다. 박팔양의 시가 근대성의 이중적 속성 중 억압적 측면을 광범위한 보편자를 중심으로 형상화했다면 그 보편자 속의 개별자를 중심으로 근대의 이면을 조명하고 있는 것이 오장환의 「황혼」이다.

박팔양의 시에서 나타난 '로보트'나 '기계인간'의 군상들은 '일 잘하는 기계'로 통합되지만 시적 자아인 '나'는 일을 잘 못하는 기계 혹은 수많은 기계 속의 인간인 '나'로 구체화된다. 구체화된 '나'는 군중 속의 고독이 아닌 기계화된 군집 속의 '권태'와 '무기력'을 느끼며 극진히 어루만지기도 하지만 병이 들어있다. 그 병은 힘없이 약한 '분노와 절망'이지만 그것을 넘어서기 위해 무언가를 행하지 않고 묻어버리는 것이다. 권태와 무기력 그리고 분노와 절망 또 다시 권태와 무기력. 이러한 끝없는 순환은 이상이 「오감도」를 통해 말하고자 했던 "모든 현대인은 절망한다. 절망은 기교를 낳고, 그 기교 때문에 또 절망한다"는 명제와 정확히 일치하며, '병든 사나이'를 더욱 병들게 하는 주원인이라 할 수 있다. 그러한 병든 사나이들이 몰려드는 곳이 기차가 떠나고 들어오는 정거장이다.

저무는 역두에서 너를 보냈다.
비애야!

개찰구에는
못 쓰는 차표와 함께 찍힌 청춘의 조각이 흩어져 있고
병든 歷史가 화물차에 실리어간다.

대합실에 남은 사람은
아직도

누굴 기다려

나는 이곳에서 카인을 만나면
목놓아 울리라.

거북이여! 느릿느릿 추억을 싣고 가거라
슬픔으로 통하는 모든 路線이
너의 등에는 지도처럼 펼쳐 있다.

-오장환, 「The Last Train」 전문

근대의 이념은 합리성과 이성중심주의를 통해 '더욱 더 **빠르게**, 많이, 높게, 넓게'로 이루어진 진보에의 열정이라 할 수 있다. 그러나 그 열정을 소유한 자라 할지라도 진보가 또 다른 진보를 낳는 속도에 적응하지 못할 경우 전근대적 인간으로 치부될 수밖에 없다. 전근대적 인간형에 대한 혐오는 식민지 지식인에게 있어서 동경(東京)을 향한 동경이었던 '현해탄 콤플렉스'로 나타나기도 하지만 대부분의 동경은 지친 날개를 퍼덕이며 뭍으로 돌아와야 했던 '병든 사나이'들이었다. 수많은 병든 사나이들이 모이고 흩어지는, 막차가 떠나는 '개찰구'는 우리의 근대적 풍경과 흡사하다. 그곳에는 막차가 주는 불안, 공포, 떠남, 마지막 등의 계열체 등을 통해 '너'를 보내는 '나'의 정서가 '비애'나 '슬픔'으로 형상화되어 나타난다.

시적 화자인 '나'는 '황혼'의 역에서 '너'를 보낸다. '너'를 보낸 '나'에게 남은 것은 막차를 보냈기에 쓸모없어진 '차표'와 그 위에 찍힌, 막차를 타기 위해 열망했던 '청춘의 조각'들이 개찰구에 흩뿌려져 있을 뿐이다. 막차를 타고 떠난 '너'와 보낸 '나' 그리고 더 이상 기차가 오지 않음에도 불구하고 누군가를 기다리는 사람들의 삶이 모인 "병든 역사가 화물차에 실리어간다". 이때 너와 나 그리고 사람들은 끊임없이 순환한다.

마치 <권태와 무기력 그리고 분노와 절망 또 다시 권태와 무기력>이란 사슬과 흡사하다. 그러한 '병든 사나이'들의 '병든 역사'가 승객이 타지 않는 화물차에 실린다는 것이 또 다른 비애나 슬픔의 원천으로 작용한다. 따라서 기차가 오고가는 정거장은 '병든 사나이'들이 모인 '병든 역사'의 공간이 된다. '병든 역사'는 가장 근대적인 공간인 정거장에서 가장 전근대적인, 최초의 인간이었던 아담과 이브의 맏아들인 카인의 원죄적 시간을 떠올리게 하는 모순된 시공소이다.

"카인을 만나면/ 목놓아 울리라"는 시적 화자가 병들었다는 것과 더불어 우리의 역사가 또한 병들었기 때문이다. 그 병은 '카인'의 신화적 공간으로 소급될 만큼 근본적이고 원초적인 것이다. 마지막 연에서 나타난 '거북이여!'는 화자의 정서를 함축하는 객관적 상관물로 작용하여 '병든 사나이'와 '병든 역사'의 증상을 역설적으로 형상화하는 비유이다. 그것은 거북이의 속도이다. 마지막으로 떠난 기차의 빠름은 '느릿느릿 추억을 싣고 가'는 거북이의 느림과 연결된다.

주지하듯 20세기가 속도의 시대일 때 그 속도를 관장했던 것이 기차였다. 시적 화자인 '나'는 막차를 못 탄 '차표'와 함께 찢겨져 나간 '청춘'이 느릿느릿 추억을 싣고 '슬픔으로 통하는 모든 路線'으로 점철된 거북의 등을 본다. 여기에서 오장환은 근대의 상징인 기차가 지닌 속도의 의미를 직시하지만 기차로 대변된 당대 사회의 급격한 변화의 속도에 적응 혹은 편승하지 못함에 대한 회한의 수준에 머무르고 있다. 그러나 근대적 사회로 재편되어가는 변화의 속도를 상징하는 기차의 빠름과 이를 따라가지 못하는 거북의 느림으로 대두된 둘 사이의 거리 혹은 괴리를 적실하게 파악한 시인의 시선은 문제적이다.

기차로 상징화된 근대를 속도의 문제로 인식하기 시작한 것은 해방 이후이다. 혼란한 해방기에 기차는 쟁취되어야 할 근대성의 한 부분이었다. 예를 들어, "가난한 사람들의 슬픈 관습과/ 봉건의 터널 특권의 장막을 뚫고"(박인환, 「열차」) 나가는 진보에의 염원이거나, "누구를 위한 철도냐 누구를 위해 동트는 새벽이었나 멈춰라 어둠을 뚫고 불을 뿜으며 달려온 기관차"(이용악, 「기관구에서-남조선 철도파업단에 드리는 노래」)에 대한 열망, "우리들이 사랑하는 철도로 하여금/ 새로운 공화국에 문화와 과학을 실어올 大路가 되게 하기 위하여/ 밤과 낮을 헤아리지 않고 근면"(임화, 「우리들의 戰區-용감한 기관구 경비대의 영웅들에게 바치는 노래」)하고자 하는 객관적 상관물들이었다. 마치 경이로 다가왔던 근대적 풍물로서의 기차를 바라보는 시선과 닮아있다. 이는 해방에 대한 흥분과 격정으로 격앙된 서정 장르의 장르적 성격에서 연유하기도 하지만 당대의 정치적 근대성에 대한 몰입으로부터 연원한다. 따라서 식민지 시대의 체험은 고통이 객관화되지 못한 채 심정적으로 거칠게 나열되거나 해방기의 정치적 혼란과 더불어 시인의 정신적 혼돈 하에서 현실을 총체적으로 인식하기가 불가능했다.

해방은 근대 민족국가를 형성하는 결정적인 매개이자 세계 자본주의 체제로의 본격적인 편입을 의미하는 사건이자 분단과 민족분열로 이어지는 계기이기도 했다. 이때 대다수의 지식인은 근대 민족국가를 이루기 위한 나름의 방식으로 근대성을 쟁취하려 했지만 근대성을 이루는 주요한 요소인 세계 자본주의 체제로의 예속된 편입에 대해서는 무방비였다. 따라서 전후 한국사회는 파시즘의 횡행 속에서 경제적 근대만이 달성해야 할 지고지순의 슬로건이었다. 인간에 대한 해방과 억압이라는 근대성이 이중적 속성을 지녔기에 근대성을 바라보는 시선 또한 양가적일 수밖에 없었던 이유는 어떤 측면을 보는가에 따라 달라지기 때문이다.

> 나는 너무나 많은 尖端의 노래만을 불러왔다
> 나는 停止의 美에 너무나 等閑하였다
> 나무여 靈魂이여
> 가벼운 참새같이 나는 잠시 너의
> 흉하지 않은 가지 위에 피곤한 몸을 앉힌다
>
> ─김수영, 「서시」에서

김수영은 1950년대에 이미 파시스트의 권력 장악 기획으로서 근대화의 정체를 꿰뚫고 있었다. 첨단, 중앙으로의 집중과 성장을 명령하면서 파시스트들은 권력을 연장하고 있었다. 그 중심 담론은 소수 엘리트주의였고 속도주의의 다른 이름이었다.[8] 기차로부터 파생한 속도는 근대화의 역군이자 '命令의 過剰을 용서할 수 없는 時代'와 '命令의 過剰을 요구하는 밤'이었다. 시인에게 있어 「서시」란 선언적 의미를 지닌다. 그것은 일종의 시작태도이자 인식행위의 강령이기도 하다. 따라서 '첨단의 노래'가 급격하게 재편되어가는 현실의 변화속도라면 첨단의 노래에 잊혀지고 사라져가는 것들에 대한 성찰과 그 내면의 고백이 '정지의 미'라 할 수 있다.

'정지의 미'란 근대로 상징되는 '첨단' 또는 진보에 저항하는 느림의 미학이다. 최첨단이 난무하는 현실에서 '속도가 속도를 반성하지 않는 것처럼'(김수영, 「절망」) 기차 역시 속도를 반성하지 않는다. 그것은 가속도의 세계이다. KTX를 군이 떠올리지 않더라도 속도는 더욱 빠른 속도를 낳는다. 연일 계속되는 속도의 시장엔 더욱 빠른 속도만

---

8) 노용무, 「김수영 시에 나타난 속도의 의미」, 국어국문학회, 『국어국문학』131집, 2002. 9. 참조.

이 첨단의 의미를 지닐 수 있다. 기차를 중심으로 확장된 속도는 근대화의 핵심이었고, 그 속도는 철로가 놓인 모든 곳을 중심부와 주변부라는 이원구조를 빠르게 해체했다. 따라서 기차는 주변부에 여전히 존재하는 근대 이전의 삶을 중심부에 연결하면서 그 뿌리를 속도만큼이나 빠르게 소멸시킨다. 현대인에게 속도는 미덕이고 신앙이자 가장 첨단적인 것의 대명사가 된다.

　　흉터가 환한 분꽃 같아, 누구에게나 기차는 다가와 눈앞에 서고, 콜타르 녹아 진득한 갱목을 건너 문 안으로 들어서면 모든 것이 눈 안에 아프게 와 박혔지, 그래 사방천지 가득히 어린 벼들이 푸르고, 깜깜한 햇살 아래서 기차는 떠났지. 등 뒤에 너는 서 있네. 아무런 표지도 없는 무덤처럼, 낮게 엎드린 능선들, 양어깨 사이로 얼굴을 묻고 웅크린 산들이 천천히 움직이기 시작했네. 너에게서 멀어지는 거리와 나에게서 멀어지는 너의 눈빛, 그 한가운데 차단기를 내리고 서있는 무심한 역사, 누구에게나 멈출 수 없는 시간은 있어. 달아오른 참숯을 집어삼키고 겁 없이 마구 꽃잎을 게워내던 우리 온몸의 가지여. 오오 벙어리가 되던 산, 흘러갔네. 온 산의 나무들 빠르게 쓰러져 눕고, 숲속 가득 수분이 차오르던가. 상서로운 여름날, 역전 앞 다방 창밖엔 흰구름, 칸나꽃 더위에 사위어 그늘지던 날, 아아 하늘 밑 누구에게나 그렇게 오지. 온 생을 허무는 재앙은·

　　　　　　　　　　　　　　　　　　　　－이영진 「장성역」 전문

'흉터가 환한 분꽃'은 그 흉터가 환하기에 흉터를 고통으로 여기지 못하고 아름다움으로 느끼게 하는 매혹을 지닌다. 그러나 매혹은 현상의 이면을 은폐시켜야만 가능한 가면이기도 하다. 흉터와 흉터 사이의 거리가 촘촘하거나 견고할 때 또 다른 흉터가 생겨나지만 인지하기가 더욱 어렵게 된다. 마치 속도와 속도 사이의 거리가 견고해 질수록 가속도가 생기는 것처럼 견고하다는 것은 현재적 삶의 모습에 의해 규정되는 근대성을 이루는 동력이다.[9] 그것은 현재의 속도를 부정해야만 더욱 더 빠른 속도를 창출하는 현대의 운명인 것이다. 그러한 흉터로 점철된 기차는 불특정 다수인 '누구에게나' 자유로울 수 없는 현실을 주변부로 확산하며, 시적자아인 '나'가 '너'를 기다리는 장성역에 도착한다.

장성역은 중심부가 아니다. 따라서 장성역은 서울이나 광주역의 주변부로서의 의미 혹은 다음 역을 이어주는 간이역의 기능을 간직한 공간이다. 흉터가 환한 기차가 장성역에 도착하면 '모든 것이 눈 안에 아프게 와 박'힌다. 그리고 '너'를 싣고 '깜깜한 햇살'을 뚫고 다시 떠나면 또 하나의 흉터가 다시 새겨진다. 그것은 '너에게서 멀어지는 거리와 나에게서 멀어지는 너의 눈빛'이다. 멀어지는 나와 너의 거리는 기차의 속도에 온 몸을 내맡긴 너의 눈빛과 정비례한다.

---

9) 이것은 버만이 '견고한 모든 것은 대기 속에 녹아버린다'라는 마르크스의 이념을 현대성의 지표로 삼는 경우이다.(Marshall Berman, 윤호병·이만식 역, 『현대성의 경험-견고한 모든 것은 대기 속에 녹아버린다』, 현대미학사, 1998, 12쪽) 그것은 보들레르가 말하는 고대적인 것과 함께 예술의 반을 이루는 근대성의 일면이다. 그러나 예술에서 말하는 모더니티 즉 미적 모더니티는 예술이 추구하는 독창성을 획득하기 위해 고대적인 것과 결별해야 하는 특성을 갖는다. 미적 모더니티가 규범적 과거에 대한 거부와 근대 예술가가 직면한 특수한 창조 임무에 대한 전통의 부적절성을 인지할 것을 요구한다는 점에서, 칼리니스쿠가 지적했던 보들레르의 미학이 하나의 주요한 모순에 사로잡혀 있는 것(M. 칼리니스쿠, 이영욱 외역, 『모더니티의 다섯 얼굴』, 시각과 언어, 1994, 70-71쪽)처럼 보이는 이유이다. 그러나 고대적인 것이 보편적 방법을 위해 연구될 가치가 있다면 근대성은 현재적인 시야를 통해서 획득되는 것이다. 따라서 "쏜살같이 지나가 버리고 말 현재는 진정 창조적이 되어 그 자신의 미, 즉 일시성의 미를 만들어 낼 수 있게 되는 것이다." 근대의 속성과 모더니즘의 운명이 동궤에 놓여있다면 그것은 '일시성의 미'를 뜻한다. '일시성의 미'는 일시적이고 우발적이며 즉흥적이기 때문에 또 다른 미적 특질에 의해 해체되고 거부되어야 할 대상이다. 그것은 그대로 근대성 또는 모더니즘의 운명을 의미한다. 따라서 근대성은 과거를 망각하고 현재적인 시야에 의해서 스스로를 구성하는 모더니즘의 미적 특질이 되는 것이다.

너와 나 사이 '그 한가운데 차단기를 내리고 무심히 서 있는 역사'
는 기차가 표상하는 근대성의 긍정과 부정 혹은 근대로의 이행과 철
폐라는 이중의 질곡 그 한 복판에 서 있는 것이다. 왜냐하면, '역사'가
장성역이든 우리의 근대사든 기차가 지닌 이중의 질곡 혹은 '누구에게
나 멈출 수 없는 시간'의 질주로부터 자유롭지 못하기 때문이다. 따라
서 그러한 이중의 질곡이나 자본주의라는 이름의 전차가 지닌 멈출
수 없는 시간은 필연적으로 재앙을 불러 올 수밖에 없다.

시인이 예견한 재앙은 '하늘 밑 누구에게나' 오는, '온 생을 허무는'
근본적인 것으로, 근대 또는 근대성에 대한 성찰의 의미를 지닌 반근
대 미학의 선언이라 할 수 있다. 왜냐하면, '첨단의 노래'와 '정지의
미' 사이의 괴리만큼 근대성을 지향하는 '너'와 부정하는 '나' 사이의
거리가 더 멀어지기 때문이다.

4. 결론

이 글은 해방전후 우리시에 나타난 기차 모티프를 고찰하여, 개별
시인들의 근대에 대한 사유에 놓인 기차의 의미를 밝히고자 하였다.
이러한 작업은 근대 혹은 근대성을 사유했던 시인들의 인식과 기차
모티프의 관련양상을 추적하는 과정이기도 했다. 근대 혹은 근대성이
지닌 이중적 속성은 해방과 억압의 측면이었다. 그것은 기차의 근대성
과 식민성이 착종된 상징체계와 일치한다. 따라서 식민적 근대를 표상
하는 기차 모티프는 해방전후 우리시에 형상화된 근대를 사유했던 시
인들의 인식점과 닿아있다.

'찻길이 놓이기 전'과 후를 통해 전근대와 근대를 인식했던 이용악

의 시선처럼, 기차는 근대의 기점을 논하는 자리에서 중요한 매개체이자 근대화의 서곡이었다. 최초의 기차가 조선에 편입되었을 때 대다수의 전근대적 시야에 놓인 근대적 풍경으로서의 기차는 새로움과 신세계에 대한 경이 그 자체였다. 근대적 제도로서의 기차가 근대성과 식민성이라는 양가적 의미의 집적체일 때 기차의 근대성은 새로움과 신세계로 다가왔던 인간에 대한 해방적 측면을 가리키고, 북쪽을 향한 철로는 기차의 근대성 이면에 배인 당대의 식민성을 명증하게 보여준다.

근대의 이중성은 그것을 바라보는 주체의 양가성을 필연적으로 수반한다. 근대의 해방과 억압은 근대적 풍물로 대변된 기차를 통해 인식 주체들에게 해방의 측면만이 강조되거나 강요되고 억압적 측면은 표면에서 사라진다. 이때 억압적 측면이 간과되거나 은폐된 현실을 직시하는 시선이 등장하여, 점차 해방에서 억압 혹은 통제로서의 기차를 성찰하는 다양한 관점이 성립한다. 박팔양의 작품에서 나타난 바와 같이, 기차가 이끈 현대문명의 총신경은 도시/비도시를 관통하는 수평성과 공간의 극대화를 창출하는 수직성을 기반으로 그 교차점에 각종 근대적 제도로서의 기관들이 지리적 확장을 기획하고 있다.

기차를 통해 전파된 현대문명의 전방위적 폭력성은 '로보트'나 '기계인간' 혹은 '일 잘하는 기계'를 양산하며 '병'들게 만든다. 그것은 김수영이 직시한, 속도가 속도를 반성하지 않는 '첨단의 노래'에 적응하기 위한 몸부림이었고 '정지의 미'를 낡고 초라한 전근대 혹은 버려야 할 유산으로 만드는 동력이었다. 기차가 주변부를 중심부로 통합하면서 끊임없이 철로를 확장할 때 우리에게 다가온 재앙은 속도가 속도를 낳는 가속도였다. 이영진의 예언자적 선언이 근대를 성찰하는 의미로 다가오는 이유는 우리의 '병든 역사'가 근대의 이행과 철폐라는 이중의 질곡 한복판에 '무심히' 서 있기 때문이다.

제 2 장

정지용의 '집' 찾기와 여로

1. 서론

정지용의 작품에 대한 평가는 해방 이전과 해방 이후로 구분할 수 있다. 전자의 경우 서평이나 단평의 수준을 넘지 못하지만 긍정적인 견해와 부정적인 견해로 나타난다. 긍정적 견해의 대표적 논자는 박용철·이양하·김기림·김환태·양주동[1]이다. 이들은 정지용의 시작품을 감각적 표현과 언어 기교의 측면에서 논하고 있다. 특히 김기림은 정지용을 시의 언어에 대하여 주의한 최초의 시인이란 점과 시 속에 공간성을 도입한 점을 들어 긍정적으로 평가한다.

임화·이병각·이해문·윤곤강[2]은 시를 부정적으로 평가한다. 이

---

1) 박용철, 「辛未詩壇의 回顧와 批判」, 『중앙일보』, 1931. 12. 7.
　　이양하, 「바라든 芝溶詩集」, 『조선일보』, 1935. 12. 10.
　　김기림, 「모더니즘의 歷史的 位置」, 『인문평론』, 1939. 10.
　　양주동, 「1933년 詩壇年評」, 『新東亞』, 1933. 12.
　　김환태, 「鄭芝溶論」, 『三千里文學』 3호, 1938. 4.
2) 임화, 「曇天下의 詩壇一年」, 『新東亞』, 1935. 12.

중 임화는 정지용·김기림·신석정을 기교파로 분류하고, 그들의 시가 현실과 유리된 언어 기교에 치우친 점을 비판한다. 임화의 비판은 박용철과의 기교주의 논쟁3)을 야기시킨다. 정지용 시에 대한 부정적 비판은 감정과 사상의 결핍, 언어 기교의 과잉으로 요약된다. 이 논쟁은 김기림4)이 참여함으로써 정지용의 시를 중심으로 한 내용과 형식 논쟁이 전개된다. 당시의 극단적 두 견해는 작품 자체가 지향하는 가치 세계에 평가의 중점이 놓이지 않고, 이데올로기 측면과 논자의 문학관에 의존한 경향을 보여준다. 상반된 이 두 견해는 해방 후까지 이어진다. 해방 이후 정지용 시에 대한 연구는 그 이전보다 심화되고 다양화되어 나타난다. 정지용 시에 관한 기존의 연구를 정리하면 다음과 같다.

첫째, 그의 시를 서구 모더니즘 내지 이미지즘과 관련지어 해석하는 경향이다. "현대의 호흡과 맥박을 불어 넣은 최초의 시인"5)이라는 평가 이후, 유종호·송욱·김윤식·채만묵·김훈의 연구가 이 범주에 든다. 유종호는 문학사적 측면에서 정지용이 낭만주의 시대의 낡은 감수성을 개조하는 데 기여했다고 보았다.6) 송욱은 정지용의 시가 시어의 威儀를 획득하지 못하고 '재롱'에 떨어진 '짧은 산문의 모임'에 불과하며, 표현 방식도 "현대시의 주제를 휩싸기에는 매우 폭이 좁은 것이었다"고 부정적으로 평가한다.7) 송욱의 비판은 우리 시를 영미 모

이병각, 「藝術과 創造」, 『朝鮮日報』, 1936. 6. 5.

이해문, 「中堅詩人論」, 『詩人春秋』 2집, 1938. 1.

윤곤강, 「感覺과 主旨」, 『詩와 眞實』, 정음사, 1948.

3) 박용철, 「乙亥詩壇總評」, 『박용철전집』 2권, 동광당서점, 1982.

4) 김기림, 「技巧主義 批判」, 『시론』, 백양당, 1947.

5) 김기림, 「1933년 詩壇의 回顧」, 『조선일보』, 1933. 12. 8.

6) 유종호, 『비순수의 선언』, 신구문화사, 1962. 12쪽.

7) 송욱, 『詩學評傳』, 일조각, 1967. 194-206쪽.

더니즘과 프랑스 상징주의의 기준으로 평가했다는 데에 문제가 있다.
김윤식은 「모더니즘의 한계」에서 종교로서의 카톨리시즘과 정지용 시
가 접합하는 지점을 찾고자 한다. 그는 정지용 시에 나타난 막연한 이
미지나 소녀적 기도의 자세, 변형된 여성 컴플렉스, 막연한 뾰족 집에
의 향수를 들어 부정적 입장을 취하고 있다.[8] 채만묵은 정지용 시를
시적 어법·이미저리·시적 사상으로 나누어 이미지즘의 특질을 모더
니즘의 측면에서 분석한다.[9] 그는 1920년대 후반에 이미 감각시를 발
표한 정지용을 1930년대 모더니즘 시운동의 선구자로 자리매김 한다.
정지용의 시가 참신한 어법과 이미저리를 사용한 점을 들어 채만묵은
정지용을 모더니즘 시운동의 주역으로 평가한다. 김훈은 1926년부터
1950년대까지에 걸쳐 창작된 정지용의 주요 작품들을 분석하여, 시적
언어가 어떻게 효과를 획득하여 하나의 문학 작품으로 완성되는가를
밝혔다.[10]

　　둘째, 동양문학의 전통이나 동양적 세계관과 관련지어 해석하는 경
향이다. 오탁번은 정지용 시의 제재와 주제 측면에서 그의 시가 서구
문학보다 동양 고전문학에서 영향을 받았다고 본다.[11] 김혜숙은 사물
인식 태도와 시적 발상법, 표현 기교와 시어 선택 문제 등의 측면에서
정지용 시에 나타난 漢詩의 영향을 논하고 있다.[12] 최동호는 산수시의
전통을 계승한 시인으로 정지용을 규정한다. 그는 정지용이 '동양의
고전에서 방법론적인 근거'를 찾아 독자적인 세계를 구축했고, 그 세
계를 탁월하게 형상화함으로써 우리 문학 전통을 현대화하는 데 기여

8) 김윤식, 『한국근대작가론고』, 일지사, 1974. 111~112쪽.
9) 채만묵, 『韓國모더니즘詩 硏究』, 전북대 대학원 박사논문, 1980.
10) 김훈, 『정지용시의 분석적 연구』, 서울대 대학원 박사논문, 1990.
11) 오탁번, 『현대문학산고』, 고대출판부, 1976, 85~139쪽.
12) 김혜숙, 「한국 현대시의 한시적 전통 계승에 관한 고찰」, 『국어국문학』 92호, 1984. 12.

했다고 보았다.[13)]

셋째, 서구 문학과 동양 문학의 특성을 관련지어 해석하는 경향이다. 박철희는 정지용 시가 이미지즘적 특성을 지니고 있으나 우리 문학의 전통과 긴밀하게 연결되어 있음을 논한다. 그는 정지용 시에 나타나는 '感情의 知的 統御'와 '전통적인 古典的 格調'는 이미지스트의 시각 지향성과 전통적인 고전적 절제와의 연결이라고 지적한다. 박철희에 의하면 정지용의 이미지즘은 한국의 전통적 시의 발상 형식에 질서를 부여하여, 전통의 틀을 창조적으로 변용한 것으로 본다.[14)] 김시태도 정지용의 이미지즘 정신이 동·서 문학의 만남에서 이루어진 것이라고 지적했다.[15)]

넷째, 원전 비평이나 시적 변모 과정과 관련지어 해석하는 경향이다. 정지용의 시와 산문을 전집으로 간행[16)]한 김학동은 원본대조표를 작성하여 정지용 시 원전을 확정했고, 평전[17)]에서 전기적 사실들을 새롭게 밝혀냈다. 김명인은 1930년대 대표적 시인인 정지용·김영랑·백석 시를 중심으로 주관적인 것과 객관적인 것, 특수성과 보편성, 개별성과 총체성의 대립 구조를 분석틀로 하여, 시작품의 미적 구조와 시대와의 상관성 및 1930년대 시의 현대성을 파악한다.[18)] 장도준은 정지용의 시세계를 3단계로 분류하여 그의 의식 세계의 변모 과정과 각 시기의 미학적 측면을 검토하고 있다.[19)]

마지막으로 정지용 시의 시적 표현 양식과 이미지 양상 등의 구조

13) 최동호, 「산수시와 은일의 정신」, 『1930년대 민족문학의 인식』, 한길사, 1990.
14) 박철희, 『한국시사연구』, 일지사, 1980.
15) 김시태, 「영상미학의 탐구」, 『현대문학』, 306호, 1980. 6.
16) 김학동, 『정지용전집』1·2, 민음사, 1988.
17) 김학동, 『정지용 연구』, 민음사, 1987.
18) 김명인, 『한국근대시의 구조연구』, 한샘, 1988.
19) 장도준, 『정지용 시 연구』, 태학사, 1994.

적 특성을 밝히는 내재적 연구 경향이다. 이에 대한 논자는 김용직,[20] 허경진,[21] 양왕용[22] 등이 있으며, 개별 이미지에 대한 논자로 서승옥,[23] 정은희,[24] 허미자,[25] 최복주,[26] 정태선,[27] 최두석[28] 등이 있다. 특히 문덕수[29]는 정지용 시의 이미지를 바다·들·신앙·산에 관련된 이미지로 구분한 후 각 이미지의 원형 심상을 추적하여 그 변이과정을 시대적 상황과 관련지어 고찰하고 있다. 지금까지 연구에 드러난 정지용 시세계에 대한 평가를 종합하여 정리하면 다음과 같다.

정지용 시의 장점은 첫째, 그는 시가 언어의 예술임을 자각하고 우리말의 시적 가능성을 제고시킴으로써 시의 자율성을 획득하는 데 크게 기여해 왔다. 둘째, 그는 객관적 사물과 이미지의 제시, 다양한 문체의 활용, 수사적인 단련과 실험을 통하여 시의 새로운 방법론을 개척하였다. 셋째, 그의 시적 사상은 민족주의적인 향토애, 카톨릭적인 신앙관, 고전주의적인 절제정신 등으로 시의 주제를 이룬다. 마지막으로, 그의 시는 한국 시가의 변화와 지속이라는 관점에서 볼 때 서구적인 요소와 동양적인 요소를 잘 조화시켜 현대시의 새로운 가능성을 보여주었다.

정지용 시의 한계점은 첫째, 그는 감각적 인상에 집착함으로써, 시의 주요 내용을 이루는 사상 등의 요소를 등한시 했다. 둘째, 그의 시

---

20) 김용직, 『한국현대시연구』, 일지사, 1991, 246-255쪽.
21) 허경진, 「<백록담>에 쓰인 시어에 대하여」, 『시문학』 37, 1978.
22) 양왕용, 『한국현대시 연구』, 삼영사, 1982.
23) 서승옥, 「정지용의 시에 나타난 <바다> 이미지」, 『이대 한국어문학연구』13집, 1973.
24) 정은희, 「지용시에 나타난 물의 이미지 연구」, 세종대 대학원, 1980.
25) 허미자, 「한국시에 나타난 물의 이미지 연구」, 『이대 한국문화연구원 논총』23집, 1974.
26) 최복주, 「정지용의 「바다시」연구」, 공주대 대학원, 1992.
27) 정태선, 「정지용 시 연구」, 서강대 대학원, 1981.
28) 최두석, 「정지용의 시세계」, 『리얼리즘의 시정신』, 실천문학사, 1990 여름호.
29) 문덕수, 『한국모더니즘시 연구』, 시문학사, 1981, 63-152쪽.

형식은 현대시의 주제를 포용하기엔 폭이 좁은 것이었으며, 내용 표현에 적합하지 않은 것이었다. 이상의 정지용 시에 대한 평가를 검토한 결과 다음과 같은 문제가 제기된다.

첫째, '최초의 모더니스트'라는 김기림의 명명 이후 대부분의 연구자가 정지용 시를 모더니즘의 도식으로 이해하려는 경향을 보였다. 정지용 시를 모더니즘으로 구속해온 기존의 논의는 재고되어야 한다. 정지용을 모더니스트로 보는 관습적 평가와 그의 시에 나타난 시적 원리, 즉 감정의 배제가 마치 그의 전유물처럼 논의되어 왔다. 이것은 다양한 변모의 가능성을 지닌 시인 또는 실험정신을 지닌 시인이란 관점이 정지용 시 연구에서 배제되는 원인이 되었다. 둘째, 기법이나 형식에 치우친 연구 방향 때문에 시인의 시의식의 변화와 그 세계를 조망하는 작업이 상대적으로 도외시된 점이다. 기법이나 형식 중심 연구는 정지용의 시작품이 가진 언어미와 기교적 측면에 주안점을 두어 진행되었기 때문이다. 그러나 작가의 의식 세계에 대한 고찰은 정지용의 시세계를 분석하는 데 있어 필수적이다. 시작품의 형식적 측면을 강조하는 연구 방법은 작품을 산출한 작가 의식의 뿌리를 밝히는 작업과 병행하여 진행될 때 그 의의가 크다.

한 편의 시작품을 구성하는 중요한 요소 중의 하나는 이미지이다. 이미지와 이미지의 유기적 결합에 의해 한 편의 시가 만들어 진다. 관념적이고 추상적인 것이 시작품 속에서 구체적으로 밝혀지고, 그 작품 속에서만의 독특한 의미를 지니게 되는 것은 이미지를 통해서 가능하기 때문이다. 따라서 대상에 대한 시적 반응은 이미지를 통해 재현되며 구체화되는 경우가 많다. 시가 추상이 아니라 구체적으로 특수한 것을 통하여 추상의 의미를 전달한다[30]면, 이 특수한 것은 곧 이미지를 지칭한다. 이러한 논의를 바탕으로 할 때, 정지용 시에서 나타나는 집 이미지의 의미를 파악하는 작업은 그의 시세계를 표상하는 시적 체험과 시적 변모 양상을 고찰하는 데 필수적이다.

일반적으로 집은 고향을 떠올리거나 그러한 공간을 형상화한 이미지이다. M. 하이데거(Heidgger)는 '집'을 통하여 고향을 "오직 인간만이 거주할 수 있고, 또 그가 자기의 고유한 섭리 속에 안주할 수 있도록 인간을 위하여 열어 마련해 주는 공간"[31]으로 설명한다. 집이 '인간 존재의 최초 세계'[32]라면, 고향은 집과 마찬가지로 존재를 감싸는 원초적인 따뜻함이 있는 공간이다. 이처럼 집은 고향과 동일시되는 이미지이며 끊임없는 향수를 불러일으키는 곳이다. G. 바슐라르(Bachelard)는 집을 통한 시인의 의식을 보여주기 위해, 존재가 밖으로 내던져지는, 즉 문 밖으로, 집의 존재 밖으로 내쫓아지는 경험, 인간의 적의와 세계의 적의가 쌓여가는 그러한 상황의 경험[33]으로 설명한다. 그것은 자아가 세계를 경험하는 일련의 과정으로 볼 수 있다. 자아와 세계의 대립 양상은 일정치 않고, 자아가 세계를 어떻게 인지하느냐에 따라 시적 변모의 전제를 이루는 것이다. 동시에 그것은 장소의 개념과 맞닿아 있다.

슐츠(Norberg Schultz)는 장소 개념의 발달과 장소(place)의 체계로서의 공간 개념의 발달이 개인의 실존적 공간에 대한 분절화(articulation)에 바탕을 두고 있다고 주장한다. 커다란 환경에 대한 방위(orientation) 분절의 과정에서, 개인은 기본적인 도식을 발전시킨다. 중심 또는 장소(근접성) 방향 또는 길(연속성), 지역 또는 영토(울로 둘러 막은 땅)들은 환

---

30) C. Brooks · R. P. Warren, Understanding Poetry, 4th ed; New York, 1976, p. 208.
31) M. Heidegger, 소광희 역, 『시와 철학』, 박영사, 1989, 22쪽.
32) G. Bachelard, 곽광수 역, 『공간의 시학』, 민음사, 1990, 118쪽.
33) G. Bachelard, 위의 책, 119쪽.

경에서 초점이나 중요한 지점으로 언급된다. 그것들은 이념적인 중심 (우주의 축, 우주 나무 또는 우주 산)이나 우리의 개인적 세계의 중심-우리의 집을 나타낸다.[34]

정지용 시에 나타난 집은 공간 이미지로서 시인의 의식을 집약적으로 보여준다. 집이 세계의 중심, 우리들의 세계, 우주[35]를 상징할 때, 인간에게 안정의 근거와 환상을 주는 이미지들의 집적체이며 수직적이면서 응집된 존재[36]로 파악된다. 이런 관점에서 정지용 시의 집 이미지는 근원적이며 원초적이다. 그것은 집 안의 자아와 집 밖의 세계가 끊임없이 교호하면서 자아와 세계의 갈등 양상을 보여주기 때문이다. 그러한 집의 의미를 추적하는 작업은 시인의 의식을 따라가는 것이며 시적 변모 과정을 고찰하는 데 필수적인 요건이기도 하다.

한 시인의 시적 변모는 시 정신의 변화를 의미한다. 그것은 언어 능력의 변화 양상이며, 시적 언어로써 표현된 주체의 변모상이라고 할 수 있다. 시인은 시적 언어를 통해 자신이 살고 있는 사회 구조와의 관계 속에서 형성된 의식을 표현하며, 궁극적으로 그가 속한 집단의 의식을 반영하게 된다. 한 시인의 시적 변모를 살피는 것은, 시인이라는 한 개인이 여러 상황을 견디면서 성장하는 모습을 확인하는 것이며, 그것은 그의 시의 총체적 이해의 토대를 마련하는 것이다. 왜냐하면 대부분의 시에 나타난 서정적 주체는 시인 자신이며, 때로는 객관적인 존재의 양상을 보이는 서정적 주체도 결국은 시인 자신이라고 해석될 수 있기 때문이다.[37]

---

34) Esther Jacobson-Leong, *Place and Passage in the Chinese Arts: Visual Images and Poetic Analogues*, Critical Inquiry, 1976, pp. 351-353.

35) J. C. Cooper, 이윤기 역, 『세계문화상징사전』, 까치, 1994, 172쪽.

36) G. Bachelard, 위의 책, 132-156쪽 참조.

37) 윤여탁, 「정지용 시의 변모 양상과 그 교육적 의미」, 『현대문학이론연구회』5집, 한국현

이와 같은 관점에서 본고는 정지용의 전체 시편을 통한 집 이미지의 변모 양상을 파악하여, 그의 시적 변모 양상과 이미지의 상호 관련성을 고찰하고자 한다. 이를 위하여 2장에서는, 정지용이 시작 활동을 했던 1930년대의 문단 배경과 그의 시작 경향을 이미지스트로서의 면모를 보여주는 대표적 작품을 통해 파악하고자 한다. 3장에서는 집 이미지의 변모 양상을 중심으로 정지용의 시적 변모 양상과 시대와의 상관 속에서 나타나는 시정신을 밝히고자 한다. 4장에서는 지금까지의 논의를 요약하여 결론을 삼고자 한다.

2. 이미지즘의 전개와 詩作 경향

1) 감각시 전개와 모더니즘 시운동

1920년대의 시단은 상징주의·낭만주의·퇴폐주의 등의 서양 문예사조를 큰 시차없이 유입하여 혼란상을 보여준다. 이러한 혼란상은 서구의 경우, 문예사조의 변천이 단계적으로 변화·발전하였지만, 한국의 경우는 여러 사조의 유입이 동시에 이루어졌기 때문이다. 1920년대 중반기 한국시단은 『폐허』(1920), 『백조』(1922) 등 감상적 낭만주의와 프로문학운동으로 이루어져 있었다. 전자는 김억으로 대표되는 프랑스 상징시의 가닥과 황석우로 대표되는 관념적 환상성의 가닥, 그리고 주요한으로 대표되는 서정성의 가닥이다.[38] 이 점은 감상적 낭만주의로 포괄된다. 1920년대 낭만주의 문학은 사물과 상상력 사이에 과도한

대문학이론연구회, 1995. 12.
38) 김윤식, 「모더니즘시운동양상」, 『한국현대시론비판』, 일지사, 1982.

감정이 개입되었고, KAPF의 프로문학 운동은 관념이나 의지가 지나치게 작용했기 때문에 편내용주의와 이데올로기 편향을 보이게 된다.

1920년대 자유시론의 전개는 새로운 시형을 모색하기 위한 시도였다. 김억은 「스핑쓰의 고뇌」[39]에서 프랑스 상징주의의 수용과 소개를 하였으나, 세기말적 퇴폐주의 경향에 기울었다. 황석우는 「일본시단의 2대 경향」[40]에서 문예사조적 특성을 정리·소개하는 수준을 보였다. 이러한 상징주의의 수용은 20년대 시인들의 상징시에 대한 관점을 보여주며, 상징시를 둘러싼 '몽롱체 시비'는 황석우와 현철을 통해서 나타나기도 한다. 또한 1920년대 전반기 <백조파>의 낭만주의적 성격은 박영희의 계급적 성격에 의해 와해되었으며, <폐허파>의 세기말적 퇴폐주의의 연장선상에 놓여 있었다.

1930년대 한국문단은 영미 모더니즘 시론에 관심을 갖고 T. E. 흄(Hume), T. S. 엘리어트(Eliot), I. A. 리차드(Richards) 등의 이론을 수용한다. 이들의 이론은 주로 김기림, 최재서, 이양하 등 영문학 전공자들을 중심으로 논의된다. 영미 모더니즘 시론의 수용에는 다음과 같은 배경을 토대로 한다.[41]

첫째, 1930년대의 시대적 상황이다. 1930년대의 역사적 상황은 세계사적으로 반동의 시대였다. 경제 대공황 이후 파시즘의 대두는 전반적으로 위기·불안 의식을 고조시켰다. 국내적으로도 일제의 식민지 상황 속에서 현실을 극복하기 위한 새로운 이념이 모색되지 않을 수 없었다.

둘째, 1930년대의 문학적 상황이다. 1930년대는 모더니즘 운동이 활

---

39) 김억, 「스핑쓰의 고뇌」, 『폐허』 창간호, 1920.
40) 황석우, 「일본시단의 2대경향」, 위의 책.
41) 이미순, 「1930년대 한국 모더니즘문학과 이양하」, 김용직 외, 『모더니즘 연구』, 자유세계, 1993.

발하게 전개되었다. 그러나 1926년경 이미 배태되어 있었던 모더니즘
운동은 그 이론적 바탕이 없어 문단의 전면에 드러나지 못하고 있었
다. 또한 시사에 한정할 경우에도 이 시기는 이 연대의 우리 시를 위
한 시론의 수립이 요망되고 있었다. 따라서 모더니즘 운동의 이론적
토대를 제공하고 현대시론의 수립을 위해서 서구 모더니즘 시론의 수
용이 요구되었다.

셋째, 외국문학 전공자의 양적 팽창과 연구 분위기의 성숙이다. 한
국 현대문학사를 살펴보면, 특히 평론의 경우, 대학에서 문학을 전공
한 문예학적 문인이 등장하기 시작한 것은 1930년대 이후의 일이었다.
그런데 이들 중에는 편협한 전통적 보수주의와 도식적 계급주의를 부
정하는 순수 문학인들이 많았다.

이러한 배경 하에서 주장된 1930년대 한국문학의 모더니즘[42]은 서
구의 모더니즘문학과 동일한 배경이나 개념으로 사용되지 않는다. 모
더니즘의 한국적 전개는 1930년대 초의 문학적 상황과 조건에 깊이
연관되어 있다. 특히 프롤레타리아 문학의 성립 및 전개 과정과 이에
대한 반동으로서의 시조부흥운동 등 민족주의 운동, 그리고 1930년『시
문학』발간에 따른 순수 서정시 운동과의 상관 체계에서 모더니즘 시
운동도 놓여진다. 한국적 모더니즘의 형성은 일제 군국주의의 급격한

---

42) 한국현대문학사에서 모더니즘이란 용어는 현대주의 혹은 주지주의로 번역되어 사용된
다. 모더니즘은 기성도덕과 전통적 권위를 부정하고 새로운 감각과 방법론을 주장하는
사상적 예술적 사조를 의미한다. 대략 19세기말경에 유럽에서 정치적 개혁운동으로 시
작되어 차츰 예술사조로 전파되었다. 문학에 있어서 모더니즘은 감수성의 혁명과 조사
법의 혁신을 초래했다. 따라서 모더니즘의 서구적 개념은 상징주의·인상주의·야수
파·입체파·미래파·다다 및 슈르레알리즘·실존주의를 포괄하는 예술적 문학적 경
향의 총칭으로 사용되며, 반사실주의로 규정할 때엔 사실주의 혹은 사회주의적 사실주
의와 대극된다. 특히 모더니즘은 영미문학에 비춰 볼 때 불연속적 세계관에 기초를 둔
흄, 파운드 및 상상적 이성과 통어된 감수성의 엘리어트 등에 의해 전개된 주지주의 혹
은 이미지즘의 개념으로 쓰인다.(김용직 외, 『모더니즘 연구』, 자유세계, 1993. 참조)

대두에 따른 정치·사회적 불안과 긴장의 상황도 직접·간접의 관련을 갖는다. 또한 1920년대 문단의 상황과 1930년대의 그것이 갖는 상관 체계도 중요시되어야 한다.

1920년대에 나타난 시론은 김억, 김소월, 주요한 등에 의해 개진되지만 대부분 단편적이고 주관적인 것이어서 이론으로서의 체계와 객관성이 부족했다. 그러나 1930년대 모더니즘 시론은 서구의 20세기적인 시의 이론을 근거로 한층 본격적·구체적으로 전개된다. 1930년대 한국 모더니즘 시의 전개 및 범위는 이론면과 실천면으로 나누어 볼 수 있다. 이론면은 김기림과 이양하 및 최재서의 이론을 중심으로 전개되고, 실천적인 시 창작 과정은 영·미의 이미지즘적인 경향과 서구의 미래파적·다다이즘적·초현실주의적인 경향[43]을 들 수가 있다. 모더니즘 시론은 이미지즘과의 관계하에서 드러난다. 즉 김기림의 시론이 영·미의 이미지스트들의 시론과 I. A. Richards의 문예이론에 근거를 두고 있다는 점, 최재서와 이양하가 또한 그러한 영·미의 시론과 문예이론을 거의 같은 무렵에 도입·전개했다는 점 등이 공통으로 작용해서, 수용자나 독자에게 하나의 동일 경향에 대한 인식을 가능케 했다는 점에서 한 계열이라고 하는 관점을 부각시켜주고 있다.[44]

김기림은 1920년대의 시적 경향을 비판하고 그 결과를 토대로 새로운 시의 이론을 형성·전개한다. 그는 1920년대의 시적 경향을 '센티멘탈 로맨티시즘의 시', '자연발생적인 시', '편내용주의적(偏內容主義的)인 시'라고 비판한다. 김기림은 그것에 대해서 '주지적인 시', '의도적으로 제작하는 시'라고 주장하여 새로운 시의 이론을 표방한다. 그의 시론 전개는 모더니즘 시론과 이미지즘 시론으로 나눌 수 있다. 모더

---

43) 채만묵, 『한국모더니즘시 연구』, 전북대 대학원 박사논문, 1980, 32-42쪽.
44) 위의 논문, 37쪽.

니즘 시론은 현대시에 관한 이론을 중심으로 한 것이고, 이미지즘 시론은 구체적인 시적 방법을 중심으로 한 것이다.

　김기림은 모더니즘 시론에서 새로운 이데아의 발견, 그것은 새로운 시대·새로운 문화·새로운 문학을 위한 원동력이 되어야 함을 말한다. 그러나 새로운 이데아 그것만으로써 새로운 시대·문화·문학이 형성되는 것은 아니다. 그것은 이데아에 알맞는 양식이 갖추어질 때 가능하기 때문이다. 김기림은 1920년대의 시가를 센티멘탈한 시가로 규정하고 이러한 시가를 일괄해서 '자연발생적 시가'라고 명명한다. '자연발생적 시가'의 시대인 1920년대는 김기림이 말했던 새로운 시대 이전의 시대를 의미한다. 그는 1920년대와 1930년대를 변별하는 기준으로 과거의 시를 독단적, 형이상학적, 국부적, 순간적, 감정의 편중, 유심적, 자기중심적이라고 한 반면, 그에 대한 새로운 시는 비판적, 즉물적, 전체적, 경과적, 情意와 지성의 종합, 유물적, 구성적, 객관적이라 규정한다. 이러한 새로운 시의 시대는 1930년대를 의미한다.

　　詩는 曖昧性과 感傷性을 排除하므로써 明朗性에 到達할 수가 있다. 그것은 詩人의 꾸준한 知的 活動에 依하야 어들 수가 있는 일이다.
　　統制되고 計劃된 秩序 以外에 마저 整理되지 않은 部分이 남아 있으면 그 部分이 曖昧性을 가져온다.
　　또한 詩를 感情에게 마껴두는 것은 危險한 일이다.······感情의 肥滿이 다시 말하면 感傷이다. 詩를 이러한 肥大症에서 건저내서 그것에게 「스파르타」人과 같은 健康한 肉體를 賦與하는 것이 오늘의 詩人의 任務다.[45]

　김기림은 1920년대 시의 경향을 감상성과 애매성에서 파악하여, 그

---

45) 김기림, 『시론』, 백양당, 1948, 157-158쪽.

에 대한 구체적인 대안으로서 명랑성과 건강성을 주장한다. 명랑성은 지성에 의한 감정의 정화작용을 통하여 과거의 시인들이 즐겨했던 복잡 미묘한 감정을 맑고 直裁한 감성으로 여과시킴으로써 나타나는 것이다. 또한 건강성에 대해 김기림은 암흑과 死와 靜謐 속에 활기를 불어 넣는 것으로써 원시성의 회복을 통해서 나타나는 것이라 보았다. 이러한 명랑성과 건강성은 문명에 대한 인식과 비판으로 이어진다. 김기림은 문명에 대한 인식에서 "頹廢와 倦怠와 無明 속에서 헐떡이는 現代詩를 現在의 窮地에서 건져내 가지고 太陽이 微笑하고 機械가 아름다운 音樂을 交響하는 街頭로 해방하지 않으면 아니될 일"46)이라 하였다. 이러한 문명 내지 기계에 대한 예찬은 이전 시인들이 감정을 노래한 시로는 새로운 시대를 감당할 수 없다고 본 것이다. 즉 새로운 시대에 알맞는 시는 사물을 재구성하여 객관성을 구비해야 한다는 점이다. 김기림은 새로운 시의 궁극적인 목표로서 객관주의를 주장한다. 그러한 주장은 당시 열악한 한국의 모더니즘 문학에 대한 깊은 천착이 부족했다. 또한 시인의 주관 특히 내면성의 표현같은 것을 등한히 함으로써 주관성을 경시 내지는 배제하여 시의 본질적인 면을 결여하는 한계를 보인다.

　김기림의 이미지즘 시론은 시의 표현에 관계되는 방법 내지는 그가 비평하고 있는 관점 등이 대부분 영·미의 이미지즘 이론에 근거를 두고 전개된다. 그가 주장하는 이론은 대상에 대한 지적인 접근 태도, 일상적 회화 중시, 이미지와 회화성에 대한 새로운 인식, 그리고 장시와 풍자 등 표현 영역과 내용의 확대 등으로 요약할 수 있다. 지적 태도는 의식적으로 의도된 가치 창조로서 이미지스트들이 주장한 시의

---

46) 위의 책, 121-122쪽.

이론에 기대어 있다. 또한 시의 어법면에서 일상적인 회화의 사용을
주장하는 데, 이것은 시에서 감상성을 제거하려 하였거나 그가 말한
자연발생적인 시에 대한 방법으로 볼 수 있다.

　이상에서 모더니즘 시론의 대표적 이론가 김기림의 이론을 살펴 보
았다. 그는 정지용의 시를 전범으로 삼아 논의를 전개한다. 당시 모더
니즘의 대표적 시이론가인 김기림의 시가 우리 문단에 첫 선을 보인
것이 1931년의 「아침해 송가」이며, 또 모더니즘 시이론이 처음 소개된
것도 1933년[47]이었다. 이에 비하여 모더니즘의 경향이나 이론이 대두
되기 수년 전인 1920년대 후반부터 정지용은 이미 감각적 경향의 시
를 발표하여 시각적 이미지가 뛰어난 작품들을 발표하였다.

　1920년을 전후한 한국 시문학의 양상은 김억의 「나의 적은 새야」(『학
지광』 5호, 1915), 주요한의 「불노리」(『창조』 창간호, 1919), 이상화의 「나
의 침실로」(『백조』 3호, 1923), 오상순의 「허무혼의 선언」(『동명』 18호,
1923) 등 일련의 서정적 자유시로 나타난다. 그러나 1925년 전후에 나
타난 몇몇 시인들의 시풍은 1920년 전후의 시풍과는 다른 경향을 보
여준다. 이장희의 「봄은 고양이로다」(1923)와 「夏日小景」(1926), 정지용
의 「카페·쁘란스」(1926), 「따알리아」(1926) 같은 시는 그 이전의 퇴폐
적 시풍과는 다른 새로운 시적 기법인 섬세한 감각적 이미지로 구사
되어 있다. 이러한 경향은 시의 형태 변환, 이미지의 본격적인 구사라
는 점에서 1930년대 모더니즘의 전단계라 할 수 있다.

　　꽃가루와같이 부드러운 고양이의털에
　　고운봄의 香氣가 어리우도다

---

47) 김기림, 「1933년 시단년평」, 『신동아』 3권 12호, 1933. 12.

금방울과같이 호동그란 고양이의눈에
밋진봄의 불길이 흐르도다

고요히 다물은 고양이의입술에
폭은한 봄졸음이 떠돌아라

날카롭게 쭉뻗은 고양이의수염에
푸른봄의 生氣가 뛰놀아라

　　　　　　　　　　　－「봄은 고양이로다」[48] 전문

　인용시는 1920년대 전반기의 퇴폐적인 경향과는 달리 섬세한 감각적 이미지를 표현한 작품이다. 「봄은 고양이로다」는 '봄'과 '고양이'를 표현함에 있어 감각적 기교를 보여주는 대표적인 시이다. 이장희는 '꽃가루'의 후각과 '털'의 촉각을 사용하여 '고양이'를 감각적으로 표현하고 있다. 그는 '고양이'의 털·눈·입술·수염 등의 부분을 시각·청각·촉각·후각적 이미지를 이용하여 '봄'을 형상화하고 있다.

가을 볕 째앵 하게
내려 쪼이는 잔디밭.

함빡 피여난 따알리아.
한낮에 함빡 핀 따알리아.

시약시야, 네 살빛도
익을 대로 익었구나.

─────────

48) 백기만, 『상화와 고월』, 청구출판사, 1951.

시약시야, 순하디 순하여 다오.
암사심 처럼 뛰여 다녀 보아라.

물오리 떠 돌아 다니는
힌 못물 같은 하눌 밑에,

함빡 피여 나온 따알리아.
피다 못해 터저 나오는 따알리아.

-「따알리아」49) 전문

「따알리아」는 가을 철에 핀 '따알리아'를 시각적으로 형상화하여 표현한 작품이다. 2연에서 '함빡 피여난'과 '한낮에 함빡 핀'은 '따알리아'의 강렬한 색채를 점층적으로 강조하는 효과를 보인다. '한낮'이 주는 정오 무렵의 '째앵'한 빛은 '따알리아'의 색채를 더욱 돋보이게 하는 장치로 나타난다. 정지용은 '따알리아'의 속성을 '시약시'와 '암사심'으로 비유하여, '젓가슴과 붓그럼성'에서 함축하는 어느 정도 성숙한 여인의 모습으로 비추기도 하고, '암사심 처럼 뛰여 다녀 보아라'에서 '따알리아'를 생동감있게 나타내기도 한다. 「따알리아」는 전체적으로 '따알리아'의 피어난 모습을 인간과 동물의 속성에 비유하여 참신한 감각적 표현으로 나타낸 시라 할 수 있다.

현대적 감각과 지적 표현에 치중한 정지용의 어법은 1930년대에 본격적으로 시도된다. 그것은 주로 표현 대상의 변화를 반영하는 언어 표현과 관계된다. 정한(情恨) 그 자체나 정한의 감상성에 대한 주지적 경향과 자연적 제요소에 대한 도시적·문화적 요소 등을 시적 대상으

---

49) 본 논문에 사용된 텍스트는 『정지용전집』1(김학동 편, 민음사, 1988)이다. 산문의 경우, 『정지용전집』2(이하 『전집』)에 기재된 글들을 참고하고자 한다.

로 표현하기 위한 언어의 변화가 그것이다. 이것들은 구체적으로 자연에 관계되는 언어 대신 문명과 도시에 관계되는 일상용어와 감각, 특히 청각에 대한 시각적 언어 등으로 볼 수 있다. 이와 같은 시적 언어나 어법은 곧 영·미의 이미지스트들이 선언한 시의 언어와 표현에 관한 경향의 일부이기도 하다. 이러한 경향은 <시문학파>의 일부와 모더니즘 시운동에서 본격적으로 주장되고 실천되었다. <시문학파>의 일부와 모더니스트들이 시도한 시적 어법은 문명적이고 도시적인 요소, 감각적인 요소를 표현하기 위한 언어에서 그 특징이 나타난다.

1920년대 후반에 발표된 정지용의 초기 시편들은 순수의 경향과 참신한 감각적 이미지 솜씨가 두드러지게 나타나있었다. 그의 감각적 이미지화 기법이 영미 이미지즘 운동의 영향에서 온 것이기 보다는 오리지날한 것이라든지 스스로의 미학에 의해 생산된 것이라는 평가[50]가 있었지만, 결국 그의 시는 『시문학』의 주된 흐름이었던 순수의 방향과 1930년대 모더니즘의 경향에 자연스럽게 접맥될 수 있었던 것이다.[51] 따라서 정지용의 초기시에 나타나는 이미지의 구사는 1930년대 모더니즘 시운동을 통해 이론적인 면을 선도적으로 이끈 실제비평의 대상으로 보여진다.

---

50) 김용직, 앞의 책, 255쪽.
51) 모더니즘 시 운동의 주역을 담당한 김기림이 정지용에 대해 언급하였던 한국의 시에 현대의 호흡과 맥박을 불어넣은 최초의 시인이라거나, 시 속에 공간성을 이끌어 넣었으며 원초적·직관적 감상을 시 속에 맞아들여서 독창적인 형상을 주었다거나, 시의 유일한 매재인 언어에 대하여 주의한 최초의 시인이라는 평가들은 곧 정지용이 모더니즘을 주창하지 않았다 하더라도 당시의 모더니즘 시인들에게 창작 방법의 면에서 모범의 역할을 담당하였음을 유추하게 하는 것이다.

2) 정지용의 詩作과 이미지즘

정지용은 『학조』(1926) 창간호 무렵에 독특한 언어 구사와 선명한 색채 이미지를 제시하여 시단의 주목을 받는다. 그는 이 잡지의 시편에서 견고하고 참신한 이미지를 부각시켰다. 이러한 점은 1920년대 중반기 한국 문단 상황에 정지용의 시를 통한 모더니즘의 출현을 예고하는 것이었다. 이러한 정지용 시의 경향은 다음과 같은 두 가지 이유에서 1920년대의 시단과 변별성을 띤다. 첫째, 그의 시는 『폐허』(1920), 『백조』(1922) 동인들의 퇴폐적이고 세기말적인 분위기에 편승하지 않고, 감정이 알맞게 절제된 신고전주의의 단면을 보여주는 점이다. 둘째, 선명하고 참신한 이미지를 시창작 방법에 도입한 점이다.

바다는 뿔뿔이
달어 날랴고 했다.

푸른 도마뱀떼 같이
재재발렀다.

꼬리가 이루
잡히지 않었다.

흰 발톱에 찢긴
珊瑚보다 붉고 슬픈 생채기!.

ㅡ「바다9」 부분

정지용은 「바다9」에서 파도가 일어 부서지는 모습을 '뿔뿔이 / 달어 날랴'는 '도마뱀 떼'로 형상화하여 전달하고 있다. 그는 생동하는 바다가 주는 시각적 이미지의 정확한 전달을 위해 '도마뱀 떼'를 사용한다.
「바다9」는 바다의 속성을 이미지화하는데 감각적 인상을 중요시한 시
작 태도를 단적으로 드러낸 작품이라 볼 수 있다. 정지용은 바다의 역
동적 속성을 순간적 인상으로 감지하여 시각적으로 묘사한다. 「바다9」
에서 사물의 투영은 육감적일 정도로 감각화되었으며, 바다가 주는 낭
만적 감정은 지적인 절제에 의해 억제된 상태이다.

> 가을 밤의 싸늘한 감촉---
> 나는 밖을 걷고 있었다,
> 그래서 불그스럼한 달이 생나무 울타리에 기댄 것을 보았다.
> 벌건 얼굴을 한 농부같이,
> 나는 멈춰 서서 말하지는 않았지만, 알아차렸다,
> 그리고 둘레에는 무엇인가 바라는 것 같은 별들이 있었다.
> 도회지의 아이들처럼 흰 얼굴을 하고
>
> -「가을」52) 전문

　「가을」은 이미지즘을 주창한 흄의 시로서 이미지즘 계열의 최초의
시라고도 말한다. 「가을」의 중요 소재는 '달'이다. '달'은 그 자체로 감
각적 실체이며 상징성을 획득한다. '생나무 울타리'에 걸린 '불그스럼
한 달'의 형상은 하루 일을 끝내고 저녁노을을 받으며 집으로 돌아오
는 벌겋게 상기된 '농부'의 얼굴을 떠올리게 하는 표현이다. 그리고 대
조적으로 그 둘레에 있는 별들은 창백하리만치 푸른 빛을 발하는 모
습을 도회지 아이들의 흰 얼굴에 대비하고 있다. 이는 엘리어트의 '객
관적 상관물'(objective correlative)의 전형이라 할 수 있다.
　「시인클럽」(1908년)을 조직한 흄은 담화로서 사상을 강렬히 표현하

---

52) 김재근, 『이미지즘 연구』, 정음사, 1973, 29-30쪽.

여 주위의 조각가나 건축가, 또는 시인에게 많은 자극을 주었다. 그는 1908년 말에 『1908년 크리스마스』(For Christmas MDCCCCV111)라는 소문집을 발간한다. 이 잡지에 7행으로 된 「가을」이란 시를 기고한 흄은 감정의 표출을 최대한 억제하면서 매체를 이용한 이미지 제시에 주력한다. 즉 '달'의 이미지는 '불그스럼'하며 '벌건 얼굴을 한 농부'로 이미지화되어 있다. 그러한 점은 시적 대상을 바라보는 시인의 감정이 대상을 흐리지 않은 상태에서 '달'의 견고한 이미지 제시가 이루어진 것이다. 흄의 예술적 입장을 대변하는 '딱딱하고 건조함'(hard and dry)은 이미지스트들에 의해 착실하게 계승되었다. 그리하여 이미지스트 선언 가운데 하나는 참신한 이미지를 제시하는 것이었다.[53] 이러한 흄

---

53) 1915년에 발간된 『몇몇 이미지스트 시』(SOME IMAGIST POETS)의 서문에 발표된 선언은 다음과 같다.

(1) 일상용어를 사용할 것. 그러나 항상 정확한 말을 사용할 것. 정확에 가깝거나 또 단순히 수식적인 말은 사용하지 말 것.

(2) 새로운 리듬을 지어낼 것. 새로운 정조의 표현으로서, 낡은 정조를 반영하는 데 지나지 않은 낡은 리듬을 흉내내지 말 것. 우리들은 시를 쓰는 유일한 방법으로서 자유시의 주장을 고집하지는 않는다. 우리들은 자유의 원칙을 위하여 노력하는 것과 같이 자유시를 위하여 노력한다. 우리들은, 시인의 개성은 인습적인 형식으로서보다는 자유시로서 더 잘 표현될 것이라고 믿는다. 시에 있어서 새로운 운율은 새로운 사상을 뜻하는 것이다.

(3) 주제의 선택을 절대로 자유롭게 할 것. 비행기와 자동차에 대하여 서투르게 쓰는 것은 좋은 예술이 아니다. 과거의 것에 대하여 솜씨있게 쓰는 것은 반드시 나쁜 예술이 아니다. 우리들은 현대 생활의 예술적 가치를 진심으로 믿는 바이다. 그러나 우리들은 1911년의 비행기처럼 고무적이 못되고, 또 새로운 분위를 못가지는 것은 없다고 지적하고 싶다.

(4) 심상을 제시할 것. 우리들은 화가의 일파가 아니다. 그러나 우리들은 시라는 것이 특수한 것을 정확하게 표현해야 하며 아무리 찬란하고 당당한 것이라 하여도 막연한 보편적인 것을 취급하여서는 안된다고 믿는다. 이러한 이유로 우리들은 그 예술에 있어서의 실제의 곤란을 회피하는 것으로 보이는 질서 정연함을 주장하는 세상과 시인에게 반대하는 것이다.

(5) 조각같이 확연하고 눈에 명백히 보이는 시를 지을 것. 멍하고 흐릿하고 막연한 시를 쓰지 말 것.

(6) 마지막으로 우리들의 대부분은 중점집중이 시의 바로 본질이라고 믿는다. (김재

의 시작 특성은 정지용의 초기시의 하나인 「바다9」에서 나타난다. 이
것은 흄의 시 「가을」에 나타난 견고한 '달'의 이미지 제시 방법과 유
사하다. 그것은 이른바 '딱딱한 건조함'이라 할 수 있다. 「바다9」는 이
미지스트 선언의 여섯 개 항목 중 4, 5, 6 항과 일치하는 면을 보여주
는 시이다.

  정지용은 하나의 이미지를 제시하여, 내용을 정확하고 선명하게 전
달하는 엄격한 시작법을 보여준다. 그는 「향수」의 '해설피 금빛 게으
른 울음을 우는 곳'에서 '금빛'의 시각과 '울음'의 청각을 공감각화하
여 표현한다. 르네 웰렉(Rene Wellk)에 의하면 공감각적 이미지는 하나
의 감각을 또 다른 감각으로, 예컨대 음향을 색채로 전환시킨 것[54]을
말한다. 정지용 초기 시편에 부분적으로 나타난 이러한 기법은 감각적
이미지를 높은 차원으로 격상시킨 예이다. 예를 들어 '연기 끼인 듯한
소리'(「幌馬車」), '지렁이 기름불만치 우는 밤'(「太極扇」) 등에서 감각적
이미지의 탁월한 기법을 대할 수 있다. 이러한 점으로 정지용은 초기
시편에서 감각적 이미지를 중심으로 시작 활동을 전개했다는 것을 알
수 있다.

  琉璃에 차고 슬픈것이 어린거린다.
  열없이 붙어서서 입김을 흐리우니
  길들은양 언날개를 파다거린다.
  지우고 보고 지우고 보아도
  새까만 밤이 밀려나가고 밀려와 부디치고,
  물먹은 별이, 반짝, 寶石처럼 백힌다.
  밤에 홀로 琉璃를 닥는것은

  근, 위의 책, 26-28쪽에서 재인용)
54) Rene Wellk · Austin Warren, *Theory of Literature*, Penguin Books, 1966, p.187.

외로운 황홀한 심사이어니,
고흔 肺血管이 찢어진 채로
아아, 늬는 山ㅅ새처럼 날러 갔구나!

-「琉璃窓1」 전문

  어린 자식을 잃고 썼다는 「유리창1」은 감정의 절제가 시 속에서 어떻게 이루어지는가를 보여주는 좋은 예이다. 「유리창1」에 나타난 이미지들은 창 안과 창 밖을 중심으로 더운 것과 찬 것, 그리고 밝음과 어둠을 상징하는 이미지들의 대립 구조를 보인다. 그리고 이 시에서 시적 자아와 '늬'로 호칭되는 청자이자 시적 대상이 함께 나타난다. 양자 사이에 일어난 어떤 일이나, 그들의 상호 관계 속에서 시의 내용이 전개된다.

  시적 자아는 따뜻한 존재이며 밝음의 공간에 자리한다. 이에 비해 시적 대상, 즉 사랑하는 사람은 차가운 존재이자 어둠의 공간에 자리한다. 시적 자아는 따뜻한 입김으로 유리창을 닦는다. 그러나 그가 본 것은 '차가운 것'(1행), '얼어붙은 존재'(3행), '고흔 폐혈관이 찢어진 채'(9행)이다. 차가움의 이미지는 창 밖에 위치한다. 또한 차가움은 죽음의 의미를 형상화한 것이다. 시적 자아가 사랑하는 대상은 차가움의 세계에 있으며, 그것은 곧 죽음의 세계와 무기물로 굳어 버린 세계를 의미한다. 반면에 입김으로 유리창을 닦는 시적 자아의 행위는 따뜻함과 생명을 의미하며 창 안의 세계를 대변한다. '입김'이란 따뜻함, 숨 즉 생명 그 자체를 의미하기 때문이다.[55]

---

55) 이와 같은 관점에서, 정지용 시의 이미지 구사는 우리 시문학사에서도 찾아 볼 수 있다. 「유리창1」에 나타난 시적 자아의 의식은 '늬'를 죽음으로 인정하면서도 한편으로는 살아있음을 기원하는 슬픔의 비극적 극복으로 나타난다. 그러한 인식은 '아으 彌陀刹애 맛보올 내 / 道 닷가 기드리고다.'(제망매가)에서 죽은 누이 동생을 애도하는 데 머무르

「유리창1」에서 유리창은 창 안의 시적 자아와 창 밖의 시적 대상과의 거리를 유지케하는 장치로 나타난다. 정지용은 유리창을 통해 자신의 감정과 의지를 절제한다. 그는 자신의 격한 감정을 철저히 배제하고자 자아와 세계의 거리를 두는 것이다. 그것은 정지용 시작법의 핵심이며 그 자신이 확신하고 있었던 '서늘옵기'이기도 하다.

> 안으로 熱하고 겉으로 서늘옵기란 일종의 생리를 압복시키는 노릇이기에 심히 어렵다. 그러나 시의 威儀는 겉으로 서늘옵기를 바라서 마지 않는다.

지 않고 죽은 누이와 극락정토(極樂淨土)에서 새로운 만남을 기원하는 행위와 연결된다.

> 옛날, 우리나라
> 먼뒤쪽의
> 津頭江가람까에 살던누나는
> 이붓어미싀샘에 죽엇습니다.
>
> 누나라고 불러보랴
> 오오 불설워
> 싀새음에 몸이죽은 우리누나는
> 죽어서 접동새가 되었습니다.
>
> 아웁이나 남아되든 오랩동생을
> 죽어서도 못닞어 참아못니저
> 夜三更 남다자는 밤이 깁프면
> 이山 저山 올마가며 슬피 웁니다.

위의 시는 김소월의 「접동새」(전정구 편, 『素月 金廷湜 全集』1, 한국문화사, 1993)의 일부분이다. 시적 자아는 '津頭江가람까에 살던누나'가 '이붓어미싀샘에 죽엇'다는 사실과 '죽어서 접동새가 되'기를 바라는 염원을 간직하고 있다. 시적 자아가 부르고 싶은 누나는 살아 남은 동생들이 보고파 밤이 깊어도 이산 저산 옮기며 슬피우는 접동새이기를 바라는 마음으로 형상화된다. 「유리창1」의 경우, 시적 자아는 새가 날러감으로 이별을 인식하지만 동시에 그 이별은 살아있기를 바라는 속성을 의미한다. 그것은 상실된 시적 대상을 인식하는 데 보다 비극적일 수밖에 없으며, 시적 자아의 정서를 그만큼 명징하게 표현하는 것이다.

슬픔과 눈물을 그들의 심리학적인 화학적인 부면 이외의 전면적
인 것을 마침내 시에서 수용하도록 차배되었으므로 따라서 폐단도
많아 왔다. 시는 소설보다도 善泣癖이 있다. 시가 솔선하야 울어버리
면 독자는 서서히 눈물을 저작할 여유를 갖지 못할지니 남을 울려야
할 경우에 자기가 먼저 大哭하야 실소를 폭발시키는 것은 素人劇에
서만 본 것이 아니다. 남을 슬프기 그지 없는 정황으로 유도함에는
자기의 감격을 먼저 신중히 이동시킬 것이다.[56]

정지용은 '안으로 熱하고 겉으로 서늘옵기'가 '시의 威儀'임을 강조
한다. 그것은 시창작 방법이며, 전체 시편을 포괄하는 시론이기도 하
다. 그는 「유리창1」에 나타난 유리창의 사물성과 자신의 경험을 이미
지를 통해 객관화한다. 정지용은 유리창의 사물성을 사물성 자체로만
묘사하지 않고, 자녀의 죽음 문제를 감상적이고 주관적인 정서로 표백
하거나 관념적으로 드러내지 않는다. 그것은 '안으로 熱'한 시적 자아
의 정서를 이미지를 통해 '겉으로 서늘'하게 표현하는 자신의 창작방
법과 그 궤를 같이하는 것이기도 하다.

「유리창1」의 이미지에는 시적 자아의 태도와 정서가 포함되어 형상
화되어 있다. '차고 슬픈것이 어른거린다', '언 날개를 파다거린다',
'물먹은 별', '고흔 肺血管'에서 보듯이, 그 이미지들은 이 시에서 의미
심장한 객관적 상관물이 되고 있다. 그러한 표현은 감정과 사물의 결
합으로 이루어졌다. 그 이미지가 사물성 자체만으로 기능하거나 정서
의 도구나 장식의 역할에 머무르는 것이 아니라, 이미지 자체가 관념
과 정서 자체가 된다. 따라서 정지용 시의 이미지는 그의 정서를 절제
하고 객관화하는 시적 장치로써 기능한다.

---

56) 정지용, 「시의 威儀」, 『전집』, 250쪽.

등단할 무렵 정지용 시의 새로움을 보여주는 본보기로 서준섭은 「슬픈 인상화」를 제시한 후, 이 시가 근대 풍경의 인상화라는 점, 시인의 감각적 인상의 서술로 되어 있다는 점에서 정지용 시의 일반적 특질을 대변해주고 있다고 평가했다. 그는 「슬픈 인상화」에서 보여주는 근대 풍경과 새로운 감각의 발견이 바로 정지용 시학의 새로운 점이라고 강조하고,『정지용시집』의 주조음을 이룬다고 보았다.[57] 이러한 점은 흄이 보여준 서정의 감각화 기법과 상통하는 면이다.

정지용은 이국정조의 이방인 의식을 명징한 사물의 감각으로 표현한다. 그러한 점은 초기 정지용의 시작 경향을 대표하는 것이며, 그것은 곧 정지용 시의 연원을 따지는 중요한 근거이기도 하다. 김윤식은 정지용의 영향 관계를 감각적 이미지즘으로 파악하고 그 원천이 그의 기질적인 것과 함께 일본 시인 "北原白秋의 감각적 시법에 깊이 관련되어 있다"[58]고 보았다. 또한 김용직은 정지용이 받은 영향 가능성을 그의 영문학 수학, 해외시 번역, 일본의 신감각파 운동, 좋아한 일본 시인 등 다각적인 면에서 검토한 후, 정지용 시가 이 중 어느 한 면의 영향이라기보다는 그 모든 것의 총화이며 동시에 그 자신의 미학에 의하여 산출되었던 것으로 보았다.[59] 이러한 정지용 시의 영향 관계를 통해서 공통적으로 산출되는 점은 참신한 이미지의 구사라 할 수 있다. 이 점은 1930년대 본격적으로 대두된 모더니즘 시운동에서 정지용의 실천적인 시창작과 모더니즘 시론과의 영향 관계를 해명하는 단초라 할 수 있다.

---

57) 서준섭,『한국모더니즘문학연구』, 일지사, 1988, 116-117쪽.
58) 김윤식,『한국근대작가논고』, 일지사, 1990, 111쪽.
59) 김용직, 앞의 책, 246-255쪽.

3. '집' 이미지의 변모 양상

1) 내면의 집-집 떠나기

본장에서는 정지용의 시적 변모 과정과 연관하여 집 이미지의 변모 양상을 중심으로 시인의 의식을 집중적으로 고찰하고자 한다. 집이 인간을 위한 공간이며 인간 존재의 최초의 세계라면, 집 안과 집 밖으로 대별되는 자아와 세계의 관계는 문 밖 또는 집의 존재 밖으로 내쫓기는 경험, 인간의 적의와 세계의 적의가 쌓여가는 그러한 상황의 경험으로 볼 수 있다. 집은 정지용의 시에 자주 나타나는 공간으로 시인에게 안락과 위로를 주는 방[60]과 같은 장소이다.

정지용의 시에 나타난 집 이미지는 자아와 세계를 이원화하는 구도로 짜여 있다. '세계에 던져진 인간'으로부터 '태풍 가운데 던져진 집'에의 성찰은 단순히 기하학적 형태로 나타나는 것이 아니고, 그것은 인간과 집의 동적 공동체, 또는 집과 세계와의 동적인 대항관계 속에서 이루어진다.[61] 그것은 집 안과 집 밖의 세계가 공존하면서 자아와 세계와의 끊임없는 갈등을 보이기 때문이다. 집은 자아에게 있어 세계를 대하는 최초의 모습이며 인간 존재의 본원적 회귀를 뜻한다. 그러므로 집이 갖는 내면의 모습은 상징적 속성을 전제로 이루어진다. 그것은 자아 의식의 한 정점을 향한 추구이며 그에 대한 회귀라 할 수 있다.

옴겨다 심은 棕櫚나무 밑에
빗두루 슨 장명등,

카페 · 쯔란스에 가쟈.
이놈은 루바쉬카
또 한놈은 보헤미안 넥타이
삣적 마른 놈이 압장을 섰다.

밤비는 뱀눈 처럼 가는데
페이브멘트에 흐늙이는 불빛
카페 · 쯔란스에 가쟈.

이 놈의 머리는 빗두른 능금
또 한놈의 心臟은 벌레 먹은 薔薇
제비 처럼 젖은 놈이 뛰여 간다.

※

「오오 패롵(鸚鵡) 서방! 꾿 이브닝!」

「꾿 이브닝!」(이 친구 어떠하시오?)

鬱金香 아가씨는 이밤에도
更紗 커-틴 밑에서 조시는구료!

나는 子爵의 아들도 아무것도 아니란다.
남달리 손이 히여서 슬프구나!

나는 나라도 집도 없단다
大理石 테이블에 닷는 내뺨이 슬프구나!

오오, 異國種강아지야

내발을 빨어다오.

내발을 빨어다오.

-「카떼·쯔란스」 전문

「카떼·쯔란스」에 나타난 프란스라는 이름의 카페는 그대로 이국풍의 집이기도 하다. 그곳은 '옴겨다 심은 종려나무'가 있고, 그 밑에 '빗두로 슨 장명등'을 밝힌 집이다. '루바쉬카', '보헤미안', '뺏적 마른 놈'의 이방인을 등장시킨 「카떼·쯔란스」는 강한 이국적 분위기를 환기한다. 인용시에 나타난 등장인물은 각기 '빗두른 능금', '벌레 먹은 장미', '제비 처럼 젖은 놈'으로 카페프란스에 간다. 시적 자아 역시 그들 중의 한 사람으로 이방인의 하나일 뿐이다.

「카떼·쯔란스」의 전반부가 집 밖의 세계를 묘사했다면, 후반부는 집 안의 세계를 나타낸다. 집 안의 세계는 시적 자아 의식을 단적으로 보여준다. 그것은 슬프다는 정서이다. 시적 자아의 슬픔은 '자작의 아들도 아모것도' 아닌 점과 '남달리 손이 히여서' 그리고 '나라도 집도 없'는 자신의 처지를 정확히 인식하는 데에서 온다. 시적 자아는 '이국 종 강아지'에게 자조하는 '무력한 인테리 소시민층'[62] 식민지 지식인의 모습을 보여준다.

집의 속성을 근원적 회귀 의식이라 할 때, 집이 갖는 강한 상징성은 자아 찾기의 모티프이며 아이덴티티의 모체가 된다. 그러한 점에서 시적 자아는 수많은 이국인이 모여드는 카페 프란스에 가고자 하는 것이다. 집 밖의 세계에 노출된 자아는 끊임없이 집 안의 세계를 동경한다. 그러나 집 안의 세계는 시적 자아에게 비애를 안겨 줄 뿐이다. '자

---

62) 정지용, 「조선시의 반성」, 『전집』, 267쪽.

작의 아들도 아무것도 아'닌 시적 자아는 '남달리 손이' 흰 지식인이
며, '나라'가 없다는 것은 집이 없음을 나타낸다. 또한 '집'이 없다는
것은 자아의 상실과 그로 인한 방랑 체험으로 집 떠나기라 볼 수 있
다. 그러한 방랑은 차가운 냉기가 흐르는 '대리석 테이블'이 아닌 따뜻
한 온기가 배인 온돌방 같은 집 안의 세계를 찾는 일련의 과정이다.

카페 프란스는 온돌방이 있는 집이 아닌 집 밖의 또다른 집이다. 집
은 모든 사물들이 들어 있다는 의미에서 지혜를 담고 있는 것, 곧 전
통을 상징하며, 가정이라는 의미일때는 인간의 육체, 인간의 사고, 말
을 바꾸면 인간의 삶을 상징한다.[63] 한국의 전통적인 집의 구조는 그
공간의 성격이나 분할에 있어서 특유의 구조성·문화성 및 사회성을
지니고 있다. 말하자면, 집은 가족·사회 제도나 질서·전통적인 관습
및 사회변화의 지표와 밀접한 관련이 있는 것이다.[64]

정지용이 느끼는 이국풍의 집은 자신의 경험 속에 놓여진 온돌같은
집으로 대표되는 전통의 집이 아니다. 시적 자아가 가고자하는 카페
프란스까지 가는 거리는 '옴겨다 심은 棕櫚나무'가 있고, '빗두루 슨
장명등'은 '페이브멘트에 흐늙이는 불빛'을 받아 '밤비는 뱀눈 처럼
가'늘게 내리는 모습으로 비춰진다. '옴겨다 심은', '빗두루 슨', '흐늙
이는' 등의 수식어에서 보듯이, 시적 자아가 처해있는 공간은 전통의
집이 거세된 이식된 장소이거나 제대로 서 있지 못한 채 흐느적거리는
곳이며 퇴폐적인 곳이기도 하다. 그러한 카페 프란스는 시적 자아에게
그 또한 이방인으로 비춰질 뿐이며, 일찍이 고향을 떠나 서울과 일본
유학길에 오른 나약한 지식인의 내면세계가 나타난 것으로 볼 수 있다.

정지용은 1923년 일본 근대 사상 운동의 요람이었던 경도(京都)의 동

---

63) 이승훈 편저, 『문학상징사전』, 고려원, 1995, 444쪽.
64) 이재선, 「집의 空間構造」, 『한국문학 주제론』, 서강대 출판부, 1991.

지사(同志社) 대학에 유학한다. 그의 유학은 식민지 상황 속에서 이루어졌으며, 그 당시 식민의 본산인 일본은 마르크시즘과 모더니즘이 혼재되어 있었다. 그것은 제국주의 일본의 모습을 또 다른 시각에서 바라볼 수 있게 만드는 양면성을 띤 것이었다. 근대적 풍물은 근대적 문예인 모더니즘을 보여주었고, 식민 정책 주도의 일면에는 마르크시즘이 존재했다. 고대 일본 수도의 정취와 새로운 서구 문물이 묘한 조화를 이루는 경도는 정지용에게 이국적 풍물에 몰입케 한다. 정지용은 자신의 고향인 충북 옥천이나 조선의 서울과는 다른 곳에서 자아의 아이덴티티는 방랑할 수밖에 없는 상황에 놓여진 것이다.

이러한 자아의 방랑은 집 떠나기에서 연유하며 어느 한 곳에 안주할 수 없음을 나타낸다. 집 떠나기의 시적 상황은 「카떼 · 쯔란스」에서 수많은 외국인들과 함께 '카떼 · 쯔란스에 가쟈'라고 외치는 시적 자아의 모습을 통해 찾을 수 있다. 정작 그가 가고자 했던 「카떼 · 쯔란스」의 집 안 세계는 비애의 정조를 보여주며 자아의 상실감을 나타낸다. 자아의 상실감은 '집'을 빼앗긴 식민지의 상황에 기인한다. 정지용이 느끼는 감당할 수 없는 사회적 현실은 파충류같은 제국주의자의 입에 씹히는 '시름'으로 인식될 뿐이다.

> 쌔나나 한쪽 쎄여 들고
> 가만히 생각 하노니
>
> 「내가 가는길도
> 　이 쌔나나와 갓구나」
>
> 아아 山을 돌아
> 멧 萬里 물을건너

南쪽 나라 쌔나나가

이쌍에 잇는사람들의 입에 씹히네.

씹히네.
멧千里 물을 건너
듸굴 ∨ 굴너온몸이
밤으로면 자근∨ 시름이 씹히네.

쌔나나 한쪽 쩨어들고 오늘밤에도
멧萬里 南쪽쌍
쌔나나 열닌 나무를 생각하면서
흐릿한 불빗알에 내몸이 누엇네.

-「爬蟲類動物」 부분

「카쩨·쯔란스」에서 나타난 자아 상실감은 위의 시에서 시적 자아의 객관적 상관물인 '쌔나나'에 이입되어 있다. 집 떠나기에서 연유한 자아의 비애는 '멧 萬里 물을건너 // 南쪽 나라'에서 온 '쌔나나'를 통해 시름으로 표현된다. 그것은 시적 자아의 정서가 '「내가 가는길도 // 이 쌔나나와 갓구나.'이기 때문이다. 즉 시적 자아는 이방인 의식을 이국의 땅에 있는 사람들의 입에 씹히는 시름-바나나와 같은 존재라고 밝히고 있다.

따라서 시적 자아의 비애는 '멧萬里 南쪽쌍'에 '쌔나나 열닌 나무'가 있는 집에서 떠나 왔다는 '쌔나나'의 행로를 유추하여 자신의 처지와 동일함을 의미한다. 실제 정지용의 경우, 그의 고향은 충북 옥천으로 '쌔나나'와는 무관한 고장이다. 고향의 정서가 담긴 과일도 아니며 더

구나 이방인이 가득찬 기찻간에서 직면한 '남쪽 나라'의 산물이다. 그러나 정지용은 '쌔나나'에 시적 자아의 정서를 상관화하여 집을 떠나왔다는 상황을 생성하며, 이방인이 가득찬 기찻간에서 자신 또한 이방인으로 비춰질 뿐이다.

시적 자아는 자신의 모습을 이방인으로 자조하며 집 떠나기의 비애를 보여준다. 그러나 그 자체가 비애의 정서로만 다가서지는 않는다. 식민 국가의 유학생으로 정지용은 자신의 집에서 같이 살던 조선인의 모습을 그리워하고 찾기 때문이다. 일본에 살던 조선인의 집은 '역구풀 욱어진 보금자리'(「鴨川」)로 정제되지 못한 삶의 형태를 보여준다. 「압천」에서 '오랑쥬'는 '쌔나나'와 마찬가지로 시적 자아의 정서를 환기시킨다. 그것은 조선인 노동자들의 삶과 시적 자아의 정서를 '나그네 시름'으로 보여주기도 한다. 「슬픈印象畵」에서 보였던 '오랑쥬 껍질'을 '씹는' 시적 자아의 '시름'이나 「압천」에서의 '나그네의 시름'은 동일한 정서를 표현한 것이다. 이러한 '시름'의 정서는 「조약돌」에서 '나의 혼의 조각'과 연결되어 '피에로의 설움'과 '청제비의 푸념', 붉은 '피'와 관련된다. 「조약돌」의 시적 상황은 '피에로' 가면의 안과 밖의 상이함과 수천 킬로를 날아가는 긴 노정의 '첫길에 고달픈 / 청제비의 푸념', '붉어 오르는 / 피'를 통해 '비날리는 異國거리를 / 歎息하며 헤매'이는 것으로 표현하고 있다. 그것은 집 떠나기를 통한 자아 찾기에서 연유한다.

배난간에 기대 서서 회파람을 날리나니
새까만 등솔기에 八月달 해ㅅ살이 따가워라.

金단초 다섯개 달은 자랑스러움, 내처 시달품.

아리랑 쪼라도 찾어 볼가, 그전날 불으던,

아리랑 쪼 그도 저도 다 닛었읍네, 인제는 버얼서,
금단초 다섯개를 삐우고 가쟈, 파아란 바다 우에.

담배도 못 피우는, 숯닭같은 머언 사랑을
홀로 피우며 가노니, 늬긋 늬긋 흔들 흔들리면서.

-「선취1」전문

정지용의 집 떠나기는 바다를 매개로 한 방랑체험으로 설명할 수도 있다. 「선취1」의 중심 이미지는 항해이다. 일반적으로 근대 초기 우리 지식인들은 바다를 통해 근대를 접했고, 그 바다를 건너 다시 고향에 왔다. 그래서 항해 이미지는 떠남을 전제로 한 것이며 입항 또는 회귀를 내포한다. '금단초 다섯개'와 '아리랑 쪼'는 상반된 정서를 환기한다. 전자가 당대의 지식인과 일본 유학생을 지칭하는 것이라면, 후자는 '아리랑'으로 대표되는 전통적 곡조와 '-쪼'라는 표현의 사용으로 그러한 문화 전반을 아우르는 것이다.

'아리랑 쪼'를 찾는 행위와 '아리랑 쪼'를 잊어버리는 행위는 '금단초 다섯개'와 연관되어 있다. '금단초 다섯개'가 상징하는 근대성은 '아리랑 쪼'에서 벗어나기 위한 의식이자 구체적 행동이다. 그러나 시적 자아는 대학생 제복에 빛나는 금단추를 달은 '자랑스러움'에 연이어 '내처 시달품'의 상태에 놓여있다. 그렇기 때문에 금단추를 달기 이전에 불렀던 '아리랑 쪼'를 찾고자 한다. '-라도'라는 표현이 '아리랑 쪼'에 접미사로 붙여진 것은 일종의 배수진이며 탈출구의 역할을 한다. 그러나 '아리랑 쪼'와 '금단초 다섯개'는 '파아란 바다 우에' 잊고 빼게 된다. 그러한 행위는 '아리랑 쪼' 벗어나기와 '금단초' 달기이며,

그것을 이루기 위해선 서구문명의 세계인 일본에 유학해야 했고, 그 매개로써 현해탄이란 '파아란 바다'가 가로 놓여 있기 때문이다. 시인이 감득(感得)한 바다 이미지[65]는 그 자체로 근대성이며, '파아란 바다' 너머엔 서구문명을 받아들인 식민종주국 일본의 실체가 존재했다.

정지용의 바다는 쇠잔한 현실로부터 멀리 탈주하거나 도피하고자 하는 항해 이미지로 대별된다. 항해는 일상성으로부터의 일탈과 변화와 도피의 환상을 제공해 준다. 사람들은 새로운 느낌과 감명을 얻기 위하여 배에 오른다. 미지의 하늘을 향하여 고취되는 것, <화려함, 평정 그리고 욕정>에 대한 바람(보들레르), <이국적인 자연>이나 <창공>에 의해 상징화된 이상적인 세계에로의 열광적인 항해(말라르메) 등과 같이, 항해는 쇠잔한 현실로부터 멀리 탈주하거나 도피하고자 하는 욕망을 표현하는 것이다.[66]

---

65) 근대 지식인에게 바다는 새로운 것을 동경하는 대상으로 나타난다. 새로운 대상으로서 바다는 우리 문학에서 근대화의 길을 가는 곳에 놓여 있는 상징적 속성을 보여준다. 김기림의 경우, 「바다와 나비」에서 바다를 대하는 근대 지식인의 관점을 대표적으로 볼 수 있다. 즉 바다는 현실에 맞서는 시적 자아인 나비를 대응시켜 표현하고 있다. 여기서 시적 자아인 나비는 새로운 것을 동경하는 꿈을 가지고 여행을 하는 순진하고 가냘픈 존재이다. 바다가 상징하는 것이 근대성이라면 그것을 향한 나비의 모습은 당대 지식인의 존재를 함축한다

일찍이 최남선은 「해에게서 소년에게」에서 '바다'를 우리가 근대화를 향해 나아가기 위해 거쳐야 하는 모험과 시련 그리고 동경, 탐색의 공간으로 표현하였다. 또한 최승구는 「조(潮)의 접(蝶)」에서, 바다와 나비를 관련시켜 시를 쓰고 있다. 그는 바다의 흰 물결을 '꽃'으로 착각하여 돌아오지 못하는 나비의 운명을 그리고 있다. 이런 관점에서 다음과 같은 견해는 당대 지식인의 내면을 보여준다.

"삼십년대 한국시의 두드러진 문학적 징후의 하나는 대부분의 시인들이 극심한 고향상실감에 젖어 있다는 것이다. 실제로 명백하게 그들 자신에 의해 언표되든 안되든, 일정한 삶의 근원으로부터 뿌리가 뽑혀진 채로 정처없이 방황하고 있다는 느낌이 수많은 시인들의 심정의 밑바닥에 있었다."(김종철, 「30년대의 시인들」, 『시와 역사적 상상력』, 문학과 지성사, 1978)

66) 아지자·올리비에리·스크트릭 공저, 장영수 옮김, 『문학의 상징·주제 사전』, 청하, 1989, 342-343쪽.

항해가 일상성으로부터의 일탈과 변화를 근저로 할 때, 식민지 현실에서 벗어나고픈 의식이며 근대적 풍물을 향한 떠남이라 할 수 있다. 그러한 떠남은 '파아란 바다'로 상징된 동경과 바다의 모성적 이미지를 추구하는 외로움을 기반으로 한다. 그러나 정지용이 추구했던 근대성 또는 금단추 달기는 시달픔이기도 하다. 곧 금단추 달기와 아리랑 쪼는 끊임없이 갈등을 일으키면서 항해의 끝인 고향에 회귀할 수밖에 없다. 집 찾기는 '내처 시달픔' 속에서 필연적으로 배태될 수밖에 없는 시인의 의식이기 때문이다.

2) 고향의 집–집 찾기

정지용의 시세계는 집 떠나기의 현실적 체험을 거쳐 '초라한 지붕'의 집 찾기를 추구하기에 이른다. 이국적 풍물을 대하는 자아는 근대적 정취에 매료될 수밖에 없었다. 그래서 집을 떠난 자아는 이방인으로 가득찬 카페 프란스나 기찻간에서 자신의 존립 근거와 자아 상실감을 체험한다. 그러나 궁극적으로 그가 추구했던 자아 찾기는 집 떠나기를 통한 집의 부재를 인식하는 과정이다. 자신과 비슷한 상황에 놓여있는 조선인들을 통해 또는 그들의 집이 '역구풀 욱어진' 초라한 '보금자리'임을 보았을 때, 자아는 고향의 집을 그리워하게 된다.

집 또는 고향은 하나의 의식화된 정신적인 실체로 규정되어 "고향에 대해 보고 듣고 느낀 체험을 통해 형성된 정신적 인식"이며, "이런 고향에 대한 외재적 체험과 그것의 수용, 또 거기서 형성된 지적 인식, 그것이 어떻게 다시 정서화해서 시로 표출되는가의 문제"[67]로 규정할

---

67) 제해만, 『한국 현대시의 고향의식 연구』, 단국대 대학원 박사논문, 1991, 18쪽.

수 있다. 이제 그의 대표작의 하나인 「향수」를 이런 관점에서 다시 읽
어 보자.

> 넓은 벌 동쪽 끝으로
> 옛이야기 지줄대는 실개천이 회돌아 나가고,
> 얼룩백이 황소가
> 해설피 금빛 게으른 울음을 우는 곳,
>
> ---그 곳이 참하 꿈엔들 잊힐리야.
>
> 질하로에 재가 식어지면
> 뷔인 밭에 밤바람 소리 말을 달리고
> 엷은 조름에 겨운 늙으신 아버지가
> 짚벼개를 돋아 고이시는 곳,
>
> ---그 곳이 참하 꿈엔들 잊힐리야.
>
> 흙에서 자란 내 마음
> 파아란 하늘 빛이 그립어
> 함부로 쏜 활살을 찾으려
> 풀섶 이슬에 함추름 휘적시든 곳,
>
> ---그 곳이 참하 꿈엔들 잊힐리야.
>
> 傳說바다에 춤추는 밤물결 같은
> 검은 귀밑머리 날리는 어린 누의와
> 아무러치도 않고 여쁠것도 없는
> 사철 발벗은 안해가

따가운 해ㅅ살을 등에지고 이삭 줏던 곳,

---그 곳이 참하 꿈엔들 잊힐리야.

하늘에는 석근 별
알수도 없는 모래성으로 발을 옮기고,
서리 까마귀 우지짖고 지나가는 초라한 집웅,
흐릿한 불빛에 돌아 앉어 도란 도란거리는 곳,

---그 곳이 참하 꿈엔들 잊힐리야.

　　　　　　　　　　　　　　　　　　-「鄕愁」 전문

　「鄕愁」는 시적 자아가 살던 집과 그 배경을 중심으로 고향을 그리는 마음을 형상화한 작품이다. '얼룩백이 황소'와 '질하로'가 놓여 있는 집과 그 배경은 근원적인 고향과 경험적 고향으로 회상되는 장소이며 시인의 내면 공간이다. '곳'은 각 연에서 동일하게 나타나는 내면 공간이며, 시적 자아가 잊을 수 없는 '초라한 지붕'의 집이다. 각 연의 주된 이미지는 각기 독자적으로 시인의 내면 의식을 형상화한다. 그리고 연과 연은 '-그곳이 참하 꿈엔들 잊힐리야'로 연결된다. 각 연의 이미지는 그 자체로 하나의 이미지화를 이루고 있으며, 후렴구를 통해 유기적으로 연결되어 시인의 내면 속에 점층적으로 확산되어가는 구조를 보인다. 후렴구는 각 연의 시상을 정리하고, 반복하여 강조하는 효과를 지닌다.
　1연은 '실개천'과 '황소'의 이미지가 나타나며, 작품 전체의 공간을 '곳'으로 설정하고 있다. 시적 자아는 자신의 내면에 위치한 고향으로서 1연을 설정하여 근원적 고향과 경험적 고향을 이미지화 한다. 근원적 고향은 1행과 2행에서 자연의 풍경을 동적인 이미지로, 경험적 고향은 3행과 4행에서 인간 내지는 동물의 풍경을 정적인 이미지로 형상화되어 나타난다. 이러한 자연 이미지와 인간 이미지의 순차적 배치 기법은 시의 전반적인 구도로써 각연의 앞부분이 뒷부분을 포괄하는 자연의 모습으로 그려내어 인간사의 일상을 보여준다.

2연은 '밤바람 소리'와 '아버지'의 이미지가 나타난다. 2연의 앞 2행은 자연의 풍경을 시간의 경과와 겨울철 방 밖에서 들리는 바람 소리를 청각과 시각적 이미지를 사용하여 속도감있게 나타낸다. '질화로'와 '아버지'의 등장은 일상성과 지속성을 의미하며, 과거에도 그래왔듯이 현재도 그럴 것이라는 추측에 근거하고 있다. '뷔인 밭에 밤바람 소리'의 집 밖의 세계와 '짚벼개를 돋아 고이시는 곳'의 집 안의 세계가 공존하기도 한다. 또한 '식어지면'에서 보이는 시간의 경과와 '고이시는 곳'의 공간성이 이미지화하여 사실적으로 그려지고 있다. 앞 2행의 '뷔인 밭'과 '밤바람 소리'는 추수가 끝난 농촌 모습을 형상화하고, 뒤 2행은 그러한 농촌을 지켜나가는 농부의 모습을 농촌 모습과 병치시킨다.

3연은 '흙'과 '화살'의 이미지가 나타난다. '흙에서 자란 내 마음'과 '파아란 하늘 빛이 그립어'는 시적 자아의 정서를 직접적으로 표출한 부분이다. 전자와 후자는 '흙'과 '하늘'을 통한 고향의 풍경과 '마음'과 '그립어'라는 정서의 결합을 효과적으로 표현한 대목이다. 어릴 때 뛰어 놀던 자연의 풍경은 당시의 환경을 제시한 것이고, 동심과 그리움의 정서는 과거를 회상하는 현재의 모습이다. 앞 2행에서 제시한 시간과 공간 이미지는 시적 자아의 어릴 때와 놀던 장소를 보여준다. 뒤 2행은 앞 행의 시공간에서 어느 특정한 행위를 나타낸 것이다. 그것은 화살을 쏘며 노는 놀이였고, 그때 '함부로 쏜 활살을' 찾던 장소는 '풀섶 이슬에 함추름 휘적시든 곳'이었다. 3연에서 주는 이미지는 흙에서 하늘로 이어지는 수직성과 '함부로 쏜 활살'과 '휘적시든'의 시어가 주는 힘차고 상승적 어감, 'ㅎ' 음의 잦은 반복에서 느껴지는 동적 이미지가 지배적이다.

4연은 '어린 누의'와 '아내'의 이미지가 나타난다. 4연의 앞 2행은 '어린 누의'의 머리카락 휘날리는 모습을 '전설'과 '바다'의 결합, '춤추는'과 '밤물결'의 결합, 또 '전설바다'와 '춤추는 밤물결'의 결합으로 표현한다. 그것은 일반 언어로는 나타낼 수 없는 부가적인 의미를 형성케하며 생동적이고 원시성을 내재한 신비한 상을 '어린 누의'에 전이시켜 이미지화한 것이다. 이러한 신비성은 우리 농촌 어느 곳에서나 볼 수 있는 아낙네로 형상화된 '아무러치도 않고 여쁠것도 없는 / 사철 발벗은 아내'에서 느껴지는 일상성과 중첩된다. 또한 '이삭 줏던 곳'은 우리 농촌의 전형을 4연의 '어린 누의'와 '안해'를 통해 이미지화한 공간이라 볼 수 있다.

5연은 '별'과 '불빛'의 이미지로 시상을 마무리 한다. '서리 까마귀'가 표상하는 시간성과 '초라한 집웅'의 집 근처에 위치한 '도란 도란거리는 곳'의 공간성은 '불빛'의 이미지를 통한 자연과 더불어 살아가는 고향 정경을 암시하고 있다. '불빛' 이미지를 통한 자연과 인간의 융합은 정지용의 산문에서도 나타난다. 그는 "람프 그늘에서는 계절의 騷亂을 듣기가 좋읍니다. 먼 우뢰와 같이 부서지는 바다며 별같이 소란한 귀또리 울음이며 나무와 잎새가 떠는 계절의 전차가 달려 옵니다"[68]에서 람프 아래에서의 인간과 자연의 교감을 말한 바 있다. 이러한 '불빛' 이미지에 대해 G. 바슐라르는 "가정의 램프들, 내적인 램프

---

68) 정지용, 「素描5」, 『전집』, 22쪽.

들이 어떤 집의 人情, 어떤 가정의 지속을 특징화하기 위해 나타난
다"[69]고 하여 평화를 존속시키는 불빛 이미지에 주목한 바 있다. 이
작품의 마지막에 나오는 '불빛' 이미지는 자연과 인간을 이어주는 매
개로써 작용하며, 갈등과 대립이 없는 평화로운 고향을 회상케하는 시
적 장치로 나타난다.

각 연의 이미지는 자연과 인간의 모습으로 대별된다. '실개천', '황
소', '밤바람 소리', '흙', '별' 등 자연 이미지는 고향의 근원적 풍경을
잘 그리고 있다. '아버지', '어린 누의', '아내'로 이어지는 인간 이미지
는 단순한 원시적 공간의 자연을 더욱 정감 넘치고 활기차게 하는 역
할을 하고 있는데, 자연의 법칙 속에 순응하며 살아가는 인간의 모습
이 인상깊게 그려져 있다. G. 바슐라르에 의하면, "고향이라는 것은 공
간의 넓이라기보다는 물질이다. 즉 화강암이나 흙, 바람이나 건조함,
물이나 빛인 것이다. 그 속에서만 우리는 우리의 몽상을 물질화하며,
그것에 의해서만 우리의 꿈은 적합한 실체를 얻는 것이며, 그것을 향
해서만 우리는 우리의 근원적 색깔을 요구하는 것이다."[70] 이러한 점
은 「향수」의 경우, 고향의 물질적 이미지가 자연의 이미지를 혼용한
인간의 모습으로 나타난다.

집 떠나기에서 비롯된 자아의 상실감은 「향수」에서 고향의 집을 그
리워하는 의식으로 변모한다. 자아는 자신이 소중히 간직하고 있는 고
향 집과 고향 땅에 살았던 가족, 마을 사람들의 삶을 회상하는 정조를
간직한다. 그러나 자아가 '꿈엔들 잊힐리야' 다짐했던 고향의 모습은
이미 훼손된 고향이었다. 또한 이미 잃어버린 상실된 고향이며, 다시
돌아갈 수 없는 고향이다. 특히 고향을 떠난 지식인들은 이런 시적 자

---

69) G. Bachelard, 이가림 역, 『촛불의 미학』, 문예출판사, 1975, 125쪽.
70) G. Bachelard, 이가림 역, 『물과 꿈』, 문예출판사, 1993, 16쪽.

아의 의식을 고향을 그리는 시를 통하여 노래하고 있다.71)

> 고향에 고향에 돌아와도
> 그리던 고향은 아니러뇨
>
> 산꽁이 알을 품고
> 뻐꾹이 제철에 울건만,
>
> 마음은 제고향 진히지 않고
> 머언 港口로 떠도는 구름.
>
> 오늘도 메끝에 홀로 오르니
> 흰점 꽃이 인정스레 웃고,
>
> 어린 시절에 불던 풀피리 소리 아니나고
> 메마른 입술에 쓰디 쓰다.
>
> 고향에 고향에 돌아와도
> 그리던 하늘만이 높푸르구나.

-「故鄕」전문

---

71) 작가의 개인적인 삶을 둘러 싸고 있는 여러 가지 요소 중에서 가정이란 곳은 개인에게
자신의 밖에서의 삶을 반추하고, 이를 통하여 객관적인 판단을 가능하게 하는 공간이자
새로운 삶을 위한 힘을 충전하기 위한 휴식의 공간이다. 이런 가정은 고향과 더불어 안
락함과 평화가 깃든 곳이어야 한다. 그리고 이런 가정의 구성체인 가족은 개인이 어떤
죄를 지었다고 하더라도 용서하여 포근히 감쌀 수 있는 사람들로 구성되어야 한다. 하
이데거는 횔더린의 시 「귀향」을 분석하면서, "고향과 집은 상처입지 않은 대지로 인간
에게 안주할 수 있도록 열려있는 역사 공간"이라고 설명한다.(M. Heidegger, 앞의 책,
22쪽) 그러므로 고향은 "우리들 생명의 근원인 동시에 생의 목표 설정과 가능성을 향
한 외부로의 출발의 기점이요, 향수의 대상이며 귀환의 마지막 종점"(M. Heidegger, 전
광진 역, 『하이데거의 시론과 시문』, 탐구당, 1981, 214-220쪽)으로 인식되기도 한다.

시적 자아가 '그리던 고향'은 '산꽁이'와 '뻐꾹이'가 놀고 '흰점 꽃이 인정스레 웃'던 곳이다. 그러나 그러한 고향은 '어린 시절에 불던 풀피리 소리'가 들리지 않는 변해버린 모습으로 나타난다. 시적 자아는 '고향에 고향에'를 반복하면서 향수의 강도를 표현하지만, 이러한 되풀이는 역으로 자신이 그리던 바로 그 고향이 아니었음을 강조하는 데 보다 효과적으로 기능한다.

「故鄕」에 나타난 정지용의 집 찾기 의식은 자기 지키기의 일환이라 할 수 있다. 자아 상실감의 원인이 집 떠나기를 통한 집의 부재에서 연유할 때, 자기 지키기는 집 찾기를 통해 나타나기 때문이다. 「鄕愁」는 원초적 고향과 근원적 회귀 의식을 표현하지만, 「故鄕」은 실제로 그리던 고향에 돌아와서 느끼는 시적 자아의 상실감을 나타내고 있다. 「鄕愁」는 내면의식의 고향을 동경하지만, 「故鄕」은 실제로 현재한 고향이 전자의 고향과 다름에 비애를 느끼는 것이다.

1행과 2행의 '고향'은 과거와 현재로 대립한다. 전자는 회상 공간으로 그리워 했던 내면의 고향이고, 후자는 실재 공간으로 그리움을 성취시킨 고향이기 때문이다. 시적 자아는 이미 훼손된 실재한 고향과 그리던 집의 모습이 다름을 인식한다. 서울이나 일본에서 이국적인 정취를 느꼈던 시인에게 조국과 고향은 새로운 의미로 다가올 수밖에 없었다. 그래서 정지용은 이국 정취와는 전혀 다른 고향 찾기에 몰두한다. 그에게 고향의 집은 잃어버린 것을 되새길 수 있는 시공간으로서의 의미를 지니고 있다. 그러므로 고향의 재현은 잃어버린 것의 회복이고, 이 회복은 갈망하는 열정의 표현이다.[72]

고향의 집은 예전의 모습을 간직하지 못한 '곳'이다. 자아는 그런

---

72) 윤여탁, 위의 논문, 11쪽.

집을 잃었거나 떠난 사람이다. 그러한 집 떠나기는 자아가 처한 시대적 상황을 근거로 한다. 그 상황은 식민지 상황이며, 자아는 그 나라의 국민이다. 그렇기 때문에 고향의 집은 예전과 다를 수밖에 없으며, 훼손된 고향을 재현하는 집 찾기의 의식은 한계에 놓이게 된다. 자아의 집 찾기의 한계는 그 자체로 집 발견의 시도이며 또 다른 형태의 집을 창출하는 전제로 작용한다.

3) 신앙의 집-집 발견

정지용의 근대성 지향은 자신의 집 또는 고향을 등지는 것이며, 그곳에서 떠남을 전제로 한다. 고향의 집에서 떠남은 항해를 통해서 이루지만 또한 항해를 매개로 회귀하게 된다. 이국적 풍물에 대한 몰입과 그로 인한 자아 상실감은 고향의 집 찾기를 시도하는 상황에 놓인다. 그러나 그가 그리워했던 고향의 집은 훼손된 풍경으로 다가왔다. 정지용은 다시금 집을 찾아야 했고, 그것은 근대적 풍물의 하나였던 신앙의 집이었다. 그가 선택한 신앙은 어릴 적부터 믿었던 카톨릭이라는 종교의 세계에 대한 재인식으로 볼 수 있다. 이러한 정지용 시세계의 변모는 개인적인 것에의 동경에서 좀더 보편적이고 집단적인 정서의 세계로 나아가기였다.

> 悲哀! 너는 모양할수도 없도다.
> 너는 나의 가장 안에서 살았도다.
>
> 너는 박힌 화살, 날지안는 새,
> 나는 너의 슬픈 울음과 아픈 몸짓을 진히노라.

너를 돌려보낼 아모 이웃도 찾지 못하여노라.
은밀히 이르노니--<幸福>이 너를 아조 싫여하더라.

너는 짐짓 나의 心臟을 차지하였더뇨?
悲哀! 오오 나의 新婦! 너를 위하야 나의 窓과 우슴을 닫었노라.

이제 나의 靑春이 다한 어느날 너는 죽었도다.
그러나 너를 묻은 아모 石門도 보지 못하였노라.

스사로 불탄 자리 에서 나래를 펴는
오오 悲哀! 너의 不死鳥 나의 눈물이여!

-「불사조」 전문

정지용이 찾은 신앙의 집은 인간과 신의 세계가 엄격하게 분리된 곳이다. 그 곳으로 향하는 자아는 인간적 비애에 대한 깊은 인식, 그것에서 벗어나기 위한 기도(企圖)의 모습을 보여주는 신앙적 자아로 변모한다. 그러한 기도는 집 떠나기에서 나타난 현실적 비애를 벗어나고자 노력했던 체험의 소산으로 볼 수 있다. 정지용의 신앙적 자아는 자신의 실존에 대한 한계 의식으로부터 출발한다.[73] 「불사조」에서 '不死鳥'는 '悲哀'이며 '나'와 등가(等價)이다. '悲哀'는 '나'의 '가장 안'에서 '心臟을 차지'하며 '窓과 우슴'을 닫고 '나의 新婦'로 받아들이는 운명애마저 보여준다. 이러한 비애를 통한 비극적 인간상은 인간 실존의 핵심에 자리잡아 있다.

신앙적 자아는 인간적 비애를 청춘이 다한 날 죽는 것, 사람이 살아 있는 한 박힌 화살, 날지 않는 새이며 또한 불사조처럼 되살아나는 것

---

73) 김준오, 「지용의 종교시」, 『정지용연구』, 새문사, 1988.

으로 표현한다. 이와 같은 근원적인 슬픔을 치유하고자 했던 자아의
행동이 집 찾기였다. 그러한 모색은 정지용 개인의 회개와 구원을 갈
구하는 신앙의 집을 발견한 것이다. 신앙의 집은 현실과의 거리두기에
그 핵심이 있다. 그것은 정지용의 신앙적 자아가 세속적 자아를 일방
적으로 배제하여 '새로운 太陽'(「다른 한울」)으로만 집착하기 때문이다.
'새로운 太陽'은 현실의 태양이 아니며 관념적이고 종교적인 차원으로
서 '또하나 다른 太陽'(「또 하나 다른 太陽」)일 뿐이다.

> 시인은 구극에서 언어문자가 그다지 대수롭지 않다. 시는 언어의
> 구성이기보다 더 정신적인 것의 열렬한 정황 혹은 旺溢한 상태 혹은
> 황홀한 사기임으로 시인은 항상 정신적인 것에서 정신적인 것을 조
> 준한다. 언어와 宗匠은 정신적인 것까지의 일보 뒤에서 세심할 뿐이
> 다. 표현의 기술적인 것은 차라리 시인이 타고난 재간 혹은 평생 숙
> 련한 腕法의 부지중의 소득이다. 시인은 정신적인 것에 신적 광인처
> 럼 일생을 두고 가엾이도 열렬하였다. 그들은 대개 하등의 프로페슈
> 날에 속하지 않고 말았다. 시도 시인의 전문이 아니고 말았다.
> 정신적인 것은 만만하지 않게 풍부하다. 자연, 人事, 사랑, 죽음 내
> 지 전쟁, 개혁 더욱이 德義的인 것에 멍이 든 육체를 시인은 차라리
> 평생 지녀야 하는 것이, 정신적인 것의 가장 우위에는 학문, 교양,
> 취미 그러한 것보다도 <愛>와 <기도>와 <감사>가 據한다. 그러므
> 로 신앙이야말로 시인의 일용할 신적 糧道가 아닐 수 없다.[74]

윗글에서 정지용은 언어적인 것 이상의 가치로 '정신적인 것'을 들
고 있다. 그것은 시인이 평생 지녀야 하는 전부이며, '학문, 교양, 취미
그러한 것보다도 <愛>와 <기도>와 <감사>' 등 신앙적 자세를 정신

---

74) 정지용, 「詩의 옹호」, 『전집』, 243-244쪽.

적인 것의 가장 우위에 두는 '시인의 일용할 신적 糧道'이다. 그러나 '정신적인 것'이 결코 관념적이거나 추상적인 것만으로 구성된다면 현실과의 거리두기는 만날 수 없는 평행선처럼 이어질 뿐이다.

> 그의 모습이 눈에 보이지 않았으나
> 그의 안에서 나의 呼吸이 절로 달도다.
>
> 물과 성신으로 다시 낳은 이후
> 나의 날은 날로 새로운 太陽이로세!
>
> —「다른 한울」 부분

> 이제 태양을 금시 일어 버린다 하기로
> 그래도 그리 놀라울리 없다.
>
> 실상 나는 또하나 다른 太陽으로 살았다.
>
> 사랑을 위하얀 입맛도 일는다.
> 외로운 사슴처럼 벙어리 되어 山길에 슬지라도---
>
> 오오, 나의 幸福은 나의 聖母마리아!
>
> —「또 하나 다른 太陽」 부분

위의 시는 정지용이 강조한 '정신적인 것'이며, 그것의 가장 우위에 두는 것으로서 신앙적 자세를 표현하고 있다. 신앙적 자아는 '물과 聖神으로 다시 낳은 이후'와 그 이전을 확연히 구분한다. 그것은 종교에 입문하기 위한 '聖洗聖事'(세례)를 받았을 때와 그렇지 않았을 때를 이원화하는 것이기도 하다. 정지용이 발견한 신앙은 '또하나 다른 太陽'

이 있기에 육신의 괴로움과 피로 등의 현실적 정황은 문제시되지 않는다. 그렇기 때문에 정지용은 현실과의 간극을 극대화할 수 있었으며, 그의 신앙적 자아가 선(신앙)과 악(현실)의 양면성을 거부한 선 또는 하늘, 태양 등의 절대자에 대한 형상 모색에 치중할 수밖에 없는 이유이기도 하다.

> 얼골이 바로 푸른 한울을 울어렀기에
> 발이 항시 검은 흙을 향기기 욕되지 않도다.
>
> 곡식알이 거꾸로 떨어저도 싹은 반듯이 우로!
> 어느 모양으로 심기여졌드뇨? 이상스런 나무 나의 몸이여!
>
> 오오 알맞는 位置! 좋은 우아래!
> 아담의 슬픈 遺産도 그대로 받었노라.
>
> 나의 적은 年輪으로 이스라엘의 二千年을 헤였노라.
> 나의 存在는 宇宙의 한낱 焦燥한 汚點이었도다.
>
> 목마른 사슴이 샘을 찾어 입을 잠그듯이
> 이제 그리스도의 못박히신 발의 聖血에 이마를 적시며---
>
> 오오! 新約의太陽을 한아름 안다.
>
> —「나무」 전문

「나무」는 정지용의 자기 다짐의 목소리라 할 수 있다. 그는 외부와 단절된 채 고독한 기도의 자세를 취하고 있고, 각 시행의 끝이 '--도다', '--노라' 등 감탄 명령의 종결어미로 되어 있어 자신의 다짐을 강조하는 데 기여한다. 정지용의 집 발견이 신앙의 집이라 할 때, 그 집은 '宇宙'이다. 시적 자아는 '우주'를 '한낱焦燥한 汚點'으로 형상화하여 자신의 집을 왜소화시킨다. 그러나 왜소화된 자신의 집은 신의 세계인 '우주' 안에 놓여있다. 신의 세계는 완전하고 절대적 공간으로 형상화되지만, 자신의 집은 불완전하고 상대적인 공간으로 나타낸다.

신의 세계인 '우주'는 정지용 자신의 집을 있게 하는 존립 근거로 작용한다. 그렇기 때문에 '목마른 사슴이 샘을 찾어 입을 잠그'고 '그리스도의 못박히신 발의 聖血에 이마를 적시'게 된다. '나무'가 갖는 속성은 '太陽'을 향한 향일성과 '한울을 울어'르는 수직성에 기반한다. 향일성과 수직성은 곧 '알맞은 位置'이며 '좋은 우아래'이다. 한울--宇宙--太陽으로 이어지는 절대자의 이미지는 천상과 지상, 위와 아래라는 공간적 대조를 통해 표상된다. 그러한 대조는 절대자를 숭고와 찬미의 대상으로 간주하여 정지용과 절대자와의 거리를 좁힐 수 없는 장치로 나타난다.

> 내 무엇이라 이름하리 그를?
> 나의 령혼안의 고흔 불,
> 공손한 이마에 비추는 달,
> 나의 눈보다 갑진이,
> 바다에서 솟아 올라 나래 떠는 금성,
> 쪽빛 하늘에 힌 꽃을 달은 고산식물,
> 나의 가지에 머믈지 않고
> 나의 나라에서도 멀다.
> 홀로 어여삐 스사로 한가러워---항상 머언이,
> 나는 사랑을 모르노라 오로지 수그릴뿐.
> 때없이 가슴에 두손이 염으여지며

구비 구비 돌아나간 시름의 황혼길우---
나-- 바다 이편에 남긴
그의 반 임을 고히 진히고 것노라.

-「그의 반」 전문

「그의 반」에서 정지용은 숭고와 찬미의 대상으로 '그'를 설정한다. '그'는 '불', '달', '갑진이', '금성', '고산식물'로 형상화되어 나타난다. 그러나 '그'는 '항상 머언이' 있는 시적 대상이다. 신앙적 자아는 '그' 앞에서 항상 겸손함을 잊지 않는다. 신에 대한 겸손을 간직한 신앙적 자아는 '그'를 무한한 절대적 존재로 인정하는 반면 자신은 '오로지 수그릴뿐'이며 부정하고 축소시킨다. 신과의 영적 교류는 사랑을 바탕으로 한 신과의 만남이며 신과의 대화다. 만남의 문학, 대화의 문학은 종교시의 한 본질적 양식이다. 그러나 지용의 종교시는 이런 고전주의적 태도 때문에 대화성의 양식이 결여되어 있다.[75]

정지용의 신앙의 집은 절대자를 향한 문만을 개방한 폐쇄적 공간이다. 그의 신앙시편에 나타나는 시적 자아는 인간의 모습을 배타적으로 부정하고 신과 신앙적 자아를 일방적으로 긍정한다. 그러므로 정지용의 시적 자아는 종교를 수용하는 과정에서 신앙적 자아와 세속적 자아의 갈등이 수반되지 않는다. 「불사조」의 비극적 실존 인식이 너무도 수월하게, 그리고 너무나 관념적인 신앙적 자아로 승화되는 까닭이 여기에 있다.

---

75) 김준오, 위의 책, 47쪽.

4) 자연의 집─집 지키기

정지용의 시적 변모는 자아의 갈등이 사회적 현실과의 관계 축을 중심으로 바뀌게 된다. 초기시의 집 떠나기와 집 찾기는 근대와 전근대, 서양과 동양, 진보와 보수의 변증법적 양상을 보여준다. 정지용은 자아의 갈등을 시에 표현하기 위해 자신의 감정과 의지를 절제하는 방법을 구사한다. 그것은 세련된 언어로 표현된 이미지이다. 자신의 감정과 의지를 직설적으로 표현하는 대신, 그는 이미지를 통한 시적 장치로 감정과 의지를 우회시키는 것이다.

초기시의 자아의식이 집 떠나기를 통한 이방인 의식과 상실감이라면, 집 찾기의 과정에 나타난 상실감의 회복은 또 다른 내면의 집을 찾는 과정이라 할 수 있다. 이에 반해 후기시의 자아는 근대 지향이나 고향의 집에 대한 추억과 그리움의 정서 같은 비교적 개인적인 세계에서 벗어나게 된다. 그것은 자아와 세계의 대립 양상이 자아 중심의 세계관에서 세계 중심으로 변모되는 것이다. 정지용은 인간 의식을 지배하는 보편적 질서로서의 종교, 특히 가톨릭을 선택하여 종교적 구원의 세계로 나아간다.

정지용은 변화해 가는 현실 속에서 훼손된 고향을 인지하고 근대적 보편성의 세계인 신앙의 집에 안주한다. 서구적 보편성의 세계인 카톨릭은 신과 개인 또는 신과 이웃과의 사랑을 실천함에 배타적이지 않으며 개방적이다. 그러나 그는 절대자에 대한 일방적 편향으로 인해 내면의 축을 확보하지 못한다. 보편적 질서의 추구라는 점에서 해방기 정지용의 시에 나타난 이데올로기 지향성은 동일한 의미망을 형성한다. 이런 과정을 거쳐 정지용은 후기시에서 가톨릭과 마르크시즘을 통한 서양적 보편성의 세계와 함께 동양적인 세계를 추구한다.

그의 후기시를 지탱하는 동양적 세계관은 절제와 결벽에서 카톨리시즘적인 서구와 부분적으로 일치하지만, 삶의 형식보다는 내적인 완성에 더 큰 지향을 두게 된다는 점에서, 서로 상치되는 경험을 삭제하거나 한 磁場으로 끌어당기면서 스스로를 극복하게 만든 정신적인 상승의 바탕에 해당한다.[76] 한국시의 전통에서 시의 소재로써 자연이 갖는 의미는 아주 크다. 그것은 조선조 시가문학 중 대부분의 서정시가 정감을 드러내는 데 주로 자연을 매개로 하고 있다는 사실과 자연이 어느 특정한 시대에 한정되지 않고 반복되어 온 소재라는 점에 근거한다. 한국시가의 서정성을 문제 삼을 때 '시인이 자연을 경험하는 태도'나 '자연을 포착하는 양식'에 대해 논의[77]해 왔다. 그것은 어느 시대를 막론하고 서정시를 쓰는 모든 시인들이 즐겨 다룬 시적 대상이 자연임을 말해주는 것이다.

정지용의 동양적 세계관의 추구는 우리 전통 시가의 세계와 연결된다. 우리 전통 시가에 표현된 자연은 그 자체가 이미 감정 이입된 정서의 객관적 상관물이다. 이와 같은 맥락에서, 정지용의 후기시에서 나타나는 동양적 세계관은 그 자신의 정서와 의지를 표현한 의사소통의 도구이자, 암흑기라는 현실을 감내해야 했던 시인의 인고(忍苦)의 의식이기도 하다.

老主人의 腸壁에
無時로 忍冬 삼긴물이 나린다.

자작나무 덩그럭 불이
도로 피여 붉고,

---

76) 김명인, 『한국근대시의 구조연구』, 한샘, 1988, 109-110쪽.
77) 김열규, 「한국시가의 서정의 몇 국면」, 『고전시가론』, 새문사, 1984.

구석에 그늘 지여
무가 손돋아 파릇 하고,

흙냄새 훈훈히 김도 사리다가
바깥 風雪소리에 잠착 하다.

山中에 冊曆도 없이
三冬이 하이얗다.

                                    -「忍冬茶」 전문

　정지용 시세계의 한 단면인 집 찾기는 두 가지 형태의 집으로 나타
난다. 하나는 서구적 보편성의 세계인 신앙의 집이고, 또 하나는 동양
적 보편성의 세계인 자연의 집이다. 후자의 집은 '三冬'에 '자작나무
덩그럭 불이 / 도로 피어 붉고', '흙냄새 훈훈히 김도 사리'는 곳이다.
「인동차」에 나타난 풍경은 집 밖의 차가움을 인내하는 집 안으로 대
별된다. 그것은 집 밖의 거친 현실을 집 안에서 감내하는 시적 자아의
자기 지키기임을 알 수 있다.

　「인동차」의 시적 대상은 '老主人'이다. '노주인'의 설정은 시인 자신
이 世事의 일에 대하여 지극히 무심함을 암시해 줄 뿐만 아니라, 그의
은일의 정신 세계[78]를 보여주기도 한다. 그러나 자연의 집에 홀로 '三
冬'을 인내하는 시적 자아는 집 밖의 세계가 추우면 추울수록 자신의
내밀함은 견고해지고 강해진다. G. 바슐라르는 겨울이 주는 집의 속성
을 추위를 통한 내밀성, 안락함, 견고함의 구축으로 설명한다.[79] 그것
은 시에 나타난 '三冬'이 집 안 시적 자아의 자기 단련에 얼마나 중요

---

78) 최동호, 「산수시의 세계와 은일의 정신」, 『1930년대 민족문학의 인식』, 한길사, 1990.
79) G. Bachelard, 곽광수 역, 『공간의 시학』, 민음사, 1990, 157-160쪽.

한 요인으로 작용하는 지를 단적으로 지적한 말이다.

1

絶頂에 가까울수록 뻑국채 꽃키가 점점 消耗된다. 한마루 오르면 허리가 슬어지고 다시 한마루 우에서 목아지가 없고 나중에는 얼골만 갸옷 내다본다. 花紋처럼 版박힌다. 바람이 차기가 咸鏡道끝과 맞서는 데서 뻑국채 키는 아조 없어지고도 八月한철엔 흩어진 星辰처럼 爛漫하다. 山그림자 어둑어둑하면 그러지 않어도 뻑국채 꽃밭에서 별들이 켜든다. 제자리에서 별이 옮긴다. 나는 여긔서 기진했다.

2

嚴古蘭, 丸藥 같이 어여쁜 열매로 목을 축이고 살어 일어섰다.

3

白樺 옆에서 白樺가 髑髏가 되기까지 산다. 내가 죽어 白樺처럼 흴 것이 숭없지 않다.

4

鬼神도 쓸쓸하여 살지 않는 한모롱이, 도체비꽃이 낮에도 혼자 무서워 파랗게 질린다.

5

바야흐로 海拔六千呎우에서 마소가 사람을 대수롭게 아니녀기고 산다. 말이 말끼리 소가 소끼리, 망아지가 어미소를 송아지가 어미말을 따르다가 이내 헤여진다.

6

첫새끼를 낳노라고 암소가 몹시 혼이 났다. 얼결에 山길 百里를 돌

아 西歸浦로 달어났다. 물도 마르기 전에 어미를 여힌 송아지는 움
매-- 움매-- 울었다. 말을 보고도 登山客을 보고도 마고 매여달렸
다. 우리 새끼들도 毛色이 다른 어미한틔 맡길것을 나는 울었다.

7

風蘭이 풍기는 香氣, 꾀꼬리 서로 부르는 소리, 濟州회파람새 회파
람부는 소리, 돌에 물이 따로 굴으는 소리, 먼 데서 바다가 구길때
쏴-- 쏴-- 솔소리, 물푸레 동백 떡갈나무속에서 나는 길을 잘못 들
었다가 다시 측넌출 긔여간 흰돌바기 고부랑길로 나섰다. 문득 마조
친 아롱점말이 避하지 않는다.

8

고비 고사리 더덕순 도라지꽃 취 삭갓나물 대풀 石茸 별과 같은
방울을 달은 高山植物을 색이며 醉하며 자며 한다. 白鹿潭 조찰한 물
을 그리여 山脈우에서 짓는 行列이 구름보다 莊嚴하다. 소나기 놋낫
맛으며 무지개에 말리우며 궁둥이에 꽃물 익여 붙인채로 살이 붓는다.

9

가재도 긔지 않는 白鹿潭 푸른 물에 하눌이 돈다. 不具에 가깝도록
고단한 나의 다리를 돌아 소가 갔다. 좇겨온 실구름 一抹에도 白鹿潭
은 흐리운다. 나의 얼골에 한나잘 포긴 白鹿潭은 쓸쓸하다. 나는 깨
다 졸다 祈禱조차 잊었더니라.

-「白鹿潭」 전문

「백록담」은 한라산의 정상에 있는 화구호로서 산의 정상이면서 동
시에 물의 이미지를 포함하고 있다. 그것은 산 이미지와 바다 이미지
를 병치시켜, 산의 공간과 바다의 공간을 등질적인 의미망 속에 화해

시키려는 경우[80]라 할 수 있다. 아홉개의 연장체로 짜여져 있는 이 작품은 그 내부에서도 각각 기진·회생·고독·연민·동화·고통·수난·도취 등을 거쳐 새롭게 '백록담'과 대응하는 경로를 거친다.[81] 정지용은 실제로 그의 국토순례 과정에서 한라산 등정을 하였으며, 또한 그의 수필[82]에서는 선상에서 본 한라산의 인상을 산을 오르는 과정으로 표현하기도 한다.

「백록담」은 시적 자아가 한라산의 '백록담'을 오르는 등산 체험을 형상화한 것이다. 등산 체험은 수직성을 기반으로 한다. 밑에서 위로의 상승 과정은 시적 자아인 '나'와 '뻑꾹채'의 대비를 통해서 나타난다. '나'의 경우, 고도의 상승은 육체의 '기진'을 전제로 가능하다. '나'가 '기진'하는 정도와 '뻑국채'의 소모는 비례한다. 여기에서 간과할 수 없는 점은 '나'와 '뻑국채'의 지향점이 '절정'으로 동일하다는 점이다.

'절정'은 등산의 목표이며 등정의 완결점이다. 그것은 시적 자아가 산을 오르는 이유이며 의미이기도 하다. '오름'은 달아오르는 정신, 삶의 욕망을 의미[83]한다. '뻑국채' 키가 아주 없어지고도 팔월 한 철엔 흩어진 성진처럼 난만한 것은 그것이 바로 삶의 욕망으로 대체되는 것이기 때문이다. 그러한 점은 시적 자아의 육체가 '기진'하는 정도에 따라 '뻑국채'의 육체가 소모함에 나타난다. 시적 자아는 그의 의식 속에서 자신의 육체가 '기진'함에 따라 '뻑국채'의 육체가 소모되는 것으로 투사시키는 것이다.

별로 표상된 '뻑국채'의 상승적 이미지는 시적 자아의 정신과 비례하여 고조된다. 꽃이 별 이미지로 전환하는 것은 등반행위를 하는 자

80) 김명인, 『한국근대시의 구조연구』, 한샘, 1988, 164쪽.
81) 오탁번, 『한국현대시사의 대위적 구조』, 고대민족문화연구소 출판부, 1982, 118쪽.
82) 정지용, 「多島海記 5——片樂土」, 『전집』, 123-124쪽.
83) 송효섭, 「<백록담>의 구조와 서정」, 『정지용연구』, 새문사, 1988.

아의 정신적 상승이라 볼 수 있다. 자아와 공간의 상승은 육체의 '기진'과 '뻑국채'의 소모를 기반으로 이루어진다. 그것은 시적 자아의 정신을 주체로 하여 자연을 자아화하는 점에 놓여 있다. 1연에서 보이는 비유적 이미지는 시각적 대상인 '뻑국채'에서 화문·성진·별 등으로 바뀌고, '나는 여긔서 기진했다'에서 '여긔서'와 동화된 상태로 나타난다.

이러한 상승 과정은 「백록담」 전체를 아우르는 것이며 하나의 여정을 제시하는 것이다. 등산의 프롤로그 형식으로 제시된 1연은 대상에 대한 시적 자아의 의식 변화를 집약적으로 나타낸다. 시적 자아의 의식과 시적 대상과의 연결은 이미지와 이미지의 연결로써 치밀한 유기적 구조를 이루면서 상징성을 획득한다. 「백록담」은 한라산 등반 기록이면서 동시에 정신적 상승에 대한 상징을 내포하고 있다.[84] 그것은 정신적 상승에 대한 시적 자아 의식의 변화를 뜻함이다.

정지용에게 자연은 "일본놈이 무서워서 산으로 회피하여 시를 썼"[85]던 현실 세계에 대한 도피 공간임을 알 수 있다. 그러한 행위는 정지용을 역사 의식이 결여된 시인, 혹은 현실도피적이고 소극적인 시인으로 평가하는 근거를 제공한다. 그러나 그 당시 대다수의 문인들이 자신의 생존을 위해서 친일 행위까지 행한 사실들을 상기한다면 비록 강한 저항 의식이나 역사 의식이 내포된 시를 쓰지는 못했지만, 정지용이 조국의 자연이라는 대상을 통해서 암담한 내면세계를 상징적으로 읊었다는 것은 간과할 수 없는 사실이다. 그러한 점은 "일제시대에 내가 시니 산문이니 죄그만치 썼다는 그것은 내가 최소한도의 조선인을 유지하기 위하였던 것 이외의 아무것도 아니었다"[86]라는 표현에서

---

84) 김우창, 『궁핍한 시대의 시인』, 민음사, 1993, 52쪽.
85) 정지용, 「산문」, 『전집』, 220쪽.
86) 위의 책, 219쪽.

자연은 곧 국가의 개념으로 나타난다. 최소한도의 '조선인을 유지'하기 위해 시와 산문을 썼던 정지용의 문자행위는 현실에 대응하기 위한 나름의 방식이라 볼 수 있다.

이와 같은 맥락에서, 해방 후 그의 문학 선택의 의미를 설명할 수 있다. 정지용이 일제 시대에 최소한도의 조선인을 유지하기 위해 시를 썼다면 시적 대상으로 나타난 자연은 곧 확대된 국가 개념으로 집 지키기라 할 수 있다. 그것은 그가 세련된 조선어를 구사하여 시를 쓰는 행위를 일제로부터 민족을 지키는 것으로 생각한 것이다. 그러나 해방 후의 새로운 시대에서 시를 포기하고 정치적이고 실천적인 산문 장르를 선택할 수밖에 없었다.[87] 이와 같은 사실은 정지용의 산문에서 확인된다. "해방 덕에 이제는 최대한도로 조선인 노릇을 해야만 하는 것이겠는데 어떻게 8·15 이전같이 왜소구축(倭小龜縮)한 문학을 고집"[88] 할 수 없는 이유이기 때문이다.

'친일도 배일도 못한' 정지용은 '산수에 숨지 못하고 들에서 호미도 잡지 못'[89]하는 시인이다. 시인으로써 정지용이 처한 현실은 '국민문학'에 종속되거나 시를 쓰지 않거나하는 양자택일의 상황이었다. 그러나 정지용이 할 수 있는 현실의 극복은 그의 시에 '산수'와 '호미'를 담는 것이었다. '산수'란 은일의 정신이고 '호미'란 붓을 꺽고 농사를 짓겠다는 것일 때, 정지용은 전자를 문자행위의 기본 의식으로 삼는다.

정지용은 사회적 현실과 괴리된 산수에 친화하여 자신의 고통을 감내하는 은일의 정신에 침작한다. 자연으로 돌아가되 그 속에서 타락한 현실에서의 좌절을 정신적으로 치유하였던 것은 한국의 문사들이 즐

---

87) 윤여탁, 「시 교육에서 언어의 문제-정지용을 중심으로」, 『국어교육』 89·90집, 1995. 12.
88) 정지용, 앞의 책, 219쪽.
89) 위의 책, 266쪽.

겨 선택해 온 삶의 방식이었다. 이와 같은 시각에서 볼 때, 정지용의 자연의 집은 결코 우연히 씌어진 것이 아니며, 그의 시적 능력과 시대적 중압 속에서 그의 시가 필연적으로 나아가지 않을 수 없었던 방향이라 볼 수 있다.

4. 결론

이 논문은 정지용 시에 나타난 집 이미지의 변모 양상을 중심으로 시인의 의식을 규명하려는 의도에서 모색되었다. 기존의 정지용 시 연구는 참신한 언어의 조탁과 표현 기법, 그리고 모더니즘 계열의 이미지즘시에 초점을 맞추어 진행되어 왔다고 할 수 있다. 또한 정지용 시의 이미지에 대한 연구는 '바다 이미지', '고향 이미지', '산 이미지' 등의 측면에서 심도있게 다루어진 바 있다. 그러나 그러한 이미지 연구 방향은 정지용의 시편을 포괄하는 특징적 이미지의 성격을 지니지 못한 개별적이고 부분적인 이미지로 보여진다. 따라서 본고는 정지용의 시편을 집 이미지의 변모 양상를 중심으로 시인의 시적 변모 과정과 그에 따른 시인의 의식을 규명하고자 하였다.

개별적이고 부분적인 이미지와는 달리, '유리창 이미지'는 정지용의 시편에서 지속적으로 나타나는 이미지라 할 수 있다. 유리창은 정지용의 초기시에서 후기시를 설명하는 이미지로써 유효하게 적용된 바 있다. 그러나 정지용의 문학 전체를 '유리창 이미지' 하나로 들여다 볼 수는 없을 것이며, 그것은 곧 한계점이기도 하다. 그런 맥락에서, 본고에서 정지용의 의식을 규명하기 위한 잣대인 집 이미지 역시 그 한계에서 벗어나지 못한다. 그럼에도 불구하고 본고에서 다룬 집 이미지는 기존에 다루어지지 않았던 영역이며, 유리창 이미지와 같이 정지용의 시정신을 또다른 측면에서 설명할 수 있다는 점에 그 의의가 있다. 따라서 본고는 1930년대의 문단적 배경 및 이미지스트로서 정지용의 시작 경향과 집 이미지의 변모 양상을 중심으로 한 시인의 의식을 고찰하였다. 본고의 논의를 요약하면 다음과 같다.

정지용은 모더니즘의 주창자이며 이론가인 김기림의 시와 시론이 나타나기 이전에 순수의 경향과 참신한 감각적 이미지의 솜씨가 두드러지는 작품을 발표하였다. 그것은 1930년대 이후에 본격적으로 대두되는 모더니즘 시운동의 전사(前史)적 성격을 띠며, 모더니즘 이론가의 실제 비평의 대상으로 정지용 시를 거론하는 점에서 확인된다. 이미지스트로서 정지용은 『학조』 창간호 무렵 독특한 언어 구사와 선명한 색채 이미지를 제시하여 시단의 주목을 받는다. 그는 흄의 「가을」에서 보여준 '달'의 견고한 이미지 제시 방법과 유사한 서정을 감각화하는 시적 원리를 구현한다. 정지용의 시작 연원에 대한 기존 연구는 다양한 면에서 고찰한 바 있지만, 결국 어느 한 면의 영향이기보다는 모든 영향의 총화이며 그 자신의 미학에 의한 것으로 볼 수 있다. 이러한 정지용 시의 시적 원리는 참신한 이미지의 구사이며, 모더니즘 시운동에서 그 자신을 실천적인 시창작면의 주역으로 부각시키는 요인으로 작용한다.

정지용은 자아의 갈등을 시에 표현하기 위해 자신의 감정과 의지를 절제하는 방법을 구사한다. 그것은 세련된 언어로 표현된 이미지이다. 자신의 감정과 의지를 직설적으로 표현하는 대신, 그는 이미지를 통한 시적 장치로 감정과 의지를 우회시키는 것이다. 「유리창1」에서 나타나듯이, 정지용 시의 이미지는 시적 자아의 태도와 정서가 포함되어 형상화되어 있다. '차고 슬픈것이 어른거린다', '언 날개를 파다거린다', '물먹은 별', '고흔 肺血管'에서 보듯이, 그 이미지들은 이 시에서 의미심장한 객관적 상관물이 되고 있다. 그러한 표현은 감정과 사물의 결합으로 이루어 졌다. 그 이미지가 사물성 자체만으로 기능하거나 정서의 도구나 장식의 역할에 머무르는 것이 아니라, 이미지 자체가 관념과 정서 자체가 된다. 따라서 정지용 시의 이미지는 그의 정서를 절제하고 객관화하는 시적 장치로써 기능한다.

3장에서는 집 이미지의 변모 양상을 중심으로 정지용의 시적 변모 과정과 연관하여 시인의 의식을 집중적으로 고찰하였다. 집은 인간을 위한 공간이며 인간 존재의 최초의 세계이다. 집 안과 집 밖으로 대별되는 자아와 세계와의 관계는 문 밖 또는 집의 존재 밖으로 내쫓기는 경험, 인간의 적의와 세계의 적의가 쌓여가는 그러한 상황의 경험으로 볼 수 있다. 그러한 의미에서 집은 근원적이며 원초적이다. 그것은 집 안의 자아와 집 밖의 세계가 끊임없이 교호하면서 자아와 세계의 갈등 양상을 보여주기 때문이다. 따라서 집의 의미를 추적하는 작업은 시인의 의식을 따라가는 것이며 시적 변모 과정을 고찰하는 데 필수적이라 할 수 있다.

정지용의 시적 변모는 자아의 갈등이 사회적 현실과 자아와의 관계 축을 중심으로 이루어진다. 초기시의 집 떠나기와 집 찾기는 근대와 전근대, 서양과 동양, 진보와 보수의 변증법적 양상을 보여준다. 「카페·프란스」, 「파충류동물」에서 나타나듯이, 초기시의 자아는 집 떠나기를 통한 이방인 의식과 자아 상실감이라 할 수 있다. 정지용은 전통의 집이 아닌 카페 프란스란 이식된 공간이나 '남쪽나라'의 산물인 '쌔나나'를 상관화하여 집 떠나기를 통한 집의 부재 상황을 체험한다. 그것은 집 밖의 또다른 집이나 이방인이 가득찬 기찻간에서 그 자신 역시 이방인임을 인식하는 과정으로 볼 수 있다.

정지용의 시세계는 집 떠나기의 현실적 체험을 거쳐 '초라한 지붕'의 집 찾기를 추구하기에 이른다. 이국적 풍물을 대하는 자아는 근대적 정취에 매료될 수밖에 없었다. 그래서 집을 떠난 자아는 이방인으로 가득찬 카페 프란스나 기찻간에서 자신의 존립 근거와 자아 상실감을 체험한다. 그러나 궁극적으로 그가 추구했던 자아 찾기는 집 떠나기를 통한 방랑 체험으로 집의 부재를 인식하는 과정이다. 자신과 비슷한 상황에 놓여있는 조선인들을 통해 또는 그들의 집이 '역구풀 욱어진' 초라한 '보금자리'임을 보았을 때, 자아는 고향의 집을 그리워하게 된다.

집 떠나기에서 비롯된 자아의 상실감은 「향수」에서 고향의 집을 그리워하는 의식으로 변모한다. 자아는 자신이 소중히 간직하고 있는 고향 집과 고향 땅에 살았던 가족, 마을 사람들의 삶을 회상하는 정조를 간직한다. 그러나 자아가 '꿈엔들 잊힐리야' 다짐했던 고향의 모습은 이미 훼손된 고향이었다. 또한 「고향」에서 나타나듯이, 이미 잃어버린 상실된 고향이며, 다시 돌아갈 수 없는 고향이다.

정지용의 근대성 지향은 자신의 집 또는 고향을 등지는 것이며, 그곳에서 떠남을 전제로 한다. 고향의 집에서 떠남은 항해를 통해서 이루지만 또한 항해를 매개로 회귀하게 된다. 이국적 풍물에의 몰입과 그로 인한 자아 상실감은 고향의 집 찾기를 시도하는 상황에 놓인다. 그러나 그가 그리워했던 고향의 집은 훼손된 풍경으로 다가왔다. 정지용은 다시금 집을 찾아야 했고, 그것은 근대적 풍물의 하나였던 신앙의 집이었다.

신앙의 집은 현실과의 거리두기에 그 핵심이 있다. 그것은 정지용의 신앙적 자아가 세속적 자아를 일방적으로 배제하여 '새로운 太陽'으로만 집착하기 때문이다. '새로운 太陽'은 현실의 태양이 아니며 관념적이고 종교적인 차원으로서 '또하나 다른 太陽'일 뿐이다. 정지용이 발견한 신앙은 '또하나 다른 太陽'이 있기에 육신의 괴로움과 피로 등의 현실적 정황은 문제시되지 않는다. 그렇기 때문에 정지용은 현실과의 간극을 극대화할 수 있었으며, 그의 신앙적 자아가 선(신앙)과 악(현실)의 양면성을 거부한 선 또는 하늘, 태양 등의 절대자에 대한 형상 모색에 치중할 수밖에 없는 이유이기도 하다.

그가 선택한 신앙은 어릴 적부터 믿었던 가톨릭이라는 종교의 세계에 대한 재인식으로 볼 수 있다. 이러한 정지용 시세계의 변모는 개인적인 것에의 동경에서 좀더 보편적이고 집단적인 정서의 세계로 나아가기였다. 정지용은 변화해 가는 현실 속에서 훼손된 고향을 인지하고 근대적 보편성의 세계인 신앙의 집에 안주한다. 서구적 보편성의 세계인 카톨릭은 신과 개인 또는 신과 이웃과의 사랑을 실천함에 배타적이지 않으며 개방적이다. 그러나 「불사조」, 「나무」 등의 신앙시편에서 나타나듯이, 그는 절대자에 대한 일방적 편향으로 인해 내면의 축을 확보하지 못한다.

이런 과정을 거쳐 정지용은 후기시에서 가톨릭과 마르크시즘을 통한 서양적 보편성의 세계와 함께 동양적인 세계를 추구한다. 그의 후기시를 지탱하는 동양적 세계관은 절제와 결벽에서 카톨리시즘적인 서구와 부분적으로 일치하지만, 삶의 형식보다는 내적인 완성에 더 큰 지향을 두게 된다는 점에서, 서로 상치되는 경험을 삭제하거나 한 磁場으로 끌어당기면서 스스로를 극복하게 만든 정신적인 상승의 바탕에 해당한다.

정지용의 동양적 세계관의 추구는 우리 전통 시가의 세계와 연결된다. 우리 전통 시가에 표현된 자연은 그 자체가 이미 감정 이입된 정서의 객관적 상관물이다. 이와 같은 맥락에서, 정지용의 후기시에서 나타나는 동양적 세계관은 그 자신의 정서와 의지를 표현한 의사소통의 도구이자, 일제말 암흑기라는 현실을 감내해야 했던 시인의 인고(忍苦)의 의식이기도 하다.

정지용 시세계의 한 단면인 집 찾기는 두 가지 형태의 집으로 나타난다. 하나는 서구적 보편성의 세계인 신앙의 집이고, 또 하나는 동양적 보편성의 세계인 자연의 집이다. 후자의 집은 '三冬'에 '자작나무 덩그럭 불이 / 도로 피여 붉고', '흙냄새 훈훈히 김도 사리'는 곳이다. 「인동차」에 나타난 풍경은 집 밖의 차가움을 인내하는 집 안으로 대별된다. 그것은 집 밖의 거친 현실을 집 안에서 감내하는 시적 자아의 자기 지키기임을 알 수 있다.

그 당시 대다수의 문인들이 자신의 생존을 위해서 친일 행위까지 행한 사실들을 상기한다면 비록 강한 저항 의식이나 역사 의식이 내포된 시를 쓰지는 못했지만, 정지용이 조국의 자연이라는 대상을 통해서 암담한 내면세계를 상징적으로 읊었다는 것은 간과할 수 없는 사실이다. 그러한 점은 "일제시대에 내가 시니 산문이니 죄그만치 썼다는 그것은 내가 최소한도의 조선인을 유지하기 위하였던 것 이외의 아무것도 아니었다"라는 표현에서 자연은 곧 국가의 개념으로 나타난다. 최소한도의 '조선인을 유지'하기 위해 시와 산문을 썼던 정지용의 문자행위는 현실에 대응하기 위한 글쓰기의 방식이라 볼 수 있다.

이와 같은 맥락에서, 해방 후 그의 문학 선택의 의미를 설명할 수 있다. 정지용이 '일제 시대에 최소한도의 조선인을 유지하기 위해 시를 썼'다면 시적 대상으로 나타난 자연은 곧 확대된 국가 개념으로 집 지키기라 할 수 있다. 그것은 그가 세련된 조선어를 구사하여 시를 쓰는 행위를 일제로부터 민족을 지키는 것으로 생각한 것이다. 그러나 해방 후의 새로운 시대에서 시를 포기하고 정치적이고 실천적인 산문

장르를 선택하게 된다. 이와 같은 사실은 '해방 덕'에 '8·15 이전같이
왜소구축(倭小龜縮)한 문학을 고집'할 수 없었기 때문이다.

제 3 장

백석 시와 토포필리아

1. 서론

이 글은 백석의 시에 나타난 토포필리아(장소애)의 양상을 주목하여 시인의 장소 의식이 시 속에 어떻게 구현되고 있으며, 이를 통해 시인의 시의식과 어떤 연관성을 가지는가를 고찰하는 데 목적이 있다. 이를 위해 본고는 인문학의 근간을 이루고 있는 공간과 장소애를 주요하게 언급하고 있는 인문지리학의 연구방법을 원용하고자 한다. 본고는 백석 시에 나타난 장소애를 분석하기 위해 시인이 체험한 현장이나 장소에 대한 사유 등이 작품 속에 어떻게 형상화되어 구현되고 있는지를 고찰할 것이다.

백석의 시세계는 서로 다른 성격의 작품들이 혼재되어 있어 관점에 따라서는 순차적인 변모양상으로 접근되거나, 어떤 계보에도 쉽게 귀속시키기 어려운 '독특한' 성격을 지닌 것으로 파악되기도 한다.[1] 예

---

1) 류경동, 「잃어버린 시간의 복원과 허무의 시의식」, 『1930년대 후반문학의 근대성과 자기

를 들어, 백석에 대한 평가의 초석이라 할 수 있는 김기림의 '유니크'[2]
는 '새로움'이란 의미로 모더니티가 쓰였다. 그러나 모더니티가 지니
는 다양한 측면의 일부분일 뿐이란 점과 당대 모더니즘 시운동을 이
끌던 김기림의 관점에서, 이전의 모더니즘 시풍과는 '낯설게 하기'
의 의미에 지나지 않는다. 문제는 '낯설게 하기'의 스타일리스트 이면
에 놓인 전통 세계의 추구가 어떤 의미를 지니는 가이다. 이에 대한
논자들의 경향도 두 가지로 나뉜다. 먼저 리얼리즘 계열의 경우, 백석
의 시가 민족공동체의 삶을 형상화하여 일제 강점기 민족 주체성을
확보한 민중/민족 문학의 한 경지를 보여 주었다고 평가한다.[3] 이와
달리 모더니즘 계열의 경우, 백석 시의 형식적 방법 및 구조와 시어[4]

성찰』, 깊은샘, 1998, 355쪽.
2) 김기림, 「『사슴』을 안고」, 『조선일보』, 1936. 1. 29.
3) 김종철, 「30년대 시인들」, 『문학과 지성』, 1975년 봄.
　윤지관, 「순수시와 정치적 무의식」, 『외국문학』, 1988년 겨울호.
　김재홍, 「민족적 삶의 원형과 운명에의 진실미」, 『한국문학』192호, 1989.
　이숭원, 「백석 시의 전개와 그 정신사적 의미」, 『현대시와 현실 인식』, 한신문화사, 1990.
　박주택, 『낙원회복의 꿈과 민족정신의 복원』, 시와시학사, 1991.
　최두석, 「백석의 시 세계와 창작 방법」, 『리얼리즘의 시정신』, 실천문학사, 1992.
　김용직, 「토속성과 모더니티」, 『한국 현대시 해석 비판』, 시와시학사, 1993.
　김명인, 「백석시고」, 『백석』, 고형진 편, 새미, 1996.
　이동순, 「민족 시인 백석의 주체적 시정신」, 『백석 시 전집』, 창작과비평사, 1997.
　박주택, 「백석 시 연구」, 경희대 박사학위논문, 1999.
　이병초, 「백석시의 고향의식과 형상화 방법」, 고려대 석사학위논문, 2006.
　권영옥, 「백석 시에 나타난 토속성 연구」, 한양대 석사학위논문, 2007.
　이숭원, 「백석 시에 나타난 자아와 대상과의 관계」, 『한국시학연구19호』, 2007.
　이민정, 「백석 시의 신화적 상상력 연구」, 서울대 석사학위논문, 2008.
　소래섭, 「백석 시에 나타난 음식의 의미 연구」, 서울대 박사학위논문, 2008.
　최수현, 「백석 시에 나타난 공동체 의식 연구」, 국민대 박사학위논문, 2010.
　이소연, 「백석·윤동주 시의 동심지향성 연구」, 경희대 박사학위논문, 2011.
　김형옥, 「백석 시에 나타난 고향의식 연구」, 한양대 석사학위논문, 2012.
4) 고형진, 「백석 시 연구」, 고려대 석사학위논문, 1983.
　이숭원, 「풍속의 시화와 눌변의 미학」, 『한국시문학의 비평적 탐구』, 삼지원, 1985.
　정재형, 「백석 시의 시어 연구」, 고려대 석사학위논문, 1999.

를 통해 분석하거나 근대성의 문제와 관련하여 당대 모더니즘의 한 틀을 완성했다고 평가한다.[5]

이상 논의에서 백석에 대한 평가의 핵심은 토속성과 향토성으로 요약할 수 있는 전통지향성이다. 논자들은 전통지향성을 내용과 형식의 측면에서 바라본 결과 상이한 결과를 도출하게 된다. 문제는 리얼리즘과 모더니즘을 아우를 수 있는 시적 원리를 고찰하는 것이다. 본고에서 주목하는 장소애는 필연적으로 시간과 공간의 문제와 연결된다. 먼저 시간의 문제에 대해 백석의 작품을 연구하는 글은 작품에 나타난 분위기, 이미지, 시제, 화법, 어법 등의 구체적 형상화 전략을 분석하여 시인의 의식을 규명하고자 하였다.[6] 또한 시간과 공간을 연결하여 다룬 글은 시간과 공간의 속성에 내재한 밀접한 관련성을 주목하여

고형진, 『백석 시 바로 읽기』, 현대문학, 2006.
이숭원, 『백석 시의 심층적 탐구』, 태학사, 2006.
박순원, 「백석 시의 시어 연구:시어 목록의 고빈도 어휘를 중심으로」, 고려대 박사학위논문, 2007.
이숭원, 『백석을 만나다』, 태학사, 2008.
서란화, 「백석 시의 방언 연구」, 숭실대 석사학위논문, 2010.
서정호, 「백석 시에 형상화된 시어의 이미지즘적 특성 연구」, 동국대 석사학위논문, 2011.
5) 최학출, 「1930년대 한국 모더니즘 시의 근대성과 주체 욕망의 체계에 대한 연구」, 서강대 박사논문, 1994.
김승구, 「백석 시의 낭만성 연구」, 서울대 석사논문, 1997.
김재용, 「근대인의 고향 상실과 유토피아의 연원」, 『백석 전집』, 실천문학사, 2003.
최정례, 「백석 시의 근대성 연구」, 고려대 박사논문, 2004.
지주현, 「백석 시의 서술적 서정성 연구」, 전남대 박사논문, 2008.
서효인, 「백석 시 연구-모더니티 구현양상을 중심으로」, 전남대 석사논문, 2009.
6) 심재휘, 『한국 현대시와 시간』, 월인, 1998.
김혜영, 「백석 시 연구」, 『국어국문학』131호, 국어국문학회, 2002.
김은철, 「백석 시 연구-과거지향의 시간의식을 중심으로」, 『한국문예비평연구』15집, 2004.
맹재범, 「백석 시의 시간문제에 관한 한 고찰」, 경희대 석사학위논문, 2007.
유병관, 「백석 시의 시간 연구」, 『국제어문』39집, 국제어문학회, 2007.
최정례, 『백석 시어의 힘』, 서정시학, 2008.
심재휘, 「시간을 밀봉하는 방법:백석의 「여우난곬族」」, 『시안』제13권 2호, 시안사, 2010.
김수경, 「백석 시의 시간 활용 방법 연구」, 중앙대 석사학위논문, 2012.

상상력과 지향성을 밝히고 있다.[7]

공간과 장소애와 연관된 연구 성과를 축적[8]하고 있지만 본고에서 논의 대상으로 하는 백석의 작품과 관련하여 박태일과 유인실의 연구가 유일하다. 박태일은 백석의 작품을 "개별적인 집짓기가 아니고 혈연의식으로 뭉쳐진 겨레 모두의 집짓기"였음을 강조하고, 백석의 공간 체험과 생생한 장소 사랑이 현실에 대한 강한 대응기제였음을 살폈다.[9] 또한 그는 장소는 사람의 실존이 지니게 되는 바 뜻 깊은 사건을 겪는 목표거나 초점이 됨과 아울러 주체가 깃들여 머무는 곳, 또는 새로운 출발점이 되기도 한다고 파악하며, 김광균, 이육사, 백석, 윤동주 네 시인의 공간 체험현상을 밝혔다.[10] 유인실은 로컬적 관점에서, 작가의 작품에서 특정한 지역이 호명되는 것은 그러한 장소의 공간에 대한 의미 부여라 판단하고, 백석의 거주 공간에 따라 고향 체험이 어

7) 차한수, 「백석 시의 시간·공간성 고찰」, 『동남어문논집』6호, 동남어문학회, 1996.
   류지연, 「백석 시의 시간과 공간의식 연구」, 명지대 박사학위논문, 2002.
   이문재, 「김소월·백석 시의 시간과 공간의식 연구」, 경희대 박사학위논문, 2008.
8) 노용무, 「정지용 시의 이미지 연구-집 이미지의 변모 양상을 중심으로」, 전북대 석사학위논문, 1997.
   염창권, 『집없는 시대의 길가기-일제강점기 한국 현대시의 공간구조』, 한국문화사, 1999.
   최만종, 「김소월 시에 있어서 '장소애'의 현상학적 연구」, 서강대 박사학위논문, 2001.
   문재원, 「문화전략으로서 장소와 장소성」, 『장소성의 형성과 재현』, 부산대 한국민족문화연구소 편, 2007.
   이혜원, 「김소월과 장소의 시학」, 『생명의 거미줄』, 소명, 2007.
   김태준, 「고향, 근대의 심상공간」, 『'고향'의 창조와 재발견』, 동국대 한국문학연구소 편, 역락, 2008.
   임승빈, 『경관분석론』, 서울대출판부, 2009.
   김경은, 「김광균 시에 나타난 장소성 연구」, 『인문사회논총』17호, 인문사회과학연구소, 2010.
   윤의섭, 「정지용 후기시의 장소성」, 『현대문학이론연구』46, 현대문학이론학회, 2011.
   김민숙, 「노천명 시에 나타난 장소성 연구」, 건국대 박사학위논문, 2012.
9) 박태일, 「백석 시의 공간 현상학」, 고형진 편, 『백석』, 새미, 1996.
10) 박태일, 『한국 근대시의 공간과 장소』, 소명출판, 1999.

떻게 작동되는가를 살폈다.[11] 이러한 실존적인 장소론은 본고의 논의
방향과 연관된다. 본고가 백석의 시를 인문지리학의 화두인 장소애라
는 관점으로 읽어내는 이유는 다음과 같다.

첫째, 다양한 층위의 관점을 일관된 맥락으로 엮어낼 방법론이 필요
하다는 점이다. 백석과 그의 작품에 대한 일반적인 평가의 근저에는
항상 일제 강점기라는 시대적 상황과 맞물린 정황적 측면이 강하다.
그의 시를 일컬어, 전통적인 삶의 재현과 민족공동체의 구현 등이나
모더니스트로서 당대 모더니즘의 새로움을 추구했다는 기법적 측면의
논의를 모두 포괄하는 매개가 필요하다. 따라서 백석 시에 형상화된
장소애를 기반으로 하는 작업이 당대의 현실을 사유하는 주체의 정체
성을 고찰하는 방식일 때 구체적인 장소애와 장소감을 추적함으로써
시인의 내면의식과 지향성을 밝혀낼 수 있을 것이다.

둘째, 백석 시에 나타난 현실인식의 이중성을 파악할 수 있다는 점
이다. 백석의 현실인식에 관한 기존의 평은 상반된 성격을 보여준다.
그의 시가 드러내는 전통성, 향토성 등을 기반으로 하는 생활 양식의
형상화를 통해 일제에 저항하고 민족 정신을 고취하려는 의도를 보여
준다는 평과, 전통지향성을 과거의 것을 추구한다는 맥락에서 시적 화
자의 척박한 현실을 회피하려는 의도라 규정하고 현실의 대안적 공간
이라는 의미화가 그것이다. 이러한 대척적 관점의 논구는 연구 대상의
제한성과 더불어 전통지향이 아닌 일련의 기행시편에서도 현실지향성
이 나타나고 있어 재고의 여지를 남기고 있다. 왜냐하면, 백석의 이력
과 관계한 여행 과정을 통해 이향과 귀향을 반복하고 있고 이때 공간
감과 장소애를 통해 그 의미를 추적할 수 있기 때문이다.

---

11) 유인실, 「백석 시의 로컬리티 연구」, 전북대학교 인문학연구소, 『건지인문학』7, 2012.

셋째, 위 항과 관련하여, 시적 자아의 현실인식 지점을 형상화된 내용과 긴밀히 연관된 시적 전략을 고찰할 수 있다는 점이다. 이는 식민지 현실을 어떤 형태로든 감내해야 했던 시인의 내면 의식과, 식민과 피식민의 길항관계를 시 작품에 투영된 구체적인 장소애의 형상화 과정과 밀접한 관련을 지닌다는 가정을 할 수 있기 때문이다. 또한 식민지 상황에 놓인 식민지 지식인의 내면풍경과 그의 시쓰기 방식은 어떤 형태로든 상동성을 지니기 때문이기도 하다.

넷째, 백석 시에 나타난 장소애를 추적함으로써 백석의 시 연구에 다양하고 다층적인 관점을 확보할 수 있다는 점이다. 연구사 검토를 통해 나타나듯 백석 시의 전통지향성을 모더니티지향성과 대척적인 관점에서 바라보지 말아야 한다. 따라서 본고는 민족적 소재인 전통이 백석의 시작 원리와 긴밀하게 연관하여 만나는 지점을 장소애를 통해 고찰하고자 한다. 이러한 작업은 영문학 전공자인 '모던 보이' 백석의 근대성에 드러난 현실인식과 그의 시작품에 나타난 전통지향성을 전통의 또 다른 모티프인 장소와 장소애의 다양한 층위를 고찰하여 그의 시가 지닌 구체적이고 문학적인 실천 행위를 살펴보는 의의를 지닌다.

2. 공간론의 심상지리와 인문지리학의 장소론

시인의 존재는 시 작품을 전제로 가능하며 시 작품은 시인의 구체적인 삶의 현장을 전제로 가능하다. 이때 가장 근원적인 장소로 나타나는 것이 '집'과 '고향'이란 체험의 현장이다. 그곳은 시인이 한 존재로서 존립할 수 있는 존재론적 의식을 가능하게 하는 상상력의 토대인 '흙'과 관련한 신화, 전설, 민담 등의 연속적 세계관을 배태하고 있는 공간이다. 또한 인간의 모태와 회귀의 상징인 '어머니'의 이미지와 자아를 둘러싼 '우주'의 세계를 인식하는 최초의 출발이기도 하다. 문학에서 형상화된 장소는 한 작가의 생애와 작품을 고찰하는 토대이자 시정신을 파악하는 근간이다. 이러한 관점에서 백석의 시와 장소애를 다룬 글은 거의 이루어지지 않고 있으며, 다양한 접근방식의 도입이란 맥락에서도 시급한 실정이라 할 수 있다.

일반적으로 실증주의 지리학은 1970년대 이전에 활성화되었다. 실증주의적 지리학에서 다루었던 공간은 주로 물리적이나 기하학적 공간을 지시하는 개념이다. 이때 공간은 단순히 물리적으로 존재하거나 계량적으로 측정 가능한 또는 텅빈 공간으로, 인간의 선험적 인식 속에서 기하학적으로 재단될 수 있는 것으로 간주되었다. 따라서 고대로부터 전통적으로 전해져 내려오는 지리학의 공간 개념은 인간의 활동을 보다 효율적으로 수행하기 위한 혹은 극복해야 할 거리비용으로 인식되거나 지표나 지도상에 영역을 표기하는 매개로써 인식되었다. 이러한 점은 공간을 인식하고 심상지리를 그리기 위한 효과적인 체계이자 인간의 활동이 이루어지는 현상들을 지배하는 어떤 법칙이 내재한 객관적 대상으로 물상화되기도 한다.

실증주의 지리학의 공간은 인간 활동의 배경으로 대상화되고, 그 속에서 이루어지는 활동과는 무관한 어떤 것으로 객체화되거나 객관화되는 개념이다. 이때의 물리적 공간은 어떤 물체로부터 독립하여 존재할 수 있는 객관적 대상성을 지니지만 인간을 중심으로 한 개념을 염두에 둔다면 그 속에 존재하는 사람이나 사물로부터 독립하여 존재할 수 없다. 이러한 객관적이고 실증적인 지리학의 공간 개념을 달리하면서 나타난 분야가 인문지리학이다.

인간주의 지리학으로 불리기도 하는 인문지리학은 실증주의 지리학의 공간 개념을 비판하면서 현상학, 해석학, 실존주의 등과 통섭을 시도한다. 이를 통해 전통적 지리학의 공간과 장소 개념을 새롭게 개념화하여 인간의 경험이나 감정 등 이전의 지리학에서 간과되었던 인간의 의식 세계를 부각시킨다. 인문지리학의 핵심은 '장소'이다. 서구 근대의 공간적 확장에 영향을 미친 심상지리는 공간의 추상성에 기반하는 개념이다. 즉, '물리적 맥락으로서 시간, 공간, 물질이 어우러져 있는 물질의 객관적 형태'[12)라는 자의적 의미와 함께 인간 사회의 다양한 층위에 따라 혹은 인간의 개별적 욕망에 따라 새롭게 정의되는 추상적 공간이다. 특히 시의 공간은 텍스트에 형상화된 인간의 삶을 가장 효과적으로 드러내는 '주관의 지향성'[13)이 될 수 있다. 이때 공간과 장소를 구분하는 인문지리학의 관점에 설 때, 그 동안 객관적·양적·기하학적인 '사실중심적' 공간개념을 주관적·질적·위상수학적인 '인간중심적인' 공간개념으로 옮겨감으로써 지리적 세계를 주관적 의미연관에서 이해하게 된다.[14)

에드워드 렐프에 의하면, "추상공간은 반드시 경험적 관찰에 의존하지 않아도 된다. 그 공간을 설명할 수 있는 논리관계에 의해 구성된 공간을 추상공간이라고 한다."[15)고 규정하고 "인간의 상상력으로 자유롭게 창조되는 것으로서 상징적 사유의 결과"[16)이다. 이러한 논의는 그대로 심상지리의 공간론과 다름없다. 이때 공간과 구별되는 장소를 재인식하는 것은 일반적이고 보편적인 상상과 개념의 차원에서 구체적이고 경험적인 주변과 인지의 차원으로 변환하는 점을 의미한다.

---

12) 에드워드 소자 외, 이무용 외 역,『공간과 비판사회이론』, 시각과 언어, 1997, 106-107쪽.
13) 김은자,『현대시의 공간과 구조』, 문학과 비평사, 1988, 17쪽.
14) 정진원,「인간주의 지리학의 이념과 방법」,『지리학논총』11집, 1984, 79쪽.
15) 에드워드 렐프, 김덕현 외 역,『장소와 장소상실』, 논형, 2005, 69쪽.
16) 위의 책, 같은 쪽.

따라서 장소는 안전이고 안정성을 가져다주는 구체적인 경험지인 반면 공간은 자유이고 위협, 개방된 곳으로 장소보다 더욱 추상적이다.[17] 왜냐하면, 인문지리학의 현상학적 공간은 인간를 중심으로 논의를 전개하기 때문이다. 따라서 중요하게 대두되는 것은 인간의 '경험적 관점'이다.

공간을 거주의 문제로 보는 볼로프는 삶의 모든 현실을 묶는 구체적인 장으로 파악한다. 그에 의하면 거주는 인간의 실존을 파악하는 근원이며, 공간은 실존과 연결된다는 것이다.[18] 공간성은 물리적 배경으로서의 구체적이고 명시적인 장소의 뜻뿐만 아니라 이야기 자체의 공간, 심리적 공간 등 의식이 지속되고 있는 장(場, field)의 의미를 포함한다.[19] 이때 작가는 작품을 통해 자신이 경험한 특정 장소와 관련된 장의 의미를 장소감과 장소애로 드러낸다.

장소애(topophilia)는 인간이 자신의 장소를 확보하기 위해 특정 공간에 어떤 의미와 가치를 부여함으로써 만들어지는 사랑을 의미한다. 장소애의 어원은 토포스(topos)로부터 연원한다. 토포스는 어느 문맥 속에서나 발견할 수 있는 진부한 비유나 표현, 또는 암시적인 상투 어구를 뜻한다. 예를 들면, 즐거운 장소는 분명 지리적·기후적으로 '쾌적함'을 주는 장소를 가리킨다. 이 어구는 독자에게 특정 경관에 대한 이미지, 중요한 공간에 필요한 실제적 묘사를 전달한다.[20] 따라서 토포스는 장소라는 중심축을 지닌 의미로서 문학적 제재 및 모티프로서 다양하게 사용되고 있다. 이를 인간이 경험과 관련하여 확장시킨 개념이 장소애라 할 수 있다.

17) 이-투 푸안, 구동회·심승희 역, 『공간과 장소』, 대윤, 2005, 19쪽.
18) Otto. F. Bollnow, 백승균 역, 『삶의 철학』, 경문사, 1979, 234-235쪽.
19) 한용환, 『소설학 사전』, 고려원, 1992. 39쪽.
20) 이재선 편, 『문학 주제학이란 무엇인가』, 민음사, 1996. 140쪽.

　장소애란 인간과 장소 또는 배경 사이의 정서적 결합이다. 따라서 인간이 자신이 경험한 특정 장소에 대해 느끼는 강렬한 애정이나 태도를 포함한다. 달리 말하면 일상적 경험에서 쉽게 얻어질 수 없는 심오한 방식으로 경험주체의 의식 속에 들어오는 절정경험[21]을 의미하는 장소감의 영역이라 할 수 있다. 따라서 장소감을 이루는 원천은 장소이다. 이때 간과할 수 없는 것은 장소애와 상대적 개념인 토포포비아(topophobia, 장소혐오)이다. 장소혐오는 '지금-이곳'이 아닌 과거의 장소나 이미 체험되었던 실존적 장소에 대한 장소애가 강렬할수록 증폭되는 장소 소외감이다. 따라서 장소애를 드러낸다는 것은 역으로 장소혐오를 내재하고 있다는 내밀함의 표현이 가능할 것이다.

　인문지리학의 장소와 관련한 이투 푸안과 에드워드 렐프의 논의를 정리하면 장소애와 장소감 그리고 장소성은 각각 장소상실과 비진정한 장소감 그리고 무장소성과 대응하는 개념이라 할 수 있다. 전자가 장소에 대한 친밀도를 기반으로 구성된다면 후자는 상실감과 소외감을 근저로 하는 개념이지만 모두 장소에 대한 의식을 공통분모로 하는 것이다.

　장소는 고유한 입지, 경관, 공동체에 의하여 정의되기보다는 특정 환경에 대한 경험과 의도에 초점을 두는 방식으로 정의된다. 따라서 장소는 추상적 개념이 아닌 생활 세계가 직접 경험되는 현상으로 의미·실재·사물·계속적인 활동으로 가득 차 있다. 인간 실존의 심오한 중심으로 모든 장소는 자연물과 인공물·활동과 기능·의도적으로 부여된 의미가 종합된 총체적인 실체이다.[22] 인간이 장소와 맺는 본질적 관계와 이 장소를 통해서 공간과 맺는 본질적 관계는 인간 존재의

---

21) 에드워드 렐프, 앞의 책, 251-252쪽.
22) 위의 책, 287-288쪽.

본질적 속성인 거주에 있다.[23]

거주의 문제는 인간 존재의 삶과 경험의 영역에 해당하는 생활의 세계이다. 따라서 거주는 생활의 문제이고 그것은 필연적으로 장소와 연관된다. 장소감이 미지의 어떤 곳이 친밀한 장소로서 다가올 때 그 지역에 대한 느낌 또는 의식[24]을 뜻하는 포괄적 개념이라면 장소는 경험주체에게 어떤 의미로 한정되어 나타나며,[25] 오랜 세월 꾸준한 감정교류를 통해 깊은 의미를 얻을 수 있는 것이다.[26] 따라서 장소를 분석하는 것은 한 시인의 장소애와 더불어 장소혐오 또는 장소상실을 살피는 작업이자 구체적인 장소의 안과 밖을 경계로 나타나는 의식의 흐름을 파악하는 연구라 할 수 있다. 이러한 관점은 시인이 장소를 통해 작품을 생산하는 매개가 될 수 있다는 전제와 장소를 둘러 싼 시인의 의식세계를 명징하게 드러내 준다는 견해를 토대로 이루어진다. 이 점은 공간을 비롯한 장소 분석이란 인간의 내면적인 삶의 장소들에 대한 조직적·심리적 연구[27]에 해당한다.

3. 과거의 공간과 기억의 장소애

집은 떠나온 자에겐 언제나 돌아가고자 하는 그리움의 장소이다. 떠나온 자의 온갖 체취와 함께 산 자들의 영혼이 여전히 살아 숨쉬는 곳이기 때문이다. 또한 인간들이 몽상을 살았던 장소들은 새로운 몽상

---

23) 위의 책, 73쪽.
24) 이투 푸안, 앞의 책, 7-8쪽.
25) 나카노 하자무, 최재석 역, 『공간과 인간』, 도서출판 국제, 1999, 44쪽.
26) 이투 푸안, 앞의 책, 44쪽.
27) 가스통 가슐라르, 곽광수 역, 『공간의 시학』, 민음사, 1990, 120쪽.

속에서 저절로 복원된다. 과거의 거소들이 인간들의 내부에 사라지지 않고 남아 있는 것은, 바로 그것들의 추억이 몽상처럼 되살아지기 때문이다.[28] 또한 과거엔 초라하고 불평불만이 많았을 집일지라도 몽상을 통해 되찾은 추억 속에서는, 알 수 없는 기이한 융합으로 언제나 기운을 되찾게[29] 해주는 것이 집이다.

집이 우리의 삶에 있어서 비호(庇護)와 휴식의 가장 친밀한 공간이자, 장소임을 가장 절실하게 느끼게 하는 때는 몸이 아플 때, 자연재해 및 춥고 더운 계절, 고달픈 여행, 그리고 일과 노동에 지쳤을 경우이다. 아프고 긴 여로의 떠돌이 생활과 피곤한 노동이 고역으로부터 우리의 고달픈 몸을 편히 쉬게 하는 곳도 바로 집이기 때문이다.[30] 이러한 맥락에서 집은 자연스럽게 고향의 함의를 지시한다.

개인의 내밀함이 공존하는 집이 교차되어 확장된 곳은 마을이자 고향이다. 모든 사람은 태어나고 자라난 땅과 조상이 물려준 문화를 공유하는 공동체 속에서 '고향'에 대한 애착과 안정감을 터득한다.[31] 이러한 고향에 대한 의식은 공동체와 긴밀하게 연관된 장소로부터 나온다. 공동체의 정체성은 구체적인 장소를 통해 획득되고 장소의 정체성은 공동체 의식을 통해 각인되는 것이기에 상호작용할 수밖에 없다. 이때 한 장소의 안과 밖은 장소와의 일체감이나 소속감 등의 의식을 규명하는 매개이다.

장소의 안에 위치해 있다면 내부의 경험을 공유한다는 것이고 그 장소와의 소속감과 일체감을 지시하는 것이다. 이와 달리 외부에 있다면 장소에 대한 진정한 내부성을 갖지 못한 장소 소외감이나 장소 혐

---

28) 위의 책, 118쪽.
29) 위의 책, 123쪽.
30) 이재선, 『한국문학 주제론』, 서강대학교 출판부, 1996, 432쪽.
31) 김태준, 앞의 책, 13쪽.

오의 상황을 일컬음이다. 전자의 경우가 장소를 통한 정체성을 내재한 장소에의 뿌리내림(rootedness)일 때 후자는 진정한 내부성을 갖지 못한 장소 상실감에 해당한다. '뿌리내림'이 협소한 환경에 대한 의도적 가치 부여가 아니라, 무의식적·비반성적으로 안전하고 안락한 존재 상태를 의미[32]할 때 장소의 내부감과 외부감을 명시적으로 드러내는 준거라 할 수 있다.

　내일같이 명절날인 밤은 부엌에 째듯하니 불이 밝고 솥뚜껑이 놀으며 구수한 내음새 곰국이 무르끓고 방안에서는 일가집 할머니가 와서 마을의 소문을 펴며 조개송편에 달송편에 죈두기송편에 떡을 빚는 곁에서 나는 밤소 팥소 설탕 든 콩가루소를 먹으며 설탕 든 콩가루소가 가장 맛있다고 생각한다

-「古夜」에서

　노란 싸릿잎이 한불 깔린 토방에 햇춹방석을 깔고
　나는 호박떡을 맛있게도 먹었다

-「여우난골」에서

　닭이 두 홰나 울었는데
　안방 큰방은 훼줏하니 당둥을 하고
　인간들은 모두 웅성웅성 깨어 있어서들
　오가리며 석박디를 썰고
　생강에 파에 청각에 마늘을 다지고

-「秋夜一景」에서

---

32) 최병두, 「장소의 역사와 비판적 공간이론」, 『로컬의 문화지형』, 부산대학교 한국민족문화연구소 편, 혜안, 2007, 68쪽.

그리고 새벽녘이면 고방 시렁에 채국채국 얹어둔 모랭이 목판 시
루며 함지가 땅바닥에 넘너른히 널리는 집이다

-「외갓집」에서

집이라는 장소는 세상 밖의 모든 길로 뻗어나가게 하는 출발점인
동시에 모든 길을 집으로 돌아오게 만드는 종착지이다.[33] 「고야」의
'부엌'과 '방'은 집을 이루는 구성체이자 시적 화자의 내밀한 의식을
엿보는 구체적인 장소이기도 하다. 그곳은 명절 전날 밤에 나타나는
고향의 민속 풍경과 음식문화의 향내를 형상화하는 더욱 구체적인 시
적 매개이다. 예를 들어, 「여우난골」의 '토방'이나 「추야일경」의 '안
방'은 「적경」에서 나타나는 '컴컴한 부엌'이나 「수라」의 '방바닥'이란
시어와 더불어 집을 구성하는 구성물이면서 각각 고유의 질감을 지닌
장소감을 형성한다.

「고방」의 경우도 이와 같은 맥락에서 「외갓집」의 '고방'과 함께 설
명할 수 있다. 즉, 고방은 재래식 주택에서 창고의 기능을 하는 방이자
집의 구성체이기 때문이다. 「외갓집」의 고방이 유년기 시적 화자가 느
끼는 외갓집의 풍경을 경외감으로 형상하는 과정에서 언급되었다면, 「고
방」의 고방은 손자로부터 할아버지에 이르는 가족의 모습과, 할아버
지의 할아버지의 할아버지에 이르는 '옛말이 사는' 전통적 삶의 풍경
이 녹아있는 장소이다. 그곳은 "보통 오랜 시간에 걸쳐, 평범한 사람
들의 일상생활을 통해 형성되어야만 한다. 그들의 애정으로 장소에 스
케일과 의미가 부여되어야 한다."[34]는 맥락에서 장소성을 획득한다.

---

33) 정유화, 「집에 대한 공간체험과 기호론적 의미:백석론」, 중앙어문학회, 『어문논집』29집,
   2001, 260쪽.
34) 에드워드 렐프, 앞의 책, 173쪽.

저녁술을 놓은 아이들은 외양간섶 밭마당에 달린 배나 무동산에서 쥐잡이를 하고 숨굴막질을 하고 꼬리잡이를 하고 가마 타고 시집 가는 놀음 말 타고 장가가는 놀음을 하고 이렇게 밤이 어둡도록 북적하니 논다

밤이 깊어가는 집안엔 엄매는 엄매들끼리 아르간에서들 웃고 이야기하고 아이들은 아이들끼리 웃간 한 방을 잡고 조아질하고 쌈방이 굴리고 바리깨돌림하고 호박떼기하고 제비손이구손이하고 이렇게 화디의 사기방등에 심지를 몇 번이나 돋구고 홍게닭이 몇 번이나 울어서 졸음이 오면 아릇목싸움 자리싸움을 하며 히드득거리다 잠이 든다 그래서는 문창에 텅납새의 그림자가 치는 아침 시누이 동세들이 욱적하니 흥성거리는 부엌으론 샛문틈으로 장지문틈으로 무이 징게국을 끓이는 맛있는 내음새가 올라오도록 잔다

―「여우난골族」에서

인용시는 마을 이외의 지역을 중심으로 형상화하면서 시적 화자가 위치한 집이란 장소를 시적 대상으로 형상화한 작품이다. 마을 밖의 형상화는 新里의 고무, 土山의 고무, 큰골의 고무 그리고 삼촌을 중심으로 지역과 인간을 긴밀하게 연관시켜 드러낸다. 각각의 지명과 관련하여 나타난 보통명사는 큰집, 건넛집, 예수쟁이 마을, 해변, 먼섬 등이다. 이러한 지역 공간의 호명은 모두 각각의 인간군상과 그들의 삶을 환기시킨다.

마을 안의 형상화는 타지의 삶들이 할머니 할아버지가 계시는 '집안'을 중심으로 모여 있는 풍경을 그려낸다. '집안'을 정점으로 '안간'에는 할머니와 할아버지가 있고, '방안'에는 '새옷'과 각종 음식이 놓여있다. '아르간'은 '엄매들'이 모여 이야기를 나누고 있고 '웃간'에는 아이들이 모여 새벽에 이르기까지 장난과 놀이를 하며 '아릇목싸움'을

한다. 각각의 구체적인 장소와 인간은 우리네 삶의 단편을 그린 풍속화를 그리듯 자연스럽지만 여기서 시적 화자의 내면에 놓인 장소와의 갈등을 읽어낼 수 있다.

시적 화자의 고향은 '아름다움과 기쁨을 낳는 과거'[35]의 체험 장소이다. 또한 시적화자의 순수한 유년의 꿈이 살아 있는 장소이기도 하다. 백석의 시편 곳곳에서 형상화되어 나타나는 고향마을과 유년 시절의 시화는 소박한 삶의 편린과 공동체 의식의 현현, 다양한 풍물이 드러난 풍경으로 그려지고 있다. 이와 같은 기억에 기댄 유년의 풍경과 체험은 '지금-이곳'이라는 현실의 자아가 지닌 이중적 분열증을 명시적으로 보여주는 기표이기도 하다. 왜냐하면, 기억이란 과거이고 과거를 떠올리는 '지금-이곳'이란 현실의 문제가 사상되어 있기 때문이다. 이러한 맥락은 시집 『사슴』을 관류하는 핵심으로, 백석의 시세계를 바라보는 이중적 시선을 가능케 하는 이유이기도 하다.

4. 여행자의 시선과 현실의 장소감

백석의 연보에 따르면,[36] 1930년 19세에 일본 유학을 기점으로 이후 고향인 정주에 머무른 적이 거의 없다. 유학시절, 조선일보사 취직, 함흥영생고보 교편, 이직 후 『여성』 편집주간, 만주행 등으로 요약할 수 있는 백석의 연보는 고향의 유년시절과 유학 이후 이향과 유랑으로 점철된 그의 삶을 명징하게 보여준다. 이러한 점은 시집 『사슴』의

---

35) 스티븐 컨, 박성관 역, 『시간과 공간의 문화사』, 휴머니스트, 2004, 127쪽.
36) 백석의 연보는 송준, 『남신의주유동박시봉방-세계 최고의 시인 백석 일대기1-2』(지나, 1994)와 고형진 편, 『정본 백석시집』(문학동네, 2007)을 참고.

시적 경향과 대체로 일치한다. 『사슴』에서 형상화된 토속적이고 전통적인 시세계는 고향인 정주에서의 유년 시절을 기반으로 형성된 것이다. 이를 통해 백석을 고향의 시인으로 규정하기에 부족함이 없었다. 그러나 『사슴』 이후 시세계는 다르다.

『사슴』의 시편은 시인의 고향인 정주에서의 유년 시절을 토속적인 관점에서 형상화했다면 이후의 시편은 과거로부터 현재로, 기억의 공간에서 현실의 장소로 시적 대상이 변화되어 나타난다. 본고에서 주목하는 장소가 끊임없이 이동하며 유랑하는 이향의 형식을 취하고 있기 때문이다. 따라서 고향에 대한 시선은 유랑이나 여행 같은 이향의 형식을 취할 때 더욱 더 실감을 고조시킬 수 있으며 근대적인 인식을 확보할 수 있는 것이다. 왜냐하면 『사슴』 이전의 시편처럼 과거 유년 시절에 나타난 기억의 편린만을 가지고 고향을 말하는 것보다 고향 상실감을 체험함으로써 혹은 도시 거주 등으로 나타나는 이향 체험을 통해 더욱 더 내면화의 가능성이 커질 수 있기 때문이다.

눈이 오는데
토방에서는 질화로 우에 곱돌탕관에 약이 끓는다
삼에 숙변에 목단에 백복령에 산약에 택사의 몸을 보한다는 육미탕이다
약탕관에서는 김이 오르며 달큼한 구수한 향기로운 내음새가 나고
약이 끓는 소리는 삐삐 즐거웁기도 하다

그리고 다 달인 약을 하이얀 약사발에 밭어놓은 것은
아득하니 깜하야 만년 넷적이 들은 듯한데
나는 두 손으로 고이 약그릇을 들고 이 약을 내인 넷사람들을 생각하노라면

　　내마음은 끝없이 고요하고 또 맑어진다

-「탕약」 전문

　　『사슴』 시편에 나타난 유년 시절의 기억의 장소는 인용시의 경우, 현실의 현재형을 띤 구체적인 '토방'이란 장소를 형상화하여 나타난다. 유년 시절의 기억을 더듬어 재현해낸 「여우난곬」의 '토방'과 「탕약」의 '토방'은 과거와 현재라는 시간의 차이를 보이는 것과 더불어 시적 화자의 지향점에서 더욱 다르다. 과거의 기억을 토대로 구축해낸 '토방'이 자족적인 과거의 어느 시점을 중심으로 하나의 완결된 형태를 보이는 반면 현재의 '토방'은 토방이라는 구체적인 장소에서 이루어지는 특정의 행위와 의식이 진행형의 모습을 보이기 때문이다. 전자의 장소가 시적 전개에 필요한 하나의 오브제에 해당한다면 약탕관에서 끓는 육미탕과 그 향과 소리가 놓인 구체적인 장소인 후자의 '토방'은 시적 자아의 의식의 흐름을 지배하는 매재이다. 이러한 점은 『사슴』 시편에서 형상화된 유년 시절의 장소가 기억이라는 시간성에 기대어 있기에 과거의 어느 시점으로부터 완결된 행위를 동반하는 이유가 된다. 따라서 과거의 일정한 시간의 지속은 미약해지거나 영원한 기억이나 추억이라는 관념의 일부로 항상성을 갖는다. 그러나 현재의 시점과 현재형 서술어미의 채택은 시적 화자가 지닌 의식의 흐름을 현재의 감정을 지속시키거나 강화시키고, 기억이나 추억을 넘어선 대과거의 세계로 이끈다.

　　1연의 '토방'은 지금-이곳을 가득 매운 약탕관의 향기와 소리로 차 있다. 향기와 소리는 시적 화자가 느끼는 '삐삐 즐거웁기도'한 감정을 불러일으키는 것이다. 시적 화자의 즐거움은 "다 달인 약을 하이얀 약사발에 밭어놓은" 부산물로 이동한다. 향기의 후각과 소리의 청각에서

부산물을 바라보는 시각으로 옮기는 것으로 약사발을 두 손으로 감싸는 촉각에 이르면, '토방'의 장소감은 시적 화자의 총체적 감각을 동원한 공감각적 형상화에 이른다. 그 형상화의 궁극은 "이 약을 내인 넷 사람들을 생각"하는 것이다. '육미탕'은 오래 전부터 이어져 내려오는 습속이자 전통이다. '만년 넷적'부터 수많은 사람들에 의해 끓여졌던 '육미탕'은 그들의 염원과 정서가 한껏 길들여져 선대로부터 후대로 잇는 가교일 것이다. 그러기에 시적 화자의 마음은 정화된다. '육미탕'을 필요로 했던 수많은 선인들의 정서가 시적 화자의 손 끝으로 또한 이어져 내려옴을 느끼기 때문이다.

> 여인숙이라도 국숫집이다
> 모밀가루포대가 그득하니 쌓인 웃간은 들믄들믄 더웁기도 하다
> 나는 낡은 국수분틀과 그즈런히 나가 누워서
> 구석에 데굴데굴하는 목침들에 새까마니 때를 올리고 간 사람들
> 을 생각한다
> 그 사람들의 얼골과 생업과 마음들을 생각해본다
>
> ─「산숙」전문

「산숙」은 깊은 산 속을 공간적 배경으로, 국수집을 겸하는 여인숙이란 구체적인 장소에서 하루를 묵고 가는 시적 화자의 행적이 나타난 작품이다. 시적 화자는 어느 여행의 여정 내에서 하룻밤을 보내기로 마음 먹는다. "여인숙이라도 국숫집이다"에 깃든 시적 진술은 여행의 과정에서 숙박을 결정해야 하는 선택의 갈림길을 함축하고, 일련의 고민 속에서 하루를 보낼 장소를 선택해야하는 여행자의 정서가 형상화되어 있다. 시제가 '山宿'이니 도회지가 아닌 산중이다. 그 곳은 국수집이기에 '웃간'엔 '모밀가루포대'가 가득하여 덥지만 환기가 잘되는

듯한 아랫간은 '낡은 국수분틀'이 있어 시적 화자에게 시간의 흐름마저 느끼게 해준다. 또한 새까만 '때'가 배인 '목침'은 '낡은 국수분틀'과 어울려 많은 이들의 숙식을 제공했던 여인숙의 장소감을 환기시킨다.

'여인숙'의 구체적인 장소감을 환기시키는 '국수분틀'과 '목침'은 오랜 시간의 흐름과 산중을 떠돌아야 했던 수많은 사람들의 여로를 형상화하는 데 기여한다. 이러한 구체적인 장소의 형상화는 특정 장소의 오브제에 이르면 사물과 정서의 습합이 이루어지는 관계의 상상력으로 나타난다. '목침'과 그곳에 때를 묻히고 간 '사람들'의 관계를 떠올리는 것. 관계란 바로 '생각'하는 것이다. 생각하기는 '목침'에 배인 때를 남긴 "그 사람들의 얼골과 생업과 마음들"을 떠올리며 자신의 현상황과 관련시키는 정신 활동이다.

시적 화자 자신의 정체성과 관련시키는 생각하기는 구체적인 장소감에서 비롯한다. 이때 장소에 놓인 구체적인 사물은 시적 화자의 정서를 응축시키거나 확장하는 기제로써 작용하며 먼 과거에서 현재로, 혹은 현재에서 가까운 미래로 나아가는 매개이기도 하다.

> 차디찬 아침인데
> 묘향산행 승합자동차는 텅하니 비어서
> 나이 어린 계집아이 하나가 오른다
> 옛말속같이 진진초록 새 저고리를 입고
> 손잔등이 밭고랑처럼 몹시도 터졌다
> 계집아이는 자성으로 간다고 하는데
> 자성은 예서 삼백오십리 묘향산 백오십리
> 묘향산 어디메서 삼촌이 산다고 한다
> 쌔하얗게 얼은 자동차 유리창 밖에
> 내지인 주재소장 같은 어른과 어린아이 둘이 내임을 낸다

계집아이는 운다 느끼며 운다
텅 비인 차 안 한구석에서 어느 한 사람도 눈을 씻는다
계집아이는 몇 해고 내지인 주재소장 집에서
밥을 짓고 추운 아침에도 손이 꽁꽁 얼어서
찬물에 걸레를 쳤을 것이다

-「팔원」 전문

「팔원」은 서행시초 세 번째 작품이다. 서행시초는 총 네 편으로 구성되었으며 관서지방을 여행하면서 쓴 연작시이다. 「팔원」은 한 겨울 묘향산으로 향하는 승합자동차를 탄 시적 화자가 어느 '나이 어린 계집아이'를 보면서 상상하는 내용이다. 이 작품의 시제인 '팔원'은 평안북도 영변군 팔원면을 뜻하는 지명으로, 팔원에서 묘향산으로 가는 승합자동차라는 구체적인 장소가 명시되어 현장감을 배가시키는 여행시 특유의 장소감이 나타난다. 시적 화자는 묘향산행 승합자동차의 첫 승객이다. 이어 두 번째 승객으로 차에 오르는 '나이 어린 계집아이'가 시적 화자의 시선을 끈다.

"손잔등이 밭고랑처럼 몹시도 터진" 계집아이는 "옛말속같이 진진 초록 새 저고리"를 입고 어디론가 떠나는 모습이다. 시적 화자는 그 계집아이와 마중 나온 '내지인 주재소장'과 다른 아이들의 송별 인사를 자연스럽게 엿듣는다. 이를 통해 시적 화자는 계집아이의 여행 목적과 행선지를 어림잡으며, 이전의 생활상에 대해 추론하면서 미래의 모습까지도 암시하게 된다. 묘향산은 평안북도 향산군과 구장군, 평안남도 영원군, 자강도 희천시에 걸쳐 있는 산이다. 지금-이곳은 '팔원'으로 평안북도 영변군에 속해 있는 곳이다. 시적 화자에 의해 추론된 계집아이의 여정은 묘향산을 거쳐 자성으로 가는 길이다. 자성은 자강

도 국경지대 끝자락인 중강 바로 아래에 위치한 곳이다. 묘향산 근처에 살고 있는 삼촌을 찾는다는 것은 부모가 부재함을 암시하면서 시 후반부에 형상화되어 있는 과거의 삶을 유추하는 근거로 작용한다.

시의 후반부에 형상화된 어린 계집아이의 삶이 시적 화자의 상상력에 의해 재구성된 것임에도 불구하고 강한 개연적 진실을 드러내는 것은 이 시가 지닌 구체적인 장소감 때문이다. 시적 화자는 내지인 주재소장인 일본인의 생활과 계집아이의 과거의 힘들었던 삶이 묘한 대비를 이루며 식민주의자와 피식민주의자의 관계를 암시적으로 드러내기도 한다. 계집아이의 고된 이전의 삶은 관서지방 특유의 추위와 연관되어 강화되며, 팔원에서 자성까지 삼백오십리에 걸친 험난한 여정은 그녀가 살아가야 할 미래와 무관하지 않다.

여기에서 간과할 수 없는 점은 시적 화자의 눈물이다. "텅 비인 차 안 한 구석에서 어느 한 사람도 눈을 씻는다"에서 형상화된 어느 한 사람이 바로 시적 화자이기 때문이다. 이는 시 전체를 관통하는 비극적 인식과 더불어 식민지인으로서 내재한 근본적 무력감을 중의적으로 드러내는 것이다. 그러나 시인은 시적 화자가 지닌, 계집아이를 향한 연민의 감정을 값싼 동정으로 전락시키지 않는다. 흐느끼는 계집아이의 운명을 개연적 진실성으로 적확하게 형상화한 점은 당대 식민지 조선의 현실을 암유하고 있거니와 연민의 시선을 보냈던 시적 화자가 들키지 않게 몰래 눈을 훔칠 수밖에 없었던 행동 자체가 어쩔 수 없는 당대의 '텅 비인 차 안'과 같은 장소에 묻어있는 공허함이었기 때문이다.

> 나는 북관에 혼자 앓어 누워서
> 어늬 아츰 의원을 뵈이었다
> 의원은 여래 같은 상을 하고 관공의 수염을 드리워서

먼 넷적 어늬 나라 신선 같은데
새끼손톱 길게 돋은 손을 내어
묵묵하니 한참 맥을 짚드니
문득 물어 고향이 어데냐 한다
평안도 정주라는 곳이라 한즉
그러면 아무개씨 고향이란다
그러면 아무개씰 아느냐 한즉
의원은 빙긋이 웃음을 띠고
막역지간이라며 수염을 쓴다
나는 아버지로 섬기는 이라 한즉
의원은 또다시 넌즈시 웃고
말없이 팔을 잡어 맥을 보는데
손길은 따스하고 부드러워
고향도 아버지도 아버지의 친구도 다 있었다

-「고향」 전문

눈은 푹푹 나리고
나는 나타샤를 생각하고
나타샤가 아니 올 리 없다
언제 벌써 내 속에 고조곤히 와 이야기한다
산골로 가는 것은 세상한테 지는 것이 아니다
세상 같은 건 더러워 버리는 것이다

-「나와 나타샤와 흰 당나귀」에서

「고향」에서 시적 화자는 타향에서의 외로움을 의원의 따스함과 부드러운 손길을 통해 고향인 정주라는 장소를 인지한다. 주지하듯 타향-고향-타향의 세계 내적 길 도식은 순환적 구도에 놓여 있다. 따라서 고향이란 장소는 그 외연을 민족이나 국가로 확장하듯 집이나 방 등의 더욱 구체화된 장소를 내포하기도 한다. 이 푸 투안은 공간과 장소를 구분하며, "공간은 장소보다 추상적이다. 무차별적인 공간에서 출발하여 우리가 공간을 더 잘 알게 되고 공간의 가치를 부여하게 됨에 따라 공간은 장소가 된다."37)고 말한다. 공간이 추상적이고 개념적이라면 장소는 경험적이고 구체적이다.

　「고향」이 지닌 장소감은 시적 화자가 병중에 찾은 의원이고 진료실에서 나타난다. 이러한 구체적인 장소는 다시 아버지로, 아버지의 친구로 이어지며 고향의 의미로까지 나아가게 하는 동력이라 할 수 있다. 그러나 이러한 구체적인 장소감은 장소 혐오감으로 나타나기도 한다. 「나와 나타샤와 당나귀」의 경우, 지금-이곳은 눈이 푹푹 나리는 깊은 산중이다. 산골이 주는 장소감은 외로움이나 쓸쓸함 그리고 한적함이다. 시적 화자는 산골에서 홀로 소주를 마시며 나타샤를 떠올린다. 시적 화자는 지금-이곳에 부재한 나타샤가 산골에 꼭 올것이라고 다짐하지만 오기를 바라는 바람일 뿐이다. 이는 시적 화자의 외로움을 강조하는 표현이자 지금-이곳인 '산골'의 적막감을 배가시키는 전략이기도 하다. 그러나 이러한 장소감은 "산골로 가는 것은 세상한테 지는 것이 아니다/ 세상 같은 건 더러워 버리는 것이다"에서 나타나듯, '산골로 가는 것'의 의미가 세상에 대한 결별의 맥락임을 스스로 자위하는 표현에서 적나라하게 드러난다. 이러한 점은 산골이 비도시적인 장소를 의미할 때 도시적인 속성을 암시하는 시어가 '세상'이기에, 세상 혹은 도시적인 것에 대한 장소 혐오감이라 할 수 있다.

---

37) 이-푸 투안, 앞의 책, 19쪽.

5. 만주의 무장소성과 고향에의 회귀의식

장소는 안과 밖으로 이루어진 공간이다. "진정성이 세계에 대한 개방성 그리고 인간 조건에 대한 자각으로 이루어져 있듯이, 비진정성은 세계와 인간의 가능성에 대한 폐쇄적인 태도이다."[38] 장소의 안이 주체의 소속감이나 일체감을 느끼게 하는 내부의 경험을 토대로 형성되는 진정한 장소감이라면, 내부에서 형성되는 경험을 소유하지 못하다고 느끼는 주체로부터 비진정한 장소감을 느끼게 하는 장소의 밖은 장소 소외감을 형성하는 공간이라 할 수 있다. 이러한 장소 소외감은 장소 상실과 무장소성으로 나눌 수 있다.

장소 상실은 이미 장소의 내부에서 진정한 장소감을 경험했다가 이를 자의든 타의든 상실한 주체의 경우에 해당한다. 반면 무장소성은 장소 상실감을 느끼기 이전의 상태를 의미한다. 왜냐하면 장소 상실이 이미 획득한 장소 내부의 경험을 전제하기 때문이다. 따라서 무장소성은 장소를 획득하지 않았거나 아직 익숙하지 않은 장소를 대하는 주체의 태도와 의식을 일컫는다.

> 이방 거리는
> 비 오듯 안개가 나리는 속에
> 안개 같은 비가 나리는 속에
>
> 이방 거리는
> 콩기름 쫄이는 내음새 속에
> 섶누에 번디 삶는 내음새 속에

---

38) 에드워드 렐프, 앞의 책, 179쪽.

이방 거리는
도끼날 벼르는 돌물레 소리 속에
되광대 켜는 되양금 소리 속에

손톱을 시펄하니 길우고 기나긴 창꽈쯔를 끌고 싶었다
만두 꼬깔을 눌러쓰고 곰방대를 물고 가고 싶었다
이왕이면 향내 높은 취향리 돌배 움퍽움퍽 씹으며 머리채 츠렁츠
렁 발굽을 차는 꾸냥과 그즈런히 쌍마차 몰아가고 싶었다

-「안동」 전문

「안동」의 시적 공간은 '이방 거리'이다. '이방 거리'란 다른 나라의
거리를 뜻한다. 그 거리는 익숙치 않은 비와 안개, 콩기름과 섶누에의
내음새, 돌물레와 되양금의 소리가 가득한 장소이다. 여행자가 낯선
지역에서 낯섦을 제일 먼저 감지하는 것은 감각의 차이에서 오게 마
련이다. 이푸 투안에 따르면, 대상 또는 장소에 대한 우리의 경험이 총
체적일 때, 즉 적극적이고 반성적인 정신을 통해서, 그리고 모든 감각
을 통해서 이루어질 때, 대상과 장소는 구체적인 현실성을 얻는다.[39]
시적 화자는 시각과 후각 그리고 청각을 동원해 공감각적으로 이방
의 거리를 형상화한다. 이를 통해 '이방의 거리'에 몰입하고자 주요 감
각을 집중해 장소감을 느끼려 하는 시적 화자의 의지를 드러낸다. 이
러한 몰입감은 4연에서 더욱 고조된다. 시적 화자에게는 낯선 풍물인
창꽈쯔, 꼬깔, 곰방대, 돌배, 꾸냥, 쌍마차 등이 이국 정서를 강화시키
는 기제로 작용한다. 그러나 4연의 경우, 각 행의 서술형 종결어미가
모두 '-싶었다'로 종결됨으로써 '그럴 수 없음'을 암시한다.
이방 거리에 대한 형상화는 1연에서 4연에 이르기까지 집중적으로

---

39) 이-투 투안, 위의 책, 38쪽.

초점화되지만 이국적인 풍경에 동화되지 못하는 시적 화자의 장소 소외감인 무장소성을 극명하게 드러낼 뿐이다. 시적 화자는 이방 거리에서 온갖 이방의 풍물을 접하지만 그 내부의 진정한 장소감을 획득하는 데 실패한다. 즉, 장소의 내부가 아닌 밖에 위치해 있는 것이다. 따라서 「안동」의 시적 화자는 자신이 놓인 이방 거리에 대한 친밀감이나 실존감을 느끼지 못하고, 이국의 현실적 삶에 대한 공허감만이 증폭된다.

　　나는 지나나라 사람들과 같이 목욕을 한다
　　무슨 은이며 상이며 월이며 하는 나라 사람들의 후손들과 같이
　　한물통 안에 들어 목욕을 한다
　　서로 나라가 다른 사람인데
　　다들 쪽 발가벗고 같이 물에 몸을 녹히고 있는 것은
　　대대로 조상도 서로 모르고 말도 제가끔 틀리고 먹고 입는 것도
　모도 다른데
　　이렇게 발가들 벗고 한물에 몸을 씻는 것은
　　생각하면 쓸쓸한 일이다
　　이 딴 나라 사람들이 모두 니마들이 번번하니 넓고 눈은 컴컴하니
　흐리고
　　그리고 길죽한 다리에 모두 민숭민숭하니 다리털이 없는 것이
　　이것이 나는 왜 자꼬 슬퍼지는 것일까
　　　　　　　　　　　　　　　　　　　　-「조당에서」에서

　　오늘은 정월 보름이다
　　대보름 명절인데
　　나는 멀리 고향을 나서 남의 나라 쓸쓸한 객고에 있는 신세로다
　　넷날 두보나 이백 같은 이 나라의 시인도

먼 타관에 나서 이날을 맞은 일이 있었을 것이다
오늘 고향의 내 집에 있는다면
새 옷을 입고 새 신도 신고 떡과 고기도 억병 먹고
일가친척들과 서로 모여 즐거이 웃음으로 지날 것이연만
나는 오늘 때문은 입든 옷에 마른물고기 한 토막으로
혼자 외로이 앉아 이것저것 쓸쓸한 생각을 하는 것이다
                              -「두보나 이백 같이」에서

이와 같은 이국의 공간에서 접하는 풍경은 국내의 그것과 다르게 장소화되어 나타나지 않는다. 「조당에서」에서 나타난 장소는 목욕탕이다. 장소의 문제가 탈식민주의의 공간적 함의를 가장 적절히 대변해준다는 데 주목한 박주식은 장소가 문화적 가치들이 서로 겨루는 갈등의 터전이며 또한 그 가치들이 구체화되어 드러나는 재현의 현장이라 본다. 따라서 그는 장소는 지질학적 공간이 아닌 문화적 공간으로 보아야한다고 말한다.40) 따라서 목욕탕은 두 나라 사람들의 문화적 가치가 갈등하면서 자신이 속한 자국의 문화를 떠올리게 하는 장소라 할 수 있다. 이때 시적 화자가 이방인이기에 이러한 자국과 타국의 문화를 비교하는 것은 자연스러운 현상일 것이다.

시적 화자는 자국의 목욕 문화와 '지나'의 그것을 변별하면서 "한물에 몸을 씻는 것"이 '쓸쓸한 일'이며 '슬퍼지는 것'으로 인식한다. 이러한 인식은 하나의 탕 안에서 같이 목욕을 한 경험이 없다는 점과 이국적 풍모를 지닌 사람들과의 괴리감을 드러낸 것이다. 이와 같은 점은 「두보나 이백 같이」에서도 동일하게 형상화되어 나타난다. 이 작품의 시간적 배경은 정월 대보름 명절이다. 그러나 시적 화자는 "오늘

---

40) 박주식, 「제국의 지도 그리기-장소, 재현 그리고 타자의 담론」, 고부응 편, 『탈식민주의 -이론과 쟁점』, 문학과지성사, 2003, 259-261쪽.

고향의 내 집에 있는다면"이란 가정을 통해 자신이 처한 이국의 현실을 외로움과 쓸쓸함으로 표출한다. 외로움과 쓸쓸함의 정서는 근본적으로 고향의 외부에 위치해 있기 때문이다. 또한 타향을 넘어 타국이란 환경적 요인은 그 정서를 배가시킨다. '고향의 내 집'이란 장소는 외로움과 쓸쓸함을 배태시키는 주요한 요소이다.

　장소는 그것이 기억의 기반을 확고히 하면서 동시에 기억을 명확하게 증명한다는 것 이상의 의미가 있다. 장소들은 회상을 구체적으로 지상에 위치하게 하면서 그 회상을 공고히 하고 증거할 뿐 아니라 인공물로 구체화된 개인과 시대 그리고 문화의 다른 것에 비해 비교적 단기적인 기억을 능가하는 지속성을 구현한다.[41] 따라서 '고향의 내 집'과 그로인해 회상되는 수많은 회상들의 지속성은 시적 화자가 위치한 장소의 무장소성을 생성하게 되는 것이다. 이러한 만주라는 이방의 풍경은 시인으로 하여금 자신이 처한 장소에 대한 친밀감이나 실존감을 양산하지 못하고 현실적인 이국의 삶에 대한 공허감만을 배가시킬 뿐이다. 이는 궁극에 이르러 시적 화자 자신의 정체성에 위기를 초래할 수도 있지만 역설적으로 자신의 현실을 성찰함으로써 더욱 확고한 내면을 형성하는 단초가 되기도 한다.

　　어느 사이에 나는 아내도 없고, 또,
　　아내와 같이 살던집도 없어지고,
　　그리고 살뜰한 부모며 동생들과도 멀리 떨어져서,
　　그 어느 바람 세인 쓸쓸한 거리 끝에 헤매이었다.
　　바로 날도 저물어서,
　　바람은 더욱 세게 불고, 추위는 점점 더해오는데,

---

41) Aleida Assmann, 변학수 외역, 『기억의 공간』, 경북대학교출판부, 2003, 392쪽.

나는 어느 木手네 집 헌 삿을 깐,

한 방에 들어서 쥔을 붙이었다.

이리하여 나는 이 습내 나는 춥고, 누긋한 방에서,

낮이나 밤이나 나는 나 혼자도 너무 많은 것같이 생각하며,

딜옹배기에 북덕불이라도 담겨오면,

이것을 안고 손을 쬐며 재 우에 뜻없이 글자를 쓰기도 하며,

또 문밖에 나가지두 않구 자리에 누워서,

머리에 손깍지베개를 하고 굴기도 하면서,

나는 내 슬픔이며 어리석음이며를 소처럼 연하여 쌔김질하는 것
이었다.

내 가슴이 꽉 메어올 적이며,

내 눈에 뜨거운 것이 핑 괴일 적이며,

또 내 스스로 화끈 낯이 붉도록 부끄러울 적이며,

나는 내 슬픔과 어리석음에 눌리어 죽을 수밖에 없는 것을 느끼는
것이었다.

그러나 잠시 뒤에 나는 고개를 들어,

허연 문창을 바라보든가 또 눈을 떠서 높은 천정을 쳐다보는 것인데,

이때 나는 내 뜻이며 힘으로, 나를 이끌어가는 것이 힘든 일인 것
을 생각하고,

이것들보다 더 크고, 높은 것이 있어서, 나를 마음대로 굴려가는
것을 생각하는 것인데,

이렇게 하여 여러 날이 지나는 동안에,

내 어지러운 마음에는 슬픔이며, 한탄이며, 가라앉을 것은 차츰 앙
금이 되어 가라앉고,

외로운 생각만이 드는 때쯤 해서는,

더러 나줏손에 쌀랑쌀랑 싸락눈이와서 문창을 치기도 하는 때도
있는데,

나는 이런 저녁에는 화로를 더욱 다가 끼며, 무릎을 끓어보며,

어느 먼 산 뒷옆에 바우섶에 따로 외로이 서서,
어두워오는데 하이야니 눈을 맞을, 그 마른 잎새에는,
쌀랑쌀랑 소리도 나며 눈을 맞을,
그 드물다는 굳고 정한 갈매나무라는 나무를 생각하는 것이었다.
　　　　　　　　　　　　　　－「南新義州 柳洞 朴時逢方」 전문

　인용시는 현실의 장소과 지향으로서의 장소애를 보여주는 작품으로 백석의 대표적인 시편에 속한다. 시적 화자가 놓인 현실은 아내도 집도 없는 상황이자 부모와 동생들과도 멀리 떨어진 장소이다. 그곳은 사람이 거쳐할 만한 환경이 아니다. 열악한 거주 장소는 시적 자아에게 슬픔과 어리석음 그리고 부끄러움을 떠올리게 만든다. 그러한 현실의 장소감은 "내 슬픔과 어리석음에 눌리어 죽을 수밖에 없는 것을 느"낄 정도로 어눌하고 폭력적으로 형상화되어 나타난다. 그러나 시적 화자가 잠시 뒤에 고개를 든다는 시행을 통해 반전을 도모한다. 이러한 해석은 기존의 평가에서 주류를 이루고 있다. 즉 '고개를 들다'의 동사가 지닌 상승적 이미지는 현실의 척박함을 넘어서는 그 무언가를 상정하는 것이고 시적 자아의 지향성을 담보하는 의식을 보여준다는 것이다.

　시적 화자의 지향의식은 "그 드물다는 굳고 정한 갈매나무라는 나무를 생각하는 것"에 형상화되어 있다. 갈매나무는 시적 자아가 놓인 현실의 장소에는 부재한 사물이다. 즉 시적 자아는 '지금-여기'라는 현실의 장소에 있지만 '갈매나무'는 시적 자아가 과거에 체험한 관념의 영역에 실존하는 장소애를 표상하는 기표이다. 이는 백석의 시편에서 전반적으로 드러내는 전통지향성이나 과거의 기억에 의존하는 형상화 전략을 다른 맥락에서 설명할 수 있는 요건을 충족시킬 수 있다.

현실의 장소와 과거의 장소에 대한 장소애의 괴리는 두 가지의 관점에서 접근할 수 있을 것이다. 첫째, 기억이란 과거에 의존하는 시적 자아의 강렬한 장소 지향성을 분석할 수 있다는 점이다. 이는 유년의 기억에 실존하는 실존적 장소애를 통해 시인의 의식 지향점을 찾아 일관된 자아 정체성을 확인할 수 있는 연속적 관점이다. 둘째, 첫째와 달리 과거와 현재를 단절적 맥락에서 바라보는 불연속적 관점을 들 수 있다. 이는 과거의 실존적 장소애를 현실을 바라보는 거울로 인식하는 것이다. '지금-이곳'의 비정한 현실은 과거 고향에 대한 장소애를 강하게 드러내면 낼수록, 역으로 현실적 장소는 시적 자아의 뿌리 내림이 어렵다는 사실을 반증한다. 즉 시적 자아가 처한 '지금-여기'는 구체적 장소애를 내재한 장소가 아닌 추상적이고 정주할 수 없는 공간이 되는 것이다. 이때 시인은 이러한 장소에 대한 사유 과정을 통해 장소 소외감인 장소 상실감과 무장소성을 동시에 겪게 되는 것이다.

6. 결론

이 글은 백석의 시에 나타난 토포필리아 양상을 주목하여 시인의 장소 의식이 시 속에 어떻게 구현되고 있으며, 이를 통해 시인의 시의식과 어떤 연관성을 가지는가를 고찰하였다. 본고는 백석 시에 나타난 현장이나 장소에 대한 형상화가 시인의 시의식과 밀접하게 관련되어 있음을 다음과 같이 밝혔다.

백석의 시편을 크게 『사슴』과 그 이후의 작품군으로 나눌 때 기억의 공간을 주로 형상화하여 고향인 정주에서의 유년 시절을 토속적 관점에서 그리는 것이 전자이다. 후자는 과거로부터 현재로, 기억의 공간에서 현실의 구체적인 장소로 시적 대상이 이동한다. 여행자의 시선은 유랑이나 여행같은 이향의 형식을 취하면서 고향에 대한 근대적인 인식을 강화하는 구체적인 장소감을 통해 확보된다. 시인은 과거 유년 시절에 나타난 기억의 편린만을 가지고 고향을 말하는 것보다 고향 상실감을 체험함으로써 혹은 도시 거주 등으로 나타나는 이향 체험을 통해 진정한 장소감을 내면화 시킨다.

　백석의 만주시편은 현재와 과거의 장소에 대한 괴리감을 장소 상실감이나 무장소성을 드러낸다. 만주라는 장소의 안에 동화내지 적응하지 못하는 시인은 장소의 내부로부터 연원하는 진정한 장소감을 느끼고자 욕망하지만 이방의 거리에 대한 친밀감이나 실존감을 갖지 못한 장소의 무장소성으로부터 자유롭지 못하게 된다. 그러나 만주의 무장소성은 「남신의주 유동 박시봉방」에서 나타나듯, '지금-이곳'의 장소와 과거 기억의 장소를 병치시켜 현실의 문제를 성찰케 하는 중요한 매개의 역할을 지닌다.

제 4 장

해방기 문학의 내적 형식과 길 모티프 연구

─이용악의 시와 허준의 「잔등」을 중심으로

1. 서론

해방 직후에 서정 장르가 서사 장르에 비해 압도적인 모습을 보인 까닭은 서정 장르와 서사 장르의 장르적 성격에서 연유한다. 흥분과 격정으로 격앙된 서정 장르와 달리 현실과의 객관적 거리를 필요로 하는 서사 장르는 흥분 상태에서는 형상화되기 어렵기 때문이다. 따라서 식민지 시대의 체험은 고통의 실상이 객관화되지 못한 채 심정적인 차원에서 거칠게 나열되었고, 해방기의 현실적 혼란은 작가 자신의 정신적 혼돈 속에서 더욱 그 총체적인 인식을 불가능하게 하고 있었다. 해방공간을 문학적으로 형상화한 많은 작품 중에서 주목할 만한 것들은 귀향의 문제를 다룬 작품들이라고 할 수 있다.

타향이 전제된 귀향은 떠남을 동반한다. 그것은 한 지점(타향)에서 다른 지점(고향)으로의 이동을 나타내는 여로이며 길 따라가기라 할 수 있다. 해방의 의미는 되돌아옴의 뜻과 통한다. 잃었던 땅, 잃었던 조국으로의 귀환은 소설에서뿐만 아니라 해방 직후의 시단에서도 중요한 문학적 소재로 다루어졌던 문제이다. 이것은 해방공간에 대두된 귀향의 의미를 묻는 문제와 관련된다. 왜냐하면, 귀향이 당대 해방의 의미를 함축하고 있기 때문이다.

이와 같은 맥락에서 본고는 이용악의 시편과 허준의 「잔등」을 다음과 같은 이유에서 주목한다. 첫째, 이용악과 허준은 해방공간의 흥분과 격정을 냉철하리만치 객관적으로 형상화했다는 점이다. 식민지 시대를 경험해야 했던 대부분의 작가들에게 해방은 '감격'과 '흥분'으로 요약되는 격앙된 감정상태로부터 자유롭지 못했다. 해방공간을 문학적으로 형상화하고 있는 작품들은 식민 체험을 말하고자 하거나 해방기 현실의 혼란함을 그려내고자 했지만 대부분 감정의 과잉에 기초한 것이었기 때문이다.

둘째, 그들은 각기 다른 장르의 작품을 통해 당대 현실을 형상화했지만 공통적으로 길 모티프를 내적 구조로 사용했다는 점이다. 문학 내적 형식으로서의 길은 문학 작품 속에 예술적으로 표현된 시간과 공간 사이의 내적 연관을 의미하는 크로노토프(chronotope:時空間)와 긴밀한 관련을 가지면서 해방 공간의 귀향 모티프와 연결될 때 당대 해방의 의미를 함축하게 된다. 왜냐하면 길의 크로노토프가 귀향을 목적으로 할 경우 그 여로의 목적지는 고향으로 설정되기에, 문학 작품 속의 길은 고향이 지닌 형이상학적 의미에 접근하는 미적 장치로써 기능하기 때문이다. 따라서 문학 작품 속에 등장하는 문제적 인물은 역사적 시간 위에서 전개되는 길에 놓임으로써 고향을 찾아가는 과정을 통해 고향의 의미를 탐색하는 자이다.

셋째, 그들은 모두 이북 출신으로 해방 후 고향을 등지고 서울로 향하는 여로를 선택했다는 점과 공히 한국전쟁을 전후로 월북했다는 점이다. 이러한 점을 들어 본고는 이용악의 시와 허준의 「잔등」에 나타난 길 모티프를 주목하여 길 따라가기의 수행 방식과 그 내면세계를 고찰하고자 한다.

2. 두 작가의 길 떠나기와 그 여로

문학은 근본적으로 인간과 인간의 삶에 관한 이야기이다. 따라서 문학은 인간을 중심에 놓고 다양한 소재를 통해 인간과 인간의 삶에 관해 무언가를 이야기하려 한다. 그때 문학은 자신의 미적 구조를 갖가지 방식으로 구조화함으로써 인간군상의 제모습을 드러내려는 속성을 지닌다. 서사 장르가 인간의 삶을 구조화시켜 보여 주는 속성을 가진 반면 서정 장르는 생의 순간만을 포착하여 형상화하려는 속성을 특징으로 한다. 전자가 총체성을 지향하는 모습을 보여준다면 순간 또는 직관을 바탕으로 생의 단면을 의미있는 전체로 지향하는 특성을 지닌 것이 서정 장르이다.

서정 장르의 특성이 생의 단면을 형상화하는 속성으로 규정할 때 시인의 작품 하나 하나는 전체 시편을 구성하는 부분이자 시세계를 이루는 원천이다. 하나 하나의 작품과 전체 작품은 유기적으로 조직되어 있기에 총체성을 이룬다. 즉, 전체 작품은 개별 작품의 총합이자 한 시인의 시세계를 규정하는 필요 충분조건인 셈이다. 이런 관점에 설 때 개별 작품의 의미를 규정하고 그 연결고리를 찾는 작업과 작품 자체로서 '문학의 내적 형식'[1]은 긴밀한 관계를 맺게 된다. 따라서 문학 작품은 작품 내부의 구조적 형식을 이루는 문학 내적 형식의 구조화를 통해 인간과 인간의 삶을 드러내게 된다.

> 문학작품 속에 역사적 시간과 공간의 실상을 담는 과정은 그 시간
> 과 공간에 실제로 살았던 역사적 인물들을 표현하는 일이 그러하듯
> 복잡하고 부정확한 역정을 그리고 있다. 그러나 시간과 공간의 개별
> 적인 측면들, 즉 인류발전의 각 단계에서 그 시대에 접할 수 있었던
> 시간과 공간의 일정한 측면들을 반영하고 예술적으로 흡수하기 위
> 한 장르적 기법들도 이에 상응하여 고안되어온 것 또한 사실이다.[2]

바흐친은 문학작품 속에 예술적으로 표현된 시간과 공간 사이의 내
적 연관을 '크로노토프'라 명명하고, "문학예술 속의 크로노토프에서
는 공간적 지표와 시간적 지표가 용의주도하게 짜여진 구체적 전체로
서 융합된다"고 설명한다. 이러한 관점은 문학예술 작품의 구조에 근
본적인 영향을 미치는 내적 형식에 대한 언급이다. 바흐친의 이러한
언급은, 문학작품 속의 크로노토프는 본질적으로 장르를 규정하는 의
미를 지닌다는 점과 기본범주를 시간으로 하고 있다는 점 그리고 문
학작품 속에 형상화된 인물은 언제나 본질적으로 크로노토프적이라는
점 등을 통해 나타난다.

바흐친의 문학내적 형식에 대한 언급은 시간과 공간의 결합 방식
또는 시간과 공간이 사용되는 비율에 의하여 세계관의 차이가 생겨나

---

1) '형식화된 내용' 또는 '내적 형식'은 내용과 구분되는 단순히 외적·기교적 차원의 것이
아니다. 내적 형식은 내용과 형식을 분리시키지 않고 하나로 아우르는 통합적인 개념이
다. 그것은 작가가 자신의 주위에 아무렇게나 널려 있는 세계에 질서를 부여하기 위해
선택하게 되며, 내적 형식에 의한 형상화의 과정을 거침으로써 흩어진 세계는 하나의 질
서 속에 통일되어 그 의미와 함께 실체를 드러내게 된다. 김윤식·정호웅, 『한국소설사』,
예하, 1993, 4-5쪽.
2) 미하일 바흐찐, 전승희·서경희·박유미 역, 『장편소설과 민중언어』, 창작과비평사, 1988,
260쪽.

는 것으로, 세계관의 변화, 시대정신 파악의 한 방법이 될 수 있다.[3] 이런 맥락에서 길은 문학작품 속에 역사적 시간과 공간을 담고자 할 때 문학 예술 속의 크로노토프를 통해 시간적 공간적 지표를 용의 주도하게 교차시키면서 구조적 전체로서 융합된다. 따라서 길 그 자체는 상징성을 지니게 된다.[4]

길 위에 놓여진 인간은 자신의 삶을 파편화시킨 시간과의 싸움을 통해 과거의 기억과 미래의 희망인 서사적 시간의 교직을 이루고자 한다. 이때 길은 여로의 의미를 동반하며, 여로는 "새로운 것에의 기대와 실망과 우연성을 함께 포괄하면서 끊임없이 긴장으로 충전된 가장 확실한 공간"[5]으로 대두된다.

길은 중층적이고 다의적이다. 길은 물리적이고 관념적이기에, 외면적으로는 가시적 거리 또는 목적지로 인도하는 지표이지만 비가시적인 진리 또는 인간의 성숙 등의 내면적 면모를 나타내기도 한다. "길은 恒時 어데나 있고, 길은 결국 아무데도 없다"(서정주, 「바다」에서)는 인간의 본질적인 삶의 여로를 함축적으로 제시해주는 시구이다. 떠남과 돌아옴 또는 출발과 도착이란 계기를 통해 나타나는 길은 인간이 어머니로부터 부여받은 삶을 시작하는 시간이자 모성이 충만했던 자궁으로부터 타락한 세계로 내던져진 공간이다. 그곳은 길이 시작하는 곳이자 끝이기도 하다.

길은 시작과 과정 그리고 끝을 필연적으로 수반하게 되는 하나의

---

3) 김욱동, 『대화적 상상력』, 문학과지성사, 1994, 208-218쪽 참조.
4) 길 모티프와 관련된 길의 상징성은 여로의 의미를 동반하며, 다음의 글을 참조할 수 있다.
   조남현, 「반복 모티프의 기능과 의미」, 『한국문학이란 무엇인가』, 민음사, 1995.
   이대규, 『한국 근대 귀향소설 연구』, 이회, 1995.
   노용무, 「이용악의 「북쪽」 연구」, 국어문학회, 『국어문학』38집, 2003. 12.
5) 김윤식, 「허준론:소설의 내적 형식으로서의 '길'」, 『한국 근대리얼리즘 작가 연구』, 문학과지성사, 1988, 216쪽.

내적 형식이며, 그 자체로서 작품의 구조가 된다. 길의 구조는 시간적·공간적 진행에 따라 자연스럽게 당대의 다양한 사회상과 함께 숨겨진 진실과 삶의 총체성을 드러내 보여주는 대표적인 형상화 방식이자 구조화의 원리가 되는 것이다. 따라서 길 또는 여로는 인물과 외부세계와의 관계 양상과 이에 대응하는 의식의 문제를 다루는 데 매우적합한 형식이다. 여행의 과정을 통해 인물들의 의식세계와 외부세계에 대한 객관적인 재현이 가능한 여로는 작품 내적 세계와 외적 세계를 연결해 주는 형식원리로 작용한다.6)

이 길로서 표상되는 여로는 문학의 본질적 형식으로서 "근원적인 존재의 고향을 향한 동경의 열정이며, 그 열정의 강렬성, 맹목성에 의해 허무가 상대적으로 증대되어 대립하며, 찾던 길이 나타났을 때 여행은 필연적으로 끝나게 된다."7) 이것은 곧 "길이 시작되자 여행은 끝났다"라는 명제로 표현되기도 한다. 루카치의 명제는 작품 속의 주인공이 언제나 무언가를 찾는 자임을 전제한 것이다. 여기서 찾는다는 단순한 사실은 목표나 그 목표에 이르는 길이 직접적으로 주어질 수 없다는 것을 의미한다.8) 그것은 작품 속 문제적 개인이 자신을 찾아가는 여행이며 타락한 세계 내에서 자기 인식으로 향하는 길이다. 루카치에 의하면 타락한 세계란 근대 자본주의 사회와 문화의 경제적 토대를 역사철학적 관점에서 성찰하여 근대적 인간들의 삶을 압축적으로 제시한 것이다.

그러한 관점이 제1세계의 근대적 세계를 기조로 한 성찰이라면 식민지 조선의 타락한 세계에 놓여진 길은 복합적이며 이중적이다. 왜냐

---

6) 김동환, 「소설의 내적 형식과 문학교육의 한 가능성」, 『국어교육』, 한국국어교육연구회, 1994.6, 35-6쪽 참조.
7) 김윤식, 『한국현대문학사』, 일지사, 1976, 203쪽.
8) Georg Lukacs, 반성완 역, 『소설의 이론』, 심설당, 1985, 77쪽.

하면 루카치의 주된 성찰이었던 근대 자본주의의 타락은 우리의 경우 근대적 자본주의가 일본을 전신자로 하는 수용이었다는 점과 근대 자본주의의 수입과 더불어 식민지의 굴레를 당해야 했다는 점에서 변별적이기 때문이다. 일제의 천황제로 인해 왜곡된 근대적 자본주의는 군국주의로 인해 또 다시 뒤틀려 식민지 조선에 이입되었다. 이러한 이중의 질곡은 이용악과 허준을 비롯한 당대 식민지 조선의 지식인에 부과된 천형과도 같았으며, 그들의 문자행위는 비어있는 땅 또는 미개지에서 길을 마련해야 하는 운명이자 길 없음 혹은 억압된 식민지의 외형 속에 부재한 길을 인식하는 것이었다.

이용악의 시세계에서 나타나는 길의 여로는 그의 생애와 상동성을 갖는다. 그는 함경도 경성 출신으로 「패배자의 소원」을 『신인문학』(1935)에 발표하면서 등단한 후 도일하여 동경 삼문사에서 『분수령』(1937)과 『낡은 집』(1938)을 간행했다. 첫시집인 『분수령』의 첫 면을 장식하고 있는 「북쪽」은 이용악의 시세계를 압축적으로 제시하고 있는 바, 북쪽을 향하는 시적 화자의 시선과 남쪽에 위치한 공간 설정을 통해 길의 상징성과 그 여로를 형상화한 작품이다. 이 시에서 '북쪽'은 물리적 고향인 함북 경성을 지시하기도 하고 '그 북쪽'을 통해 국경을 넘나들었던 이용악의 가족사와 겹쳐지면서 민족사적 수난으로 확대되어 나타난다.

한국현대문학사에서 길의 여로를 내적 구조로 하는 문학 작품은 대개 떠남과 돌아옴 또는 이향과 귀향의 구조를 보이고 있다. 그러나 이용악의 경우, 그의 초기시가 대부분 포함되어 있는 『분수령』과 『낡은 집』이 일본에서 간행되었다는 점을 감안할 때 이향의 부분이 생략되어 있다. 즉 일본에서 어렵게 고학하는 과정에서 고향을 바라며 그곳으로 돌아가고자 하는 귀향의 이미지가 대부분을 이루고 있다는 점이

다. 감태준이 지적한 '막막한 고향→떠남→막막한 타향→고향으로 귀
환→막막한 고향→떠남'[9]의 심리 구조는 이용악의 생애를 중심으로
해석한 결과라 할 수 있다. 따라서 이용악의 생애를 중심으로 할 때
이향에서 귀향, 또 다른 이향으로 이동하는 반면 작품에 나타난 여로
는 귀향에서 이향, 또 다른 귀향으로 이동하는 크로노토프를 지닌다.
이를 작품 발표 년대와 길의 상징성을 중심으로 여로를 재구성하면
다음과 같다.

> 북쪽은 고향/ 그 북쪽은 女人이 팔려간 나라(「북쪽」):일본 동경에
> 서 북쪽(고향) 바라보기 → 나는 항상 나를 모험한다/(…)/기약 없는
> 여로를/ 의심하지도 않는다(「쌍두마차」):길 떠나기의 회상 → 우리를
> 실은/ 차는 남으로 남으로만 달린다(「그래도 남으로만 달린다」): 남
> 쪽을 향한 욕망 → 수염이 길어 흉한 사내는/ 가을과 겨울 그리고
> 풀빛 기름진 봄을/ 이 굴에서 즘생처럼 살아왔단다(「밤」):일본 유학
> 시절 → 나는 그리워서 모두 그리워서/ 먼 길을 돌아왔다(「고향아
> 꽃은 피지 못했다」): 북쪽(고향)으로의 귀향 → 멀어진 서울을 그리
> 는 것은 도포 걸친 어느 조상이 귀양 와서/ 일삼든 버릇일까(「두메
> 산골3」): 서울에 대한 그리움 → 내사 서울이 그리워/ 고향과는 딴
> 방향으로 흔들려 간다(「하나씩의 별」): 해방 후 남행 → 고향으로 통
> 하는 단 하나의 길(「38도에서」): 북쪽(고향)으로 난 길 혹은 월북

이용악의 시세계에 나타난 여로가 그의 생애와 크게 다르지 않듯,
허준의 「잔등」에 나타난 여로 역시 허준의 해방 후 귀향 과정과 일치
한다. 그러나 이용악의 여로가 그의 전작품을 중심으로 재구성한 반면
「잔등」은 작품 자체 내에서 드러나는 여로일 수밖에 없다. 허준의 「잔

---

9) 감태준, 『이용악시연구』, 문학세계사, 1990, 156쪽.

등」이 지니는 여로는 '장춘서 회령까지 스무하루를 두고 온 여정'이
다. 1인칭 서술자이자 화자인 '나'는 해방을 맞아 그의 친구 미스터 방
과 귀환한다. 소설 속에 드러난 여로는 장춘(長春)-길림(吉林)-금생(金
生)-회령(會寧)-수성(輪城)-청진(淸津)-서울이다. 여로의 시작은 장춘으로
중국이지만 여로의 끝은 식민지에서 해방된 조선의 수도인 서울로서
타향 또는 타국에서 귀향 또는 귀국의 상징성을 내포한다.

① 우로를 막을 아무런 장비도 없는 무개화차 속에서 아무렇게나
내어팽개친 오뚝이 모양으로 가로 서기도 하고 모로 서기도 하고 혹
은 팔을 끼고 엉거추춤 주저앉아서 서로 얼굴을 비비대고 졸다가는
매연에 전 남의 얼굴에다 거언 침을 지르르 흘려주기질과 차에 오를
때마다 떼밀고 잡아채고 곤두박질을 하면서 오는 짝패이다가도 하
루아침 홀연히 오는 별리(別離)의 맛을 보지 않고는 한로(寒露)와 탄
진(炭塵) 속에 건너매어진 마음의 닻줄이 얼마만한 것인가를 알고 살
기 힘든 듯하였다.[10]

② 이날도 여느 날과 달라야 할 일이 없어서 이 세 대 유개차 지
붕 위에는 벌써 빽빽히 사람들이 올라가 앉아서 팔짱을 낀 사람, 무
릎을 그러안은 사람, 턱을 받치고 앉은 사람, 머리를 무릎 속에 들여
박은 사람, 이런 사람들이 끼이고 덮이고, 밟힌 듯이 겹겹이 앉아 있
어서 어디나 더 발부리를 붙여 볼 나위가 있을 것 같지 아니함도 일
반이었다.

입은 것 쓴 것 신은 것 두른 것 감은 것 찬 것, 자세히 보면 그들
의 차림차림으로 하나 같은 것을 찾아낼 수가 없겠건만, 그러나 그
들이 품은 감정 속의 두서너 가지 열렬한 부분만은 색별하려야 색별
할 수 없는 공동한 특징이 되어서 그 가슴속 깊이 묻히어 있음을 알
기는 쉬운 일이었다.[11]

---

10) 허준, 『한국소설문학대계』24, 동아출판사, 1996, 292면. (이하 쪽수 표기)

인용문은 작가 스스로 밝힌 자기 자신 또는 동료인 미스터 방을 포함한 '피난민'에 대한 묘사이다. 인용문 ①은 여로의 전반적인 여정을 암시하는 역할을 한다. '홀연히 오는 별리'와 '한로와 탄진'에 대한 암시는 장춘에서 서울에 이르는 여로의 내용이며 불확실한 여로에 대한 불안감과 공포이기도 하다. 그 불안감과 공포는 돈과 추위 그리고 기차 때문이다. 그러나 서술자이자 작중 화자인 '나'를 가장 불안하게 한 것은 기차이다. 기차는 '수로 본다든지 편리로 본다든지 닥치는 그 시각시각마다가 극상(極上)의 것이어서 닥치는 순간을 날쌔게 붙잡아야 할 행운도 당장당장이 마지막인 것 같은 적어도 더 나아질 희망은 없다는 불안과 공포심'의 대상이다.

인용문 ②는 피난민들의 '색별하려야 색별할 수 없는 공동한 특징'에 대한 묘사이다. 피난민들의 외모는 각양각색으로 다양하지만, 그들의 속마음은 '열렬한 부분'이 '가슴속 깊이 묻히어 있'다. 피난민들의 '공동한 특징'은 '무슨 소리를 기대하는 것이었다.' 그것은 기차 화통 소리이며 지리한 기다림 후에 수반되는 환희와 언제 떠날지 모르는 불안의 양면성을 띤다. 인용문 ①과 ②의 공통점은 피난민의 형상에 대한 묘사이자 기차에 대한 기대감과 불안감이라 할 수 있다.

언제 떠날지 모르는 기차에 대한 불안감은 일종의 체념으로 이어지고, 기다리던 기차가 왔지만 맴돌뿐 다시 떠날 기약이 없음에 푸념이 섞여 있다. 이러한 '나'의 자의식은 자신을 '체념을 위한 행동자'이며 고독적이고 내연적이며 돌발적이자 답보적인 성향의 인물이라 규정한다. '나'는 끊임없이 생각하고 판단하고 유보한다. '나'는 미스터 방과의 뜻하지 않은 별리를 당하면서 '보복은 무슨 보복, 인과는 어디서

---

11) 297-298쪽.

오는 인과’라는 독백을 통해 자신의 정합성을 자기 세뇌시킨다.

‘이인삼각 선수’였던 미스터 방과의 별리는 ‘나’에게 ‘운명에 대한 미미한 의식’을 일깨운다. 그것은 여로에 혼자 남게된 불안감으로 ‘무슨 크나큰 보복이나 당한 사람처럼 방과 나의 교유관계에서 오는 인과’에까지 이른다. 미스터 방과 헤어짐은 ‘나’의 여로와 그 여로의 의미를 새롭게 인식하는 결정적인 계기성을 띤다. 즉 회령에서 청진으로 가는 기차를 타지 못한 것이다. 그러나 혼자 남게 된 ‘나’는 두 사람의 삶의 방식을 발견하게 되고, 식민지 체험과 그 체험에서 벗어남이 갖는 의미의 커다란 간극을 깨닫기 때문이다.

「잔등」의 여로는 대부분 기차에 의지하고 있으며 철로에 따른 선조성에 기반한다. 여로의 선조성은 “잘못하다간 서울까지 걸어간다는 말 나지이(296쪽) → 그렇게 되면 그렇게 된 대로 또 어떻게라도 되겠지(296쪽) → 어떻게 하자는 웃음이며 어디 와서 머무를 맴돌이야(298쪽)” 등을 통해 ‘나’의 독백적 서술과 일치한다. ‘나’의 독백적 서술은 여로의 과정 속에 기차가 차지하는 비중을 단적으로 보여준다. 이러한 점은 이용악의 시편을 통해서 나타나는 여로의 수단으로써 기차가 지니는 의미와 더불어 근대적 풍물로 다가왔던 기차의 상징성과 겹친다. 현해탄을 건너 제국의 중심으로 이르는 길은 일차적으로 철도를 통한 욕망의 레일로 그물망처럼 엮여져 있었기 때문이다.

철도는 자연이 인간 위에 군림하는 세계를 막 내리고 인간이 자연 위에 등극하는 세계를 열었다.[12] 이용악이 말했던 ‘찻길이 뇌이기 전’ (「낡은 집」)과 후는 철도가 지니는 근대적 상징성을 정확히 읽어낸 것으로 보인다. 일본을 통한 근대적 풍물의 조선적 풍경화는 근대성과 식

---

12) 박천홍, 『매혹의 질주, 근대의 횡단』, 산처럼, 2003, 5쪽.

민성을 동시에 삽입하는 이중적 소묘였다. 근대적 풍물의 상징인 철도는 식민의 본국인 일본과 식민지 조선의 경우 그 관계를 상징적으로 보여준다. 제국의 중심을 향하는 레일로드는 일본의 동경을 종착역으로하는 상행선이었고, 동경으로부터 멀어지는 모든 철로를 하행선이라 했다. 그것은 제국 중심의 열차시각표이자 행선 표지였었다. 따라서 식민지 조선의 경우, 서울을 중심으로 이루어지는 상·하행선의 개념이 존재하지 않았기에 상행선이란 곧 남쪽을 향한 길이자 일본의 동경으로 이어진 의미였다. 따라서 그 길의 역은 북쪽이자 고향으로 향하는 길이 된다.

3. 길 위의 두 작가와 그 내면풍경

이용악의 남쪽을 향한 길은 두 번에 걸쳐 이루어졌다. 첫 번째가 식민지 시절 일본의 체류 기간을 말하고 해방이 되자 조국의 심장부인 서울로 향하는 여로가 두 번째이다. 일본의 동경과 조국의 서울은 모두 중심에 대한 은유이다. 전자가 후자에 비해 식민지 시절 더욱 강력한 유혹을 발산하는 공간이었지만 해방된 조국에서 서울은 자신의 열정을 펼칠 수 있는 유일한 통로였다.

무엇을 실었느냐 화물열차의
검은 문들은 탄탄히 잠겨졌다
바람 속을 달리는 화물열차의 지붕 위에
우리 제각기 드러누워
한결같이 쳐다보는 하나씩의 별

두만강 저쪽에서 온다는 사람들과
쟈무스에서 온다는 사람들과
험한 땅에서 험한 변 치르고
눈보라 치기 전에 고향으로 돌아간다는
남도 사람들과
북어쪼가리 초담배 밀가루떡이랑
나눠서 요기하며 내사 서울이 그리워
고향과는 딴 방향으로 흔들려 간다

푸르른 바다와 거리 거리를
설움 많은 이민열차의 흐린 창으로
그저 서러이 내다보던 골짝 골짝을
갈 때와 마찬가지로
헐벗은 채 돌아오는 이 사람들과
마찬가지로 헐벗은 나요
나라에 기쁜 일 많아
울지를 못하는 함경도 사내

－「하나씩의 별」[13]에서

　　인용시는 해방 후 조국으로 돌아오는 귀향민들의 모습과 그들을 바
라보는 시적 자아의 내면풍경을 보여주는 작품이다. 이용악의 시편에
서 북쪽을 향한 길은 고향이외에 유이민의 유랑을 직·간접으로 형상
화한 여로가 나타난 반면 이 시는 역으로 남쪽으로 향하는 '설움 많은
이민열차'를 통해 당대 흥분과 감격으로 넘쳐 났던 『해방기념시집』과
달리 해방의 기운을 놀랍도록 객관적으로 그려내고 있는 작품이다. 화
물열차에 화물처럼 칸에 타지 못한 사람들은 지붕 위에 제각기 드러

---

13) 이용악, 『낡은 집』, 미래사, 1991. 이하 같은 책 인용.

누워 한결같이 자신의 별을 바라본다. 그들은 두만강 너머에서 혹은 쟈무스 등지에서 '험한 땅에서 험한 변 치'뤘던 사람들로 모두 식민지 조국을 등질 수밖에 없었던 유이민이었지만 이젠 해방된 조국에 '눈보라 치기 전에 고향으로 돌아'가고자 하는 귀향객들이다.

이 시는 「잔등」의 여로와 흡사하다. 그것은 기차를 이용하여 남행하고 있다는 점과 서울을 종착역으로 하고 있다는 점 그리고 여로의 과정에서 느끼는 시적 자아와 서술자인 '나'의 내면풍경을 그리고 있다는 점 등이다. 「잔등」의 여로는 회령에서 청진까지의 시공간 속에 놓여 있다. 회령에서 청진까지의 여로는 서울에 이르기 위한 과정이라 할 수 있다. 작품 속에 내재된 서울의 의미는 이용악의 시와 마찬가지로 해방된 조국의 심장부를 뜻한다.

「잔등」의 서술자인 '나'는 서울에 가려는 사람들을 피난민이라 규정한다. 피난민은 일 강점하 조선에서 만주로의 유이민적 성격을 내포하지만 「잔등」에서는 그 역으로 나타난다. 즉 타국에서 해방된 고국으로 귀환하는 여로를 피난이라 한 것이다. 피난민들의 길떠나기는 이름 그대로 피난길이다. 피난길 형식의 길떠나기는 소위 '피난민 의식으로서의 자의식'[14]이라 할 수 있다. 일인칭 서술자이자 화자인 '나'는 누구와 다를 바 없는 피난민이다. 피난민 '나'가 듣고 보고 이야기하는 것은 피난민들의 군상이다. 곧 객체로서 객체보기에 다름 아니다. 이러한 이중의 객체성은 관찰자인 '나' 또한 피난민이라는 점과 피난민들의 군상 역시 역사의 주체가 되지 못한 '내어 팽개친' 존재로서 '떼밀고 잡아채고 곤두박질을 하면서 오는' 객체일 뿐이기 때문이다. '일본인에 대한 열등감과 동포인에 대한 우월감'이 지식층의 세계관이라 할

---

14) 김윤식, 『한국근대리얼리즘작가연구』, 문학과지성사, 1988, 211쪽.

때, 열등감은 '내어 팽개친' 존재에 대한 연민으로, 우월감은 해방이 되었음에 불구하고 역사의 주체로 다가서지 못한 민족에 대한 모멸감으로 나타난다.

이러한 이중의 객체성을 내포한 '피난민으로서의 자의식'은 역사에의 거리 띄우기라 볼 수 있다. 역사에의 간극을 유지하는 '나'는 피난민 또는 해방의 주변부로서 귀환의 여로가 흥분과 감격의 여로가 아님을 역설한다. 피난민의 여로 즉 피난길은 해방의 감격도, 고통스러웠던 식민지 시대의 체험에 대한 푸념도, 새로운 삶에 대한 각오나 희망도 끼어 들어갈 틈을 허용치 않는다. 그것은 해방을 맞이할 때 감격이 아닌 현실에 대한 혹은 미래에 대한 인식이나 전망의 제시가 여로의 형식을 통해서 나타나는 것이기 때문이다.

이러한 「잔등」에서 보여주는 자의식은 이용악이 해방의 의미를 천착하여 형상화했던 「하나씩의 별」에 등장하는 귀향객과 다르지 않다. "그저 서러이 내다보던 골짝 골짝을/ 갈 때와 마찬가지로/ 헐벗은 채 돌아오는" 길은 이향과 귀향 또는 해방 전과 후가 별반 다르지 않음을 의미한다. 그들은 식민지 조국을 떠나 만주나 간도 등지로 떠날 때의 행상과 해방이 되어 조국의 품으로 돌아올 때에도 마찬가지인 것이다. 그러나 제각기 염원하고 있는 하나씩의 별은 해방이 되었다는 막연한 기대감일뿐 그 이상도 이하도 아니다. 시적 자아는 그들의 무리에 섞여 남쪽을 향한 길 위에 있다. 길 위의 사람들이 고향을 찾아가는 귀향이라면 시적 자아는 고향과는 정반대의 방향으로 나아가는 이향의 여로이다. 자신의 고향으로부터 멀어지는 길은 남쪽으로 나 있는 철도 위에 몸을 싣는 것이고, 그것은 "서울이 그리워/ 고향과는 딴 방향으로 흔들"리는 것이다.

서울에 대한 그리움은 피난열차의 사람들이 헐벗은 대로 제각각의

염원을 안고 남쪽으로 가듯, 시적 자아에게도 '나라에 기쁜 일'이 너무
커 울지도 못하는 감격의 '별'을 품고 가는 것으로 나타난다. 나라와
관련된 기쁨이란 해방의 의미이고 자신의 별을 쳐다보는 것은 해방과
연관된 무언가를 희망하는 정서와 관련되어 있다. 그것은 서울에 대한
그리움을 충족하기 위한 행위이자 첫 번째의 남행에서 좌절되었지만
이용악의 무의식에 내밀하게 자리한 중심 또는 근대적 질서에 대한
욕망이라 볼 수 있다. 따라서 식민지 시절 남쪽의 의미가 일본 유학을
통한 근대적 질서를 향유하기 위한 것이었듯 해방된 조국에서 남쪽의
의미는 서울로 모여드는 중심에 대한 동경과 급격하게 재편되어 가는
혼란한 해방공간의 상황논리와 맞닿아 있다.

> 너의 문장은 어째 오늘날도 흥분이 없느냐, 왜 그리 희열이 없이
> 차기만 하냐, 새 시대의 거족적인 열광과 투쟁 속에 자그마한 감격
> 은 있어도 좋을 것이 아니냐고들 하는 사람이 있는 데는 나는 반드
> 시 진심으로는 감복하지 아니한다. 민족의 생리를 문학적으로 감득
> 하는 방도에 있어서, 다시 말하면 문학을 두고 지금껏 알아오고 느
> 껴오는 방도에 있어서 반드시 나는 그들과 같은 방향에 서서 같은
> 조망을 가질 수 없음을 아니 느낄 수 없는 까닭이다.[15]

인용문은 '민족의 생리를 문학적으로 감득하는 방도'에 대한 허준의
입장을 서술한 대목이다. '어떤 것이 가치있는 삶이냐'의 명제와 '인간
은 어쨌든 사는 것이다'라는 명제로 인용문을 설명한 바 있는 김윤식
은 일본인에 대한 열등감과 동포인에 대한 우월감에서 오는 미안함에
의해 지식층의 세계관이 자기 분열을 일으켰고, 여기서 빚어진 세계관

---

15) 허준, 『잔등』, 을유문화사, 1946, 서문. (김윤식, 위의 책, 재인용, 211-212쪽)

이 생에 대한 적극적 상실로 분석한다.16)

허준이 문제시했던 "민족의 생리를 문학적으로 감득하는 방도"는 "문학을 두고 지금껏 알아오고 느껴오는 방도에 있어서 반드시 나는 그들과 같은 방향에 서서 같은 조망을 가질 수 없"다는 점이다. 흥분과 희열이 넘치는 해방공간의 정치적 상황에서 허준은 흥분과 희열의 또 다른 측면인 내적 조망을 통해 현실을 총체적으로 인식하고자 한다. 이점은 한국문학을 논의하는 자리에서 화두를 차지하는 '문학적 근대성'과 닿아있다. 그것은 리얼리즘과 모더니즘의 연관관계 혹은 미학적 창작방법과 문학사상의 측면에까지 맥을 같이하는 원형질같은 것이다. 문학과 현실 혹은 현실의 문학적 형상화란 측면에서 문학의 정치적 역할과 현실성의 구현을 중심으로 이루어졌던 리얼리즘이 이용악이 「기관구에서」 등의 시편에서 추구하고자 했던 정치적 근대성이었다면 그로부터 일정하게 거리를 두고자 했던 모더니즘의 미학을 잇는 계보가 허준의 「잔등」에서 보여주는 미적 근대성이라 할 수 있다.

> 핏발이 섰다 집마다 지붕 위 저리 산마다 산머리 우에 헐벗고 굶
> 주린 사람들의 핏발이 섰다

> 누구를 위한 철도냐 누구를 위해 동트는 새벽이었나 멈춰라 어둠
> 을 뚫고 불을 뿜으며 달려온 우리의 기관차 이제 또한 우리를 좀먹
> 는 창고와 창고 사이에만 늘여놓은 철길이라면 차라리 우리의 가슴
> 에 아내와 어린 것들 가슴팍에 무거운 바퀴를 굴리자

> 피로써 무르리라 우리의 것을 우리에게 돌리라고 요구했을 뿐이
> 다 생명의 마지막 끄나푸리를 요구했을 뿐이다

---

16) 김윤식, 위의 책, 212쪽.

그러나 아느냐 동포여 우리에게 총부리를 겨누고 다가서는 틀림
없는 동포여 자욱마다 절그렁거리는 사슬에서 너희들까지도 완전히
풀어놓고자 인민의 앞잽이 젊은 전사들은 원수와 함께 나란히 선 너
희들 앞에 일어섰거니

강철이다 쓰러진 어느 동무의 소리가 바람결에 들릴지라도 귀를
모아 천 길 일어설 강철 기둥이다

며칠째이냐 농성한 기관구 테두리를 지키고 선 전사들이어 불 꺼
진 기관차를 끼고 옳소 옳소 외치며 박수하는 똑같이 기름 배인 검
은 손들이어 교대시간이 오면 두 눈 부릅뜨고 일선으로 나아갈 전사
함마며 피켓을 탄탄히 쥔 채 철길을 베고 곤히 잠든 동무들이어

핏발이 섰다 집마다 지붕 위 저리 산마다 산머리 우에 억울한 모
든 사람들이 우리의 승리를 약속하는 핏발이 섰다
　　　　　-「機關區에서-남조선 철도파업단에 드리는 노래」 전문

　남쪽을 향한 길이 다다른 자리는 「하늘만 곱구나」에서 보여주듯
'집도 많은 남대문'이 놓여 있는 서울이었다. 그러나 해방된 서울의 하
늘은 그 하늘 밑에 놓여진 움같은 집에 사는 사람들을 외면한 채, 유
이민 생활을 겪고 고향으로 돌아온 거북이에게 집도 고향도 안겨주지
못한다. '거북이'가 화물열차의 지붕 위에서 바라본 저마다의 '별'이었
던, 남쪽으로 돌아오면 '빼앗겼던 땅에서 농사지으며 가 갸 거 겨 배
운다'던 희망은 집도 고향도 없는 현실에 무너질 수밖에 없는 것이었다.
　시적 자아에게 해방공간의 서울은 "예서 아는 이를 만나면 숨어바
리지/ 숨어서 휘정휘정 뒷길"(「뒷길로 가자」)로 내몰 뿐 광화문 네거리
로 나갈 수 없게 만든 또 다른 억압이었다. 시인은 탁 트인 광장으로

나아가지 못한다. 뒷길로만 맴돌게 하는 억압은 마치 일본 유학 시절의 풍경과 별반 다르지 않았기 때문이다. 따라서 이용악이 선택한 길은 누구를 위한 철도인가와 누구를 위한 새벽인가를 적극적인 실천을 통해 반문하는 것이었다.

「기관구에서」는 해방 직후 이용악이 자신의 전존재를 걸고 선택했던 남쪽을 향한 길의 중심에 놓여 있던 서울을 무대로 하는 작품이다. 해방공간의 서울은 이데올로기와 정치적 구호만이 난무한 근대의 실험장이었지만 그만큼 민족국가 수립을 위한 절호의 기회로 충만한 곳이기도 했다. 1946년 9월 총파업 당시 용산 철도 노동자들의 파업을 격려하고 있는 이 시는 지금까지 시 속에 드러난 시적 화자를 통해 자신의 목소리를 전달하려 했던 전략에서 벗어나 시적 화자와 시적 주체를 일치시킴으로써 현실에 대한 실천의 의지를 직접 전달하는 이야기의 방식으로 선회한 작품으로 평가된다. 그것은 당시 이용악이 남쪽이란 또 다른 고향을 통해 실현하고자 했던 욕망을 엿볼 수 있게 하는 구체적인 근거이자 그의 세계관 속에 내포되어있는 정치적 이념이나 사회적 안목을 느끼게 하는 것이다.

전자와 후자는 근대적 이념 또는 질서에 대한 그리고 중심에 대한 동경이란 관점과 더불어, 열강으로 인해 근대의 실험장으로 변모해 가는 서울의 모습을 통해 민족국가 수립이란 실천의 영역으로 대별된다. 그러한 관점은 좌우의 이데올로기 대립으로 나타난 혼탁한 정국 하에서 자신의 정치적 입각점을 극명히 보여주는 세계관의 문제이다. 이런 맥락에서 「다시 오월에의 노래」, 「거리에서」, 「빗발 속에서」 등의 시에서 나타난 선명한 선전선동성은 당대의 시대적 과제와 열망을 시적으로 형상화하고자 했던 이용악의 시정신으로 볼 수 있다. 따라서 이용악이 적극적 현실 참여를 통해 정치적 근대성을 실현코자 했다면 허준의 경우, 이질적 두 만남을 통해 당대 해방의 의미를 내면화시키면서 미적 근대성에 도달하고자 한다. 정치·경제·사회의 각 층위에서 작동되는 근대성의 반영이자 저항이기도 한 미적 근대성은 근대성에 대한 본원적 반성이나 비판으로 기능하며, 순간성과 영원성의 동시적 추구를 지향하는 개념이다. 허준이 도달하고자 하는 미적 근대성의 세계는 해방 공간에 놓인 이질적 성격의 소년과 노파를 통해 해방의 당대성과 현재성을 교직하면서 격앙된 현실의 또다른 의미를 추적해들어가는 것이었다.

① "……"
"그 중에서도 외목 나쁜 것만 해온 놈들은 돈이 있어 도리어 뭘 사먹기들이나 하지만 그렇게 아이새끼들만이 낳은 거야 업구, 지구, 걸리구 해서 당기는 게 말이 아니랍니다. 저어번에 또 한 놈은 다다미를 들추구, 판장을 제치구, 그 밑에 흙을 두 자나 파고, 돈 십만 원인가 이십만 원인가 감춘 걸 알아낸 것도 내가 알아냈지요. 그런 놈들이 벌떡 일어나지 못하게는 해야겠지만요…… 그 밖엔 정말 다 죽었습니다. 죽은 것 한가집니다."[17]
② "부질없는 말로 이가 어째 안 갈리겠니까--하지만 내 새끼를 갔다 가두어 죽인 놈들은 자빠져서 다들 무릎을 끓었지마는, 무릎 끓은 놈들의 꼴을 보면 눈물밖에 나는 것이 없이 되었습니다그려. 애비랄 것 없이 남편이랄 것 없이일어버릴 건 다 잃어버리고 못먹고 굶주리어 피골이 상접해서 헌 너즐때기에 깡통을 들고 앞뒤로 허친거리며, 업고 안고 끌고 주추 끼고 다니는 꼴들--어디 매가 갑니까. 벌거벗겨 놓고 보니 매 갈 데가 어딥니까."
"……"[18]

---

17) 324-325쪽.
18) 348쪽.

①은 「잔등」의 서술자인 나와 소년의 만남 중 소년의 목소리이고 ②는 국밥집 노파의 목소리이다. '나'는 청진 근처의 시냇가에서 만난 소년과 해방 이후 일본인의 행적에 대한 대화를 한다. 소년은 새로운 세대, 일제의 압박을 직접 체험하지 않은 세대의 표상이다. 그런 의미에서 소년의 세대는 새로운 민족 국가 건설이라는 민족적 과제를 능동적으로 수행할 잠재 능력을 가지고 있다. 아직 세계를 논리적으로 볼 수 있을 만큼 성숙하지는 못했으나 순수성을 지닌 인물인 것이다. 그런 의미에서 일인들에 대한 소년의 증오는 해방의 역사성에 연결되어 있으면서도 본능적이고 무조건적인 증오의 성격을 띠고 있다.[19] "건 정말 다들 죽은 거 한가집니다."라는 소년의 말은 해방 후 일본인의 상황을 집약적으로 드러낸다. 해방공간의 일본인에 대한 묘사는 소년의 눈을 통해 나타나며 '나'는 말 없음의 대화만이 이어질 뿐이다.

소년의 서정이 증오의 형태로 해방공간의 서사와 맞닿아 있다면, 국밥집 노파는 연민으로 이어져 있다. 그녀는 식민지 시대의 직접적인 피해자이며 소년과는 달리 체험자이기도 하다. 그녀의 아들은 일제 시대에 사상 운동을 하다 잡혀 가 죽었으며, 이제는 홀홀 단신으로 밤에 잠을 못이루는 습관을 얻어 밤새 국밥을 팔고 있다. 소년과 동일한 서사를 지닌 그녀의 서정은 증오의 대상과 연민의 대상을 구분할 줄 아는 따스한 인간애의 소유자로 형상화되어 있다. 소년과 국밥집 노파와의 대화는 '나'와는 다른 관점에서 해방의 의미를 묻고 있다. 특히 '나'의 대화는 일방적으로 듣는 형태를 취하고 있다. 소년의 경우, '나'는 '생선의 단말마적 발악'을 '그들의 운명'으로 단순비유하여 치부하지만, 국밥집 노파의 경우는 다르다. 작가는 소년과 노파를 대비하여 해

---

19) 이대규, 앞의 책, 185쪽.

방의 의미를 서로 다른 시각에서 열어 보려는 의도를 담고 있다. 그러
나 서술자의 객관적 시각은 국밥집 노파의 인간애를 형상화하는 부분
에서 경사를 보인다.

> 피난민도 형지 없이 어지러웠고 일본 사람들도 과연 눈을 거들떠
> 보기 싫게 처참하지 아니함이 없었으나 생각하면 이것을 혁명이라
> 하는 것이었다. 혁명은 가혹한 것이었고 또 가혹하여도 할 수 없을
> 것임에 불구하고 한 개의 배장사를 에워싸고 지나쳐 간 짤막한 정경
> 을 통하여, 지금 마주 앉아 그 면면한 심정을 토로하는 이 밥장사
> 할머니에 이르기까지 그것이 어떻게 된 배 한 알이며, 그것이 어떻
> 게 된 밥 한 그릇이기에, 덥석덥석 국에 말아 줄 마음의 준비가 언
> 제부터 이처럼 되어 있었느냐는 것은 나의 새로이 발견한 크나큰 경
> 이가 아닐 수 없었다. 경이보다도 그것은 인간 희망의 넓고 아름다
> 운 시야를 거쳐서만 거둬들일 수 있는 하염없는 너그러운 슬픔 같은
> 곳에 나를 연하여 주었다.[20]

'혁명은 가혹한 것이었고 또 가혹하여도 할 수 없'는 것이지만 그러
한 혁명관을 넘어 설 수 있는 하나의 가설은 국밥집 노파의 세계관을
받아들 일 때이다. 노파의 세계관은 배 한 알과 밥 한 그릇을 덥석덥
석 줄 수 있는 마음의 여유를 내포한 인간애라 할 수 있다. 이점은
'나'의 의식이 반역사적이며 해방의 주체가 아닌 객체로서 남을 수밖
에 없는 방관자적 태도에 기인한다. 서술자인 '나'의 방관자적 태도는
자신을 현실에 투여하지 않는 '제삼자의 정신'이 다다른 지점으로 '인
간 희망의 넓고 아름다운 시야를 거쳐서만 거둬들일 수 있는 하염없
는 너그러운 슬픔 같은 곳'에 동화하는 것이기도 하다. 허준이 도달한

20) 354쪽.

미적 근대성이 인간 내면의 무의식에 잠재된 휴머니즘을 발원시키는
언술에 기초할 때 이용악이 선택했던 정치적 근대성의 영역은 현실의
흐름을 정확히 읽어내는 정치적 감각의 세계였다.

> 누가 우리의 가슴에 함부로 금을 그어 강물이
> 검푸른 강물이 굽이쳐 흐르느냐
> 모두들 국경이라고 부르는 삼십팔도에 날은
> 저물어 구름이 모여
>
> 물리치면 산 산 흩어졌다도
> 몇 번이고 다시 뭉쳐선
> 고향으로 통하는 단 하나의 길
>
> 철교를 향해
> 철교를 향해
> 떼를 지어 나아가는
> 피난민의 행렬
>
> －「38도에서」에서

한국전쟁 훨씬 이전에 창작(1945. 12)된 이 시는 해방직후 이용악의
문학적 예지력을 보여주는 작품이다. 해방을 일컬어 '도적같이 온 해
방'이거나 '어느 派나 어느 인물의 노력에서 온 것이 아니요, 순전히
하늘에서 떨어져 온 것임을 인정'[21]하는 태도는 해방을 바라보는 수
많은 시각의 하나 일 것이다. 이용악이 바라본 해방 정국은 "모두 어
질게 사는 나라"를 향한 나라만들기의 욕망과 "부끄러운 나라"(「슬픈

---

21) 함석헌, 『성서적 입장에서 본 조선역사』, 성광문화사, 1954, 280쪽.

일 많으면」)가 보여주는 좌절의 상황이었다. 그 두 나라 사이에서 갈등해야 했던 이용악, 소년과 노파가 간직한 세계관의 괴리를 통해 자신의 정서를 갈무리해야 했던 허준, 그들은 각기 다른 방식으로 해방의 의미를 자신의 작품으로 묻고 있다. 그러나 그들의 화두였던 혹은 여로의 종착역이라 생각했던 해방 정국은 "고향으로 통하는 단 하나의 길"을 예비하고 또 다시 "피난민의 행렬"에 끼워들게 했다. 그것은 이용악과 허준 모두에게 고향을 등지게 했던 남쪽을 향한 길을 되돌리는 새로운 여로의 시작이기도 했다.

4. 결론

본고는 이용악의 시와 허준의 「잔등」을 해방기 한국문학의 내적 형식으로서 길의 상징성과 그 여로를 중심으로 고찰하고자 하였다. 그들은 해방의 감격을 즉자적으로 받아들이는 대신 해방의 의미를 각각의 장르적 관점을 빌어 객관적으로 형상화하고자 노력했던 작가였다. 또한 그들은 이향과 귀향의 여로를 중심으로 작품의 내적 형식을 구조화하여 해방기 일반적으로 나타났던 감격과 흥분을 배제하고자 하였다.

해방기 민중들의 여로가 일반적으로 고향을 향하는 길 위에 놓여 있었지만 이용악과 허준은 자신들의 고향을 등지고 서울을 향한 여로를 선택한다. 일 강점하 지식인의 길떠나기가 돌아옴을 전제로 가능한 것이었다면 민중의 그것은 기약없는 별리였다. 그러나 해방이 되었을 때, 소수의 민중은 자신들의 고향으로 귀향할 수 있었다. 대다수의 유이민이 타향을 고향삼아 살아갈 수밖에 없었던 시대적 정황에 비해 소위 지식인의 귀향은 그보다는 안전한 여로였다.

이용악은 타향에서 고향으로 향하는 민중의 여로를 따라 이동하며 그들의 정서를 객관적으로 형상화할 때 허준은 해방된 서울로 향하는 여로 위에 놓여진 간이역의 내면 풍경을 해방의 감격보다는 그 의미를 추구하는 방향으로 나아간다. 이용악의 경우, 일련의 강한 현실지향성의 시편을 통해 보여주듯 민족국가 수립이란 나라만들기의 욕망과 '부끄러운 나라'의 좌절 사이에서 그의 정치적 근대성에 대한 염원은 좌초할 수밖에 없었다. 허준의 경우, 소년과 노파가 드러냈던 이질적 세계관과의 만남은 당대 해방의 의미를 내면화시키며 미적 근대성에 도달하고자 했다. 일인에 대한 소년의 증오와 노파의 연민은 방관자적 서술자의 객관적 조망을 통해 너그러운 슬픔에 동화되는 양상을 보여준다.

이는 허준이 도달한 미적 근대성이 인간의 내면에 무한히 잠재되어 있는 너그러운 슬픔같은 연민을 불러 일으켜 해방기 해방이 지니는 또 다른 의미를 조망했다면 정치적 근대성 혹은 중심에의 동경을 통해 이용악이 선택했던 지향은 현실의 흐름을 정확히 읽어냈던 정치적 감각의 세계였다. 그러나 그들 각각의 근대적 지향성은 혼탁한 해방정국을 돌파하지 못하고 자신들이 걸어왔던 여로를 북쪽을 향한 길로 되돌려야만 했다.

제 5 장

박봉우 시의 '나비'와 비상

1. 서론

박봉우(1934-1990)는 1956년 『조선일보』 신춘문예에 「휴전선」이 당선되어 문단에 등장한다. 그의 시적 편력 중에는 정신병이나 가난의 문제 등으로 시작 활동의 어려움이 있었지만[1] 『휴전선』(1957), 『겨울에도 피는 꽃나무』(1958), 『4월의 화요일』(1962), 『황지의 풀잎』(1976), 『딸

---

[1] 정창범, 「박봉우의 세계」, 『나비와 철조망』, 미래사, 1991./ 이근배, 「겨레의 아픔 시로 터뜨린 박봉우」, 『시와 시학』, 1992, 여름호.
시인의 전주시절은 암담한 생활의 연속이었다. 그때의 현실은 가난과 병고를 온 가족이 같이 나누며 단칸방의 사글세를 셈하기에 바쁜 시절이었다고 한다. 이와 같은 전주시절의 박봉우의 생활에 대해서 소재호는 다음과 같이 말하고 있다. "박시인의 서울 下野로부터 歸去來한 현실은 몰락하는 '아버지의 경제'로 인해 '점점 좁아지는 방'속에 갇히고 있었다. 절개 높은 나비가 피 묻은 날개로 날카로운 이빨의 철조망을 넘나들던 시절을 훨씬 지나온 그 함몰의 세월이었다." (소재호, 「박봉우시인의 전주에서의 삶, 그 흐린 하늘」, 『시와 시학』, 1993 겨울호, 82쪽) 또한 이병천은 자신의 소설 「휴전선」을 인용하면서, 박봉우 시인의 장례식과 그의 전주에서의 삶을 말한다. (이병천, 「휴전선의 삶과 토막난 생애-전주에서의 고된 삶」, 전북민족문학인협의회, 『사람의문학』, 1992 창간호)

의 손을 잡고』(1987) 등 5권의 시집을 상재했다. 그는 분단의 문제를 시적 영역의 중심으로 구축했으며, 분단 극복을 향한 끊임없는 통일지 향성의 자세를 일관되게 유지한 시인이었다.

박봉우와 그의 시에 대한 논의는 전후 분단의 문제에서 벗어나지 못하고 있다. 그러한 논의는 박봉우의 시를 1950년대의 역사적 상황에 묶어버리는 제한적 요인으로 작용하여, 한국문학사나 시사²⁾에서 박봉 우를 두고, '전후시단의 주목받는 시인' 또는 '참여파의 전사적 의의' 라는 단적인 언급으로 평가하거나, 1950년대에 국한된 초기 작품을 중 심으로 이루어진 연구 성과물³⁾이 대부분을 차지한다. 그러나 그의 전 생애를 관류하는 시세계의 조명⁴⁾이 전혀 이루어지지 않은 것은 아니 지만, 그 역시 연구의 축적이 필요하다 할 수 있다.

---

2) 오양호, 「전후 한국시의 지속과 변화」1, 『문학의 논리와 전환사회』, 문예출판사, 1991.
   이영섭, 「1950년대 남한의 현실인식과 시적 형상」, 한국문학연구회 편, 『1950년대 남북 한 문학』, 평민사, 1992.
   한형구, 「1950년대의 한국시」, 문학사와 비평연구회 편, 『1950년대 문학연구』, 예하, 1992.
   윤여탁, 「한국전쟁후 남북한 시단의 형성과 시세계」, 『문학과논리』3호, 태학사, 1993.
   유성호, 「1950년대 후반 시에서의 '참여'의 의미」, 『민족문학사연구』10호, 민족문학사연 구소, 1997.
3) 이와 같은 관점은 박봉우의 초기시를 중심으로 논의한 글들을 예로 들 수 있다.
   심선옥, 「1950년대 분단의 시학-박봉우론」, 조건상 편저, 『한국전후문학연구』, 성대출판 부, 1993.
   오성호, 「상처받은 '나비'의 꿈과 절망」, 『1950년대 남북한 시인 연구』, 국학자료원, 1996.
   남기혁, 「박봉우 초기시 연구」, 『작가연구』, 새미, 1997.
4) 박봉우의 전작품을 대상으로 시세계의 변모양상을 논의한 글은 다음과 같다.
   김익두, 「통일의 삶, 통일의 시학」, 전북민족문학인협의회, 『사람의 문학』, 1992 창간호.
   권오만, 「박봉우 시의 열림과 닫힘」, 『시와시학』, 1993 겨울호.
   정한용, 「휴전선에 피어난 진달래꽃」, 『시와시학』, 1993 겨울호.
   윤종영, 「박봉우 시정신의 전개양상」, 대전대학교 문과대학 국어국문학회, 『대전어문학』 12집, 1995. 2.
   이종호, 「황무지와 지성인의 역할」, 정창범 편, 『전후시대 우리 문학의 새로운 인식』, 박 이정, 1997.

박봉우의 시세계는 당대 분단의 문제를 어떻게 인식하는가에 그 중심이 놓여져 왔다. 당대는 전후의 사상단속이 철저하게 진행된 반공이데올로기의 시대였다. 달리 말하면, 남과 북의 냉전은 분명하게 이원화되어 어느 쪽이든 주어진 상황에 복무할 수밖에 없는 적대논리라할 수 있다. 당시의 시단은 서정주와 청록파로 대표되는 기성과 신진들이 주축을 이룬 모더니스트로 대별된다. 기성 시인이 시의 언어적 완성도에서 상대적으로 높은 수준을 유지한 반면 현실인식은 그에 걸맞는 치열함을 보여주지 못했으며, 신진 시인들은 어떤 형태로든 현실에 대한 시적 관심의 끈을 놓치지 않으려는 치열함을 견지하고는 있었지만, 그것이 시적 완성도로 이어지지 못하는 한계를 드러내고 있었다. 그러나 자유에 대한 자각이 점차 구체화되는 김수영의 변모나 분단 현실을 시적 주제로 감싸 안았던 박봉우의 출현, 그리고 50년대 막바지의 신동엽의 등장은 이 무렵의 시단에서 주목할 부분임에 분명하다.[5]

박봉우가 시작활동을 했던 시기는 6·25이후 분단과 4·19 그리고 5·16에 이어 산업사회의 병폐를 드러냈던 70년대와 민주화 운동의 본령으로 자리매김한 80년의 광주에까지 걸쳐 있다. 이러한 시기는 남한 사회의 파행성을 그대로 보여주는 역사적 공간이었다. 박봉우는 남한 사회의 역사적 사건 속에서 민족의 모순과 '생채기'가 무엇인지를 진지하게 묻고자 했으며, 현실과 서정의 문제를 지속적으로 제기한 시인이라 할 수 있다. 따라서 그에 대한 평가는 그의 삶을 마감하는 1990년대에까지 일관된 주제를 다룬 점[6]에서 1950년대 이후까지로 확

---

5) 한수영, 「1950년대의 재인식」, 『문학과 현실의 변증법』, 새미, 1997, 371쪽.
6) 이와 같은 점은 그의 유작시(「해저무는 벌판에서」 외 13편)의 경우에도 분단 현실을 다룬 내용을 통해 확인할 수가 있다. (『창작과비평』, 1990 여름호)

장되어야 한다.

전쟁과 분단으로 이어진 당대 현실의 객관적 인식은 무엇보다 냉전 의식의 탈각 여부와, 휴머니즘적 지향에 내포되어 있는 민족적 관점이 어떻게 심정적 분출로부터 사회역사적 구도를 동반한 비판적 시각으로 전이되는가의 문제로 귀착된다.7) 그러한 시각은 박봉우 자신이 '황무지적 현대'8)로 규정한 전후시대로부터 비롯되는 분단 극복을 향한 '아름다운 길'을 찾고자 노력한 점에서 부각된다. '아름다운 길'이란 민족통합을 향한 길이며, 시인의 일관된 주제의식을 따라가는 여로이다. 분단의 문제를 시적 영역의 핵심 주제로 삼은 시인은 '나의 직업은 조국'(「잡초나 뽑고」)이었기에 평생에 걸쳐 일관된 여로(아름다운 길)를 보여줄 수 있었다.

필자는 다른 지면을 통해, 박봉우의 전작품을 대상으로 시인의 의식이 투영된 '나비'의 여로를 따라가 시인의 시정신 및 시적 변모양상을 고찰한 바 있다.9) 그러한 고찰이, '나비' 혹은 나비의 '여로'가 박봉우의 시에서 어떤 의미망을 형성하는가를 추적하는 작업이었다면, 본고는 박봉우의 시에 나타나는 '나비' 이미지의 집중적인 분석과 당대 또는 이전과 이후에 나타난 여타 시인들의 '나비' 이미지에 대한 비교 고찰을 목적으로 한다.

---

7) 박윤우, 「전쟁체험과 분단현실의 시적 인식」, 구인환 외 공저, 『한국 전후문학연구』, 삼지원, 1995, 78~81쪽.

8) 박봉우, 「신세대의 자세와 황무지의 정신」, 『한국전후문제시집』, 신구문화사, 1961.

9) 노용무, 「박봉우 시 연구-'나비'의 비상과 좌절을 중심으로」, 한국문학회, 『한국문학논총』 22집, 1998.

2. 이데올로기를 비상하는 '나비'

혼, 영원한 생명, 마음을 나타내는 나비는 지상에 사는 애벌레에서 용화(踊化) 단계를 거쳐서 하늘에 사는 날개 달린 나비로 변신하므로 재생·부활을 상징한다. 크리스트교에서 상징하는 나비는 생-사-부활을 거치면서 성장하는 개체로 인식된다. 그런 맥락에서 어린 예수는 나비를 손에 잡고 있는 모습으로 그려지기도 한다.[10] 문학작품에 나타나는 나비의 경우, 빛의 세계를 지향하는 무의식적 매혹을 상징화하거나, 하늘의 세계, 곧 천상의 빛을 갈망하는 영혼을 암시한다.[11] 이러한 나비의 상징성은 수직성을 기반으로 한다. 나비가 지향하는 하늘과 천상이란 땅과 상위의 대척점에 놓여 있기 때문이다. 나비는 인간의 혼이며 생명으로, 자유로움과 발랄함을 그 내적 속성으로 한다.

그러므로 나비의 비상은 인간 혼의 비상을 뜻하며, 인간의 지향성을 충족시키는 내면의식을 필요로 한다. 비상 또는 상승은 인간의 조건을 <승화>시키고자 하는 욕망, 즉 하나의 초월적인 행동이다. 무중력의 꿈은 물질적 세계의 인간을 꼼짝 못하게 하는 사슬에서 벗어나는 하나의 방법이 되는 것이다.[12] 이것은 공간적인 의미에서 비상의 수직성을 말하는 것이지만, 일정한 방향을 향해 나아간다는 시간적인 의미에서 수평성을 동반한다. 곧 하늘의 세계나 천상의 빛을 갈망하는 영혼은 땅에서 이륙한다는 의미에서 수직성을 뜻하지만, 갈망하는 대상을 향해 앞으로 날아간다는 의미에서 수평적이기 때문이다. 수직과 수평의 교차점에서 비행, 즉 여로(길)의 크로노토프가 나타난다. 문학작품

---

10) J. C. Cooper, 이윤기 역,『그림으로 보는 세계 문화 상징 사전』, 까치, 1994, 48쪽.
11) 이승훈,『문학상징사전』, 고려원, 1995, 91쪽.
12) 아지자·올리비에리·스크릭 공저, 장영수 역,『문학의 상징·주제 사전』, 청하, 1992, 59쪽.

속에 역사적 시간과 공간을 담고자 할 때 문학 예술 속의 크로노토
프13)는 공간적 지표와 시간적 지표가 용의 주도하게 교차되면서 구조
적 전체로서 융합된다. 나비의 여로는 여로의 과정, 즉 나아가는 현재
성이 강조되어 길이 진행되거나 여로의 종결을 이루는 곳이 주요 시
공간소의 역할을 하는 포괄적 양상을 보여준다.

이러한 여로는 당대의 사회·역사적 사실의 포착과 연결되어 있으
며 삶의 방향성 모색과 관련되어 있다. 나비는 분단 현실에 놓여있는
신세대로 자처한 시인의 이상과 동경이 투영된 이미지이다. 시인의 꿈
은 1950년대라는 가혹한 제현실 속에서 자신의 꿈을 지켜 나가기 위
해 끊임없이 비상하는 나비의 여로로 형상화되어 나타난다.

지금 저기 보이는 시푸런 강과 또 산을 넘어야 진종일을 별일없이
보낸 것이 된다. 서녘 하늘은 장미빛 무늬로 타는 큰 문의 창을 열
어······지친 날개를 바라보며 서로 가슴 타는 그러한 거리
에 숨이 흐르고

모진 바람이 분다. 그런 속에서 피비린내 나게 싸우는 나비 한 마
리의 생채기. 첫 고향의 꽃밭에 마즈막까지 의지하려는 강렬한 바라
움의 향기였다.

---

13) 크로노토프(chronotope : 시공간소)는 문학 속에 예술적으로 표현된, 시간과 공간이 본
질적으로 지니고 있는 관계의 연관성을 일컫는 용어이다. 시간과 공간이 인식 작용의
필요불가결한 범주라는 크로노토프의 칸트적 개념을 문학 연구에 도입한 사람은 바흐
찐이다. 그의 설명에 의하면 크로노토프는 장르를 규정하는 기능을 담당하는데, 시간과
공간의 결합 방식 또는 시간과 공간이 사용되는 비율에 의하여 세계관의 차이가 생겨
난다. 크로노토프의 연구는 서사 양식의 변모 과정 해명 뿐 아니라 세계관의 변화, 시
대정신 파악의 한 방법이 될 수 있다. 김욱동, 『대화적 상상력』, 문학과지성사, 1994,
208-218쪽 참조.

앞으로도 저 강을 건너 산을 넘으려면 몇 <마일>은 더 날아야 한
다. 이미 날개는 피에 젖을 대로 젖고 시린 바람이 자꾸 불어간다
목이 빠싹 말라버리고 숨결이 가쁜 여기에 아직도 싸늘한 적지.

벽, 벽······처음으로 나비는 벽이 무엇인가를 알며 피로
적신 날개를 가지고도 날아야만 했다. 바람은 다시 분다 얼마쯤 我方
의 따시하고 슬픈 철조망 속에 안길,

이런 마즈막 <꽃밭>을 그리며 숨은 아직 끝나지 않았다 어설픈
표시의 벽. 旗여······

-「나비와 철조망」[14] 전문

이 작품은 박봉우의 시세계를 '나비' 이미지를 통해 집약적으로 보
여 주는 시이다. 행 구분이 없는 연의 형식을 취한 「나비와 철조망」은
'나비'와 '철조망'의 이미지가 중첩되어 나타난다. '나비'와 '철조망'의
이미지는 각각의 의미망이 어떤 연관관계를 가지는가에 따라 이 시를
읽어내는 중요한 단초가 된다. 전자는 한국시문학사에서 어렵지 않게
볼 수 있는 반면 후자는 1950년대의 사회·역사적 산물이라 할 수 있다.
시적 자아는 '나비'이며 시인이기도 하다. 시인은 1연과 3연에서 '나
비'와 일체가 되어 '나비'의 눈으로 분단의 현실을 바라보지만, 2연과
4연에서 '나비'와 분리되어 '철조망'을 향한 힘겨운 여로를 관조한다.
이와 같은 시점의 규칙적인 교체 현상은 현실과 서정의 변증법적 융
화를 통해서만 가능한 것으로, '나비'의 절망적 어조를 형상화하여 시
인 자신의 현실을 환기시키는 것이다.
나비'는 '<꽃밭>'을 향해 날아가는 여로에 놓여 있다. 그 나비의 여

---

14) 박봉우, 『휴전선』, 정음사, 1957. 이하 박봉우의 시를 인용할 경우, 저자명 생략.

로는 '지금 저기 보이는 시푸런 강과 또 산을 넘어야' 되는 상황이며, '모진바람'과 '피비린내 나게 싸'워야 하는 고난의 길이다. 그러한 고난의 길은 "앞으로도 저 강을 건너 산을 넘으려면 몇 <마일>은 더 날아야" 하는 여로이기도 하다. 그러나 몇 마일만 더 날면 저 강과 산을 넘겠지만, 이미 '나비'의 날개는 지쳐있고 시린 바람이 자꾸 분다.

인용시에서는 두 계열체의 상반된 이미지가 존재한다. 먼저, '철조망'으로 대표되는 '휴전선', '사격수', '카추샤', '병정', '공동묘지' 등의 전쟁과 관련되는 암울한 계열체가 나타난 반면, '꽃', '꽃밭', '과수원', '음악' 등의 생기발랄하며 자유롭고 풍요로운 세계를 표상하는 계열체가 나타난다. 전자가 비극적 현실을 환기하는 시어라면, 후자는 그러한 현실과 다소 거리가 있는 시어라 할 수 있다. 각각 '철조망'과 '꽃밭'으로 대별해 볼 때, '철조망'은 분단 또는 그에 따른 양극화 현상을 암시하며, 남과 북 또는 북과 남을 경계지우는 종전이 되지 않은 휴전의 상황을 예시한다. '꽃밭'은 '철조망'이 주는 억압된 현실을 넘고자 하는 시인이 꿈꾸던 이상과 동경어린 세계를 지칭한다. 그런 의미에서 '꽃밭'이나 '음악'은 박봉우의 도덕적 정열의 근거를 이루는 것이자, 분단의 현실을 비추어 보는 거울이자 현실을 판단하는 윤리적 척도라고 할 수 있다.[15]

'나비'를 매개로 한 '철조망'과 '꽃밭'은 모두 이데올로기의 상황을 환기한다. '철조망'이 상징화하는 남과 북 또는 북과 남은 모두 냉전 이데올로기의 산물로서 기능하며, '꽃밭'은 그러한 이데올로기의 극복 또는 냉전 이데올로기를 전복하는 또 다른 이데올로기를 함축하고 있기 때문이다. 따라서 시인이 날려 보내는 시점이 '철조망'이라면, '꽃

---

15) 오성호, 앞의 책, 114쪽.

밭'은 종점일 수 있는 까닭이기도 하다.

시인은 '나비'를 '꽃밭'에 보내기 위해 날려 보냄으로, '나비'는 시인의 이상 세계를 추구하는 분신이 된다. 그리고 나비가 끊임없이 '꽃밭'을 향해 날아간다는 의미에서 '나비'의 여로는 시인의 시정신과 대응된다. 나비가 날아가는 여로는 당대의 사회 역사적 사실의 포착과 연결되어 있으며, 삶의 방향성 모색과 관련되어 있다. 나비의 여로가 내포한 시공소는 해방공간과 6・25, 4・19, 5・16, 그리고 산업사회로의 도약을 꿈꾸던 70년대와 민주화의 본령으로 대두된 80년의 광주를 아우르는 역사적 공간을 분단시대라는 맥락으로 관류하는 길이라 할 수 있다.

여로위의 나비는 피에 젖신 연약한 날개를 가지고 쉬지 못하고 끊임없이 날아야 하는 운명에 놓여 있다. 그것은 여로의 종착지 '꽃밭'을 향한 시인의 열정이며, 분단시대를 살아야 하는 지식인의 비판의식의 소산이기 때문이다. '꽃밭'을 향해 날아왔던 나비는 4월의 '꽃밭'으로 내려 앉지만, 그것은 시인이 동경했던 이상 세계가 아니었다. 자신의 꿈이 소각되었을 때, 시인은 폐쇄적인 내면의 세계로 침잠한다. 여로의 중단에 대한 좌절감은 군사독재 정부에 대한 질타와 더불어 정신병을 배태했지만, 현실의 가난과 더불어 남한 사회의 구조적 모순과 부조리한 현실을 천착할 수 있는 계기를 주었다. 민족 통합을 향한 나비의 여로가 낭만적 속성을 띠고 있다면, 현실의 중압감을 주는 가난과 사회적 현실은 구체적으로 다가와 자신과 가족에 대한 연민의 정으로 진솔한 감동을 자아내게 한다.

시인은 딸의 손을 잡았을 때, 자신이 평생에 걸쳐 '아름다운 길'을 찾고자 날려 보냈던 나비의 부활 또는 재생을 예감한다. 온갖 고난의 길을 날아 왔던 나비의 감내는 모진 세월을 이긴 뻔데기가 되어 딸에게 전이되는 것이다. 그것은 영원성의 '신화' 속에 펼쳐진 '옛날같은 그리움'의 세계이고, 여기에서 '나비'의 여로는 또 다른 시작을 준비한다.

3. 근대 지향의 '나비'와 근대에 저항하는 '나비'

근대 지식인에게 나비는 바다와 관련되어 나타난다. 새로운 것을 동경하는 대상으로서 바다는 우리 문학에서 근대화의 길을 가는 곳에 놓여 있는 상징적 속성을 보여준다. 일찍이 최남선은 「해에게서 소년에게」에서 '바다'를, 우리가 근대화를 향해 나아가기 위해 거쳐야 하는 모험과 시련 그리고 동경, 탐색의 공간으로 표현하였다. 이후 바다는 우리 문학에서 근대화의 길을 가는 곳에 놓여 있는 상징적 이미지였다. 이러한 바다 이미지에 최승구는 김기림 훨씬 이전에 나비 이미지를 관련시켜 시를 형상화시키고 있다.

南國의 바다 가을날은
아즉도 따듯한 볏을 沙汀에 흘니도다.
저젓다 말넛다 하는 물입술의 자최에
납흘납흘 아득이는 흰나뷔
봄 아지렝이에 게으른 꿈을 보는 듯.

黃金公子 꾀꼬리 노래에
梨花紛紛 這의 춤을 자랑하던
三春의 行樂이 잇치지 못하여
묵은 꿈을 이어보려
깁흔 수풀 너른 덜노 헤매다가

지난 밤 一陣의 모진 바람과
맵고 찬 쓰린 이슬에 것치러진
이 바다로 내림이라.

珊瑚珠 시골에 들너오는
먼 潮水의 香내에 醉하여
金바람의 압수레에 부듸처
허엿케 이러나는 적은 물결을
前에 놀던 곳으로만 역여
납흘납흘 춤추며
天涯먼곳 無限한 波濤로.

아아! 나븨여, 나의 적은 나븨여
"너 홀로 어대로 가는가.
너 가는 곳은 滅亡이라.
바다는 하날과 갓치 길메
暴惡한 波濤는
너의 藝術을 파뭇으려 할지라.
무섭지 안이한가 나븨어
검은 海藻에 숨은 고래는
너를 덤석 삼키려,
기다렷다 벌컥 이러나는 큰 물결은
너를 散散 바쉬려."

아츰 이슬과 저녁 안개에
軟하게된 적은 날개와
山과 덜에서 疲勞한
這의 몸으로 險한 바다 어이가리.

　　뉘웃침을 업수히
　　過去를 崇拜치 안이하던 적은나븨
　　不祥할게나 凡俗의 運命에 떠러짐

　　刹那의 快樂 瞬間의 破滅!
　　哀닯고 압흐도다. 큰 事實의 보임이,
　　無窮한 存在의 너른 바다는
　　永劫의 波濤를 이리킬 뿐이라.
　　아아 나븨는 발서 보이지 안는도다.
　　"이러케 나만 못을 내리랴
　　나의 울음 너의게 들닐길 업스나
　　나홀노 너의 길을 슯허하노라"

　　　　　　　　　　　　　－崔承九의 「潮에 蝶」[16] 전문

　「潮에 蝶」은 늦은 가을 바다의 흰 물결을 '꽃'으로 착각하여 돌아오
지 못하는 나비의 운명을 형상화한 시이다. 어느 따스한 가을날 '납흘
납흘 아득이는 흰 나비'는 '삼춘의 행락이 잇치지 못하'여, '호수의 향
내에 취하여', '허엿게 이러나는 적은 물결'을 꽃으로 착각하여, 그 물
결 속으로 날아든다. 시인은 나비에게 '검은 해조에 숨은 고래는/너를
덤석 삼키려/기다렷다 벌컥 이러나는', '폭악한 파도'가 있는 바다임을
경고하지만, '아츰 이슬과 저녁 안개에 연하게된 적은 날개'와 '산과
덜에서 피로한' 몸을 한 나비는 결국 '범속한 운명'에 떨어지고 만다.
그리하여 '찰나의 쾌락과 순간의 파멸'로 끝나버린 나비의 운명은 '영
겁의 파도'를 간직한 바다로 형체없이 사라져 간다.

_____

16) 인용시는 미발표 유고작품으로, 김학동의 「소월 최승구론」(『한국근대시인연구(1)』, 일조
　　각, 1991)에서 재인용하였음.

　시적 자아와 '나비'는 각각의 의미망을 형성하는 주체로 기능한다. 1연에서 3연까지 시적 자아는 '나비'의 행로를 '바다'에 이르는 과정으로 관조한다. 시적 자아가 파악하는 '나비'는 육지에서 바다로 이르는 험난한 도정을 감행하는 주체이다. '나비'는 육지와 바다의 경계를 넘어서며 바다로 나아간다. 이때의 '바다'는 최남선 이후 한국문학사에 등장하는 근대의 다른 이름이며, 형용할 수 없는 동경의 상징이었다. '나비'는 '저젓다 말넛다 하는 물입술의 자최'에 현혹되기도 하며 '봄 아지랑이에 게으른 꿈'을 '바다'라고 생각한다. 보일 듯 보일 듯 보이지 않는 '봄 아지랑이'처럼 근대는 '나비'의 '묵은 꿈'을 꾸게하는 동인이다. '묵은 꿈'에 내재된 육지 또는 근대라는 '바다'에 이르는 도정은 '깁은 수풀'과 '너른 덜'을 헤매는 것이자 '지난 밤 一陣의 모진 바람과/ 맵고 찬 쓰린 이슬에 거치러'지는 것이다. 그러한 과정은 바다라는 근대에 이르는 길이자 숲과 들, 바람과 이슬에 지친 '나비'의 육신을 쉬게하는 것이라 할 수 있다. 그것은 '먼 湖水의 香내'와 '金바람'에 취하는 것이지만 산산히 부서지는 '적은 물결을/ 前에 놀던 꽃'으로 여기는 착각이기도 하다.

　4연에서 시적 자아는 지금까지 관조한 '나비'의 행위를 직설적으로 토로한다. 시적 자아는 시적 대상인 '나비'에게 '暴惡한 波濤'을 상기시키고 있지만, 그것은 그대로 시적 자아인 '나'에게로 이르는 피드백 과정이라 할 수 있다. 끊임없는 피드백 과정이 '나비'를 통해 자신에게로 이어지지만 '刹那의 快樂 瞬間의 破滅!'을 막을 수는 없다. 이러한 근대의 '바다'를 향한 유미적 정열은 '過去를 崇拜치 안이하던 적은나뷔'의 자화상이자 '凡俗의 運命'에 떨어진 찰나와 순간을 동경한 '예술'의 파산이기도 하다. 이러한 근대지향의 '나비'는 후에 김기림의 '나비'를 통해 재생산된다.

아무도 그에게 水深을 일러 준 일이 없기에
흰나비는 도무지 바다가 무섭지 않다.

靑무우밭인가 해서 내려갔다가는
어린 날개가 물결에 절어서
公主처럼 지쳐서 돌아온다.

三月달 바다가 꽃이 피지 않아서 서글픈
나비 허리에 새파란 초생달이 시리다.
-김기림의 「바다와 나비」[17] 전문

　김기림의 경우, 「바다와 나비」에서 바다를 대하는 근대 지식인의 관점을 대표적으로 볼 수 있다. 즉 '바다'라는 현실에 맞서는 시적 자아인 '나비'를 대응시켜 표현하고 있다. 여기서 시적 자아인 '나비'는 새로운 것을 동경하는 꿈을 가지고 여행을 하는 순진하고 가냘픈 존재이다. '바다'가 새로운 세계 또는 삶의 영역 전체라면 '나비'는 새로운 세계를 향해 돌진하는 주체이자 삶의 의미를 탐구하는 존재의 의미를 지닌다.[18] 그러나 '바다'와 '나비'는 그 문맥적 의미에서 상호 충돌하는 감각을 지니고 있다. 즉, 각 단어가 지니는 영역의 폭이 큰 편차를 보이기 때문이다. 전자가 광대 무변한 공간으로서의 맥락이라면, 후자는 작고 연약한 존재를 함축한다. 이러한 비유 자체가 전자 앞에 너무도 무력한 후자를 그 기저에 깔고 있는 발상이라 할 수 있다.
　'바다'가 상징하는 것이 근대성이라면 그것을 향한 '나비'의 모습은 당대 지식인의 존재를 함축한다. 따라서 당대적 의미에서 제국 본국인

17) 김기림, 『김기림 전집 1 시』, 심설당, 1988.
18) 이숭원, 『한국 현대시 감상론』, 집문당, 1996, 119쪽.

일본과 식민지 조선의 현실은 모든 분야에서 중심과 주변으로 이원화되어 있는 종속적 관계였다. 특히 문화 또는 문학 부문에서 근대의 전신자로서의 일본과 수신자로서의 조선은 '아무도 그에게 水深을 일러준 일'이 없는 현해탄을 매개항으로 구조화되어 있다. 최승구의 '나비'가 식민지 조선에서 근대문물의 메카로 기능하는 동경(東京)을 향한 동경으로 현해탄을 행했다면, 김기림의 '나비'는 근대문물을 향유하고 제국에서 식민지로 향하는 귀로에 놓여있다. 전자가 현해탄을 건너기 전에 파멸을 자초했다면 후자는 현해탄을 건너 일본식 근대를 체험하고 다시 현해탄을 넘어오는 것이다. 이러한 김기림의 나비 이미지와 최승구의 나비 이미지는 연약하고 나약한 존재임에 분명하지만, 전자가 근대를 향한 지식인의 내면의식을 형상화한 반면 후자는 시의 하단에 'destruction of art'라고 명기하고 있는 바, 나비의 운명과 예술의 파멸을 연관지어 찰나의 쾌락과 그 파멸을 비유하고 있는 것이다.

최승구와 김기림의 '나비'가 최남선이 강조했던 근대로서의 '바다'에서 자유롭지 못했다면, 그것은 식민지 지식인의 근대지향성이 투영된 형국으로 이해할 수 있다. 식민지가 어떤 의미에서 '근대의 실험실(laboratories of modernity)'[19]이었다면, 식민지와 무관한 근대의 담론이란 존재할 수 없었기 때문이다. '근대의 실험실'의 재료는 피식민주의자들이었고, 그 주체는 근대의 담론을 실험한 식민주의자들이었다. 식민주의자들의 전략은 근대의 이중성을 은폐하고 실험실의 재료로 채택된 수많은 '나비'들을 '바다'로 내 모는 것이었다. 피실험자인 '나비'들은 자신들이 실험실의 재료임을 자각하지 못한 채 실험의 '바다'에 나

19) Ann Laura Stoler, *Race and the Education of Desire*, Durham and London: Duke University Press, 1995, p.15.(강상중, 이경덕·임성모 역, 『오리엔탈리즘을 넘어서』, 이산, 1999. 재인용)

아가는 도구적 존재였다. 그들은 스스로 주체로서 '바다'로 나아가는 '나비'로 생각했지만, 그 자신의 근대 지향성 자체가 강요된 근대였으며 '얼치기' 근대였기에 '범속한 운명'에 또는 깊이도 폭도 알려주지 않고 나가라는 근대의 다른 얼굴인 제국주의의 희생양이었을 뿐이다.

최승구와 김기림의 나비가 당대 지식인의 초상이었다면, 박봉우의 나비는 공동체적 운명을 함께하는 민족의 염원으로 확대 재생산된다.[20] '나비'의 상징성은 즉물적 이미지로 제시된 김기림의 나비, 또는 최승구의 나비 이미지에서 제시하는 나약한 지식인의 초상과는 달리 '철조망'의 세계와 교직하면서 철저하게 역사화되어 있다. 그것은 후자가 전자를 억압하는 원체험으로 작용하고 있기 때문이다. 즉 '철조망'이 환기하는 전후현실과 분단상황이라는 기제 속에서 '나비'의 의미가 규정되는 것이다. 이러한 박봉우의 '나비'가 분단된 현실을 직시하는 감각이라면 김규동의 '흰나비'는 한국전쟁의 비극적 체험을 통해 인간성을 파괴하는 전쟁에 대한 비판적 인식을 보여준다.

---

20) 오성호는 박봉우의 '나비' 이미지와 관련하여 『휴전선』을 중심으로 논의를 전개한 바 있다. 그의 논의에 따르면, "최승구의 '나비'와 김기림의 '나비'가 식민지 현실의 벽 앞에서 속절없이 좌절당하고 만 시인의 유미적 정열과 근대에의 동경을 상징한다면 박봉우는 분단의 현실을 용납하지 않으려는 자신의 시인적 정열과 그로 인해 겪을 수밖에 없는 현실적 고난과 고통을 '피에 젖은 나비'의 이미지를 빌어 표현하고 있는 것이다. 뿐만 아니라 '나비'의 이미지는 분단의 극복의 꿈 자체와 그러한 꿈을 지닌 민족 구성원 전체가 겪어야 할 공통의 운명을 상징하는 것으로 고양됨으로써 최승구나 김기림의 '나비'를 좌절케 한 거센 '파도'의 이미지-이 이미지 속에는 다른 한편으로 달콤한 낭만적 동경과 도취의 분위기가 내포되어 있기도 하다-는 분단을 상징하는 '철조망'의 비정하고 공격적인 이미지로 바뀌고 있다(오성호, 앞의 책, 116쪽)"고 설명한다. 이점은 '나비' 이미지의 시사적 의의를 조명함과 동시에 박봉우의 시에 나타난 '나비' 이미지의 특징을 설명하는 것이기도 하다. 또한 시집 『휴전선』과 『겨울에도 피는 꽃나무』를 중심으로 시인과 '나비' 이미지의 상관관계를 시대상황과 관련지어 구체적으로 서술하고 있다.

현기증 나는 활주로의
최후의 절정에서 흰나비는
돌진의 방향을 잊어버리고
피 묻은 육체의 파편들을 굽어본다.

기계처럼 작열한 심장을 축일
한 모금 샘물도 없는 허망한 광장에서
어린 나비의 眼膜을 遮斷하는 건
투명한 광선의 바다뿐이었기에 ―

진공의 해안에서처럼 과묵한 묘지 사이사이
숨가쁜 제트기의 白線과 이동하는 계절 속
불길처럼 일어나는 燐光의 조수에 밀려
이제 흰나비는 말없이 이즈러진 날개를 파닥거린다.

하얀 미래의 어느 지점에
아름다운 영토는 기다리고 있는 것인가.
푸르른 활주로의 어느 지표에
화려한 희망은 피고 있는 것일까.

神도 기적도 이미
승천하여 버린 지 오랜 流域 ―
그 어느 마지막 종점을 향하여 흰나비는
또 한 번 스스로의 신화와 더불어 대결하여 본다.
　　　　　　　　　　　　　　－규동의 「나비와 광장」[21] 전문

  김규동의 경우, 근대는 '바다'가 갖는 모험과 동경의 의미를 더 이

---

21) 김규동, 『길은 멀어도』, 미래사, 1991.

상 지니지 못한다. 근대의 '바다'는 모험과 동경이 거세된 '한 모금 샘물도 없는 허망한 광장'으로 변모된다. 근대의 '바다'가 밖으로의 근대였다면 '허망한 광장'은 안으로의 근대를 보여준다. 그것은 최첨단의 근대가 각축을 벌였던 한국전쟁이었다. '피 묻은 육체의 파편들'이 난무하는 '광장'에서 또는 '현기증 나는 활주로'에서 '어린 나비'는 '기계처럼 작열한 심장을 축일/ 한 모금 샘물도 없'는 삶과 죽음의 기로에 놓여있다.

「나비와 광장」은 두 개의 상이한 이미지 계열으로 구성되어 있다. '현기증 나는 활주로·피 묻은 육체의 파편·과묵한 묘지·숨가쁜 제트기' 등의 시어에서 환기하는 참담한 전쟁의 이미지와 '아름다운 영토·푸르른 활주로·화려한 희망' 등에서 보여주는 전자의 상황에 대한 극복을 지향하는 이미지가 그것이다. 그 사이에서 '흰나비는 말없이 이즈러진 날개를 파닥거린다.' 전자에서 후자로 이어지는 삶과 죽음 또는 절망과 희망 사이에서 '흰나비'는 아름다운 영토와 화려한 희망이 기다리고 있는 것인지 피고 있는 것인지 확신할 수 없다. '흰나비'가 기로에 놓여있는 한반도는 '신도 기적도 이미/ 승천하여 버린지 오랜 流域'이기 때문이다. 그러나 '어린 나비' 또는 '흰나비'는 그이전의 '나비'가 근대의 '바다'로 내 몰릴 수밖에 없었던 것처럼 어떤모습일지도 모르는 '마지막 종점'을 향해 '또 한 번 스스로의 신화와더불어 대결'할 수밖에 없다. 그러한 대결의식은 분단체제를 유지하려는 냉전이데올로기에 저항하며 비상하는 박봉우의 '나비'이미지와 연결되는 지점이기도 하다. 그것은 「나비와 철조망」에서 '벽'을 인지하고 그에 대항하는 과정이라 할 수 있다.

'나비'의 종착지는 이미 경험했던 '첫 고향의 꽃밭'같은 '<꽃밭>'이다. 그 곳을 향한 나비의 여로는 '벽'에 막혀 있다. 그 '벽'은 첫 고향

의 꽃밭같은 '<꽃밭>'에 이르는 여로 그 자체이다. "벽, 벽···
···처음으로 나비는 벽이 무엇인가를 알며 피로 적신 날개를 가지
고도 날아야만 했다"는 구절에서 '나비'는 '벽'이 무엇인지를 알게 된
다. "첫 고향의 꽃밭에 마즈막까지 의지하려는 강렬한 바라움의 향기"
를 쫓아 날아가는 '나비'는 모진바람과 피비린내 나게 싸운 것, 피로
적신 날개를 가지고도 날 수밖에 없다는 것, 목이 마르고 숨결이 가쁘
지만 내려 앉아 쉴 수 없는 싸늘한 적지라는 것, 그렇지만 숨은 아직
끝나지 않았다는 것에서 벽을 느낀다. 그 벽은 가로막혀 있는 것, 나비
마저도 자유로이 왕래할 수 없는 철조망을 가리키는 휴전선을 환기시
킨다.

山과 山이 마주 향하고 믿음이 없는 얼굴과 얼굴이 마주 향한 항
시 어두움 속에서 꼭 한번은 천동같은 火山이 일어날것을 알면서 요
런 姿勢로 꽃이 되어야 쓰는가.

저어 서로 응시 하는 쌀쌀한 風景. 아름다운 風土는 이미 高句麗같
은 정신도 新羅같은 이야기도 없는가. 별들이 차지한 하늘은 끝끝내
하나인데····· 우리 무엇에 불안한 얼굴의 意味는 여기에
있었던가.

모든 流血은 꿈같이 가고 지금도 나무, 하나 안심 하고 서있지 못
할 廣場. 아직도 정맥은 끊어진체 休息인가 야위어 가는 이야기 뿐인가.

언제 한번은 불고야말 독사의 혀같이 징그러운 바람이여. 너도 이
미 아는 모진 겨우살이를 또한번 겪으라는가 아무런 罪도 없이 피어
난 꽃은 시방의 자리에서 얼마를 더 살아야 하는가 아름다운 길은
이뿐인가.

山과 山이 마주 향하고 믿음이 없는 얼굴과 얼굴이 마주 향한 항
시 어두움 속에서 꼭 한번은 천동같은 火山이 일어날것을 알면서 요
런 姿勢로 꽃이 되어야 쓰는가.

－「休戰線」[22] 전문

「휴전선」은 나비와 철조망의 의미망을 명징하게 보여주는 시이다.
1연에서 시적 자아는 산과 산 그리고 얼굴과 얼굴이 대치되어 있는 어
둠 속에서 언젠가는 그러한 대치 상황이 종결될 것이란 가능성을 암
시한다. 그러나 그것을 알면서도 '요런 姿勢로 꽃이 되어야 쓰는가' 묻
는다. 달리 말하면, 이런 자세로 꽃이 되어서는 안된다는 말이다. 즉,
'요런 자세'는 '꽃'을 제약하는 조건으로 작용한다. '요런 자세'란 서로
대치되어 있는 '저어 서로 응시하는' 상황을 암시하기 때문이다.

나비는 '꽃'과 '꽃밭'을 찾아 '아름다운 길'을 날아 간다. 나비는 '아
름다운 길'을 날아가는 여로에 놓여 있다. 그러한 여로의 끝은 '꽃밭'
이 있는 곳이며, '高句麗같은 정신도 新羅같은 이야기'가 있는 '별들이
차지한 하늘'이 '끝끝내 하나'인 '風土'이다. 그러나 '별들이 차지한 하
늘'은 고구려의 정신도 신라의 이야기도 없는 '쌀쌀한 풍경'과 아름답
지 못한 '風土' 때문에 '끝끝내 하나'이지 못하고 둘로 나뉘어져 있다.
'불안한 얼굴의 의미'는 하나로 있지 못하고 둘로 나뉘어진 '하늘'을
나타낸다. 그것은 곧 땅의 문제와 다름 아니다.

땅의 문제는 3연에서 나무 하나 안심하고 서있지 못하는 '광장'과
정맥이 끊어져 버린 상태의 '휴식' 또는 '야위어 가는 이야기'로 형상
화되어 있다. 여기에서 박봉우의 '나비'와 김규동의 '나비'가 일치하는
지점으로 '나비'를 억압하는 '광장'의 표상성이 표나게 드러난다. 나비

22) 『휴전선』, 정음사, 1957.

의 여로 위에 놓인 '광장'과 '휴식' 그리고 '이야기'는 모두 정상적이지 않은 상황을 의미한다. 그러나 시적 자아는 비정상적 상황이 영원한 것이 아니라는 사실을 알고 있다. '언제 한 번은 불고' 일어날 '바람'과 '꼭 한 번은 천동 같은 화산이 일어날 것을 알'기 때문이다. '바람'과 '화산'이 일어날 것을 알고 있기에 '모진 겨우살이를 또 한 번 겪'을 수 있고, '아무런 죄도 없이 피어난 꽃'도 지금보다도 더 살아갈 수 있다는 것이다. 그러한 인내는 '아름다운 길'이며 '요런 자세'로 꽃이 되지 않는 것으로 나비의 비행 여로이기도 하다.

4. 광기로서의 '나비'

전후 한국사회는 전쟁이 파생시킨 실존적 현실 이외에 속도주의가 팽배한 공간이었다.[23] 전후의 사회적 현실이란 전쟁의 비극성을 딛고 일어서려는 내적 의지와 함께 사회의 구조적 변화, 즉 자유민주주의 체제로 편입된 이후 정착된 종속적 산업화 및 정치적 폐쇄성에 따른 외적 모순과 갈등을 수반한다.[24] 전후에 가속화된 세계자본주의체제에 의한 남한의 급격한 편입은 원조경제에 의한 도시의 발달이라는 비정상적 자본축적을 맞게 되고, 그러한 자본의 축적은 국내 생산재 기반시설의 낙후를 심화시키면서 뿌리 없는 자본주의적 삶을 확산시

---

23) 전후 한국사회를 규정하는 한 측면으로 속도주의는 근대적 시간의식의 파생물로 대두되었다. 속도 또는 속도주의는 더욱 더 빠른 가속도를 요구했으며, 진보 또는 첨단의 다른 이름이기도 했다.(졸고, 「김수영 시에 나타난 속도의 의미」, 제43회 전국 국어국문학 학술대회 『국어국문학의 정체성과 유연성』 참조)

24) 김진균·조희연, 「분단과 사회상황의 상관성에 관하여」, 변형윤 외, 『분단시대의 한국사회』, 까치, 1985, 412-423쪽.

키는 토대가 된다.[25] 자본주의의 확산은 진보 또는 첨단의 의미를 띠고 근대화의 길을 모색하는 과정이었다. 그러나 그 과정은 파시스트에 의한 권력 장악이었고, 그것은 박봉우가 저항해야 했던 '벽'으로서 기능한다.

　시인의 생애에 있어서 정신장애는 현실의 '벽'을 넘어설 수 없다는 인식과 나비의 여로가 중단되었다는 좌절감에 연유한다. 시인은 4월의 '꽃밭'에 대한 상실감, 4·19혁명이 아닌 5·16혁명(?)으로 인한 패배감에 젖어 헤어나지 못하고, "5·16 군사혁명을 맞고부터 모든 것이 뜻대로 이루어지는 게 없자 혁명 주도 세력에 대하여 종횡무진으로 질타"[26]하기 시작한다. 부조리한 현실에 대한 최후의 보루로 상정된 '시인공화국'은 예찬과 경멸을 반복하는 시적 자아의 부정확한 목소리를 통해 형상화된다. 그것은 알면서도 부를 수밖에 없는 '狂想의 노래(「소묘26」)'[27]이고 '엉터리 시인'들이 조국의 풍경을 칠하는 세상(「地坪에 던져진 꽃」)[28]이며, 창 밖으로 나아가고자 염원했지만 '窓이 없는 집'에 유폐되어 '무엇을 노래할 것인가'(「窓이 없는 집」)[29]를 자문하는 형국이다. 그러나 "詩를 모르고 어떻게/정치를 하십니까/양심이 있다면 물러나시요/詩人을 천대하는 나라"(「시인을 아끼는 나라」)[30]에서는 시인만세론을 주창하기도 한다. 이러한 시인만세론은 "민족의 대홍진을 겪은 전장에서 우리 세대의 자세는 절망과 절규로서 끝나지 않는데 시인의 가치가 부여"[31]되는 까닭이다.

25) 이대근, 『한국전쟁과 1950년대의 자본축적』, 까치, 1987, 18쪽.
26) 성기조, 앞의 책, 144쪽.
27) 『四月의 火曜日』, 성문각, 1962
28) 『황지의 풀잎』, 창작과비평사, 1979.
29) 위의 책.
30) 『딸의 손을 잡고』, 사사연, 1987.
31) 박봉우, 「신세대의 자세와 황무지의 정신」, 앞의 책, 369쪽.

어데로 가야 하나
어데로 날아가야 하나
피흘리며 찾아온 땅
꽃도 없다
이슬도 없다
녹슨 철조망가에
나비는
바람에 날린다
남풍이
북풍이냐
몸부림 몸부림 친다
우리가 살고 있다는 것은
고층빌딩이 아니다
그보다도 더 가난한 노래다
심장을 앓은
잔잔한 강물이다
바다이다
한 마리 나비는 날지 못하고
피투성이 된 채로
확 트인 하늘을 우선
그리워한다

—「휴전선의 나비」[32] 전문

　푸코는 스스로를 정상적 또는 이성적이라고 생각하는 지식인들이
어떻게 비정상적이라고 생각되는 지식들을 침묵시키고 제외시켜 왔는
가를 구체적인 역사의 사례를 통해 탐색하고 있다.[33] 그럼으로써 푸코

---

32) 『딸의 손을 잡고』, 앞의 책.
33) Michel Foucault, 김부용 역, 『광기의 역사』, 인간사랑, 1999. 참조.

는 진실은 당대의 체제 속에 들어가거나 권력의 요구와 일치하지 않고서는 결코 진실이 될 수 없었으며, 그것을 거부했을 때는 허위와 광기로 몰려 침묵당했다는 사실을 보여 주고 있다. 푸코는 글을 쓰는 사람들이 언제나 당대의 보이지 않는 법칙들과 규제들의 문서보관소에 복종하도록 강요받아 왔음을 지적하며, 그와 같은 지식과 권력의 담합을 언술행위라고 부른다. 그러므로 우리에게 진리로서 제시된 것들은 사실 모두 당대의 언술행위에 불과할 뿐이다. 그와 같은 인식에서 푸코는 지배 이데올로기가 어떻게 스스로를 합법화시키며, 또 피지배 이데올로기는 어떻게 그것을 당연한 것으로 받아들여 왔는가에 주목하게 된다. 당대 지배 이데올로기를 표상하는 '철조망'은 '꽃밭'을 향한 '나비'를 광기로 몰아 억압과 침묵을 강요하는 기제로 기능한다.

나비는 비상과 좌절을 거치면서 4월의 '꽃밭'까지 왔지만 그곳이 종착지가 아니었기에 '어데로 가야 하'는지 방황하는 여로에 놓여 있다. '꽃밭'을 향해 날아왔던 나비는 '꽃'도 없고 '이슬'도 없는 '녹슨 철조망가에서' 부는 바람에 날릴 뿐 자신의 날개로 날아가지 못한다. 그 바람은 '남풍'인지도 '북풍'인지도 모르지만, 나비는 바람에 휩쓸리지 않기 위해 '몸부림'을 친다. 벗어나고자 몸부림을 치는 바람은 '가난한 노래'이다. '가난한 노래'는 '꽃'도 '이슬'도 없는 황지에서 나비의 여로를 중단시키는 요인으로 암시된다. 따라서 '가난한 노래'는 '녹슨 철조망'이 주는 냉전 이데올로기에 희생된 '狂想의 노래'이자 지배 권력의 중심에서 소외된 주변부의 '광기'일 따름이다. 그렇기 때문에 "한마리 나비는 날지 못하고/ 피투성이 된 채로" 더 이상 나아가지 못하는 것이다. '피투성이'가 된 '나비'는 김지하의 시에서 '가벼움'의 시적 대상으로 변용된다.

불꽃이 타는

이마 위에 물을 이고

물의 진양조의 무게 아래 숨지는

나비 같은 가벼움

나비 같은 불꽃이 타는

이마 위에 물살을 이고

퍼부어내리는 비의 새하얀

파성을 이고 불꽃이 타는

이마 위에 이미 위에

총창이 그어댄 주름살의 나비 같은

익살을 이고

불꽃이 타는 그 이마 위에

물살이 흐르고 옆으로

옆으로 흐르는 물살만이 자유롭고

불꽃이 타는 이마위에

퍼부어 내리는 비의 새하얀

공포를 이고

숨져간 그날의 너의

나비 같은 가벼움.

　　　　　　　　　－김지하의 「가벼움」[34] 전문

인용시에 나타나는 '나비'는 가벼움의 대상이다. '나비' 이미지 자체가 가벼움을 내포하고 있지만 「가벼움」의 경우, 자체에 내재한 가벼움을 초월한다. 그것은 '물의 진양조의 무게'를 '이마에 이는' 무거운 '가벼움'이다. '나비'가 가진 가벼움이란 중량 자체가 역설로서 기능하기 때문이다. 그렇다면 '가벼움'이란 상상을 초월하는 무거움과 등가라

---

34) 김지하, 『타는 목마름으로』, 창작과비평사, 1982.

할 수 있다. 무거움이란 무엇일까. 그것은 삶의 무게이자 죽음에의 '공
포'이다. 시적 자아는 '숨겨간 그날의 너'를 연상하며 그의 죽음이 '나
비 같은 가벼움'이라 표현한다. 따라서 '나비'는 시적 자아와 별개의
존재이며 차라리 시적 대상인 '숨겨간 그날의 너'를 형상화하는 객관
적 상관물로 기능한다.

  '나비 같은 가벼움'으로 죽은 '너'는, '불꽃이 타는/ 이마 위에 물을
이고' 있는 모습, '퍼부어내리는 비의 새하얀/ 파성'과 '이마 위에/ 총창
이 그어댄 주름살의 나비' 그리고 앞으로 나아가지 못하고 '옆으로/
옆으로 흐르는 물살만이 자유'로운 상황과 '퍼부어 내리는 비의 새하
얀/ 공포'를 감싸 안고 있던 존재였다. 그 존재는 앞으로 흐르지 못하
고 '옆으로 옆으로'만 파행적으로 흐르는 자유롭지 못한 현실에 저항
하는 '광기'였으며 1980년 광주의 수많은 민중의 한 사람일 것이다. 박
봉우는 5·18 광주에 대해서 '불타는 가슴'으로 '오로지/ 침묵으로 참'
고, '내가 다시/ 무등에 충장로에/ 돌아가 사는 날/ 오랜 역사 앞에/ 사
랑하는 오직 광주를 사랑하는/ 시인은 노래하리라'(「사랑하는 내고향 광
주를 아직은 노래하지 않으련다」)[35] 다짐하기도 한다. 그것은 자유롭지 못
한 자유에 대한 도전이며, 김수영이 말하는 '불온성'의 핵심 개념이기
도 하다. 김지하의 '나비'가 박봉우의 '나비'를 잇는 계보라면 그 매개
로서 김수영의 '나비'를 떠올릴 수 있다.

    나비야 나비야 더러운 나비야
    네가 죽어서 지분을 남기듯이
    내가 죽은 뒤에는
    고독의 명맥을 남기지 않으려고

35) 『딸의 손을 잡고』, 사사연, 1987.

나는 이다지도 주야를 무릅쓰고 애를 쓰고 있단다
                    -김수영의 「나비의 무덤」[36] 중에서

시적 자아는 '나비의 무덤' 앞에서 어떤 결연한 각오를 보여준다. '나비'는 죽어서 '지분'을 남기듯이 시적 자아인 '내'가 죽으면 '고독'을 남길 것이다. 그러나 '나'는 '나비'의 '지분'처럼 '고독의 명맥을 남기지 않으려고' '주야를 무릅쓰고 애를 쓰고 있'다. 시적 자아는 '나비의 지분'과 자신의 '나이'가 '무서운 인생의 공백을 가르쳐'주기 때문에 '나의 할 일을 생각'하고 '고독한 정신'을 되새긴다. '나'의 '고독한 정신'은 '나비'의 '모자의 정보다 부부의 의리보다/ 더욱 뜨거운 너의 입김'에 반추되는 사고이다.

나비는 죽어서 자신의 전존재 양태를 지분을 통해 세상에 남기지만, 김수영은 분단의 하늘을 메웠던 광기의 역사를 그리고 '고독의 명맥'을 자신에서 끝맺음하고자 했다. 그렇기 때문에 낮과 밤을 가리지 않고 애를 썼다. 그러나 그 '고독의 명맥'은 자유롭지 못한 자유에 대한 저항이자 '불온한' 자유에 피의 냄새가 섞여있다는 것 그리고 혁명은 왜 고독한 것이고 고독해야만 하는 이유를 설명하는 방식이었다.

5. 결론

지금까지 박봉우와 그의 시에 대한 연구작업은 문학사나 시사에서 중요성을 언급하는 정도였으며, 개별 연구성과는 1950년대에 국한되어 있는 실정이다. 시인의 전작품을 대상으로 한 몇 편의 논의를 제외

---

36) 김수영, 『김수영 전집』1시, 민음사, 1998.

한다면, 1960년대 이후의 후기시에 대해서는 문학 외적으로만 논의되어 왔다. 그러나 1950년대만으로 박봉우 시인을 규정하기엔 한국현대사의 현장에서 몸부림쳤던 그의 그늘이 너무도 길다. 이러한 시인의 궤적은 그의 시정신이 투영된 '나비' 이미지에 적실하게 드러난다.

나비는 시인의 이상과 동경의 세계를 함축하는 이미지이다. 시인은 나비에 기대어 자신이 꿈꾸었던 '꽃밭'이란 유토피아를 찾기위해 '나비'를 날려 보낸다. 나비가 날아가는 여로는 당대의 사회 역사적 사실의 포착과 연결되어 있으며, 삶의 방향성 모색과 관련되어 있다. 나비의 여로가 내포한 시공소는 해방공간과 6·25, 4·19, 5·16, 그리고 산업사회로의 도약을 꿈꾸던 70년대와 민주화의 본령으로 대두된 80년의 광주를 아우르는 역사적 공간을 분단시대라는 맥락으로 관류하는 길이라 할 수 있다. 이러한 맥락에서 최승구, 김기림, 김규동, 김수영, 김지하 등의 '나비' 이미지를 통해 박봉우의 '나비' 이미지가 내포하는 함의를 검증할 수 있었다.

해방 이전 최승구와 김기림의 나비가 최남선의 '바다' 이미지를 통해 대두된 근대 지향성에서 자유롭지 못한 반면 박봉우와 김규동 그리고 김수영의 나비는 해방 이후 이념의 대립과 전쟁 그리고 전후 피폐한 '황무지'를 날아가는 존재였다. 전자가 근대의 실험실에서 피실험자의 운명에 처해 있는 식민지 지식인의 전형을 함축한다면, 후자의 나비는 전쟁과 냉전의 이데올로기가 난무하는 근대에 저항하는 피에 젖은 날개로 날아야 했던 존재라 할 수 있다. 한국현대사의 무수한 질곡에 역사의 증인으로 날았던 '나비'는 1980년 광주의 현장에도 예외일 수 없었다. 김지하의 나비가 그 생생한 목격자로 죽음을 통해 증언하고 있듯이 '광기'로서의 나비는 지배 이데올로기와 권력 중심부에서 소외된 주변적 존재였다. 그러나 김수영에게서 볼 수 있듯이, 현대시

사에 등장하는 수많은 나비들은 '고독'을 일깨워주고 '혁명'이 왜 고
독해야만 하는가를 가르쳐주는 계시의 계보학을 명징하게 보여준다.

제 6 장

바람의 시인-조태일론

1. 바람의 이미지와 그 이중성

조태일(1941-1999)은 1964년의 본격적인 작품 활동부터 지병인 간암으로 인해 타계할 때까지, 명암이 교차하는 한국현대사의 질곡 속에서 자신의 문학적 상상력을 형성해야 했던 대다수 남한 시인들의 업보로부터 자유로울 수 없었던 시인이었다. 그는 남한 사회의 역사적 사건 속에서 민족의 모순과 억압적 현실을 강한 울림의 톤으로 진지하게 묻고자 했으며 현실과 서정의 문제를 지속적으로 제기했다. 이러한 일련의 현실을 자신의 문학적 자산으로 삼았던 조태일의 시작 여정은 '눈물의 시인'으로 평가한 김화영[1]과 이동순[2]의 눈물 이미저리를 다룬 글에서 적절히 다루어진 바 있다.

'눈물'의 모티프는 '눈물'의 다양한 시적 변용을 시적 성취 과정과

---

1) 김화영, 「식칼과 눈물의 시학-조태일의 인간과 시」, 『서울평론』, 1975.
2) 이동순, 「눈물, 그 황홀한 범람의 시학-조태일론」, 『창작과 비평』, 1996, 봄.

연결시켜 개인적 눈물이 어떻게 국토를 포함하는 시적 공간으로 확대되는가를 탐색하는 매개이다. 이동순에 의하면, 조태일의 시세계는 사회의식을 다룬 작품뿐만 아니라 고향의식을 다룬 작품에서도 어김없이 '눈물' 이미지로 이어져, 개인사와 민족사의 문제가 '눈물'로 연결되어 통합하는 다양한 시적 함의를 지닌 것으로 밝히고 있다. 이와 같은 맥락에서 본고가 주목하는 것은 바람의 이미지이다. 조태일 시에 나타나는 바람의 이미지는 초기시에서부터 후기시에 이르기까지 반복적이고 지속적으로 나타나는바 눈물의 이미지와 더불어 조태일의 시편 전체를 아우르는 모티프로서 기능하고 있기 때문이다.

바람은 능동적이고 격렬한 상태에 있는 공기로, 이런 공기는 창조적 숨결, 혹은 발산이라는 점에서 우주를 지배하는 1차적 요소가 된다.[3] 따라서 바람을 이루는 근원적인 존재인 공기는 피를 맑게 할 뿐 아니라 공기가 포함하고 있는 산소의 도움으로 아름다운 진홍빛을 피에게 남겨 준다. 그렇지만 공기는 또한 그 충격을 부드럽게 하면서 빛을 전달해 주는 매개물이 되고, 그것을 지닌 사람들의 향기를 전달해 주거나 색깔과 파장을 일으키는, 소리를 전달해 주는 매개물이 되면서 정신과 의식을 풍요롭게 해준다.[4] 이러한 바람은 한 지역에서 다른 지역으로 무엇을 전달한다는 매개로서의 의미를 띠게 되며 수신자와 피수신자의 내면에서 가시적 또는 비가시적으로 작동한다. 바람은 영(靈), 우주의 호흡과 생명을 유지하며 분열하지 않도록 보호하는 영의 힘을 상징하며 끈, 그물, 실 등과 연관된다.[5]

융에 의하면 아랍인들의 경우 바람이라는 낱말은 숨결과 정신이라

---

3) 이승훈 편저, 『문학상징사전』, 고려원, 1995, 187쪽.
4) 아지자·올리비에리·스크트릭 공저/장영수 역, 『문학의 상징·주제 사전』, 청하, 1989, 19쪽.
5) 진 쿠퍼/이윤기 역, 『그림으로 보는 세계문화상징사전』, 까치, 1994, 452쪽.

는 두 가지 의미를 소유한다. 고도의 활동 단계로 들어갈 때 바람은 태풍이 되며, 이것은 물·불·공기·대지 네 요소가 종합된 것으로 비옥과 소생의 힘을 상징한다.[6] 이와 더불어 바람은 역동성, 가변성, 생명력 등을 함의하는 이미지로 기능하며, "<바람의 부드러움과 난폭함>, 바람의 <순수성>과 <열광>, 바람의 <파괴적>이고 <활기를 주는> 특성"[7] 등을 통해 그 이중성을 드러내기도 한다. 이와 같은 바람의 이중성은 조태일의 시에서 주요한 모티프로 나타난다.

2. 근대의 바람, 억압과 부자유의 동력학

본고가 주목하는 것은 바람의 이중성을 형상화하는 조태일의 시작 여정과 한국현대사에서 피할 수 없었던 근대의 이중성을 인식하는 시인의 의식세계이다. 바람의 이중성이 '상냥함/난폭함'이라면 그것은 인간에 대한 '해방/억압'의 이중 구조로 점철된 근대의 상반된 두 얼굴과 관련된다. 따라서 조태일의 시에 나타난 주요 모티프인 바람의 이미지는 근대의 은유이며, 다양하게 변모되는 바람의 속성을 통해 근대를 사유하는 시인의 시정신을 엿볼 수 있게 하는 기제이다.

> 우리들의 숨결이 그러하듯이
> 바람은 우리들이 보는 데서나 안 보는 데서나
> 四通五達한다.
>
> 햇빛이 그리워 목이 타면

---

6) 이승훈 편저, 앞의 책, 187쪽.
7) 아지자 외, 앞의 책, 23쪽.

아무데서나 부드럽게 솟았다간
아무런 敵意없이 서로 만나
어디 양지바른 지붕 위거나
산짐승들의 윤나는 털 위에서 同寢도 하다간

움직이는 것이 그리워 몸살나면
철새들의 날갯죽지에 붙기도 하고
韓國의 風向計에 와 닿기도 하고

아무데나 세워진 깃발을
원없이 원없이 흔들기도 한다.

우리들의 숨결이 그러하듯이
바람은 상냥함을 자랑하지만
난폭함을 자랑하기도 한다.

-「바람-국토·5」 전문

　「바람」은 인간의 행동양식과 바람의 속성을 유비하여, 전자와 후자
가 상호간섭하는 의미의 형성 과정을 보여 주는 시이다. 바람과 관련
된 인간의 행동양식이란 전술한 바 바람의 상징 체계를 형성하는 주
요한 요소인 공기의 현현 양식과 관련된다. "우리들의 숨결이 그러하
듯이"에서 드러나듯, 시적 자아는 바람을 인간의 생명 유지에 필수적
인 공기로 인지하여 '숨결'을 가능케하는 요소로써 인식한다. 이러한
직유는 "우리들이 보는 데서나 안 보는 데서나" 자유분방한 역동성과
가변성을 표현하는 '사통오달'의 속성을 지닌 바람을 형상화하는 시적
장치이지만, 여기에서는 인간의 숨결이 남이 보든 안 보든 숨을 쉴 수
밖에 없다는 필수불가결함을 바람의 '사통오달'에 비유한 것으로 여겨

진다. 따라서 바람의 사통오달은 인간이 숨을 쉬어야 생명을 유지할 수 있는 근본적인 전제 조건에 견주어 그 특성을 표현한 것이다.

이와 같은 바람의 특성은 2연과 3연에서도 부연된다. 시인은 바람이 바람일 수 있는 여러 가지 상황을 인간의 행동 양식에 비추어 긍정적으로 형상화한다. 여기에서 간과할 수 없는 것이 '한국의 풍향계'이다. 첫 연부터 세 번째 연까지 인간과 관련된 행동 양식에 견주어 바람의 일반적인 속성을 표현했다면 '한국의 풍향계'에 이르러 한국에서 부는 또는 한국으로 부는 바람으로 구체성을 띠게 된다. 달리 말하면 한국의 풍향계 이전의 바람이 전지구적 차원에서 존재하는 일반적인 의미에서의 바람이었다면 그 이후의 바람은 한반도와 직·간접으로 연관된 또는 축소된 바람을 뜻하는 것이다.

한반도 내에 존재하거나 한반도를 향해 부는 바람은 '한국의 풍향계'를 움직이게 하는 동력이다. '풍향계'란 바람이 부는 방향을 관측하는 기계이다. 그러나 '한국의 풍향계'는 한국 내에 장치화된 기계로서의 풍향계만을 의미하지는 않는다. 왜냐하면 바람은 한국의 내외로 불어오는 사통오달하는 존재이기 때문이다. 일단 한국의 풍향계로 와 닿는 축소된 한반도 내의 바람은 "아무데나 세워진 깃발을/ 원없이 원없이 흔들기도 한다". '아무데나 세워진 깃발'은 깃발이 특정지역에만 꽂힌 것이 아닌 '아무데나' 꽂혀진 편재성을 의미한다.

'아무데나'가 의미없음, 사소함 등의 미미한 어감을 지닌 단어이긴 하지만 '원없이 원없이'란 시구가 이어졌을 때 작고 사소함의 어의는 힘을 잃는다. 대신 깃발을 세워야 하는 이유나 깃발이 필요한 현실의 제 모습이 모든 곳에 편재해 있다는 암시성을 띠게 된다. 따라서 시적 자아의 눈에 보이는 흔한 깃발의 흔들림은, 바람이 깃발을 원 없이 흔들고 있다고 보는 것이다. 그것은 시적 자아의 내면을 엿볼 수 있는 단초로써, 깃발을 원 없이 흔들어 보고픈 염원의 분출이라 할 수 있다. 하지만 시적 자아는 흔드는 주체와 흔들리는 주체를 모두 경험한다. 마지막 연에 나타나듯이 "바람은 상냥함을 자랑하지만/ 난폭함을 자랑"하기 때문이다.

'상냥함'과 '난폭함'은 바람의 이중성을 집약적으로 보여주는 시어이다. 원 없이 흔들고 싶을 때 흔듦을 도와주는 것이 상냥함이라면 원하지 않을 지라도 흔들림을 당해야 할 때 난폭함을 경험하게 된다. 이러한 바람의 야누스적 두 얼굴은 시적 자아가 원하든 원하지 않든 불어온다. 마치 "우리들의 숨결이 그러하듯이", 시인은 숨을 쉴 수밖에 없고 그 바람을 맞을 수밖에 없다. 피할 수 없는 바람과 그 바람의 양면성은 조태일의 시작 여정을 통해 다양한 형상화 과정을 거쳐 근대를 사유하는 시인의 의식세계에 내면화된다.

근대의 이중성 또는 이중적 근대화란 억압과 해방의 양가적 성질을 의미한다. 그러나 억압과 해방의 두 얼굴이 어느 하나의 얼굴만을 강요하거나 강요받을 때 절대 권력의 수혜자가 되거나 피해자가 될 수밖에 없다. 그것은 소위 사이비근대 또는 사이비근대화의 면모를 보여준다. 이와 같은 우리의 현대사는 경제적 근대와 정치적 근대라는 근대성의 중요한 두 측면을 억압/해방의 양가적 성질 중 경제적 근대와 억압의 측면만을 강조하여 코드화했던 왜곡되고 뒤틀린 한국적 근대의 실험장이었다. 근대의 실험장에 놓여진 민중의 존재는 고스란히 실험주체가 아닌 실험대상으로 전락한다. 그것은 소수의 파워(군부)엘리트에 의해 구성된 실험주체가 국가권력을 장악하여 슬로건화했던 정치적 억압과 경제적 근대의 장이었다.

이러한 근대의 권력은 근본적으로 강제적이지만, 반면 권력이 행사하는 선전선동은 종종 유혹적이다. 푸코에 의하면, "권력은 그물 같은 조직을 통해 구사되고 행사된다. 그리고 개인들은 그 실들 사이를 순환하는 데 그치는 것만은 아니다. 그들은 언제나 이 권력을 경험하거나 행사하는 위치 속에 있다. 그들이 권력의, 자활력이 없거나 순응적인 표적인 것만은 아니다. 그들은 또한 그 분절의 요소들이다. 달리 말하면 개인들은 권력이 행사되는 대상들이라기보다는 권력의 담지자들"8)이다. 따라서 권력의 중심에서 소외된 주변부적 주체인 타자들 또한 권력 구조의 그물망으로부터 자유로울 수 없는 존재이다.

> 韓半島의 모든 바람은 물론
> 세계의 모든 바람들도 함께 섞여
> 멋모르는 마음들은 마음 놓고
> 밤낮 없이 여기 와서 논다.
>
> 어떤 놈은 풀피리, 버들피리를 불고
> 어떤 놈은 피리, 퉁소를 불고
> 어떤 놈은 장구, 북을 치면서 논다.
> 하, 어떤 놈은
> 하모니카, 트럼펫, 색소폰을 분다.
>
> 한반도의 모든 빛은 물론
> 세계의 모든 빛들도 함께 섞여
> 멋모르는 마음들은 마음 놓고
> 밤낮 없이 여기 와서 논다.
>
> 어떤 놈은 느릿느릿 양산도 춤을 추고

---

8) M. Foucault, *Power/Knowledge: Selected Interviews and Other Writings 1972-1977*, Colin Gordon, Harvester Press, Hertfordshire, 1980, p.98.

어떤 놈은 깝쭉깝쭉 보릿대춤을 추고
어떤 놈은 허리 끊어져라 트위스트를 추고
하, 어떤 놈은/ 고고춤을 원없이 춘다.

서러운 우리들은 밤낮 없이
默默不答인채 아무데나 놓이고
밤낮없이 저러는 풍경은
日沒이 와도 걷히지 않고
日出이 와도 걷히지 않는가.

-「甕器店 風景-국토·8」 전문

　이 시는 한반도의 모든 바람과 세계의 모든 바람들의 관계를 옹기
점의 옹기에 비유하여 형상화된 작품이다. 시의 주된 풍경은 옹기들이
놓여진 옹기점과 그곳을 오가는 바람을 묘사한 것이다. 옹기점 내에
존재하는 바람은 언제든지 옹기들을 밀쳐 부숴버릴 수 있을 듯 위태
롭게 분다. 이 시에서 중요한 것은 국적이 존재하지 않는 바람에게 국
적을 부여하는 시적 자아의 정서를 표현하고 있다는 점이다. 시인은
바람을 한반도 안에 존재하는 바람과 밖에서 불어오는 세계의 바람으
로 이원화하여 인지한다.

　한반도의 바람과 세계의 바람은 밤낮을 가리지 않고 '여기'인 한반
도 내에서 논다. 그 바람들은 모두 '멋모르는 마음'으로 논다. 한반도
의 바람은 풀피리, 버들피리, 피리, 퉁소를 불거나 장구, 북을 치고, 세
계의 바람은 하모니카, 트럼펫, 색소폰을 연주하며 논다. 한반도의 바
람과 세계의 바람은 3연에 이르러 '빛'으로 변용된다. 그 빛 또한 '멋
모르는 마음들'이고 '밤낮없이' 한반도에서 논다. 한반도의 빛은 느릿
느릿 양산도 춤을 추거나 깝쭉깝쭉 보릿대 춤을 춘다. 세계의 빛은 허

리 끊어져라 트위스트를 추고 원없이 고고춤을 추고 있다.

한반도의 바람과 빛은 세계의 바람과 빛에 정확하게 대응한다. 그 바람과 빛은 모두 한데 얼키어 멋모르고 논다. 그러나 '멋모르는 마음'은 마지막 연의 '서러운 우리'와 연결될 때 부정적 의미를 함의하게 된다. 즉 모든 바람과 빛이 옹기점에서 '밤낮없이 저러는 풍경'은 '우리들'의 존재와 거리를 두고 있다. 그들이 하루 왼종일 놀 때 우리들은 그러하지 못하다. 왜냐하면 그들의 노는 모습을 바라보는 우리들의 마음이 서럽기 때문이다. 그것은 우리가 그들이 노는 것처럼 함께 놀지 못해서 서러운 것이 아니라, 그들의 노는 모양새가 '멋모르는 마음'을 지니고 있다고 인식하기 때문이다.

따라서 그들이 밤낮없이 일몰이 와도 일출이 가도 놀고 있을 때 서러운 우리들은 밤낮없이 묵묵부답인채 아무데나 놓여지게 된다. '놓여진다'라는 서술형을 참고할 때 인용시는 한반도와 옹기점 그리고 옹기와 민중 등의 비유체계가 성립된다. 따라서 각종 바람과 빛의 향연(?)에 의해 서러운 옹기 또는 민중들이 밤낮없이 묵묵부답인채 아무데나 놓일 때 바람은 폭력적 행위의 주체라는 의미로 다가온다. 때문에 바람 앞의 등불처럼, 옹기점 옹기의 운명이 위태롭게 느껴짐은 자명하다.

이러한 맥락에서 중요하게 언급하여야 할 것은 멋모르다와 서럽다의 정서이다. 먼저, '멋모르는 마음'은 무엇인가 진정한 의미를 거세한 채 피상적 인식에 의해 행동할 때 표현할 수 있는 어법이라 할 수 있다. 멋모르는 마음의 주체와 서러운 마음의 주체는 다르다. 멋모르는 마음은 일차적으로 한반도내의 바람이지만 포괄적으로는 세계의 바람에 흡수되거나 동화된 바람으로 볼 수 있다. 그들은 한국적인 것과 세계적인 것의 정체성에 아랑곳하지 않는다. 왜냐하면 이미 흡수되거나 동화되었기 때문에, 변화되기 이전과 이후 자신의 정체성에 대한 고뇌는 간단히 생략되거나 '멋모르는 마음'이 자신의 정체성으로 왜곡되어 타자화되고 주변화된다. 그러나 서러운 마음의 주체는 한반도의 바람과 세계의 바람이 어울리는 경계가 모호해짐과 그로 인해 한반도의 바람들이 자신이 세계의 바람인양 멋모르고 노는 모습을 서럽다고 느낀다.

3. 근대에 대한 사유와 저항 의지

타자화된 주변부적 주체들은 그 권력의 중심부에 설 수 있다는 환상과 자신을 둘러 싸고 있는 권력의 유혹에 무방비 상태에 놓여져 있으며, 그러한 권력 지향성은 무의식적 욕망에 의해 내재화되어 있다. 그것은 그러한 권력을 창출했던 식민 담론 또는 중심문화의 동일화 논리에 의거하며, 그에 의해 제기되어 강제된 근대화의 이중성과 맥을 같이한다. 릴라 간디에 의하면, 우리는 권력이 다양하면서 일정치 않은 자기 재현물들을 통해 강제와 유혹 사이의, 잴 수 없는 균열을 횡단한다고 말할 수 있다. 그것은 무력을 과시하고 행사하는 데서 나타날 수도 있지만, 그것은 또한 문화적 계몽과 개혁의 사심 없는 조달자의 모습으로 나타나는 경향이 있다.[9]

문화적 계몽과 개혁의 사심없는 조달자의 모습이란 피리와 색소폰, 양산도 춤과 트위스트 춤을 한데 어울려 추게하여 마음 놓고 '멋모르는 마음'을 조장하는 것을 의미한다. 무력을 과시하고 행사하는 것이 물리적 제국주의의 침략방식이라면 계몽과 개혁을 전수하는 조달자의

---

9) Leela Gandhi, 이영욱 역, 『포스트식민주의란 무엇인가』, 현실문화연구, 2000, 28쪽.

모습이란 문화적 제국주의의 다른 이름이다. 이런 맥락에서 조태일이 간파한 것은 피리와 색소폰 그리고 양산도 춤과 트위스트를 추게 했던 근대의 바람에 내재한 문화적 제국주의의 폭풍이었다.

때문에 문화적 식민성이 한반도 내에서 밤낮없이 기승을 부리고 있을 때 밤낮없이 묵묵부답이어야 했고 서러움에 젖어 아무데나 놓일 수밖에 없었다. 아무것도 할 수 없음 또는 아무데나 놓여야 될 운명은 '멋모르는 마음들'과 더불어 근대의 바람에 함의된 계몽이나 개혁의 사심 있는 조달자의 전략을 통해 한반도가 어떻게 유린되고 황폐화되어 가는 가를 보여주는 것이다.

> 요즘은 비록 꿈속이긴 하지만
> 팔팔 살아서 푸른 하늘의 바람 속을
> 울부짖으며 뛰어다니는 짓도 서러울진대
> 거의 반죽음으로 바람 속을
> 바람에 끌려다니는 이웃들을 본다.
>
> -「호박꽃을 보며」에서

> 너를 그냥은 내보이지 않겠다,
> 머리카락이나 겨우 흔들고
> 놋대접 속의 숭늉이나 겨우 휘젓는
> 그런 하잘 것 없는 바람만 불어와도
> 그냥 휘어지고 꺾이는
> 우리들 몸뚱아리 속에 흐르는 너지만
>
> -「피」에서

> 고춧가루 섞인 바람 속에서
> 쩔쩔매는 내 五官과 손금은

지난 여름의 영산강처럼 뜨겁게 우는데,

-「털난 미꾸라지」에서

헐벗을 날이 오리라
바람부는 날이 오리라
그리하여 잠시 침묵할 날이 오리라.

-「꽃나무들」에서

조태일은 근대의 바람 앞에 폭력적으로 놓여진 현실을 인용시편을 통해 부정적 의미가 내포된 이미지로 형상화하고 있다. 「호박꽃을 보며」는 비록 꿈속의 바람일지라도 서러울텐데 현실의 바람은 그보다 더 억압적임을 천명한 시이다. '거의 반죽음으로 바람 속을'은 그대로 바람의 자장권 내에 위치하고 있음을 보여준다. 시적 자아는 그 속에서 '끌려다니는 이웃들'이 '거의 반죽음'의 상태이기에 서럽다고 말한다.

시적 자아의 서러움은 현실에서는 바랄 수 없어 꿈 속에서나 "팔팔 살아서 푸른 하늘의 바람 속을/ 울부짖으며 뛰어다니는" 것과 더불어 현실의 제모습을 생생하게 보여주는 자신의 이웃들의 삶에 기반하는 정서이다. 그것은 '거의 반죽음'의 상태를 살아야 하는 이웃의 삶을 조장하는 바람의 폭력적 억압과, 그러한 삶의 질곡 속에서 자의든 타의든 이리 저리 끌려다녀야 하는 현실에 순응할 수밖에 없는 이웃의 몰주체성에 기인한다.

이러한 이중적 자의식은 근대의 바람 또는 폭력적 국가장치에 의해 주변화되고 타자화되었던 남한 대다수 민중의 삶을 전형적으로 보여주는 것이다. 즉, '멋모르는 마음'으로 점철된 한국의 근대화는 '거의 반죽음'의 상태에 놓여진 한반도의 바람이 꿈 속에서나 마음 놓고 뛰

어 다닐 때, 현실 속에서는 억압과 경제적 근대제일주의가 표면화된
조국근대화의 슬로건으로 위장한 세계의 바람에 의해 조장될 수 있었
다. 따라서 「피」에서 나타나듯이, 우리들의 몸뚱아리를 관류하는 피는
"머리카락이나 겨우 흔들고/ 놋대접 속의 숭늉이나 겨우 휘젓는/ 그런
하잘 것 없는 바람만 불어와도/ 그냥 휘어지고 꺾"일 수밖에 없는 것
이다.

그러나 하잘 것 없는 바람만 불어도 쓰러지는 우리들의 피이지만
바람의 하잘 없음에 대한 작지만 중요한 인식을 보여주기도 한다. 이
런 맥락에서 「털난 미꾸라지」에서 말하는 고춧가루가 섞인 매운 바람
속에서 자신의 정체성이라 할 수 있는 '오관과 손금'은 쩔쩔매지만 그
바람 속에서 자신의 존재를 '지난 여름의 영산강처럼 뜨겁게' 울 수
있게 된다. 그리하여 시적 자아는 「꽃나무들」을 통해, '지금 이곳'인
현재에 부는 바람이 '헐벗을 날'이거나 '바람부는 날'일지라도 그러한
현실의 상황 하에서 '침묵할 날'이 '잠시'임을 잊지 않는다.

내 키가 아무리 길어도 하늘 밑에 놓이고 내 키가 아무리 짧아도
땅위에 놓인다. 罪가 다닥다닥 붙어 솔방울 같은 내 머리통 위로는
빼빼 마른 파란 하늘이 쓸데없이 나를 압박하며 출렁이고 무슨 恨이
그리 많아 맨땅이라도 긁는 갈퀴 같은 내 발바닥 밑으로는 역시 물
기없는 황토흙이 목마른 숨결을 헉헉 몰아 발바닥을 충동질하며 꿈
틀거린다. 그래 나는 이런 언덕 위에 깃발없이 야윈 깃대 옆에 꼿꼿
이 서서 헐벗은 풍경들의 몸주위를 맴돌다가 흔들 깃발이 없어 스스
로 슬퍼서 팔랑거리는 바람 앞에서 두더기의 깃발이라도 된다. 바람
아, 어서 나를 흔들어라. 내 머리털이 몇 개인지 모르나 바람아, 내
살갗의 숨구멍이 몇 개인지 모르나 바람아, 내 핏줄의 길이가 얼마
인지 모르나 바람아, 내 목구멍속에 갇힌 목청이 얼마인지 모르나

바람아, 어서 나를 흔들어라. 저 하늘과 이 땅 사이에서 우리들은 어
쩔 수 없는 인연으로 여기 서 있다. 아쉬운대로나마 흔들어라. 나도
슬슬 내 몸을 스스로 흔들마.

─「바람아 내몸을─국토·25」 전문

근대의 바람은 정치적 억압과 경제적 해방의 두 얼굴로 우리에게
다가왔다. 그러나 조국근대화로 대두되었던 우리의 근대는 억압의 얼
굴을 감춘 채 해방의 가면만이 강조되었고, 대다수의 주변화되고 타자
화되어 갔던 '멋모르는 마음들'은 자신이 스스로 권력의 작동방식으로
써 기능할 수 있다는 환상과 어느 정도의 희생은 감수해야 한다는 국
가이데올로기인 조국근대화의 논리에 순응해야 했다. 따라서 그들의
'몸'은 조국근대화의 근대적 질서에 편입당해야 했기에 근대의 바람에
무방비로 노출될 수밖에 없었던 '헐벗은 풍경'의 일원이었다.

시적 자아는 깃발조차 없이 야윈 깃대 옆에 서서 '헐벗은 풍경'들을
바라보며 '두더기의 깃발'이 되고자 한다. 두더기의 깃발을 팔랑거릴
수 있게 하는 것이 바람이다. 그 바람은 시적 자아 자신도 잘 모르는
자신의 머리털과 살갗과 핏줄 그리고 목구멍 속에 갇힌 목청을 알고
자 하는 의지를 돕는 매체로써 기능한다. 그러한 바람은 시적 자아를
둘러싼 '헐벗은 풍경'을 맴돈다. 이때의 바람은 폭압과 억압의 이면에
내재한 현실을 바라보는 동기 부여의 역할을 하게 되고, 시적 자아는
그 바람에게 자신을 흔들어주길 염원한다. 즉, 이전의 시적 자아를 환
골탈태하게 할 수 있는, 자신의 머리털과 살갗과 핏줄 그리고 목구멍
속에 갇힌 목청을 트이고자 하는 것이다. 바람이 자신을 흔들 때 시적
자아인 '나'는 슬슬 자신의 '몸'을 바람의 도움없이 스스로 흔들어 대
기 시작한다.

이 뜨거운 시대의 가슴팍에
열풍이 몰아쳐도, 한풍이 몰아쳐도
기가 막혀도 내 사랑이므로,
눈이 매워도 내 젊음이므로,
멍이 들어도 내 살결이므로,

─「신화」에서

칼끝 같은 바람에
오장육부가 다 드러난다 해도
다스운 눈동자 서로 포개며
연을 날리자.
욕심도 티끌도 미움도 죄다 싫어
악악 악을 쓰며 연줄을 끊어버리자.

─「연날리기」에서

시적 자아가 자신의 '몸'을 흔들 때 그 흔듦은 정체성을 도모하고자
하는 욕망 때문이다. 그것은 「신화」에서 나타나듯, '열풍'과 '한풍'이
자신을 기가 막히게 해도 눈을 매웁게 해도 또는 멍이 들게 해도 미룰
수 없고 포기할 수 없는 자기의 사랑, 젊음, 살결이기에 당당히 바람에
맞서는 것이다. 시적 자아는 자신의 내부에 존재하는 열정이라 할 수
있는 사랑과 젊음 그리고 살결을 더욱 공고히 하여 현실에 맞서 바람
을 헤쳐 나아가고자 한다.

열풍과 한풍이 교차하는 현실 속에서 사랑, 젊음, 살결은 외압으로
부터 시적 자아의 내부로 응축된다. 반면 「연날리기」는 '칼끝같은 바
람'으로 인해 '오장육부'가 환장하더라도 '다스운 눈동자'를 나누어
'서로 포개며' 자신의 내부에 이중적 자의식으로 현존하는 욕심과 티

끌과 미움을 밖으로 끊어버리고자 악을 쓰는 시적 자아의 모습으로
형상화되어 있다. 이러한 시적 자아의 내외에 걸친 몸부림은 결연한
의지를 수반한다. "어떤 바람이 감히 이 사랑을 쓸어 버리랴./ 어떤 칼
날이 감히 이 자유를 베 버리랴"(「달」)에서 나타나는 사랑과 자유에 대
한 열정과, "움직이지 못하는 바람은/ 움직이지 못하는 바람만"(「흰 뼈
로」)낳을 수밖에 없다는 깨달음을 통한 "영혼도 움직이는 영혼이라야
영혼이고/ 움직임도 움직이는 것이라야 움직이니까"(「눈보라」)에서 시
인이 보여주는 움직임에 대한 욕망은 현실을 딛고 일어서려 악을 쓰
는 '두더기 깃발'일망정 흔들고 흔들리려 하는 작고 조그마한 실천의
시작이었다.

4. 근대의 성찰과 근원적 생명력의 회귀

근대의 바람이 시인의 외부에서 내부로 부는 외압의 형태를 띠고
나타날 때 그 바람은 전후 남한의 급격한 사회변동을 요구했던 강력
한 기제였다. 그것은 국가권력과 그 권력을 유지하기 위해 필요로 했
던 반공이데올로기에 의해 더욱 공고해졌다. 국가권력과 이데올로기
의 담합은 필연적으로 억압과 폭력의 형태를 수반할 수밖에 없었고,
겉으로는 자유민주주의 체제라는 근대적 이념에 의해 수행되었던 것
이다. 그것은 4월혁명이 발발할 수밖에 없었던 필연적인 생성모태였다.
4월 혁명은 '헐벗은 풍경'을 견뎌내야 했던 민중의 '움직임'이었다.
바람은 "처량하게 처량하게 널려 있는/ 나의, 당신의, 상한 처녀막"(「나
의 처녀막1」)을 "광화문 네거리에 널려"(「나의 처녀막2」) 나부끼게 했던
'헐벗은 풍경'을 이루는 현실이었다. 처녀막을 파열시켜 광화문 네거

리에 나부끼게 했던 바람이 휩쓸었던 현실은 시인에게 혁명의 좌절을 느끼게 함에 충분했다. 예를 들어 "내 펜은 아직도 잠든 채/ 미친 듯이 나부끼지 못하나/ 내 몸은 나부끼지 못하나"(「깃발」)에서 나타나듯, 현실로부터 응어리진 좌절감은 나부끼지 못하는 '깃발없이 야윈 깃대'를 연상케 한다. 여기에서 중요한 변화가 나타난다.

이전의 바람이 외부로부터 내부를 향해 부는 방향이었지만 4월혁명을 계기로 시인의 내부로부터 응집된 바람이 생성되는 것이다. 내부로부터 응집된 바람은 외부의 바람을 받아들여 자신의 것으로 변모시키는 성찰의 힘을 지닌 것이다. 그것은 "저 일렁이는 숲의 숨결을 듣고파서/ 저 깊고 푸른 고요를 일깨우고파서/ 수많은 바람들은/ 잎새에 붙어 조잘거릴 뿐! /돌아와 폭풍이 될 줄 모른다"(「모래·별·바람」)에서 보여주는 폭풍의 이미지이다.

이때의 폭풍은 자연의 폭풍이 아닌 작고 수많은 개개의 바람들이 모여 이룬 집합체로서의 의미를 지닌다. 따라서 '숲의 숨결'과 '고요'를 일깨운다는 의미가 혁명 또는 전복의 어의를 함축할 때 수많은 바람들은 4월을 이루었던 다양한 구성원의 열망이라 할 수 있다. 그러나 그들의 바람은 숲의 숨결과 고요를 깨우지 못하고 나무의 잎새만을 볼 뿐 폭풍이 될 줄 몰랐다. 그럼에도 불구하고 그들 자신이 폭풍이 될 수 있다는 자각은 그들 내부의 열망이 모여 외부로 응집될 때 살벌한 근대의 바람과 맞설 수 있다는 인식 때문이었다. 그들의 내부로부터의 폭풍은 "안에서 물오르는 소리/ 나부끼는 깃발소리"와 "우리들 내부 가득 끓어오르는/ 사랑의 소리들/ 그 소리를 분노하며 듣는"(「소리들 분노한다」) 것으로부터 시작하는 것이다. 이러한 내면의 소리를 들을 수 있을 때 비로소 근대의 억압적 바람으로부터 자신을 성찰하게 되고 나아가 현실을 직시하는 여유를 확보하게 된다.

바람 같은 칼끝.
바람 같은 창끝.

머리 위로 날아 불 때
몸을 낮추고
발밑으로 기며 불 때
두 발 들어올리고,

책 갈피를 핥을 때
덮어버리고,

베갯머리 스칠 때
이불 속으로,

용용 죽겠지
용용 죽겠지.

－「바람」 전문

시인은 칼끝과 창끝으로 표현된 바람을 통해 혁명 좌절 후 또 다른 혁명(?)으로 인해 더욱 혹독해진 현실의 모습을 상징적으로 형상화시켜 보여주고 있다. 그러나 칼과 창같은 매웁고 모진 바람이 불 때 몸을 낮추고, 두 발을 들어올리기도 하거나 책을 덮기도 하고, 이불 속으로 피하며 "용용 죽겠지"라는 여유와 익살을 보여줄 수 있게 된다. 조태일의 바람은 그의 초기시에서 4월 혁명과 5월 쿠데타를 전후로 한 시기에는 외부의 압력과 억압적 현실을 직접적으로 드러내는 의미로 쓰여졌던 이미지였다. 그러나 외부의 바람에 맞선 내면의 울림을 들을 수 있게 되면서 내부로부터 밖으로 분출하는 작고 미미한 실천의 움직임을 띠게 된다.

이러한 양상은 지금까지 바람의 내포가 억압적 현실을 비유하여 형상화할 때 부정적 의미를 보였던 반면 그 작고 미미한 실천의 움직임을 보이기 시작하면서 "하늘은 그냥 하나로 크고/ 물길도 어디 끊긴데가 있던가요./ 서 있는 것들도 저리 한데 어울려 흔들고/ 사나우나 부드러우나 바람도/ 한데 어울려 불어댑니다"(「마음을 열고」)에서 나타나듯이, 사나움과 부드러움의 변증적 통합을 이룬다. 그것은 그때까지 보지 못했던 그리고 느끼지 못했던 근대의 바람이란 거대 담론에 의해 가려진 작고 미미한 존재에 대한 성찰이었고 자연 속의 자신을 뒤돌아 볼 수 있는 계기가 되었다.

> 꿈이 아니네
> 어머님 같은 벌판을 거닐며
> 이제 숨가빴던 노래도
> 녹아 흐르는 노을 속을 부는 바람을 본다.
>
> 신새벽 일어나
> 고이 잠든 참새집을 들쑤시던 바람은
> 들녘에 떨고 있는 풀들을
> 울리고 또 울리며 떨게 하더니만
>
> 이글이글 타는 저녁 바람과
> 함께 붉게 붉게 부끄러워하며
> 누구의 보금자리를 또 엿보는가.
>
> 저리 찬란한 꽃으로 피어
> 내 어두운 속살을 물들이는가

노을 속의 바람.

-「노을 속의 바람」 전문

자연의 일부로서 시인이 놓여진 현실은 '꿈'이 아니었다. 그것은 대지의 모성적 상상력에 충만한 '어머님 같은 벌판'을 거니는 것이었고, 이제까지 '숨가빴던 노래'를 자연 속에 놓인 '노을'로 향하게끔 하는 '바람'을 보며 느끼는 것이었다. '참새집'과 들녘 '풀'의 존재를 상기시켜주려 불고 있던 '신새벽'의 바람은 황혼녘의 '저녁 바람'과 한데 어울려 시적 자아의 '어두운 속살'을 반추하며 저리도 '찬란한 꽃'으로 다가왔다. 그 '찬란한 꽃'은 시적 자아의 지난 날 '어두운 속살'이라 표현된 삶을 성찰하게 하는 '꿈' 속에서 불었던 바람이 아닌 현실 속에서 존재하는 '노을 속의 바람'이었다. 그 바람은 근대의 바람에 내재한 억압과 부자유의 얼굴을 성찰하게 하는 동력이자 자연을 이루는 근원적 생명력으로 변용된다.

꽃들, 줄기에 꼼짝 못하게 매달렸어도
바람들을 잘도 가지고 논다.

아빠꽃 엄마꽃 형꽃 누나꽃 따라
아기꽃 동생꽃 쌍둥이꽃
바람들을 잘도 가지고 논다.

-「꽃들, 바람을 가지고 논다」에서

둘러보아라
돌멩이들도 거대한 숲도 산도
이 바람과 들꽃들의 향연 앞에서는

속수무책으로 당하고 있는 것을.

-「바람과 들꽃」에서

풀꽃들이 흔들리고 있을 때
바람들이 몰려와 옆에 섰다.
바람들이 멈추었을 때
풀꽃들은 더욱더욱 흔들렸다.
저토록 찬란한 몸짓을 따라
홀로 찾아와
내가 흔들리고 있을 때
두고 온 생활들도 따라와
옆에 섰다.

-「풀꽃들과 바람들」에서

이제 바람은 자신의 이중적 속성을 벗고 '꽃들'과 어울린 자연의 모습으로 시적 자아에게 각인된다. 시인은 '꽃들'과 '들꽃' 그리고 '풀꽃' 등으로 표현된 자연의 일부로써 바람을 형상화하여, 억압/해방 또는 부드러움/난폭함의 이중성을 탈색시킨다. 「꽃들, 바람을 가지고 논다」의 경우, 바람은 폭풍의 이미지가 거의 완화되어 "아빠꽃 엄마꽃 형꽃 누나꽃 따라/ 아기꽃 동생꽃 쌍둥이꽃" 등의 각각의 호명된 꽃에 함께하는 '바람들'로 표현하여 친근함을 느끼게 한다.

한 집안의 제각각 모두에게 다가간 바람은 그들의 놀이감처럼 함께 노는 존재이지만 「바람과 들꽃」의 경우, 바람과 꽃의 어울림 또는 흔들림은 경외의 대상으로 형상화되기도 한다. 시인은 자연의 아름다움 속에서도 바람과 들꽃들의 향연이야말로 '속수무책으로 당'할 수밖에 없는 '헐벗지 않은 풍경'임을 주지한다. 그러한 바람과 꽃의 향연은 「풀꽃들과 바람들」에서 수많은 풀꽃과 바람이 화합하는 장이었다.

그 장에서 이루어지는 자연의 질서에 편입된 시적 자아는 자신이 '바람과 풀꽃'의 '찬란한 몸짓'에 '흔들리고 있을 때' 현실 또는 도시에 두고 온 생활들도 따라와 자신과 함께 흔들린다. 흔들림이란 바람과 풀꽃이 어우러지는 축제이기에 시적 자아가 두고 왔던 생활들도 따라와 옆에 선다. 그것은 자연의 어울림에 함께 어우러짐을 뜻하며 '찬란한 꽃으로 피어/ 내 어두운 속살을 물들'였던 '노을 속의 바람'(「노을 속의 바람」)을 맞는 것이다. 이때 바람과 아빠, 엄마, 형, 누나, 아가, 동생, 쌍둥이들이 어울려 꽃들과 들꽃과 풀꽃들을 이루어 흔들림의 향연을 펼치게 되고 '저토록 찬란한 몸짓'의 과정을 거쳐 저리도 '찬란한 꽃'으로 다시 태어나는 것이다.

'찬란한 꽃'으로의 재생은 근대에 대한 성찰의 의미를 지닌다. 왜냐하면 흔들림의 향연을 통해 찬란한 꽃으로 다시 태어난 '풀꽃'은 인간의 폭압성에 대한 부드러움 또는 여림의 미학으로 인간의 손길을 포용하기 때문이다. 이러한 점은 「풀꽃은 꺾이지 않는다」에 적실하게 드러나는 바, 시인은 풀꽃과 인간의 이원 구조 속에서 풀꽃을 꺾으려는 인간의 행위와 꺾임을 당하는 자연의 존재에 대한 성찰을 보여준다. 근대의 이중성에 내재한 억압/해방의 구조를 적확하게 차용한 이 시는, 풀꽃을 꺾는 행위 속에 배태하고 있는 아름다움에 대한 인간을 위한 미와 그것을 위한 자연의 훼손이란 관점을 동시에 제기한다. 인간이 자신의 아름다움에 대한 욕망을 충족하기 위해 풀꽃이란 생명을 훼손하는 것이다. 그러나 풀꽃이란 이름의 자연은 "땅속 깊이 여린 사랑을 내리며/ 사람들의 메마른 가슴에/ 노래 되어 흔들릴 뿐"이었지만 "꺾이는 것은/ 탐욕스런 손들"(「풀꽃은 꺾이지 않는다」)이었음을 시인은 간파한다. 이것은 풀꽃이 결코 인간에 의해 꺾이지 않는 이유이며, 인간에 의해 대표되는 근대의 질서에 무너질 수 없는 자연의 질서이자 근원적 생명력에 대한 시인의 성찰이었다.

5. 고향으로부터 고향으로 부는 바람

시인은 자연의 질서를 근원적 생명력으로 감지하는 지점에 이르러 "들꽃들과 바람들이 낮거리하는 들녘"(「황혼」)을 보고 "문 틈새로 날아든/ 산바람은 고요와/ 뒤엉켜 낮거리 한창"(「부처님 손바닥에서」)임을 듣는다. 들꽃과 바람 그리고 산바람과 고요가 어우러진 현장을 보고 들으며 시인은 그것을 '낮거리'라 표현한다. 종족 보존의 본능을 표상하는 '낮거리'는 근원적으로 잉태의 이미지를 지니며, 따라서 자연이 지닌 생명력을 지시한다. 자연이 지닌 생명력을 목도한 시인에게 들꽃, 바람, 이슬, 해, 구름, 하늘, 들판, 산, 노을 등이 한데 어울려 엉켜있는 모습은 순아, 돌아, 처녀, 불그레 얼굴, 신방, 이불 등의 인위적 이미지와 어울려 그대로 인간과 자연의 '낮거리'라는 교감을 잉태하게 된다. 그러한 교감은 자연의 질서와 인간의 질서가 근원적인 생명력의 발원이란 측면에서 동일하기 때문이다.

　　운동장에서
　　학생들,
　　북을 치고 있다.
　　둥,둥,둥,둥, 둥둥둥둥둥……

　　울타리 너머
　　들판

누렁소들,
되새김질 멈추고
맨살로 울고 있다.
우움머어, 우움머어,
둥,둥,둥,둥, 둥둥둥둥둥……

－「소가죽 북」 전문

이제 시인은 자연은 어머니이며 모든 생명의 발원임을 잊지 않는다.
또한 시인은 인간이 살아 숨쉬는 모든 영역에서 자연의 질서를 느끼
며 본다. 「소가죽 북」은 조태일 시가 다다른 최고의 경지를 보여주는
작품이다. 우리네 일상에 흔히 볼 수 있는 초등학교의 가을운동회 속
에서 시인은 운동장에서 들려오는 북 소리와 울타리 너머 들판에서
누렁소들이 거니는 풍경을 연관시킨다. 그 연관 관계의 고리는 바람이
다. 학생들의 북소리는 바람을 타고 공기 중을 날아 자신의 근원으로
날아간다. 북소리를 들은 누렁소들은 되새김질을 멈추고 자신의 근원
을 향해 맨살로 운다.

마치 조식의 「七步의 詩」에서 형상화되어 인구에 회자된 '콩과 콩깍
지'의 비유를 연상시키는 이 시는 아이들의 손에 들려 있는 소가죽 북
에서 울리는 소리를 소의 울음과 맺어준다. 바람은 북소리에 실린 소
가죽 맨살의 울림을 울타리 너머에 풀을 뜯는 누렁소의 맨살에 닿게
하여 북소리와 소울음이 '同根'이었음을 알게 한다. 시인은 누렁이의
'우움머어' 울음 소리와 학생들의 북소리가 한 소리임을 느끼며 '둥둥
둥' 듣는다. 그 소리는 현실의 제 모습을 통해 그 근원에 다다르게 하
는 통로이었다. 이렇듯 바람은 시인으로 하여금 근원을 향해 불고 근
원으로 회귀하게끔 하는 문학적 상상력의 정수이다.

　　바람은 조태일의 시적 여로를 따라 끊임없이 불어왔다. 건강한 자연
에 의지해 유년을 보냈던 태안사 시절, 여순사건과 한국전쟁을 겪어야
했던 시인에게 자신의 유년체험은 바람의 속성처럼 사나움과 부드러
움의 이중성을 간직해야 했다. 그것은 시인의 삶 자체가 도시와 고향
을 넘나들며 끊임없이 균형을 잡아야 하는 곡예였다. 그의 삶을 따라
왔던 바람은 곡성의 태안사로부터 4월 혁명과 5월 쿠데타 그리고 유
신과 군사독재를 날아 광주의 하늘 언저리에서 살아 숨쉬는 들풀과
들꽃에게로 쉼없이 불어왔다. 마치 시는 완성이 아니라 늘 미완성의
상태로 우리에게 어떠한 질문을 던져주며 성숙하고 있을 뿐 어떤 고
여 있는 장소를 찾는 것이 아니라 항상 움직이며 있는 것이, 그 움직
임 자체로 있는 것이 시며 시인이라 말했던 시인의 시론처럼 바람은
움직였고 고여있지 않았다.

　　바람을 따라
　　바람이 바람의 바람의 뒤를 바짝 따르듯
　　나도 바람처럼
　　바람의 바람의 뒤를 바짝 따랐네

　　바람을 따라
　　단맛 쓴맛 팅팅 오른 꽃밭을 지나
　　팔랑거리는 개울 물살 위를지나
　　비틀거리는 마른풀 향기를 지나
　　바람의 바람의 뒤를 바짝 따라가 보니

　　팔십 평생 걸음 멈추시고
　　어머님! 쉬시는 곳,

그곳에
노오란 잔디,
단풍 물든 햇볕,
먼저 온 바람들이
노닥거리고 있었네.

―「바람을 따라가 보니」 전문

시인의 시작 여로를 관통했던 바람을 따라 다다른 자리는 자신보다 '먼저 온 바람들'이 기다리 있는 "팔십 평생 걸음 멈추시고/ 어머님! 쉬시는 곳"이었다. 바람이 인도한 곳은 시인의 어머니이자 "외로움도, 가난도/ 찬란한 영광으로 터지는"(「벌판으로 가자」) 고향의 대지와 하늘 그리고 벌판이다. 그곳은 "햇볕 하염없이 뛰노는 언덕배기면 어떻고/ 소나기 쏜살같이 꽂히는 시냇가면 어떠리./ 온갖 짐승 제멋에 뛰노는 산속이면 어떻고/ 노오란 미꾸라지 꾸물대는 진흙밭이면 어떠리.// 풀씨가 날아다니다/ 멈출 곳 없어 언제까지나 떠다니는 길목"(「풀씨」)이었다.

바람이 먼저 가서 기다리고 있었던 그리고 시인이 바람을 따라 간 곳은 풀씨가 날아다니다 멈추는 곳이었다. 시인은 그곳이 나의 고향이기에 그곳에 묻힐 것을 주저하지 않는다. 바람이 풀씨를 옮기는 모든 곳이 자신의 고향일 수 있었던 것은 자신의 전생애를 통해 짝사랑을 바쳤던, 어느 때 어디에서고 살갑지 않을 수 없었던 국토였기 때문이다. 바람은 한 세기를 넘어 다음 세기로 불어 왔지만 그 바람을 따라 갔던 시인은 더 이상 동행하지 못하고, 고향으로부터 고향으로 부는 바람에 실려 풀씨가 되어 풀꽃을 피워, 자신이 스스로 국토가 된 때가 1999년이었다.

제 7 장

그대에게 가는 풍경 혹은 나를 찾아가는 시간

-양병호, 『시간의 공터』(모아드림, 2004)론

1. 카오스, 가상과 현실의 경계

카오스란 혼돈 상태를 일컬음이다. 카오스는 "태초에 진흙탕이 있"(「카오스 이론0」)은 이후로 작금의 현실에 이르는 총체적 혼돈 상태이다. 그것은 "혼돈주 마시고 혼음을 즐기다 혼몽지간에 혼구멍 나 혼돈 천지를 혼나간 채 혼동하다 혼비백산 혼겁했다 혼수상태에서 혼연히 기침하여보니 혼탕한 혼혈아 하나히 혼미한 눈초리 혼곤한 자세로, 아버지 주여! 혼인빙자간음죄로 사하여 주옵시고, 하늘과 땅이 혼절할 때까지 혼용하도록 뒤범벅하여 주시길 앙망하나이다"에서 집중적으로 형상화되어 나타난다. 시인은 혼과 혼 혹은 '혼'자로 조합할 수 있는 모든 언어 유희를 즐기고 있다. 왜냐하면, 시인이 바라보는 현실이 카오스 자체이기 때문이다. 그 현실은 혼과 혼의 교집합 혹은 가상과 실제의 경계가 불분명해지는 카피, 복제, 재생, 반복, 복사, 재현되는

"나"이자 다운로드 당하는 "나"를 은연중 강요한다.

　시집 『시간의 공터』 곳곳에서 보여주는 가상과 실제의 세계는 실제화된 가상 혹은 가상화된 실제로 뒤범벅이 되어 있다. "가을의 추억" 방에서 채팅하는 익명의 존재들은 현실의 <쓸쓸함>, <그리움>, <들국화>, <외로움>(「카오스 이론4」)을 가상세계에 그대로 옮겨 놓는다. 그들의 제각각 사연들은 모두 현실의 그리움을 구구절절하게 이야기하고 현실의 대화보다 한층 더 리얼리티를 획득한 것처럼 보인다. 방장으로 보이는 <그리움>의 경우, "커서의/ 깜박거림으로/ 나는 존재한다/ 명멸한다/ 죽었다/ 살아난다"(「카오스 이론5」)처럼 가상과 현실은 끊임없이 관련되고 서로를 규정한다. 이제 혼돈이란 실제의 외로움과 그리움이 가상의 그것으로 화하는 것 그리고 가상의 그리움과 외로움이 더욱 더 절실히 현실로 다가오는 것이다.

　「카오스 이론」 연작시의 근저에 흐르는 '나'의 성찰은 가상 현실과 실제 현실의 간극을 확인하는 자리에 놓여 있다. 모니터 안에서 유혹하듯 명멸하는 커서의 존재는 시적 화자의 심장 박동과 일치하는 양 밀접하게 느껴진다. 예를 들어, 「카오스 이론12」에서 보여주듯, 인터넷을 통해 물밀 듯 들어오는 휴지 정보들의 유혹, 문란한 써핑을 통한 에이즈라는 바이러스에 감염, 빈번한 접속으로 삭제시킬 수 없는 나날, 커서로 존재를 명멸할 뿐 자신이 거주하는 웹사이트 주소 혹은 자기 정체성의 기호마저 망각시키는 가상 현실의 위력. 그 강력한 커서의 폭력 앞에 시인이 할 수 있는 것이란 "정전을 꿈꾸는 나날이 반복"되는 것뿐이다. 왜냐하면, 정전만이 가상과 현실의 경계를 해체할 수 있기 때문이다.

　　정전이 더욱 그리운 날이 있다
　　앞날까지 깜깜한 요즈음의 기상도

찌뿌둥한 내일을 얻어터지고 싶다
박살나고 싶다 까짓것 내 알량한
자존심이며 윤리며 사랑까지 깨부순 뒤
사는 것도 아니고 안 사는 것도 아닌
그런 날들을 살 수는 없을까? 그리하여

억울함으로 맘껏 화창하고픈 날이 있다
　　　　　　　－「카오스 이론1-허무를 위하여」에서

　정전을 그리는 시인은 불이 환하게 켜 있는 방 안에서, 전기를 양분으로 살아가는 디지틀 세계로부터 자유롭지 못하다. 마치 매트릭스가 인간의 생체 에너지를 동력으로 유지되는 것처럼 시인을 둘러싼 디지틀 세계는 인간의 욕망을 먹이로 하여 존재한다. 따라서 인간의 욕망이란 가상 현실로부터 주입되는 정보의 바다에서 벗어나지 못하게 스스로를 억압하는 기제이다.

　그것은 무엇을 해도 심심하고 "재밌게 놀면서도 심심할 때"(「카오스 이론3」) 끊임없이 심심함을 채워주고 또 다시 비우는, 먹어도 먹어도 허기진 형국이다. 마치 속도가 속도를 반성하지 않는 속도의 현실을 비꼬았던 김수영의 언급처럼 시인은 "무차별/ 공격해오는/ 정보를/ 속도에/ 취해/ 방어하지/ 못"하고 "커서의 불안으로 떠오르는 해를 바라보며 다운로드 당"(「카오스 이론5」)하는 가상과 현실의 경계에 놓여 있다. 그는 "사는 것도 아니고 안 사는 것도 아닌" 아찔한 줄타기처럼 경계의 이쪽과 저쪽을 응시한다.

　정전. 그것만이 아슬한 경계 혹은 폭력적 경계가 강요하는 카오스적 세계를 넘어설 수 있다. 디지틀 세계의 너머에는 봄이 오고 있고, 그 봄을 맞이하기 위해서는 지금까지의 나와 현재의 나가 지닌 자존심,

윤리, 사랑 등을 포기해야 한다. 그것은 "함부로 살아온 나"(「카오스 이론10」)를 찾아가는 것이고, "그 동안 몸이 시키는 것을 거부하며 반항하며 시위하며 살아온 날들"(「카오스 이론11」)이었음을 고백하는 순간이다. 시인은 자신의 내밀한 정서였던 카오스의 세계를 정직하게 드러내고 소각한다. 그래야만 봄꽃이 만발한 문 밖 "세상의 빗장은 열리고/ 환한 시월의 하늘을 향한"(「4월의 연가」) 길 위에 설 수 있기 때문이다.

2. 그대를 향한 두 갈래의 길

시인은 끊임없이 그대를 향한다. 그대에게 향하는 길은 어디든지 있고 아무 곳에나 없다. 그러나 시인은 멈출 수 없다. 그것이 그의 길이자 시인의 운명이기 때문이다. 『시간의 공터』는 시인이 그대에게 이르는 도정의 기록이자 그대를 향한 여로의 흔적을 그린 풍경이라 할 수 있다. 문학에서의 길은 시작과 과정 그리고 끝을 필연적으로 수반하게 되는 내적 형식이다. 따라서 길 그 자체는 상징성을 띠게 되며 작품의 구조가 된다. 길의 구조는 시공소의 진행에 따라 자연스럽게 시인을 둘러싼 당대의 다양한 사회상과 함께 숨겨진 진실을 향한 시선의 골격을 이루는 근간이 되며, 삶의 총체성을 드러내 보여주는 형상화 방식으로 작용한다.

루카치가 말했던 "길이 시작되자 여행은 끝났다"라는 명제는 문학 작품 속의 인물이 언제나 무언가를 찾는 자임을 전제한 것이다. 무언가를 찾거나 추구한다는 단순한 사실은 목표나 그 목표에 이르는 길이 우연히 혹은 명징하게 주어지지 않는다는 것을 의미한다. 따라서 길 위의 인간은 문제적 개인이 되어 자신을 찾아가는 여행에 놓여지게 된다. 따라서 길을 간다는 것은 타락한 세계 내에서 자기 자신의 정체성을 찾아가는 과정이며 작품의 내부 세계와 외부 세계를 이어주는 연결 고리가 된다.

시인의 길 위에 놓인 두 갈래의 길은 하나이자 둘이다. 왜냐하면 시인의 내밀한 심중과 상관적으로 연결된 외부세계의 풍경이 끊임없이 이어지기 때문이다. 따라서 시인의 내면으로 침잠하는 내부세계와 끝없이 확장하는 외부세계는 동전의 양면처럼 야누스적이다. 그러나 시인은 그 둘을 편애하지 않는다. 시인이 그대에게 가는 풍경이란 겉으로 드러나는 정물화폭에 담긴 사물이 아닌 그대에게로 향하는 자아성찰의 내면을 의미하기 때문이다.

자신의 내면을 향한 길 위에 놓여진 풍경은 그리 간단치가 않다. 우리가 일반적으로 떠올리는 여행의 방식이 아니기 때문이다. 따라서 시인이 그대에게 가는 길은 격렬한 내면의 고투를 거쳐야만 이루어지는, 카오스의 세계를 벗어나야만 하는 자기 성찰을 필요로 하게 된다. 치열하게 이루어지는 내면의 울림은 찾는 자가 구하는 길 위에서 시작하고 그곳에서 끝난다.

집이 없으므로 길을 가네
집을 찾아 길을 헤매네
서로의 마음 골목을 더듬거리네

오늘도 후진할 수 없는 탄탄대로가 집이야
함께 앞을 향하여 가는 동안 길이 집이야
이정표 없는 길을 집 찾아 연인들이 떠밀려가네

멈추는 곳마다 쉬이 건축되는 집

떠날 때마다 쉽게 허물어지는 집
마음조차 느닷없이 무너질까 두려운 연인들

알콩달콩 서로의 허물을 덮고 잠드는 집
달그락 수저질 소리로 아침을 함께 깨우는 집
둥지를 찾아 돌아오고 싶은 열망이 길을 떠도네
　　　　　　　　　　　　　　－「길 위의 집」에서

　일반적으로 집은 고향을 떠올리거나 그러한 공간을 형상화한 이미지이다. 집이 '인간 존재의 최초 세계'라면, 고향은 집과 마찬가지로 존재를 감싸는 원초적인 따뜻함이 있는 공간이다. 이처럼 집은 고향과 동일시되는 이미지이며 끊임없는 향수를 불러일으키는 곳이다. 바슐라르는 집을 통한 시인의 의식을 보여주기 위해, 존재가 밖으로 내던져지는, 즉 문 밖으로 또는 집 밖으로 내쫓아지는 경험, 인간의 적의와 세계의 적의가 쌓여 가는 그러한 상황의 경험으로 설명한다. 그것은 자아가 세계를 경험하는 일련의 과정이자 카오스의 세계로부터 세상의 빗장을 풀고 나온 탐색의 여정이라 할 수 있다.

　카오스의 세계에 놓여져 있던 가상의 집을 나온 시인은 현실의 집을 필요로 한다. 집은 원초적이고 근원적인 향수와 동일한 의미를 갖기에, 집을 향해 떠나는 시인은 탐색자가 되고 찾는 자가 된다. 떠남은 돌아옴을 전제로 하고 돌아옴은 항시 떠남을 기약한다. "멈추는 곳마다 쉬이 건축되는 집"과 "떠날 때마다 쉽게 허물어지는 집"은 길의 상징성을 기반으로 이루어지는 떠남과 돌아옴 혹은 돌아옴과 떠남이 교차하는 길 위에 놓여진 집을 의미한다. "길은 恒時 어데나 있고, 길은 결국 아무데도 없다"고 고백했던 미당의 말처럼 길이 인간의 본질적인 삶의 여로를 함축할 때, 그것은 찾는 자, 구하는 자, 떠나는 자의 몫일 수밖에 없다. 따라서 시인의 의식 속에 잠재되어 있는 "알콩달콩 서로의 허물을 덮고 잠드는 집"은 부재한 "서로"의 대상인 그대에게로 향하게 된다. "달그락 수저질 소리"를 함께 하는 그대는 집을 찾아 떠나는 시인의 동반자이자 여로의 목적지인 집 그 자체이기도 하다.

3. 그대와 나의 거리

그대에게 가는 길은 그대를 찾아가는 시인의 여로이다. 그 여로는 곧은 길 혹은 아스팔트로 포장된 도로가 아니다. 그것은 이정표조차도 시인 스스로 만들어 가야 하는 길이자 보이지도 않는 때론 없는 길을 만들며 가는 탐색이기도 하다. 그대에게 향하는 시인의 시선은 그대에 대한 그리움으로 충만해 있는 공간으로부터 시작한다.

> 나의 침침한 시선에 자주 포착되지 않는 그대의 행로 더듬어 북극 성으로 돋아나는 그리움. 아니 그대 향한 그리움 마그마로 솟아올라 한 포기 섬이 되고 싶군요. 그대 항해하다 외로움 돋아나면 정박하 여 휴식할 그런 섬. 그러나 다만 그대만 볼 수 있는 보이지 않는 섬. 다시 짙은 안개가 깔리는군요. 그대와 나의 거리만큼 두터운 안개 속으로 무적이 울릴 때 파도에 흔들리며 기다리고 있을게요. 그대만 을 하염없이
>
> −「霧笛」에서

시인은 섬이다. 그 섬은 그대를 향한 그리움으로 만들어진 것이다. 따라서 섬은 "그대 항해하다 외로움 돋아나면 정박하여 휴식"하기를

원하는 공간이자 그대를 향한 그리움으로 점철된 시간의 공간이다. 섬이 간직하고 있는 그대에 대한 그리움은 그대의 항해 중 외로움까지도 포용하는 폭과 깊이를 지닌다. 그러나 섬이 향하는 그대에 대한 그리움은 그대를 향한 섬의 외로움을 의미하기에 온전히 섬의 몫일 것이다. 따라서 움직일 수 없는 섬은 "그대와 나의 거리만큼 투터운 안개"사이에서 그리움과 외로움에 젖어 "하염없이" 기다릴 수밖에 없다. 시인은 수동적 존재인 섬이기에 움직이는 능동적인 그대와의 거리를 좁히기엔 턱없이 부족하다. 그러나 섬이란 존재로 되기까지 그대의 행로를 좇아 왔기에 또는 강렬한 그리움이 마그마로 솟아오른 섬이기에 다시 그대와 나의 거리를 좁혀야만 한다.

> 도처에 길이 펼쳐져 있으므로 떠나야 한다
> 창 밖으로 새어나는 따뜻한 불빛으로부터
> 그 불빛에 젖어있는 수저질 소리로부터
> 엉덩이를 붙잡는 따스한 구들로부터
> 떠나야 한다 진눈깨비 치는 벌판을 향하여
>
> ─「겨울 나그네」에서

그대와 나의 거리를 좁히는 길은 도처에 있고 도처에 없다. 그러나 길은 항시 있음이 전제될 때 그 길이 없음을 알 수 있다. 따라서 떠남은 창 안의 따스한 불빛과 안온한 수저질 소리로부터 창 밖으로 시작하는 것이고 따스한 구들로부터 엉덩이를 떼야만 하는 것이다. 시인은 떠나야 했고 떠나야만 했다. 비록 집 밖의 세계가 환멸과 적의로 가득 찬 전부일지라도 "떠나야 한다". 힘겨운 첫걸음을 옮겼을 때 그대와 나와의 거리는 그만큼 좁힐 수 있고 그대를 향한 여로가 당겨질 것이기 때문이다. 그 길은 "노고단을 오르고, 성삼재를 넘고 또 시암재를 넘었습니다. 그러나 그렇다고 어디 넘어야 할 산이 끝나는 것인가요. 저어기 천왕봉보다도 높은 그대와 나 사이의 산이"(「지리산 기행」) 놓여진 험난한 여정이었고, "왜 들판의 저쪽에서 바람 타는 그대와 이쪽의 나의 거리에 비례하는가"(「왜?」)에서 나타나듯 그대에게 가까이 가면 갈수록 언제나 저쪽과 이쪽으로 저만치 멀어져 가는 거리였다.

> 따스한 안개 아니면 싱싱한 풀잎 아니면 불타는 들불
> 그대 쪽으로 전염시킬 수 있다면
> 환부를 사랑할 수 있다
> 호올로
> 그대를 숨쉰다
> 휘청휘청
> 항해하는 꿈길
>
> —「가려운 마음」에서

그 때 어디선가 바람 한 줄기 불어와 그대와 나 사이를 소풍하면 장마는 그치고 세상은 더욱 맑은 표정을 짓겠지요 머얼리 그대 생각 앞산 골짜기를 따라 산안개로 자꾸만 올라가는 날 오늘 흘러가고 싶습니다 그대에게

> —「머얼리 그대 생각 안개로 피는」에서

영추사 기와 지붕에서 매급시 빤딱이며 놀던 햇살이 어느새 그대와 거시기 바위를 싸잡아 노을로 색칠합니다. 그때 세상이 지은 가장 아름다운 표정을 그대 보았는지 어땠는지 나는 모릅니다.

> —「적상산에 올랐어라」에서

그대여
지난 밤 이루지 못한 꿈결에
바람이 흘리고 간 몇 자 소식
푸성귀로 흩어지는 깊은 한숨
너에게로 다가가는 내 그리움

-「黃菊」에서

　카오스의 세계를 벗어나 시인이 찾은 길은 온통 그대에게로 향해
있다. 세상이 온통 그대가 있는 곳이기에, 그대에게 가는 길은 너무도
많고 그만큼 다양하게 변주된다. 그 길은 모든 방향이 길이 될 수 있
는 바다 위에서 항해하는 "꿈길"이기도, 앞 산 골짜기를 따라 산안개
와 동행하는 산행이기도, 지난 밤 이루지 못한 "꿈결"에서조차 가야만
하는 "너에게로 다가가는 내 그리움"이 피어나는 여로이다.
　시인의 그리움은 "나의 한숨이며, 불면, 절망, 그리움, 서러움이 내
를 이루어 흘러갑니다. 어느 하늘 아래선가 정처없이 생과의 고투를
벌이고 있을 그대에게로"(「편지」)에서 나타나듯, 자신의 존재 자체에
대한 정체성으로부터 비롯되지만 여전히 "그대"를 향해 있다. 또한 "5
월 어느 하루 비오든 날/ 내 마음 하냥 젖고 싶었네/ 젖어서 흐르는 그
리움/ 내를 이루어 적시고 싶었네/ 상처받은 세상의 모오든 것들을"(「인
봉리 설화3」)에서처럼 그대는 상처받은 세상 그 자체로 확산되어 편만
하게 된다. 그러나 그대를 향한 시인의 그리움은 언제나 "부치지 못한
엽서"가 되어 외로움을 증폭시킨다. 따라서 그대를 향한 그리움이 그
깊이를 더할수록 외로움의 폭 또한 넓어질 수밖에 없다.

4. 그대와 나, 그리고 우리가 놓여진 시간

그대와 나의 거리는 너무 멀고도 무척 가깝다. 시인은 그 간극을 메꾸고자 부단한 의지를 다짐하지만 뫼비우스의 띠처럼 안과 밖 혹은 가까움과 먼 곳의 경계가 무너짐을 의식해야만 했다. 왜냐하면, 외로움과 그리움의 정서를 자아내는 그대는 시인의 내면에서 혹은 외면에서도 언제든 나타나고 사라지는 존재였기 때문이다. 예를 들어, "홀로 남겨진 채 기억의 서랍을 뒤적이며, 잊기 위하여 추억하는 나날, 그대 먼지처럼 그림자로 매웁게 살아난다"(「잊기 위하여」)에서 나타나듯, 또는 "묵묵한 아버지같은 청산 사이로/ 어머니 비손으로 다리는 약탕이 끓는다/ 울컥울컥 그리움이 끓어 넘친다"(「98 몬트리올 국제 영화제」)에서 말하는 "그대"와 "그리움"은 이음동의어라 할 수 있다. 결국 "그대"는 그리움을 충족해주는 대상이었고, "나"의 외로움을 위로해 주는 존재일 것이다. 그리움의 깊이와 외로움의 폭으로 끝임없이 시니피앙과 시니피에로 확장되었던 "그대"는 "'나'를 찾아, '나'를 나부끼며, '나'를 지우며"(「꽃피는 '나' 그리고 봄날」) 자신을 찾아가는 풍경에 놓여진 자기성찰의 시간에 다름아닐 것이다. 그 시간은 나의 정체성을 이루는 그대와 우리의 존재가 어루러지는 공간으로 피어난다.

목련꽃 사소한 꿈이 피어나는 골목, 석류같은 사람들이 모여 사는 동네, 혈관을 따라 걷는 골목길 산책, 열린 대문 틈으로 눈맞춤하는 설레임, 담장 너머 무차별 공격하는 청국장 냄새, 허름한 저녁 그릇 설겆지하는 달그락 소리, '길 잃은 사슴' 라디오 연속극 소리, 호박 넝쿨 사이로 번지는 치자향, 리듬에 맞춰 국어책 읽는 아이의 파란 목소리, 멀리서 찌그락 짜그락 부부싸움 하는 소리, '안개 낀 장충단 공원' 부르며 귀가하는 취객의 비칠거리는 발자국 소리, 아쉬운 연

인들 전봇대 밑에서 작별하는 모습, 환한 들창 안 꺄르륵 터지는 식
구들 웃음, 보일듯 말듯 , 섞이듯 말듯, 헝클어지고 있었네, 비벼지고
있었네, 구불구불 미로 속 골목길, 구절양장 데질데질

　　　　　　　　　　　　　　　　　　　　　－「골목길」에서

　자기 성찰의 시간은 시인의 내면에 간직했던 무수한 그대와 나가
우리로 변주되는 순간이다. 우리네 이웃들의 삶이 자연스레 녹아있는
골목길은 찌그락 짜그락거리고 보일 듯 섞일 듯 헝클고 구불거리는
우리의 현장이다. 마치 백석의 명편인 「모닥불」에서 형상화되었던 소
소하고 누추한 그 무엇 무엇도 모두 모닥불을 이루는 필수불가결한
요소이듯, 골목길은 그대와 나 그리고 우리가 한데 어우려져 살아가는
'시간의 공터'일 것이다. 시인의 시선은 시간의 공터를 향해 따스하게
열려 있다. 그 안에서 벌어지는 "구절양장 데질데질"한 우리네 진솔한
삶의 이야기가 아직 나오지 않은 시인의 제4시집에 그려지길 바라는
것, 그것은 필자의 과분한 희망만은 아닐 것이다.

제 8 장

이용악의 「북쪽」 읽기

1. 서론

이용악(1914-?)은 함경북도 경성에서 출생하여 서울과 동경에서 수학하였으며, 1935년 『신인문학』에 「패배자의 소원」을 발표하면서 문단에 등단하였다. 그는 일본 동경 삼문사에서 고학시절의 체험과 가족사적 경험을 형상화한 시들을 중심으로 시집 『분수령』(1937)과 『낡은 집』(1938)을 간행하였다. 서정주·오장환과 더불어 시단의 삼재(三才)로 주목을 받았던 이용악은 1942년에 절필하고 고향 경성으로 돌아갈 때까지 『인문평론』의 기자로 활약하였다. 1945년 해방이 되자 다시 상경한 이용악은 조선문학가동맹에 가입하여 활동하면서 『오랑캐꽃』(아문각, 1947), 『이용악집』(동지사, 1949)을 상재했다. 한국전쟁을 전후하여 월북한 그는 『평양관개시초』(1956) 등을 발표하였고, 김상훈과 함께 『역대 악부시가』를 번역·출간하기도 했지만 이후 행적은 알려져 있지 않다.

한국전쟁 이후 이용악과 그의 시에 대한 논의는 남과 북의 이데올로기에 의해 월북문인이란 이유로 양측의 문학사에서 정당한 평가를 받지 못했다. 그러나 1976년 3·13조치를 비롯한 네 차례에 걸친 해금 조치는 이용악과 그의 시를 제대로 평가하는 계기였다. 그러한 조치는 그때까지 논의조차 유보되었던 제 문인들을 연구의 대상으로 삼을 수 있게 되었고 이후의 논의에서 월북문인과 그들의 작품을 집중적으로 조망하는 단초가 되었다.

지금까지 이용악과 그의 시에 대한 평가는 식민지 조국과 궁핍한 시대의 질곡을 감내해야 했던 민중의 모습을 형상화한 당대적 의미에 집중되어 있다. 그러한 평가는 시와 리얼리즘의 상관 관계를 연구했던 논자들에 의해 리얼리즘적 경향의 작품 위주로 다루어졌다. 따라서 '모더니즘의 해악'과 '민족시로서의 리얼리즘'이란 양대 구도를 벗어나지 못했다고 볼 수 있다.

지금까지 이루어진 비평 작업은 나름의 의의를 지님에도 불구하고 몇 가지 점에서 문제점을 내포하고 있다. 먼저, 특정 주제에 집중됨으로써 그 주제 범주를 벗어나지 못한다는 점이다. 이러한 주제 비평과 연계된 개별 작품에 대한 분석도 마찬가지이다. 따라서 이용악에 대한 평가의 언저리에는 이른 바 민족시인 혹은 리얼리즘 시인 등의 칭호가 무리없이 전제되어 사용되어져 왔다. 이러한 사실은 외재적 비평에 주안점을 두어 논의가 전개되어 왔음을 반증하는 것으로, 개별작품들에 대한 내적 텍스트 연구를 통해 도출되는 객관적인 평가나 전체적인 조망이 뒤따라야 할 것이다.

따라서 본고는 이용악 작품 중 「북쪽」에 대한 구체적인 분석과 아울러 이용악의 전체 작품과의 상호텍스트성을 면밀하게 분석하고자 한다. 본고는 「북쪽」에 나타난 시적 언술의 체계와 구조를 정밀하게 밝히는 내재적 연구와 더불어, 이용악의 시세계에서 그의 초기시에 속하는 「북쪽」과 전체 시세계와의 관련양상을 다른 작품과 상호텍스트 연구를 통해 고찰하고자 한다. 이러한 작업은 이용악의 시세계를 특정 주제에 국한시켜 논의를 전개했던 기존의 연구성과를 보완하는 고찰의 일환이며, 이용악과 그의 문학을 보다 면밀한 고찰과 총체적 접근을 도모하고자 하는 데 의의를 둔다.

2. 「북쪽」의 구조와 의미

이용악은 식민지 현실 속에 놓여진 조선의 억압적 상황을 문학적 형상화를 통해 강점 하 민중의 삶을 암담하게 왜곡시켰던 근원적 모순에 다가가고자 했다. 카프의 해산과 더불어 등단한 그는 카프처럼 직설적이고 운동노선적인 현실참여의 방식을 벗어나 민족적 서사와 민중의 서정을 교직한 초기 시세계를 보여준다. 이러한 시적 경향은 후기시로 갈수록 이념과 좌우의 대립이 격렬해졌던 해방기에 이르러 직설적이고 선동적인 시적 어법으로 바뀌는 시작 태도를 드러낸다. 여기에서 중요한 것은 이용악의 시세계가 초기에서 후기로 갈수록 급격하게 변모하는 시적 어법이라 할 수 있다. 그것은 시인의 세계관의 변화나 시작 태도의 변모를 통해서 설명할 수 있다. 그러나 이용악의 경우, 초기에서 후기에 이르는 시적 경향의 변모와 더불어 변하지 않고 지속되는 점이 나타난다. 이와 같은 맥락에서 이러한 시적 경향을 밝히는 내적 단초로서의 「북쪽」이 지닌 중요성을 지적할 수 있다.

본고가 「북쪽」을 분석 대상으로 삼은 이유는 첫째, 이 작품이 이용악의 다른 작품에서 보여주는 시세계를 함축하고 있다는 점. 둘째, 이용악의 시세계 또는 시정신을 논의할 때 대부분 민족현실의 형상화란 측면에서 접근했다면 대부분의 연구자가 이 작품을 중점적으로 언급하는 경우가 적거나 상대적으로 논외로 치부되었다는 점이다. 「북쪽」은 6행으로 이루어진 짧은 시이다. 먼저 시의 전문을 보자.

> 북쪽은 고향
> 그 북쪽은 여인이 팔려간 나라
> 머언 산맥에 바람이 얼어붙을 때
> 다시 풀릴 때
> 시름 많은 북쪽 하늘에
> 마음은 눈감을 줄 모른다

루카치의 "길이 시작되자 여행은 끝났다"는 명제는 작품 속의 주인공이 언제나 무언가를 찾는 자임을 전제한 것이다. 여기서 찾는다는 단순한 사실은 목표나 그 목표에 이르는 길이 직접적으로 주어질 수 없다는 것을 의미한다.[1] 그것은 작품 속 문제적 개인이 자신을 찾아가는 여행이며 타락한 세계 내에서 자기 인식으로 향하는 길이다. 루카치에 의하면 타락한 세계란 근대 자본주의 사회의 경제적 토대를 역사철학적 관점에서 성찰하여 근대적 인간들의 삶을 압축적으로 제시한 것이다.

그러한 관점이 제1세계의 근대적 세계를 기조로 한 성찰이라면 식민지 조선의 타락한 세계에 놓여진 길은 복합적이며 이중적이다. 왜냐하면 루카치의 주된 성찰이었던 근대 자본주의의 타락은 우리의 경우 근대적 자본주의를 일본을 전신자로 하는 수용이었다는 점과 근대 자

---

1) Georg Lukacs, 반성완 역, 『소설의 이론』, 심설당, 1985, 77쪽.

본주의의 수입과 더불어 식민지의 굴레를 당해야 했다는 점에서 변별적이기 때문이다. 일제의 천황제로 인해 왜곡된 근대적 자본주의는 군국주의로 인해 또 다시 뒤틀려 식민지 조선에 이입되었다. 이러한 이중의 질곡은 이용악을 비롯한 당대 식민지 조선의 지식인에 부과된 천형과도 같았으며, 그들의 문자행위는 비어있는 땅 또는 미개지에서 길을 마련해야 하는 운명이자 길없음 혹은 부재한 길을 인식하는 것이었다.

한국현대문학사에서 길의 여로를 내적 구조로 하는 문학 작품은 대개 떠남과 돌아옴 또는 이향과 귀향의 구조를 보이고 있다. 그러나 이용악의 경우, 그의 초기시가 대부분 포함되어 있는 『분수령』과 『낡은 집』이 일본에서 간행되었다는 점을 감안할 때 이향의 부분이 생략되어 있다. 즉 일본에서 어렵게 고학하는 과정에서 고향을 바라며 그곳으로 돌아가고자 하는 귀향의 이미지가 대부분을 이루고 있다는 점이다. 감태준이 지적한 '막막한 고향→떠남→막막한 타향→고향으로 귀환→막막한 고향→떠남'[2]의 심리 구조는 이용악의 생애를 중심으로 해석한 결과라 할 수 있다. 따라서 이용악의 생애를 중심으로 할 때 이향에서 귀향, 또 다른 이향으로 이동하는 반면 작품에 나타난 여로는 귀향에서 이향, 또 다른 귀향으로 이동하는 크로노토프를 지닌다.

이 시는 초기시에 드러난 북쪽 지향성의 여로를 집약적으로 보여주는 작품이다. 6행의 짧은 시임에도 불구하고 시 속에 함의된 내용은 풍부하다. 먼저 시기상의 문제로 이 시는 일본유학기간에 창작된 작품이다. 이용악은 1935년 『신인문학』에 「패배자의 소원」을 통해 등단한 이후 일본에 체류하고 있었던 1937년과 1938년에 걸쳐 『분수령』과 『낡

---

2) 감태준, 『이용악시연구』, 문학세계사, 1990, 156쪽.

은 집』을 각각 간행했었다. 「북쪽」은 『분수령』의 모두에 수록된 시로 일본에서 고향을 향하는 마음을 형상화한 작품이다.

다음으로 "북쪽은 고향"이라는 단정적 언술을 통해 이 시의 핵심적 시구인 북쪽의 의미를 추적할 수 있다. 북쪽은 고향쪽으로 향하는 방위이다. 그러나 '북쪽'과 '그 북쪽'은 동일한 의미가 아니다. 이를 해결하기 위한 전제는 시적 화자의 위치를 어디에 둘 것인가이다. 시적 화자가 일본에 있느냐 아님 고향 이외의 다른 지역에 있느냐에 따라 그 의미가 달라지기 때문이다. "일본→북쪽 고향(조선)→그 북쪽(여인이 팔려간 나라)"3)으로 이동하는 시선의 흐름은 시적 화자의 위치를 일본으로 본 시각이다. 이는 앞서 말한 이용악의 전기적 사실과 일치하며 첫 시집의 첫 면을 「북쪽」이 장식했던 상징성과도 부합한다. 따라서 '북쪽'이 물리적 고향인 경성을 지시한다면 '그 북쪽'은 한반도의 위쪽을 나타내는 만주, 간도, 시베리아 등지를 표현하는 시구로 보아야 한다.

이런 맥락에서 "그 북쪽은 여인이 팔려간 나라"는 이중적으로 읽을 수 있다. 그 시구를 달리 표현하면, 북쪽을 주어로 읽을 경우, '그 만주나 간도는 여인을 사온 나라'가 되고, 의미상 주어인 여인을 주어로 읽는다면 '여인은 만주나 간도라는 나라로 팔려갔다'가 된다. 이를 통해 만주 또는 간도라는 나라는 여인을 몸값을 주고 사들였다는 점과 여인의 조국이 그녀를 팔았다는 점이 내재되어 있다. 전자가 능동적인 반면 후자는 수동적이다. 여인은 자신의 의지와 상관없이 팔려 나가야 했고, 그녀의 조국은 무기력하게 방조할 수밖에 없는 식민지 상황이 암시되어 있기 때문이다. 「전라도 가시내」와 관련하여 읽는다면, 전라도 가시내의 여로와 정확히 일치하고 있고, 마치 「전라도 가시내」를

---

3) 이명찬, 「이향과 귀향의 변증법」, 『민족문학사연구』12호, 소명, 1998, 162쪽.

한 행으로 압축한 경우라 할 것이다.

시적 화자는 자신의 조국보다 더 남쪽인 일본에서 고향인 북쪽과 고향보다 더 북쪽을 바라보고 있다. 이러한 시적 화자의 시선은 "머언 산맥에 바람이 얼어붙을 때/ 다시 풀릴 때"에서 얼어붙고 다시 풀리는 순환의 지속을 통해 상당한 시간이 흘렀음을 알 수 있다. 그러한 시간의 경과는 몇 번의 계절이 바뀌었다는 표면적 의미와 더불어 자신의 고향을 그리는 북쪽에 대한 그리움이 '시름 많은' 마음으로 내면화되는 정서의 축적을 표상하기도 한다. 따라서 북쪽을 향한 그리움이 증폭될수록 남쪽에 위치한 시적 화자의 현실은 '시름'으로 커지게 된다.

이 시는 시적 화자가 보내는 시선의 흐름을 통해 북쪽의 의미를 증폭하지만 시간의 흐름을 통해 현재 시적 화자가 위치한 남쪽의 의미를 함축하고 있다. 1행과 2행 그리고 3행과 4행, 5행과 6행이 각각 동일한 시간대에 걸쳐 형상화되고 있는 이 시의 시간 구조는 '북쪽'과 '그 북쪽'을 중첩시켜 과거와 이전의 과거를 병립시키고, 산맥의 바람이 얼어붙고 다시 풀리는 순환 과정을 현재에 이어지는 흐름으로, 시름 많은 북쪽 하늘을 바라보는 시적 화자의 정서가 앞으로도 지속적임을 암시하는 미래에까지 걸쳐 있다. 따라서 시적 화자가 보내는 시선의 흐름은 북쪽의 의미를 증폭시키는 시적 장치로 쓰인 반면 과거에서 미래로 이어지는 시간의 흐름은 상대적으로 시적 화자의 현재적 의미를 부각시키는 전략과 더불어 미래로 이어지는 남쪽에 대한 상징성을 획득하고 있다.

시적 전망으로서의 미래란 시인이 무언가를 형상화하고자 하는 의도이자 궁극적인 목적이다. 따라서 그 길에 놓인 시인의 여로를 찾아가는 구조는 시상이 전개될수록 대립 구조를 띠게 된다. 왜냐하면, 이용악의 시에서 북쪽 지향성의 시편과 남쪽 지향성의 시편들이 대체로 대립적인 구도로 나타나며 각각의 지향성이 다르게 나타나기 때문이다. 따라서 그 대립 구조를 따라가면서 의미망을 분석하는 것은 부정적으로 형상화된 현실의 제모습을 파악하면서 그것을 넘어서려는 시인의 궁극적 의도를 고찰하는 과정이 될 것이다.

「북쪽」은 외면화된 북쪽 지향성을 통해 물리적 고향인 함북 경성을 그리워하는 정서로부터 확대된 식민지 조국을 함축하는 구조를 지니고 있다. 또한 시의 전면에 나타나지는 않지만 시적 화자가 위치한 일본이라는 근대적 공간에 대한 상징적 의미를 부가하면서 남쪽 지향성이 내면화되어 있다. 따라서 내재되어 있는 남쪽의 의미를 규명할 때 시에 형상화되어 있는 북쪽의 의미를 올바로 파악할 수 있을 것이다.

3. 북쪽의 의미, 전근대와 근대의 변증

이용악의 전기적 이력을 살펴 볼 때 북쪽을 향한 길은 자신의 물리적 고향인 경성을 지칭하는 경우와 '그 북쪽'으로 표현했던 한반도의 북쪽을 나타내는 것으로 나눌 수 있다. 전자가 함경도 경성이라는 물리적 고향과 더불어 확대된 조국을 의미할 때, 이용악의 가족사와 관련하여 생활을 영위했던 수단으로서의 의미와 유년체험을 고스란히 간직하고 있는 것이 후자이다. 따라서 '북쪽'의 의미가 막연한 고향 찾기 또는 상실감에서 연유한다면 '그 북쪽'의 경우는 자신의 유년 체험을 통해 각인된 가족사적 의미를 지니게 된다.

그리움의 대상이었던 북쪽에 돌아왔건만 정작 고향은 자신의 '꽃'(「고향아 꽃은 피지 못했다」)을 피워줄 수 없는 나약한 식민지 조국의 소도시일 뿐이었다. 유학시절 자신을 단련하고 현실을 극복케 해주었던 북쪽에 대한 길의 그리움은 꽃을 피워주지 못하는 혹은 근대적 질서로부터 좌절당한 대가를 혹독하게 치루듯 처참하게 일그러진다. 그러나 이용악은 이향과 귀향 여로의 좌절을 통해 식민질서가 편만한 한반도를 볼 수 있었고, 자신의 고향 또한 예외가 아님을 느낄 수 있었다. 그것은 어디에나 누구에게나 편재한 식민지 현실을 인식하는 계기이자 상실감의 근원을 찾는 또 다른 여로의 시작이기도 했다. 그 시작은 "우리집도 아니고/ 일가집도 아닌 집/ 고향은 더욱 아닌 곳"(「풀버렛소리 가득차 있었다」)인 '그 북쪽'을 찾는 유년기 체험의 회상으로부터 비롯된다. 자신의 욕망을 채워주지 못한 고향을 통해 그 이전의 장소애(Topophilia)를 발동케 하는 회상의 형식은 현실에서 느끼는 상실감의 연원을 추적하는 하나의 방식일 수 있다.

소금장수였던 할아버지와 아라사 지방으로 밀무역 행상을 했던 아버지의 존재는 국경을 넘나드는 가난을 원체험으로 이루어졌던 가족사의 핵심이자 '외할머니 큰아버지랑 계신 아라사'(「푸른 한 나절」)인 '그 북쪽'의 이미지를 형성하는 주된 요소이다. 그러한 북쪽의 향한 길을 꾸며 주는 이미저리는 시간적으로 '밤', 계절적으로 '겨울', 공간적으로 '국경' 혹은 '두만강'이나 지리상 한반도 위쪽의 지명(아라사, 만주, 간도, 시베리아, 우크라이나 등) 등을 계열체로 하여 나타난다.

예를 들어, '아버지의 寢牀없는 最後의 밤은 풀버렛소리 가득차 있었다'는 가족사의 중심에 놓여져 있는 아버지의 죽음과 가족의 유랑생활을 집약적으로 드러내는 시구이다. 아버지의 죽음을 형상화한 그 시구는 무섭도록 객관화된 언어의 절제를 통해 가능한 경지이자 개인적인 비극을 넘어 당대 국경을 넘어야 했던 또 다른 아버지들의 모습으로 확대하려는 내밀한 의도를 함의하고 있다. 또한 "눈보라에 숨어 국경을 넘나들 때/ 어머니의 등골에 파묻힌 나는/ 모든 가난한 사람들의 젖먹이와 다름없이/ 얼마나 성가스런 짐짝이었을까"(「우리의 거리」)
에 이르면, 이용악의 개인사적 수난에서 당대 '모든 가난한 사람들'의
상황으로 확대되어 나타난다. 이러한 점은 당대 유이민의 참담한 현실
을 개별자를 통해 보편자를 지향했던 그의 대표시 「낡은 집」과 「전라
도 가시내」가 놓이는 자리를 확인케 하는 중요한 요소로 작용한다.

> 그가 아홉살 되던 해
> 사냥개 꿩을 쫓아다니는 겨울
> 이 집에 살던 일곱 식솔이
> 어데론지 사라지고 이튿날 아침
> 북쪽을 향한 발자욱만 눈 우에 떨고 있었다.
>
> 더러는 오랑캐령 쪽으로 갔으리라고
> 더러는 아라사로 갔으리라고
> 이웃 늙은이들은
> 모두 무서운 곳을 짚었다
>
> 　　　　　　　　　　　　　　　　－「낡은 집」에서
>
> 하늘
> 하늘을 쳐다보는 늙은이 腦裡에는
> 얼어죽은 친지 그 그리운 모습이
> 또렷하게 피어오른다고
> 길다란 담뱃대의 뽕잎 연기를
> 하소에 돌린다
>
> 돌개바람이 멀지 않어
> 어린것들이

　　털 고운 토끼 껍질을 베껴
　　귀걸개를 준비할 때
　　기름진 밭고랑을 가져 못 본
　　部落民 사이엔
　　지난해처럼 또 또 그 전해처럼
　　소름끼친 對話가 오도오도 떤다

-「晩秋」에서

「낡은 집」은 이용악의 시 중에서 리얼리즘과 관련하여 가장 많이 논의되었던 작품이다.[4] 그것은 이 시가 당대의 민족적 현실을 적절히 반영하는 데 성공했다는 평가에 기반하는 것이다. 따라서 식민지 시절의 질박한 현실을 살아내야 했던 민중의 모습은 털보네 일가의 삶을 통해 "이 집에 살던 일곱 식솔이/ 어데론지 사라지고 이튿날 아침/ 북쪽을 향한 발자욱만 눈 우에 떨고 있었다"는 서사와 서정이 교직하는 언술로 형상화되고 있다. 이러한 표현은 털보네 일곱 식구가 한 겨울에 야반도주할 수밖에 없었던 시적 상황에 대한 함축적 진술과 미래의 불확실한 삶에 대한 불확실성 및 두려움을 서정적으로 드러내 더욱 강렬한 효과를 보이고 있다.

그 중심에 '북쪽'에 대한 당대의 역사철학적 의미와 더불어 현실의 암울함이 배여 시의 진정성을 배가시키게 된다. 왜냐하면, '북쪽'을 지

---

4) 오성호, 「시에 있어서 리얼리즘 문제에 관한 시론」, 『실천문학』, 1991년 봄호.
　김형수, 「서정시의 운명을 밝히는 사실주의」, 『한길문학』, 1991년 여름호.
　최두석, 「리얼리즘 시론」, 『실천문학』, 1991년 겨울호.
　황인교, 「이용악 시의 언술 분석」, 이화여대 박사학위논문, 1991.
　이은봉, 「실사구시의 시학」, 『나의 시, 나의 시학』, 공동체, 1992.
　윤여탁, 「서정시의 시적 화자와 리얼리즘론-이용악론」, 『시의 논리와 서정시의 역사』, 태학사, 1995.
　윤여탁, 「시의 다성성 연구를 위한 시론」, 『시교육론 II』, 서울대학교출판부, 1998.

시하는 기표들이 '오랑캐령'이나 '아라사'쪽을 의미할 때 그곳은 삶의 경험에 원숙한 '늙은이들'이 전부 '무서운 곳'임을 암시하기 때문이다. 「만추」에서 나타나듯 '무서운 곳'은 "얼어죽은 친지 그 그리운 모습이/ 또렷하게 피어오"르는 공간이자 "지난해처럼 또 또 그 전해처럼" 몇 해를 반복해서 지속적으로 오고갔던 '소름끼친 대화'의 주된 핵심사이기도 하다.

「북쪽」에서 나타나는 '북쪽'과 '그 북쪽'은 이 시에 이르면 구체적 의미를 획득하는 바, 전자가 털보네 일가가 현재 살고 있는 식민지 조국의 고향을 지시한다면 그들 일가가 야반도주해서 나아갈 두려운 목적지로서의 의미가 후자이다. 따라서 '그 북쪽'은 '오랑캐령'이나 '아라사'로 대별되는 당대 유이민의 여로이자 스탈린의 소수민 이주정책 이후 중앙아시아로 내몰려야 했던 현 조선족의 제1세대가 겪게되는 고난의 길이기도 하다.

> 바람소리도 호개도 인전 무섭지 않다만
> 어드운 등불 밑 안개처럼 자욱한 시름을 달게 마시련다만
> 어디서 흉참한 기별이 뛰어들 것만 같애
> 두터운 벽도 이웃도 못미더운 북간도 술막
>
> 온갖 방자의 말을 품고 왔다
> 눈포래를 뚫고 왔다
> 가시내야
> 너의 가슴 그늘진 숲속을 기어간 오솔길을 나는 헤매이자
> 술을 부어 남실남실 술을 따르어
> 가난한 이야기에 고히 잠거다오

네 두만강을 건너왔다는 석 달 전이면
단풍이 물들어 천리 천리 또 천리 산마다 불탔을 겐데
그래두 외로워서 슬퍼서 초마폭으로 얼굴을 가렸더냐
두 낮 두 밤을 두루미처럼 울어 울어
불술기 구름 속을 달리는 양 유리창이 흐리더냐

차알삭 부서지는 파도소리에 취한 듯
때로 싸늘한 웃음이 소리없이 새기는 보조개
가시내야
울 듯 울 듯 사투리로 때아닌 봄을 불러줄게
손때 수집은 분홍 댕기 휘 휘 날리며
잠깐 너의 나라로 돌아가거라

-「전라도 가시내」에서

胡人의 말몰이 고함
높낮어 지나는 말몰이 고함—
뼈자린 채쭉 소리
젖가슴을 감어 치는가
너의 노래가 漁夫의 자장가처럼 애조롭다
너는 어느 凶作村이 보낸 어린 犧牲者냐

깊어가는 大陸의 밤—
未久에 먼동이 트려니 햇살이 피려니
성가스런 鄕愁를 버리자
제비 같은 少女야
少女야……

-「제비 같은 少女야-강건너 酒幕에서」에서

「낡은 집」이 식민지 조국의 고향 이야기를 통해 '북쪽'의 의미를 함축하듯, 「전라도 가시내」는 국경 너머 '그 북쪽'에서 '북쪽'의 의미를 반추하는 작품이다. 따라서 「낡은 집」의 털보네 일가가 야반도주해서 나아간 '그 북쪽'이 전라도 가시내가 있는 '북간도 술막'이라 할 수 있다. '북간도 술막'은 "어드운 등불 밑 안개처럼 자욱한 시름을 달게 마시"는 곳이자 "어디서 흉참한 기별이 뛰어들 것만 같"은 공간이다.

「전라도 가시내」는 함경도 사내와 전라도 가시내 각각의 사연이 응어리진 '북간도 술막'에서 맺어지는 하룻밤의 인연을 통해 나와 너로부터 우리로 발전해 가는 시적 전개를 보이는 시이다. 그들은 모두 '북쪽'에서 '그 북쪽'으로 제각각의 사연을 가지고 털보네 일가처럼 '두만강'을 건너 술막에 위치해 있다. 그러나 그들의 여로는 자의가 아닌 어쩔 수 없이 할 수밖에 없었던 타의적 상황이다. 따라서 그들의 "가슴 그늘 숲속"을 떠올릴 때면 술기운에 힘입어 자신의 걸어온 길을 더듬어 잠시나마 추억의 나라로 빠져든다. 추억의 나라는 자신을 팔아버린 식민지 조국의 고향인 가난한 '흥작촌'이었고 "성가스런 향수"를 간직케 했던 미망이었다. 따라서 그러한 향수를 가지면 가질수록 현실의 어눌함은 짙어진다. 예를 들어, "호인의 말몰이 고함"이나 "뼈자린 채쭉 소리" 혹은 "대륙의 밤" 등을 통해 형상화되어 있는 북간도 술막을 둘러싼 정황이 그리 곱지 못하기 때문이다.

중요한 점은 '북쪽'과 '그 북쪽'을 인지하고 형상화했던 시인의 의식이다. 이용악은 전근대적이고 막막한 고향으로부터 "흘러가는 젊음을 따라/ 바람처럼 떠나"(「도망하는 밤」) 도망치듯 근대적 질서로 충만한 제국 일본으로의 유학을 선택한다. 그러나 근대적 질서에 대한 욕망의 대상이었던 일본은 현해탄 콤플렉스를 보상해주지 못했다. 왜냐하면 근대적 질서의 표상인 일본의 현실은, 이용악이 자신의 일본 선택이 '모험'이자 '기약없는 여로'일지라도 그것이 '천성'이기에 결코 '의심'하지 않겠다는 견고한 결의보다도 더욱 강고했기 때문이다. 따라서 "거리의 뒷골목에서 만나거든/ 먹었느냐고 묻지 말라/ 굶었느냐곤 더욱 묻지 말"(「나를 만나거든」)라는 혹은 "수염이 길어 흉한 사내는/ 가을과 겨울 그리고 풀빛 기름진 봄을/ 이 굴에서 즘생처럼 살아왔"(「밤」)다는 표현처럼 일본 유학 시절의 이용악은 참담했다.

자신의 목적을 충족시켜 줄 것만 같았던 제국 일본을 향한 선택은 당대 가장 신식이라 할 수 있는 근대적 교육을 향한 형용할 수 없는 욕망과 근대적 풍물인 동경(東京)을 향한 동경(憧憬)의 바로미터였다. 그것은 학비를 마련해야하는 생활인으로서의 고학생이란 현실과 피식민주의자로써 조선인이란 신분을 증명하는 또 다른 기의이기도 했다. 이러한 도시체험은 이중의 질곡으로 다가왔고 현실과 이상의 간극을 벌이게 된다.

실제로 일본 유학 시절의 시편들은 주로 모더니즘 계열의 언어실험과 연계되어 자신이 욕망했던 근대적 풍물(아스팔트, 싸이렌, 삘딩, 가로등, 다당, 커피)들이 난무하게 되지만 그만큼 짙은 감상성과 무기력에 빠져버리는 모습을 보인다. 그러나 현실의 참담함에 비례하여 '북쪽'을 향한 그리움은 더욱 더 강해진다. 「밤」에서 나타나듯, '동굴'로 비유된 어눌한 현실과 그 현실의 껍데기를 이상으로 삼아 도일했던 이용악은 일본이라는 제국의 중심에서 학비와 생활비를 혼자 감당해야 했던 생활인으로서 혹은 식민지 조선인으로서 현실을 감내해야 했다. 따라서 이용악은 자신의 환경을 둘러싼 이중의 질곡을 통해 자기 자신을 반추하게 되고 또한 남쪽으로 향했던 길의 의미를 성찰하게 되는 것이다.

4. 남쪽의 의미, 중심에 대한 욕망과 좌절

북쪽이 고향의 의미를 내재하고 있다면 시 속에 내재되어 있는 남쪽은 다의적이다. 남쪽은 일차적으로 이향을 동반한 타향의 의미지만 이용악의 시세계에 나타난 여로를 감안할 때 또 다른 고향을 지시하기도 한다. 이용악의 남쪽을 향한 길은 초기시의 경우 일본으로 나있는 여로이었다. 남쪽을 향한 길은 제국의 중심으로 나 있는 여로이자 근대적 질서에 편입하고자 하는 욕망의 집적인 현해탄 콤플렉스이기도 했다. 이용악의 시세계에 나타난 남쪽을 향한 길은 두 번에 걸쳐 이루어졌다. 첫 번째가 앞에서 상술한 일본의 체류 기간을 말하고 두 번째는 해방이 되자 조국의 심장부인 서울로 향하는 여로이다. 일본의 동경과 조국의 서울은 모두 중심에 대한 은유이다. 전자가 후자에 비해 식민지 시절 더욱 강력한 유혹을 발산하는 공간이었지만 이제 해방된 조국에서 서울은 자신의 열정을 펼칠 수 있는 유일한 통로였다.

> 참나무 불이 이글이글한
> 오지화로에 감자 두어 개 묻어놓고
> 멀어진 서울을 그리는 것은
> 도포 걸친 어느 조상이 귀양 와서
> 일삼든 버릇일까
> 돌아갈 때엔 당나귀 타고 싶던
> 여러 영에
> 눈은 내리는데 눈은 내리는데
>
> ―「두메산골3」 전문

이 시를 통해 이용악의 남쪽을 향한 길이 해방 전과 후의 의미가 동일하면서도 다르다는 점을 알 수 있다. 즉, 해방 전 조국의 식민지 시절에는 식민 본국의 수도였던 동경이었고 해방 후는 벅찬 감격과 기대가 용솟음쳤던 해방의 거리, 조국의 수도 서울이었다. 시적 화자는 자신이 두메산골에 처박혀 있다는 사실과 과거 어느 조상의 귀양 살이를 대비하여 자신을 자위하고자 한다. 먼 옛날 결박당하거나 걸어서 귀양왔던 조상이 귀양이 풀려 자랑스레 당나귀 타고 다시 벼슬길로 나아 갔던 그 길 위에 눈이 내리고 있다. 눈이 계속 내리는 여러 고개 엔 사람이 넘어설 기미가 보이지 않는다. 이러한 비유를 통해 자신이 놓여진 '오지'를 벗어나고자 욕망하는 방식은 '멀어진 서울을 그리는 것'뿐이다.

"온 길 갈 길 죄다 잊어바리고/ 까맣게 쓰러지고 싶"(「두메산골2」)은 험난한 길을 걸어왔던 시적 화자에게 이러한 서울에 대한 그리움은 "돌아 돌아 물곬 따라가면 강에 이른대/ 영 넘어 여러 영 넘어가면 읍이 보인대"에서 나타나듯, 저 강을 건너고 여러 영을 넘어 가면 읍이 나오고 그러면 도시(서울)가 나타날 것이란 자조 속에서 여전히 내밀하게 보존되어 있는 것이었다. 이용악의 서울에 대한 그리움은 근대적 질서 혹은 중심에 대한 동경이었다.

> 한결 해맑숙한 네 이마에
> 촌스런 시름이 피어오르고
> 그래도
> 우리를 실은
> 차는 남으로 남으로만 달린다
> (중략)
> 보리밭 없고
> 흐르는 뗏노래라곤

더욱 못 들을 곳을 향해
암팡스럽게 길 떠난
너도 물새 나도 물새
나의 사람아 너는 울고 싶고나
(중략)
너를 키운 두메산골에선
가라지의 소문이 뒤를 엮을 텐데
그래도
우리를 실은
차는 남으로 남으로만 달린다

 -「그래도 남으로만 달린다」에서

초기시에 속하는 이 시를 통해 확인할 수 있는 것은 남쪽을 향한 길을 통해 충족하고자 하는 욕망의 실현 방식이다. 남쪽이 의미하는 바가 일본의 동경이든 서울이든 모두 막막한 고향을 등지게 했던 계기로 작용한다. 동경과 서울을 향한 여로는 '촌스런 시름'과 '보리밭'이나 '뗏노래'가 넘쳐났던, 시적 화자를 키운 '두메산골'으로부터 "보리밭 없고/ 흐르는 뗏노래라곤/ 더욱 못 들을 곳"에 까지 나 있다. 두메산골을 연상시키는 보리밭과 뗏노래가 더 이상 들리지 않는 모던한 곳, 그곳을 향해 '암팡스럽게 길떠난' 시적 화자는 결국 일본의 고통스러웠던 유학체험을 고스란히 간직하고 북쪽으로 돌아오게 된다.

북쪽을 향한 길은 식민지 조국의 현실과 그 현실 속에서 유랑할 수밖에 없는 유이민에 대한 참상을 인식했던 동력이기도 했다. 그러나 근대적 질서에 대한 욕망이 완전히 수그러든 것은 아니었다. 왜냐하면 「하나씩의 별」에서 나타나듯, 해방이 된 후에도 두만강을 넘어 조국으로 돌아오는 귀향민들에 섞인 시적 화자가 자신의 고향을 등지고 "서울이 그리워/ 고향과는 딴 방향으로 흔들"리며 계속 '남으로 남으로만 달'리기 때문이다. 서울에 대한 그리움은 피난열차의 사람들이 헐벗은 대로 제각각의 염원을 안고 남쪽으로 가듯, 시적 화자에게도 '나라에 기쁜 일'이 너무 커 울지도 못하는 감격의 '별'을 품고 가는 것으로 나타난다.

나라와 관련된 기쁨이란 해방의 의미이고 자신의 별을 쳐다보는 것은 해방과 연관된 무언가를 희망하는 정서와 관련되어 있다. 그것은 서울에 대한 그리움을 충족하기 위한 행위이자 첫 번째의 남행에서 좌절되었지만 이용악의 무의식에 내밀하게 자리한 중심 또는 근대적 질서에 대한 욕망이라 볼 수 있다. 따라서 식민지 시절 남쪽의 의미가 일본 유학을 통한 근대적 질서를 향유하기 위한 것이었듯 해방된 조국에서 남쪽의 의미는 서울로 모여드는 중심에 대한 동경과 급격하게 재편되어 가는 혼란한 해방공간의 상황논리와 맞닿아 있다.

　　핏발이 섰다 집마다 지붕 위 저리 산마다 산머리 우에 헐벗고 굶
　주린 사람들의 핏발이 섰다

　　누구를 위한 철도냐 누구를 위해 동트는 새벽이었나 멈춰라 어둠
　을 뚫고 불을 뿜으며 달려온 우리의 기관차 이제 또한 우리를 좀먹
　는 창고와 창고 사이에만 늘여놓은 철길이라면 차라리 우리의 가슴
　에 아내와 어린 것들 가슴팍에 무거운 바퀴를 굴리자

　　피로써 무르리라 우리의 것을 우리에게 돌리라고 요구했을 뿐이
　다 생명의 마지막 끄나푸리를 요구했을 뿐이다

　　그러나 아느냐 동포여 우리에게 총부리를 겨누고 다가서는 틀림

없는 동포여 자욱마다 절그렁거리는 사슬에서 너희들까지도 완전히 풀어놓고자 인민의 앞잽이 젊은 전사들은 원수와 함께 나란히 선 너희들 앞에 일어섰거니

강철이다 쓰러진 어느 동무의 소리가 바람결에 들릴지라도 귀를 모아 천 길 일어설 강철 기둥이다

며칠째이냐 농성한 기관구 테두리를 지키고 선 전사들이어 불 꺼진 기관차를 끼고 옳소 옳소 외치며 박수하는 똑같이 기름 배인 검은 손들이어 교대시간이 오면 두 눈 부릅뜨고 일선으로 나아갈 전사함마며 피켓을 탄탄히 쥔 채 철길을 베고 곤히 잠든 동무들이어

핏발이 섰다 집마다 지붕 위 저리 산마다 산머리 우에 억울한 모든 사람들이 우리의 승리를 약속하는 핏발이 섰다
　　　　　-「機關區에서-남조선 철도파업단에 드리는 노래」 전문

　이 시는 해방 직후 이용악이 자신의 전존재를 걸고 선택했던 남쪽을 향한 길의 중심에 놓여 있던 서울을 무대로 하는 작품이다. 해방공간의 서울은 이데올로기와 정치적 구호만이 난무한 근대의 실험장이었지만 그만큼 민족국가 수립을 위한 절호의 기회로 충만한 곳이기도 했다. 1946년 9월 총파업 당시 용산 철도 노동자들의 파업을 격려하고 있는 이 시는 지금까지 시 속에 드러난 시적 화자를 통해 자신의 목소리를 전달하려 했던 전략에서 벗어나 시적 화자와 시적 주체를 일치시킴으로써 현실에 대한 실천의 의지를 직접 전달하는 이야기의 방식으로 선회한 작품으로 평가된다. 그것은 당시 이용악이 남쪽이란 또 다른 고향을 통해 실현하고자 했던 욕망을 엿볼 수 있게 하는 구체적

인 근거이자 그의 세계관 속에 내포되어있는 정치적 이념이나 사회적 안목을 느끼게 하는 것이다.

전자와 후자는 근대적 이념 또는 질서에 대한 그리고 중심에 대한 동경이란 관점과 더불어 열강으로 인해 근대의 실험장으로 변모해 가는 서울의 모습을 통해 민족국가 수립이란 실천의 영역으로 대별된다. 그러한 관점은 좌우의 이데올로기 대립으로 나타난 혼탁한 정국 하에서 자신의 정치적 입각점을 극명히 보여주는 세계관의 문제이다. 이런 맥락에서 「다시 오월에의 노래」, 「거리에서」, 「빗발 속에서」 등의 시에서 나타난 선명한 선전선동성은 당대의 시대적 과제와 열망을 시적으로 형상화하고자 했던 이용악의 시정신으로 볼 수 있다. 그러나 그가 바라는 서울의 모습은 자신의 이상과는 다른 방향으로 흘러갔다.

집도 많은 집도 많은 남대문턱 움 속에서 두 손 오구려 혹혹 입김 불며 이따금씩 쳐다보는 하늘이사 아마 하늘이기 혼자만 곱구나

거북네는 만주서 왔단다 두터운 얼음장과 거센 바람 속을 세월은 흘러 거북이는 만주서 나고 할배는 만주에 묻히고 세월이 무심찮아 봄을 본다고 쫓겨서 울면서 가던 길 돌아왔단다
띠팡을 떠날 때 강을 건늘 때 조선으로 돌아가면 빼앗겼던 땅에서 농사지으며 가 갸 거 겨 배운다더니 조선으로 돌아와도 집도 고향도 없고

　　　　　　　　　　　　　　　　　－「하늘만 곱구나」에서

남쪽을 향한 길이 다다른 자리는 '집도 많은 남대문'이 놓여 있는 서울이었다. 그러나 해방된 서울의 하늘은 그 하늘 밑에 놓여진 움같은 집에 사는 사람들을 외면한 채, 유이민 생활을 겪고 고향으로 돌아

온 거북이에게 집도 고향도 안겨주지 못한다. '거북이'가 화물열차의
지붕 위에서 바라본 저마다의 '별'이었던, 남쪽으로 돌아오면 '빼앗겼
던 땅에서 농사지으며 가 갸 거 겨 배운다'던 희망은 집도 고향도 없
는 현실에 무너질 수밖에 없는 것이었다. 시적 화자에게 해방공간의
서울은 "예서 아는 이를 만나면 숨어바리지/ 숨어서 휘정휘정 뒷길"(「뒷
길로 가자」)로 내몰 뿐 광화문 네거리로 나갈 수 없게 만든 또 다른 억
압이었다. 시인은 탁 트인 광장으로 나아가지 못한다. 뒷길로만 맴돌
게 하는 억압은 마치 일본 유학 시절의 풍경과 별반 다르지 않음을 다
음의 시를 통해 알 수 있다.

> 더러는 어디루 갔나 다시 황막한 벌판을 안고 숨어서 쳐다보는 푸
> 르른 하늘이며 밤마다 별마다에 가슴 맥히어 차라리 울지도 못할 옳
> 은 사람들 정녕 어디서 움트는 조국을 그리는 걸일까
>
> —「노한 눈들」에서

> 누가 목메어 우느냐 너도 너도 너도 피 터진 발꿈치 피 터진 발꿈
> 치로 다시 한번 힘 모두어 땅을 차자 그러나 서울이어 거리마다 골
> 목마다 이마에 팔을 얹는 어진 사람들
>
> —「거리에서」에서

> 흩어지는 게 아니라 어둠 속 일어서는 조국이 있어 어둠을 밀고
> 일어선 어깨들은 어깨마다 미움을 물리치기에 천 만 채찍을 참아왔
> 거니
>
> —「빗발 속에서」

식민지 시절 일본의 시가지와 해방된 서울의 풍경은 길을 찾아 나

선 자에게 길의 부재를 알리는 형국이었다. 해방이 되어 남쪽을 향해 길을 재촉했던 이용악이 저마다의 가슴에 간직한 '별'이란 '움트는 조국'과 '일어서는 조국'을 위해 자신의 모든 것을 헌신하고자 했던 나라만들기에 대한 염원이었다. 그러나 해방정국의 혼란함은 이용악의 나라만들기에 대한 열정 혹은 새로운 중심에 대한 편입 의지를 꺾기에 충분했다. 따라서 이용악의 근대적 질서에 대한 열정은 주변화되고 타자화된다. 해방정국의 중심으로부터 소외된 주변화된 영역에서 이용악이 선택한 길은 '나라에 또다시 슬픔'을 만든 '원수를 향해 사나운 짐승처럼 내달'릴 '다뷔데'(「나라에 슬픔이 있을 때」)가 되는 것이었다.

'다뷔데'는 '피 터진 발꿈치로 다시 한번 힘 모두어 땅을 차'며 시대의 '어둠을 밀고 일어'서고자 했다. 그것은 파업의 현장에서 투쟁을 도모하는 전사의 형상으로 나타나기도 하지만 시인을 둘러싼 서울의 현실은 "소시민 소시민이라고 써놓은 얼룩진 벽에 벗어버린 검은 모자와 귀걸이가 걸려 있는 거울 속"(「오월에의 노래」)에 놓여 있는 또 다른 자신을 성찰하는 모습으로 비춰진다. 따라서 이용악은 지금까지 자신이 걸어왔던 여로의 의미를 반추하며 현실을 객관적으로 바라볼 수 있게 된다. 현실을 냉정하게 인식한다는 것은 자신이 처한 입지가 좁아든다는 것을 인지하는 것이자 '모두 어질게 사는 나라'와 '부끄러운 나라'(「슬픈 일 많으면」)라는 두 나라 사이에서 끊임없이 갈등하며 이상과 현실의 괴리감을 느껴야 했을 것이다. 따라서 이용악이 선택한 또 다른 길인 월북은 "물리치면 산 산 흩어졌다도/ 몇 번이고 다시 뭉쳐선/ 고향으로 통하는 단 하나의 길"(「38도에서」)이었기 때문인지 모른다.

5. 결론

이 글은 이용악의 「북쪽」에 나타난 시적 언술의 체계와 구조를 밝히고 시인의 시세계와 연관한 상호텍스성을 고찰하고자 하였다. 이에 본고는 「북쪽」에서 밝힌 '북쪽'과 '그 북쪽'의 시어를 통해 북쪽의 의미를 찾고 이와 더불어 시에 내재되어 있는 남쪽의 의미를 다음과 같이 추적하였다.

이용악의 초기시인 「북쪽」은 시인의 전체 시세계를 북쪽과 남쪽의 의미를 통해 형상화되어 있는 작품이다. 「북쪽」은 외면화된 북쪽 지향성을 통해 물리적 고향인 함북 경성을 그리워하는 정서로부터 확대된 식민지 조국을 함축하는 구조를 지니고 있다. 또한 시적 화자가 위치한 일본이라는 근대적 공간에 대한 상징적 의미를 부가하면서 남쪽 지향성이 내면화되어 있다.

북쪽을 향한 길은 자신의 물리적 고향인 경성을 지칭하는 경우와 '그 북쪽'으로 표현했던 한반도의 북쪽을 나타내는 것으로 나눌 수 있다. '북쪽'이 함경도 경성이라는 물리적 고향과 더불어 확대된 조국을 의미하는 할 때, '그 북쪽'은 이용악 가족사와 관련하여 생활을 영위했던 수단으로서의 의미와 유년체험을 고스란히 간직하고 있는 것이다. 따라서 '북쪽'의 의미가 막연한 고향 찾기 또는 상실감에서 연유한다면 '그 북쪽'의 경우는 자신의 유년 체험을 통해 각인된 가족사적 의미를 지니게 된다.

이용악의 시편에 내재되어 있는 남쪽은 이향을 동반한 타향의 의미와 또 다른 고향을 지시한다. 남쪽을 향한 길은 초기시의 경우 일본으로 나있는 여로였다. 그 길은 제국의 중심으로 나 있는 여로이자 근대적 질서에 편입하고자 하는 욕망의 집적인 현해탄 콤플렉스였다. 이용악의 시세계에 나타난 남쪽을 향한 길은 두 번에 걸쳐 이루어졌다. 첫 번째가 식민 본국인 일본에서의 체류 기간을 말하고 두 번째는 해방이 되자 조국의 심장부인 서울로 향하는 여로이다.

일본의 동경과 조국의 서울은 모두 중심에 대한 은유이다. 전자가 후자에 비해 식민지 시절 더욱 강력한 유혹을 발산하는 공간이었지만 해방된 조국의 서울은 자신의 열정을 펼칠 수 있는 유일한 통로였다. 그러나 해방된 조국에서 남쪽의 의미는 서울로 모여드는 중심에 대한 동경과 급격하게 재편되어 가는 혼란한 해방공간의 상황과 맞닿아 있었다. 따라서 이용악은 직설적이고 선전선동성이 강한 시편을 통해 해방정국을 타개하려 했지만 다시금 '북쪽'으로 향하는 길을 선택하게 된다.

제 9 장

신동엽의 「香아」 읽기

1. 서론

신동엽(1930-1969)은 『조선일보』 신춘문예(1959)에 「이야기하는 쟁기꾼의 大地」로 입선하여 등단한 후 시집 『아사녀』[1](1963)를 상재하였다. 이후 발표한 시편은 신동엽 사후 출간된 『신동엽 전집』[2]과 『꽃같이 그대 쓰러진』[3]에 실렸다. 그외 서사시 『금강』과 장시 「여자의 삶」, 시극 「그 입술에 파인 그늘」과 오페레타 「석가탑」이 있으며, 산문으로 「시인정신론」을 비롯해 17편이 『신동엽 전집』에 수록되었고, 수필문은 『젊은 시인의 사랑』[4]에 실려 있다.

신동엽에 대한 논의는 김수영과 조동일의 언급 이후 지속적으로 이루어 졌다. 김수영은 "강인한 참여의식이 깔려 있고 시적 경제를 할

---

1) 신동엽, 『阿斯女』, 문학사, 1963.
2) 창작과비평사 간, 『신동엽 전집』, 1980.
3) 신경림 엮음, 『꽃같이 그대 쓰러진』, 실천문학사, 1988.
4) 송기원 엮음, 신동엽 미발표산문집, 『젊은 시인의 사랑』, 실천문학사, 1988.

줄 아는 기술이 숨어 있고, 세계적 발언을 할 줄 아는 지성이 숨쉬고 있고, 죽음의 음악이 울리고 있"으며, "소월의 민요조에 육사의 절규" 를 드러낸다는 규정과 함께 "50년대 모더니즘의 해독을 너무 안받은 사람 중의 한 사람"이라고 언급했다.5) 조동일은 신동엽의 「껍데기는 가라」를 언급하면서 "내용과 형식이 일치된 시" 또는 "현실참여의 …… 시가 도달할 수 있는 최고의 경지에 육박하고 있다"고 평가했다.6)

이러한 논의의 연장선상에서 신동엽에 대한 평가는 민족문학의 한 전범으로써 그 지위를 고양하는 것이었다. 백낙청, 김영무, 채광석, 신 경림, 구중서, 염무웅, 조태일, 김우창, 김종철 등의 시인·평론가들은 신동엽의 시세계와 시정신을 논하면서 4월혁명 이후 민족문학의 새로 운 장을 개척했다고 평가한다.7) 이러한 평가의 일치점은 첫째, 분단시 대의 민족모순에 저항했다는 점이다. 이는 신동엽의 시세계가 주는 가 장 큰 미덕으로, 민족모순을 직시하거나 극복하기 위한 전망을 민족공 동체의 회복을 통해 민중적 시각으로 참여시를 창작했다고 보는 관점 이다. 둘째, 신동엽은 분단과 민족의 딜레마에 빠지지 않고, 그것을 아 우르는 현대문명 또는 근대의 이중성을 직시했다는 점이다.

---

5) 김수영, 「참여시의 정리」, 『창작과비평』, 1967년 가을호.
6) 조동일, 「시와 현실참여-참여파시의 가능성」(현대한국문학전집 제 18권, 『52인 시집』에 수록), 신구문화사, 1967.
7) 백낙청, 「민족문학의 현단계」, 『창작과비평』, 1975년 봄호.
　김영무, 「신동엽의 시세계」, 『신동엽-그의 삶과 문학』, 온누리, 1983.
　채광석, 「민족시인 신동엽」, 『한국문학의 현단계』Ⅲ, 창작과비평사, 1984.
　신경림, 「역사의식과 순수언어-신동엽의 시에 대해서」, 『한신대학보』, 1981.
　구중서, 「신동엽론」, 『창작과비평』, 1979년 봄호.
　염무웅, 「김수영과 신동엽」, 『뿌리 깊은 나무』, 1977. 12.
　조태일, 「신동엽론」, 『창작과비평』, 1973년 가을호.
　김우창, 「신동엽의 『금강』에 대하여」, 『창작과비평』, 1968년 봄호.
　김종철, 「신동엽론」, 『창작과비평』, 1989년 봄호.
　이하, 이 글들을 인용할 경우, 구중서·강형철 편, 『민족시인 신동엽』, 소명출판, 1999에 의거함.

이러한 평가의 기준으로 대두된 것은 4월 혁명이었다. 신동엽의 시세계를 이루는 많은 요소중의 하나인 4·19는 그의 시를 형성하는 중요한 역사적 사건이자 문학적 모티프라는 사실에 의심의 여지가 없다. 그러나 4·19는 신동엽의 문학세계를 규정하는 중요한 요소 중의 하나일 뿐 전부가 아니다. 왜냐하면 1960년 이후에 일어났던 현실이 1950년대의 역사적 상황과 연속선상에 놓여져 있듯이, 신동엽의 1960년대 시문학 역시 1950년대에 쓰여졌던 작품과 밀접하게 연계되기 때문이다. 또한 1960년대를 중심으로 이루어진 연구성과는 신동엽의 삶에 나타난 태도나 시정신, 혹은 시적 주제를 밝히는 작업이었다. 그러한 작업의 중심은 항상 민족 또는 민중의 일환으로 이루진 '민족시인 신동엽'8)이었다.

지금까지 이루어진 비평 작업은 나름의 의의를 지님에도 불구하고 몇 가지 점에서 문제점을 내포하고 있다. 먼저, 특정 주제에 집중됨으로써 그 주제 범주를 벗어나지 못한다는 점이다. 이러한 주제 비평과 연계된 개별 작품에 대한 분석도 마찬가지이다. 따라서 신동엽에 대한 평가의 언저리에는 이른 바 참여시인 혹은 민족시인 등의 칭호가 무리없이 전제되어 사용되어져 왔다. 이러한 사실은 외재적 비평에 주안점을 두어 논의가 전개되어 왔음을 반증하는 것으로, 개별작품들에 대한 내적 텍스트 연구를 통해 도출되는 객관적인 평가나 전체적인 조망이 여전히 미흡한 편이다.

따라서 본고는 신동엽의 대표작 중의 하나인 「향아」에 대한 구체적인 분석과 아울러 신동엽의 전체 작품과의 상호텍스트성을 면밀하게 분석하고자 한다. 본고는 「향아」에 나타난 시적 언술의 체계와 구조를

---

8) 1999년도에 간행된 그간의 신동엽 연구를 집대성한 저서 서명이 '민족시인 신동엽'이었다.

정밀하게 밝히는 내재적 연구와 더불어, 신동엽의 시세계에서 그의 초기시에 속하는 「향아」와 전체 시세계와의 관련양상을 다른 작품과 산문들을 참고하는 상호텍스트 연구를 통해 고찰하고자 한다. 이러한 작업은 신동엽의 시세계를 1960년대에 국한시켜 논의를 전개했던 기존의 연구성과를 보완하는 고찰의 일환이며, 신동엽과 그의 문학을 보다 면밀한 고찰과 총체적 접근을 도모하고자 하는 데 의의를 둔다.

2. 「향아」의 의미 따라가기

본고가 「향아」를 분석 대상으로 삼은 이유는 첫째, 이 작품이 신동엽의 다른 작품에서 보여주는 시세계를 함축하고 있다는 점 둘째, 신동엽의 시세계 또는 시정신을 논의할 때 대부분 1960년대 작품에 치중한 반면 1950년대의 작품에 대해서는 상대적으로 논외로 치부되었다는 점이다. 이는 1960년대 작품이 1950년대 작품과 밀접하게 연계되어있거나 연장선상이라는 점을 「향아」를 통해 검증할 수 있기 때문이다. 「향아」는 5연 7행으로 이루어진 시이다. 먼저 시의 전문을 보자.

향아 너의 고운 얼굴 조석으로 우물가에 비최이던 오래지 않은 옛날로 가자

수수럭거리는 수수밭 사이 걸쭉스런 웃음들 들려 나오며 호미와 바구니를 든 환한 얼굴 그림처럼 나타나던 夕陽⋯⋯

구슬처럼 흘러가는 냇ㅅ물가 맨발로 담그고 늘어앉아 빨래들을 두드리던 傳說같은 풍속으로 돌아가자

　　눈동자를 보아라 좋아 회올리는 무지개빛 허울의 눈부심에 넋 빼
앗기지 말고
　　철따라 푸짐히 두레를 먹던 정자나무 마을로 돌아가자 미끈덩한
기생충의 생리와 허식에 인이 배기기 전으로 눈빛 아침처럼 빛나던
우리들의 故鄕 병들지 않은 젊음으로 찾아가자꾸나

　　좋아 허물어질가 두렵노라 얼굴 생김새 맞지 않는 발돋움의 흉내
랑 그만 내자
　　들菊花처럼 소박한 목숨을 가꾸기 위하여 맨발을 벗고 콩바심하던
차라리 그 未開地에로 가자 달이 뜨는 명절밤 비단치마를 나부끼며
떼지어 춤추던 전설같은 풍속으로 돌아가자 내ㅅ물 구비치는 싱싱
한 마음밭으로 돌아가자.

-「좋아」[9] 전문

　　「향아」에 대한 기존의 평가는 "신동엽다운 시구의 전형적인 모
습"[10]이거나 "인류학적 사고의 뚜렷한 흔적을 남겨놓고 있는 것"[11]
등이다. 신동엽은 민족적 모순과 인간적 모순이 내재하지 않았던 역사
속의 민족생활과 풍습을 얘기함으로써 오늘의 모순을 부각시키려 했
던 것이다.[12] 김창완은 신동엽의 시가 문명을 거부하고 상실된 생명을
되찾고자 하는 원시주의적 태도를 가지고 있다고 말한다.[13] 여기서 원
시주의란 문명 자체의 역설적 산물로서, 문명화된 자아와 그것을 거부

---

9) 신동엽, 『신동엽 전집』, 창작과비평사, 1999. 이하 신동엽의 시와 산문을 인용할 경우 이
　책에 의거함.
10) 강은교, 「신동엽 연구」, 구중서·강형철 편, 『민족시인 신동엽』, 소명출판, 1999, 139면.
　(이하 『민족시인 신동엽』)
11) 김종철, 「신동엽의 도가적 상상력」, 『민족시인 신동엽』, 59쪽.
12) 강은교, 위의 책, 140쪽.
13) 김창완, 「신동엽 시 연구」, 한남대 박사학위논문, 153쪽.

하고 변형시키려는 욕망 사이의 상호작용에서 발생한 시적 태도이다.

이러한 신동엽의 시적 태도는 "참다운 인간의 생활을 잃어버린 현실을 벗어나 인간이 건강하게 대지와 더불어 소박한 삶을 영위하는 곳을 지향하고자 하는 그의 현실 극복의지"[14]를 엿보게 한다. 이와 같은 맥락에서 오윤정은 「향아」에 나타난 신동엽의 시적 태도를 모태회귀라 규정하고 고향을 잃은 자의 고향찾기, 보다 넓게는 대지와 인간의 건강한 만남과 그 만남이 실현될 수 있는 삶의 공간으로의 회귀로 설명한다.[15] 그러나 이와 같은 평가는 '원시적 고향으로서의 회귀공간'인 '백제' 또는 '금강'이라는 개념적 의미를 설정할 뿐 고향을 잃은 자가 왜 고향을 잃을 수밖에 없었는가에 대한 구체적인 분석이 병행되지 못한 한계점을 안고 있다.

「향아」는 시적 자아가 '향아'라는 시적 대상에게 시적 전언을 청유형으로 진술하는 구조로 이루어진 작품이다. 시적 자아가 발언하는 모든 전언은 향아에게 집중된다. 예를 들어 1연에서 '향아'라는 시어는 호격이다. 그러므로 '향아'라는 호격의 지칭어는 시적 자아가 특정한 인물을 설정하여 발언하는 형태를 띤다. '-로 가자'는 '향아'라는 지시 대상에게로 향하는 청유형 어미로써 시적 자아가 향아에게 건네는 부탁과 설득의 의미가 담겨 있다. 이와 같은 맥락에서 인용시는 서간체의 형식이라 할 수 있다. 문학에 있어서 서간체 형식은 오랜 전통을 지닌 글쓰기 방식이다. 1930년을 전후로 우리 문학에서 나타난 서간체 형식의 글쓰기 방식은 카프의 조직 내부에서 논의되었던 단편서사시 논쟁에서 집약적으로 드러난다.[16] 서간체 시에 관한 논의는 리얼리즘

14) 조해옥, 「전쟁체험과 신동엽의 시」, 『민족시인 신동엽』, 655쪽.
15) 오윤정, 「신동엽 시 연구-물질적 상상력과 귀수성의 시학」, 『민족시인 신동엽』, 704쪽.
16) 김해강의 「넷벗 생각」(『조선일보』, 1927. 5. 31)을 시작으로 임화의 「젊은 巡邏의 편지」, (『조선지광』, 1928. 4)와 「우리 옵바와 火爐」(『조선지광』, 1929. 2), 김해강의 「歸心」(『대

시 논쟁과 결부되어 중요하게 언급되었으며, 단편서사시의 하위 범주로 파악하여 서술시(narrative poem)로 분류하려는 경향을 보여 왔다.17)

이러한 서간체의 형식은 시 속에 서술적 요소를 수용하여 시적 리얼리티를 담보하려는 리얼리즘시의 시적 전략으로 볼 수 있다. 이와 같은 시적 전략은 언어의 능동적 기능을 중시하여 청취자에게 대화를 시도하는 특성을 갖고 있으므로, 예로부터 종교적 찬가나 정치적 투쟁가 등에서 널리 사용되어 왔기 때문이다.18) 「향아」에서 각 연별로 '향아--로 가자'의 형식이 반복되어 나타나는 구조는 서간체 형식의 특징적 면모인 "서술상의 거리감이 감소 또는 지양됨으로써 1인칭 인물들, 즉 교신자들의 갖가지 감정 그리고 생각들이 자주 친근하게 독자에게 전달"19)하려는 시적 전략으로 파악할 수 있다.

서간체 시에서 나타나는 특정 수취 대상자는 작품의 제목으로 직접 등장하거나 부제를 통해 특정인물의 실명을 거론하는 경우, 등장인물의 계급적 위상 또는 당대의 상황 설정을 집약적으로 보여주는 기제이다. 특히 서간체 시에서 사용되는 호칭은 시어의 음악적 요소를 강화하면서 청자의 시적 반응을 유도하는 책략이라는 점에서, 수취인으로 선택된 인물은 청자의 성격을 명확하게 규정하여 독자의 관심을

중공론』, 1930. 8) 등은 서간체 형식을 카프 창작방법론의 일환으로 중요하게 언급된 작품들이다. 이러한 일련의 작품군은 시인 자신들의 이념을 독자들에게 효과적으로 전달하면서 의식화할 수 있는 문학적 형식으로 나타난다. (최명표, 「김해강의 서한체 시 연구」, 현대문학이론학회, 『현대문학이론연구』13집, 2000. 참조)

17) 윤여탁, 「1920-30년대 리얼리즘시의 현실 인식과 형상화 방법에 대한 연구」, 서울대 박사학위논문, 1990, 104-124쪽.
윤여탁, 「시의 서술구조와 시적 화자의 기능」, 윤여탁·이은봉 편, 『시와 리얼리즘 논쟁』, 소명출판, 2001, 379-380쪽.
오성호, 「식민지 시대 리얼리즘시론 연구(1)」, 『문학과논리』창간호, 1991, 65쪽.
이순욱, 「카프의 서술시 연구」, 한국문학회, 『한국문학논총』23집, 1998, 241-264쪽.
18) D. Lamping, 장영태 역, 『서정시: 이론과 역사』, 문학과지성사, 1994, 183쪽.
19) F. K. Stanzel, 안삼환 역, 『소설형식의 기본 유형』, 탐구당, 1990, 74쪽.

집중시키는 역할[20]뿐만 아니라 설정된 청자와 그에게 보내는 전언을 통해 화자와의 관계를 유추할 수 있다. 따라서 시적 자아와 향아와의 관계 그리고 향아에게 전하는 전언의 내용은 이 시를 이해하는 중요한 요소이다.

1연은 시적 자아가 '향아'에게 '오래지 않은 옛날'을 상기시켜 '-로 가자'라는 청유형의 발언을 통해 시적 자아의 지향점을 드러낸다. 시적 자아에게 있어서 '향아'는 '고운 얼굴 조석으로 우물가에 비최이던' '너'이다. 향아의 과거 얼굴 모습을 연상케 하는 계기는 현재 향아의 얼굴이다. 왜냐하면 현재의 얼굴이 과거에 비해 곱지 못하기 때문이다. 그렇기 때문에 시적 자아는 고운 얼굴을 간직했던 '오래지 않은 옛날'을 떠올리게 되고, 그곳 또는 그러한 시간으로 돌아가자고 진술한다. 따라서 '오래지 않은 옛날'이란 현재의 시점을 기준으로 그리 많은 시간을 거슬러 올라가는 것이 아닌 시간 개념이다. 시적 자아는 곱지 않은 향아의 얼굴을 통해 그녀의 고왔던 시절을 떠올리는 것이다.

2연은 시적 자아와 향아를 둘러싼 오래지 않은 옛날의 풍경을 부연한다. 예를 들어, 수수럭거리는 수수밭 사이로 걸찍한 웃음들이 들려왔던 곳, 향아 또는 그녀 또래의 여자 아이들이 들었던 호미와 바구니 그리고 그 속에 놓였던 내용물의 내음새, 그들의 환한 얼굴과 얼굴을 그림처럼 비추었던 석양, 그외의 무수한 풍경들이 함축되어 있다. 이러한 풍경은 1연에서 보였던 '향아'의 호격과 '-로 가자'의 청유형 어미가 생략되어 함축된 구조로써 그 지향점인 '오래지 않은 옛날'의 모습이다. 이러한 생략을 통한 함축은 3연의 경우에도 나타난다.

3연은 1연의 지향점인 '오래지 않은 옛날'과 2연의 무수한 풍경들을

---

20) 최명표, 앞의 논문, 337쪽.

'전설같은 풍속'으로 변용되어 좀더 구체화된다. 1연에서 나타난 '향아--로 가자'가 '(향아)--로 돌아가자'로 바뀌어 막연한 '옛날'에서 '전설같은 풍속'으로 구체적 지향성을 보여준다. 그러나 시간상으로는 1연의 '오래지 않은 옛날'보다 더 오래된 전설적으로 내려오던 풍속을 지칭한다. 즉, 구슬처럼 흘러가는 맑은 냇가에서 빨래를 하던 여인네들은 향아의 어머니이거나 그 어머니의 어머니일 수 있기 때문이다.

4연은 현재의 향아가 곱지 않은 얼굴을 할 수밖에 없는 이유가 나타난다. 그것은 '무지개 빛 허울의 눈부심'과 '미끈덩한 기생충의 생리와 허식'때문이다. 무지개의 찬란한 색깔이 발광하는 눈부심 이면에 놓여진 허울과, 기생충의 생리와 그 생리를 위장하는 허식은 각각 현재 향아의 얼굴이 곱지 않은 이유라 할 수 있다. 따라서 향아의 얼굴을 일그러뜨리는 그러한 부정적 계열체는 '정자나무 마을'로 돌아갈 때 혹은 '우리들의 고향 병들지 않은 젊음'을 찾아 갈 때 극복될 수 있음을 암시한다. 중요한 점은 무지개의 허울과 기생충의 허식으로 인해 향아의 '넋'과 '인'이 빼앗기거나 스며드는 것을 경계하는 것이 무지개와 기생충을 주시하는 '눈동자'라는 점이다. 시적 자아는 '눈동자'를 통해 향아의 '넋'이 무지개의 허울에 빼앗기는 것과 기생충의 허식에 '인'이 배기는 것을 경계하면서 1연에서부터 지속적으로 언급했던 '옛날'을 찾아가자고 말한다.

4연이 시적 자아와 향아를 둘러싼 상황에 대한 대응일 때 5연은 그 상황에 둘러싸인 시적 자아와 향아의 내적인 태도의 문제가 나타난다. 그것은 '허물어질가 두렵노라'에서 나타나는 두렵다는 정서이다. 두렵다는 정서의 주체는 시적 자아이다. 시적 자아는 향아에게 두렵다는 정서를 전달하지만 그 정서가 시적 자아의 것만은 아니다. 왜냐하면 두려움의 대상이 허물어지는 것에 대한 무서움이라고 할 때 허물어짐을 당하는 개체는 시적 자아만이 아닌 향아를 포함하는 개념이기 때문이다. 그것은 서간체 시의 속성이라 할 수 있는 구술성에 기반한 것으로, 독자/수신자는 작품 속의 내용/사연을 읽는/듣는 도중에 집단의 문제에 관심을 갖게 된다.[21] 따라서 두렵다는 정서는 시적 자아와 향아를 포함하는 '우리'의 집단적 정서로 확대되어 재생산된다. 중요한 것은 무엇이 허물어지는 가이다. 그것은 '얼굴 생김새 맞지 않는 발돋움의 흉내랑 그만 내자'에서 찾을 수 있다.

　'얼굴 생김새'의 맞음과 맞지 않음은 인간의 선천적인 것과 후천적인 것을 의미한다. 따라서 선천적으로 규정된 얼굴 생김새와 맞지 않다는 것은 '발돋움의 흉내'를 규정하는 한정사이다. 그러나 '발돋움'과 '발돋움의 흉내'는 변별적이다. 전자가 자신의 한계를 극복하고자 하는 의지를 수반한다면 후자는 모방 또는 따라하기 이상의 의미를 띠기 어렵다. 따라서 선천적인 것을 위반하는 따라하기는 정체성의 문제로 읽을 수 있으며, 두려운 대상이었던 허물어짐은 바로 시적 자아와 향아를 포함하는 집단적 정체성의 와해를 의미한다. 그들의 정체성이 허물어질까 두려운 시적 자아에게 얼굴 생김새와 같은 그들만의 것이 아닌 '발돋움의 흉내'는 이제는 그만 두어야할 몰주체적인 따라하기 이상의 의미를 지니지 못하는 것이었다. 흉내로 표상되는 따라하기로 인해 허물어지는 정체성을 바로 세우기 위한 구체적 행동이 소박한 목숨을 가꾸는 것이었고 맨발로 콩바심하던 삶을 추구하는 것이었다. 그러한 추구가 1연에서부터 지속적으로 지향했던 '옛날'과 '전설같은 풍속' 또는 '우리들의 고향 병들지 않은 젊음'과 '미개지' 속에 놓여진 '싱싱한 마음밭'이었다.

---

21) W. J. Ong, 이기우 · 임명진 역, 『구술문화와 문자문화』, 문예출판사, 1995, 118쪽.

「향아」에서 나타난 정체성의 잃어버림과 찾아가기 모티프는 시적 자아가 '향아'에게 향하는 전언을 통해 시적 상황을 독자에게 환기시키는 기제이다. 「향아」는 옛날이나 전설같은 풍속을 중심으로 진술한 1연에서 3연까지를 전반부로, 옛날로 돌아가야 하는 현실적인 이유를 표현한 4연과 5연을 후반부로 나눌 수 있다. 전반부는 현실 이전의 세계를 그림으로써 현실의 어눌함을 암시적으로 나타낸 반면 후반부는 그 현실의 모습을 구체적으로 진술하고 있다. 전반부가 과거를 형상화하여 현실의 모습을 언급하지 않음으로 과거지향성을 지닌다면 후반부는 현실의 부조리와 아울러 그 지향점을 제시함으로써 현재와 과거가 변증법적으로 통합되어 지향으로서의 미래를 상정한다.

지향해야할 전망으로서의 미래를 찾아가는 구조는 시상이 전개될수록 대립 구조를 띠게 된다. 왜냐하면 전반부가 현실의 모습을 암시적으로 처리하여 현실과 대립되는 과거를 집중적으로 형상화하지만 후반부로 갈수록 현실과 그 현실을 극복 또는 넘어서기 위한 과거의 설정은 대립적 관계를 명시적으로 보여주기 때문이다. 따라서 그 대립 구조를 따라가면서 의미망을 분석하는 것은 부정적으로 형상화된 현실의 제모습을 파악하면서 그것을 넘어서려는 시인의 궁극적 의도를 고찰하는 과정이 될 것이다.

3. 근대와 근대화의 논리
―"무지개 빛 허울"과 "기생충의 생리"

근대 서구의 문화를 특권적인 규범으로 삼는 관점은 '보편주의' 또는 '인간주의'를 내걸면서 인종이나 민족의 서열, 열등한 문화의 예속,

나아가 스스로를 대표할 수 없는 (누군가가 대표해 주지 않으면 안 되는) 사람들의 복종을 동반해 왔다. 프란츠 파농은 끊임없이 인간에 대해 말해 왔던 유럽--그 정신이 획득한 승리 하나하나에 인류는 얼마나 많은 고뇌를 지불해 왔는지, 우리는 이제 그 사실을 알고 있다고 고발한다.22) 이러한 지적은 근대 서구의 '보편주의'라는 문화의 역사가 그 경계 바깥이나 주변의 열등하다고 선고받은 방대한 숫자의 개인이나 집단 즉 '대지의 저주받은 자들'에게는 끊임없는 자기 상실과 패배의 연속이었다는 점을 암시한다. 그들은 "오늘날 이 세계에 살고 있는 사람들 중 사분의 삼 이상이 식민주의적 경험에 의해 꼴 지어진 삶을 영위"23)하는 대지의 저주받은 자들이다.

　대지의 저주받은 자들로부터 신동엽 또한 자유롭지 못하다. 왜냐하면 신동엽이 속한 국가는 세계의 사분의 삼에 속하는 식민지를 경험한 민족이었고, 근대의 경계 바깥에 위치 지워진 공간이었기 때문이었다. 그러나 신동엽은 자신이 처한 상황을 직시하고 발언할 수 있었다. 「향아」의 후반부에 형상화된 부정적 계열체와 긍정적 계열체의 대립 구조는 현실의 모순을 강조하기 위한 전략이다. 그러한 전략은 '회올리는 무지개빛 허울의 눈부심'과 '정자나무 마을'의 대립, '미끈덩한 기생충의 생리와 허식'과 '우리들의 고향 병들지 않는 젊음'의 대립을 통해 전자와 후자가 상호 교섭하는 방식이다. 그러나 후자는 시의 전반부에서 지속적으로 형상화되었던 '옛날'이나 '전설같은 풍속' 이상의 의미를 보이지 않는다. 따라서 후자를 통한 전자의 강조로 볼 수 있다.

---

22) Frantz Fanon, 박종렬 역, 『大地의 저주받은 者들』, 광민사, 1979.
23) Bill Ashcroft · Gareth Griffiths · Helen Tiffin, 이석호 역, 『포스트 콜로니얼 문학이론』, 민음사, 1996, 11쪽.

'회올리는 무지개빛 허울의 눈부심'에서 회올리다는 무언가 급하고 격하게 상승하는 모양새이다. 그것은 무지개가 함의하는 여러 색깔의 다양한 빛을 통해 찬란하게 눈부신 형국이기도 하다. 그러나 시적 자아에게 그것은 '허울'로 인식될 뿐 더 이상 무지개가 갖는 찬란한 눈부심의 긍정적 이미지가 아닌 부정적 이미지로 비춰진다. 그 부정성이란 '허울'이 갖는 속성에 기반한다. '허울'은 현상과 본질로 가늠할 경우 전자에 속하는, 본질을 은폐하는 베일에 불과하다. 따라서 눈부심은 무지개를 가린 허울의 눈부심이지 무지개 자체가 발하는 빛의 밝음이 아니다. 그러하기에 시적 자아는 향아에게 그 빛에 '넋'을 빼앗기지 말라고 당부한다.

넋이란 혼이자 정신이며 정체성을 의미한다. 그런 맥락에서 자신의 정체성을 지키기 위한 방법은 '눈동자'를 보는 것이다. 그 눈동자는 훼손되지 않은 정체성이자 훼손되기 이전의 것이다. 따라서 눈동자를 보는 것은 현실에서 발하고 있는 '허울의 눈부심'을 인식하는 방식이자 '넋'을 빼앗기지 않으려는 몸부림으로 읽을 수 있다. 중요한 것은 '허울의 눈부심'이 팽배한 현실을 신동엽이 어떻게 인식하는 가이다. 이를 신동엽의 다른 시편을 통해 확인해 보자

> 文明높은 어둠 위에 눈은 나리고
> 쫓기는 짐승
> 매어달린 世代
>
> —「……싱싱한 瞳子를 爲하여……」에서

> 동방으로 가는
> 부우연 수송로 가엔,
> 깡통 주막집이 문을 열고

    대낮, 말 같은 촌색시들을
    팔고 있을 것이다.

                                    -「風景」에서

    나만이 아닌데
    쭉지 잽히고
    餓死의 깊은 大使館 앞
    걸어가는 行列은
    나만이 아닌데.

                                    -「三月」에서

「……싱싱한 瞳子를 爲하여……」는 문명을 어둠과 동일시하여 문명
자체에 내재해 있는 밝음(明)의 이미지를 부정한다. 따라서 '쫓기는 짐
승'과 '매어달린 세대'는 공히 문명으로부터 규정되는 시어이다. 문명
이란 근대를 의미한다. 시적 자아에게 '문명높은' 근대는 '어둠'의 속
성을 띠는 부정적 현실을 환유하기에 그로부터 쫓기거나 매달릴 수밖
에 없다. 그만큼 근대는 현실을 규정하는 강력한 요소이다. 따라서 '허
울의 눈부심'에 '넋'을 빼앗기는 현실은 근대 또는 근대화의 논리에
쫓기는 '짐승'같은 삶이자 그것에 매일 수밖에 없는 '세대'로 형상화
된다.

「風景」은 '문명높은' 근대의 이동 경로와 그 주변의 풍경을 그리고
있는 시이다. 서방에서 '동방으로 가는' 길은 서구의 근대와 비서구의
전근대가 "대낮, 말 같은 촌색시들을/ 팔고 있"는 풍경을 생산했던 방
식이었다. 그러한 방식은 「三月」에서 나타나듯이, '나만이 아닌' 누구
나가 '허울의 눈부심'이 지배하는 현실의 삶을 '쭉지 잽히고' 강요당
하는 길이다. 모든 사람이 서야 했던 그 길 앞엔 '餓死의 깊은 大使館'

이 자리한다. 시적 자아는 그 대사관이 그 길을 닦고 뚫은 주역이며
'허울의 눈부심'을 발하는 장본인임을 환기시킨다.

> 백악관 귀빈실 주단위에도 있었어,
> 대영제국 궁전 金椅子 아래에도 있었어,
> 종로 三街 娼女 아랫목에도 있었지,
> 발바닥
> 코 없는 너를 보면
> 눈물이 날 밖에.
>
> 강산은 좋은데
> 이쁜 다리들을 털난 딸라들이
> 다 자셔놔서 없다.
>
> ―「발」에서
>
>
> 너는 모르리라
> 문명된 하늘아래 손넣고 광화문 뒷거리 걸으며
> 내 왜 역사 없다
> 벌레 뼁……니까렸는가를
>
> ―「너는 모르리라」에서

조태일은 「발」을 들어 초기의 대지는 한반도로, 원초적 생명력의 그
리움은 민족주체성의 그리움으로, 막연했던 과거역사에의 관심은 구
체적인 현실상황으로 밀착되고 있다고 지적한다.[24] 신동엽이 그리는
한반도와 민족주체성과 현실상황은 실타래처럼 얽혀 있다. 그것은 어
느 하나가 다른 하나를 구속하거나 제약하며 그 역도 가능한 구조이

---

24) 조태일, 「신동엽론」, 『민족시인 신동엽』, 107-108쪽.

다. 백악관 귀빈실에도 있고 대영제국 궁전에도 있듯이 종로 3가 창녀의 아랫목에도 있는 것은 발이다. 발은 누구나가 공유하는 인체의 하부에 놓여 있기에 미국이나 영국에도 있고 우리 나라의 종로에도 있는 것이다.

그러나 미국과 영국이 제1세계 근대의 폭력성을 창출하는 제국주의의 장본인일 때 종로 3가 창녀는 제3세계 왜곡된 근대의 자장권 내에서 훼손된 삶을 겪어야 했던 '대지의 저주받은 자'였다. 그들의 강산은 화려하지만 그들의 '이쁜 다리들'은 '털난 딸라들이/ 다 자셔놔서 없다'. 그렇기 때문에 시적 자아는 '눈물이 날 밖에' 없음을 토로하는 것이다. 이러한 남한의 현실은 「너는 모르리라」에서 역사 부재의 상황으로 증폭된다.

「너는 모르리라」는 역사 없음 또는 왜곡된 역사의 상황을 형상화한 시이다. 시적 자아는 문명의 하늘 아래인 광화문 뒤안길을 걷고 있다. 그 길을 걸으며 시적 자아는 자신의 역사가 왜 없는 가를 되뇌이며 푸념 섞인 자조를 보여준다. 그러한 자조의 어조는 '문명'에 있다. '문명된 하늘아래 손넣고 광화문 뒷거리 걸으며'에서 나타나듯이, 문명된 하늘은 광화문 위의 하늘이고 문명된 하늘아래는 광화문이 놓인 땅이다. 중요한 것은 '문명된'이 피력하는 수동태의 구속력이다. 그것은 문명된 또는 문명으로 되어버린 하늘의 이미지가 스스로 문명화되지 못하고 문명화당한 형국이기에, 자신의 정체성이 거세된 몰주체적 역사의식에 대한 비판을 의미한다.

4. 사이비근대화와 식민질서
 ―"얼굴 생김새 맞지않는 발돋음의 흉내"

근대 또는 근대화의 이중성이란 억압과 해방의 양가적 성질을 의미
한다. 그러나 억압과 해방의 야누스적 두 얼굴이 어느 하나의 얼굴만
을 강요하거나 강요받을 때 절대 권력의 수혜자가 되거나 피해자가
될 수밖에 없다. 그것은 소위 사이비근대 또는 사이비근대화의 면모를
보여준다. 이러한 근대의 권력은 근본적으로 강제적이지만, 반면 권력
이 행사하는 선전선동은 종종 유혹적이다. 푸코에 의하면, "권력은 그
물 같은 조직을 통해 구사되고 행사된다. 그리고 개인들은 그 실들 사
이를 순환하는 데 그치는 것만은 아니다. 그들은 언제나 이 권력을 경
험하거나 행사하는 위치 속에 있다. 그들이 권력의, 자활력이 없거나
순응적인 표적인 것만은 아니다. 그들은 또한 그 분절의 요소들이다.
달리 말하면 개인들은 권력이 행사되는 대상들이라기보다는 권력의
담지자들이라고"[25] 한다. 따라서 권력의 중심에서 소외된 주변부적
주체인 타자들 또한 권력 구조의 그물망으로부터 자유로울 수 없는
존재이다.

타자화된 주변부적 주체들은 그 권력의 중심부에 설 수 있다는 환
상과 자신을 둘러 싸고 있는 권력의 유혹에 무방비 상태에 놓여져 있
으며, 그러한 권력 지향성은 무의식적 욕망에 의해 내재화되어 있다.
그것은 그러한 권력을 창출했던 식민 담론 또는 중심문화의 동일화
논리에 의거하며, 그에 의해 제기되어 강제된 근대화의 이중성과 맥을

---

25) M. Foucault, *Power/Knowledge: Selected Interviews and Other Writings 1972-1977*, Colin
 Gordon, Harvester Press, Hertfordshire, 1980, p.98. (Leela Gandhi, 이영욱 역, 『포스트
 식민주의란 무엇인가』, 현실문화연구, 2000, 28쪽, 재인용)

같이한다. 릴라 간디에 의하면, 우리는 권력이 다양하면서 일정치 않은 자기 재현물들을 통해 강제와 유혹 사이의, 잴 수 없는 균열을 횡단한다고 말할 수 있다. 그것은 무력을 과시하고 행사하는 데서 나타날 수도 있지만, 그것은 또한 문화적 계몽과 개혁의 사심 없는 조달자의 모습으로 나타나는 경향이 있다.26)

　문화적 계몽과 개혁의 사심없는 조달자의 모습이란 '무지개 빛 허울의 눈부심'을 의미한다. 무력을 과시하고 행사하는 것이 전근대적 제국주의의 침략방식이라면 계몽과 개혁을 전수하는 조달자의 모습이란 근대적인 문화적 제국주의의 다른 이름이다. 이런 맥락에서 신동엽이 간파한 '무지개 빛 허울의 눈부심'이란 근대의 이중성에 대한 적확한 인식이었고, '문명'이란 타자들의 삶을 강요하는 '기생충의 생리'임을 역설적으로 드러낸 것이라 할 수 있다. 서구가 비서구를 통해 자신의 정체성을 확인할 수 있었듯이, 문명 또한 비문명이나 야만의 준거틀을 통해 문화적 계몽이나 개혁의 사심없는 조달자의 모습을 폭력적으로 조장할 수 있었던 것이다. 따라서 신동엽이 「향아」의 후반부에서 의도했던 것은 계몽이나 개혁의 사심있는 조달자의 전략을 통해 한반도가 어떻게 유린되고 황폐화되어 가는 가이다. 그 과정은 근대가 함의하는 권력의 구조와 더불어 '얼굴 생김새 맞지않는 발돋움의 흉내'가 은유하는 흉내내기의 몰주체성에 놓여있다. 이를 신동엽의 다른 시편을 통해 확인해 보자.

　　누가 하늘을 보았다 하는가
　　누가 구름 한 송이 없이 맑은
　　하늘을 보았다 하는가.

---

26) Leela Gandhi, 위의 책, 28쪽.

네가 본 건, 먹구름
그걸 하늘로 알고
一生을 살아갔다.

네가 본 건, 지붕 덮은
쇠 항아리,
그걸 하늘로 알고
일생을 살아갔다.

―「누가 하늘을 보았다 하는가」에서

「누가 하늘을 보았다 하는가」에서 '누가 하늘을 보았다 하는가'는 그 누구도 하늘을 본적이 없다라는 강한 부정을 뜻한다. 그 하늘은 '구름 한 송이 없는 맑은' 것이지만 정작 '네'가 그 하늘로 알고 있었던 것은 '먹구름'의 하늘이었다. 하늘 이미지는 역사적 시간 이미지의 관련성에서 갑오농민혁명, 3·1, 4·19 등에서 보여준 민중집단의 의식적 힘과 통제라는 의미와, 얼굴·가슴·꽃의 이미지의 관련성에서 '영원성, 감명성, 빛, 사랑' 등을 의미한다.[27] 이와 같은 맥락에서 하늘의 역할은 사멸하지 않는 영원한 이상, 생명, 자유, 사랑 등이 짙게 복합된 인간 본래의 생존을 뜻하기도 하고, 비약적으로 표현한다면 영원한 민중적인 여러 요소를 다 뜻한다고도 볼 수 있다.[28] 그러나 "어제 우리들의 이랑밭에 들꽃피운 망울들은/ 일제히 돌창을 세워 하늘을 反亂한다"(「불바다」)의 경우 하늘은 현실을 억압하는 일체의 표상으로 나타나 부정적 측면의 형상화에 기여하기도 한다.

인용시의 경우, 하늘은 영원한 민중성을 의미하지만 '먹구름'과 '쇠

---

27) 민병욱, 『한국서사시의 비평적 성찰』, 지평, 1987, 236-239쪽.
28) 조태일, 「신동엽론」, 『민족시인 신동엽』, 114쪽.

항아리'라는 제약조건으로 인해 부정적인 내포를 띠게 된다. 시적 자아 또는 '네'가 지금까지 보아왔던 하늘이 먹구름이었고 쇠 항아리였다면 그것은 환영을 본 것이다. 하늘로 믿어왔던 환영은 "키 겨룸, 속도 겨룸, 量 겨룸에 거의 모든 행복을 소모시킨" 것이자 "헛 것을 본 것이다".[29] 키, 속도, 량 겨룸이란 누가 더 큰가, 더 빠른가, 더 많은가를 척도로 삼는 근대적 시간의 논리이다.[30] 그러한 시간의 근대성에 의해 '거의 모든 행복을 소모시킨' 것을 자각했을 때 그것은 '헛 것'을 하늘로 알고 살아야 했던 사이비 근대화의 이면을 파헤치는 순간이자 먹구름으로 점철된 현실을 올곧게 인식하는 자리이기도 하다.

> 남은 것은 없었다.
> 나날이 허물어져 가는 그나마 토방 한 칸.
> 봄이면 쑥, 여름이면 나무뿌리, 가을이면 타작마당을 휩쓰는 빈 바람.
> 변한 것은 없었다.
> 李朝 오백년은 끝나지 않았다.
>
> ―「鐘路五街」에서

> 蒙古에의 女貢도, 淸朝에의 大拜도
> 空港으로 集結된
> 새 時代의 封建領土.
>
> ―「주린 땅의 指導原理」에서

---

29) 신동엽, 「서둘고 싶지 않다」, 『전집』, 342쪽.
30) 근대와 근대성을 시간의 논리로 분석한 글로는 다음의 글을 참고할 수 있다.
　　송기한, 『전후시와 시간의식』, 태학사, 1996.
　　이진경, 『근대적 시·공간의 탄생』, 푸른숲, 1997.
　　황병주, 「근대적 시간규율과 일상」, 『한국문학』, 1999년 봄호.
　　이마무라 히토시, 이수정 역, 『근대성의 구조』, 민음사, 1999.
　　노용무, 「김수영 시에 나타난 속도의 의미」, 국어국문학회 제43차 전국학술대회 『국어국문학의 정체성과 유연성』, 2000. 5.

인용시를 통해 나타나는 시적 자아의 현실인식은 역사적이자 현실적이다. 조선조 오백년이 끝나지 않았음은 조선조가 행했던 '蒙古에의 女貢도, 淸朝에의 大拜도' 여전히 지속적이기 때문이다. 이조 오백년의 몽고와 청조에 대한 숭배는 '새 시대'의 다국적 요충지인 '공항'을 통해 '집결된' 새로운 형태의 '봉건영토'이기에 조선의 후예인 한반도의 식민성은 끝나지 않았던 것이다. '女貢'과 '大拜'가 정치적 속성이 강했다면 '새 시대의 봉건영토'란 문화적 식민지를 뜻한다. 그것은 "이조적 양반의 연장인 영탄문화와 구미 식민세력의 앞잡이에 묻어 들어온 명동 사치품 문화"[31])가 만연된 다음과 같은 현실을 말한다.

입체파는 건축을 지면 위에 시도했다. 모더니즘은 교수들로 조직된 신사단, 신묵시파는 댄스홀 옆 골목에다 간판을 내걸고 빈약한 개업 파티를 열었다.

이러한 운동은 물론 구라파를 중심하여 일어났다. 그러나 이틀도 못가서 눈치빠른 각국의 문화 도매상인들은 구색들을 갖춰 가지고 바다를 건너갔다. 소위 후진국이라고 불리워지는 반 식민지적 수도마다에선 최신식 수입품 선전광고가 푸짐히 나붙고

무슨 파, 무슨 주의자 등 근대적 명칭으로 불리우는 모든 지식분자들을 한묶음하면 <밀려난 특종계급>이 된다. 그들의 문화는 특수층의 주형적 정신현상이다. 그들이 역사상에 놀은 역할은 눈꼽에 불과하다. 그래서 하는 수 없이 나약한 병자의 노래가 아니면 대학 연구실 속에서의 언어연금술이거나 그것도 아니라면 독존적 귀족문화만이 우리 시대의 시인 전부를 차지하게 되는 것이다.[32])

신동엽이 바라본 남한의 현실은 문화적 제국주의에 포획당한 문화

---

31) 신동엽, 「육십년대의 시단 분포도」, 『전집』, 377쪽.
32) 신동엽, 「시인정신론」, 『전집』, 369-370쪽.

적 식민지의 전형적 상황이었다. 문화 도매상인들의 잰걸음은 구라파의 이론과 작품을 중심으로 구색을 갖추어야 경쟁력을 지닐 수 있었고, 그러한 최신식 수입품은 근대라는 명칭으로 또는 진보와 첨단이라는 이름으로 우리를 농락할 수 있었다. 예를 들어, "이조 5백년 한학자들이 白樂天・杜甫의 枝流를 빌어다 잣대로 삼았었듯이, 오늘의 그분(식자층:인용자)들은 릴케・엘리옷 등등의 操辭法을 지존한 잣대로 삼고 있다"[33]는 것, "분단되기 전 30여년간 서울의 상가는 일본어 간판으로 장식되어 있"었던 반면 "분단 후 오늘까지 22년간 서울의 상품은 알파벳으로 장식되어 팔리고 있"던 현실은 "영국의 아무개 시인, 프랑스의 아무개 비평가, 미국의 아무개 씨 등의 글 구절들을 신주 모시듯 인용"[34]했던 우리의 자화상일 것이다.[35]

프란츠 파농이 유럽중심주의에 양가적 속성을 보였던 흑인들의 '검은 피부 하얀 가면'[36]의 정신병리학적 측면과 신동엽이 지적하는 남한 사회의 식민성을 '황색 피부 하얀 가면'으로 규정한다면 그것은 '얼굴생김새 맞지 않는 발돋움의 흉내'이다. 그러한 흉내내기는 외유내강(?)식 파시즘의 형태로 남한 사회를 잠식한다.

무더운 여름
불쌍한 原住民에게 銃쏘러 간 건
우리가 아니다

---

33) 신동엽, 「시와 사상성-기교비평에의 충언」, 『전집』, 379쪽.
34) 신동엽, 「8월의 문단-낯선 외래어의 작희」, 『전집』, 383쪽.
35) 이와 같은 맥락에서, 신동엽의 대표작의 하나인 서사시『금강』에 대한 평자들의 준거틀이 신동엽이 '신주 모시듯 인용'이란 표현을 통해 비판했던 서양의 서사시론만을 이론적 잣대로 사용하고 있다는 점에서 문제적이다. 왜냐하면 신동엽이 그토록 비판하고 있는 우리 문화의 서양추수적 경향은 그의 사후 그대로 자신에게 되돌아오는 아이러니이기 때문이다.
36) 프란츠 파농, 이석호 역, 『검은 피부 하얀 가면』, 인간사랑, 1998.

조국아, 우리는 여기 이렇게
쓸쓸한 簡易驛 신문을 들추며
悲痛 삼키고 있지 않은가.

　　　　　　　　　　　　　　　－「祖國」에서

그날이 오기까지는 끝이 없을 것이다.
崇禮門 대신에 金浦의 空港
화창한 반도의 가을 하늘
越南으로 떠나는 북소리
아랫도리서 목구멍까지 열어놓고
섬나라에 굽실거리는 銀行소리

　　　　　　　　　　　　　　　－「서울」에서

　　인용시에서 신동엽은 남한 사회의 부조리를 고발하고 있다. '얼굴생
김새 맞지 않는 발돋움의 흉내'는 불쌍한 원주민에게 총쏘러 간 것이
었고, 아랫도리서 목구멍까지 열어놓고 외세에 굽실거리는 것이었다.
외유내강식 파시즘이란 강한 자에게 약하고 약한 자에게 강한 권력의
작동방식을 의미한다. 월남 파병과 더불어 강대국에 '굽실거리는' 모
습과 자국민들에게는 쓸쓸한 비통을 삼키게 하는 것은 '우리가 아니
다'. 여기에서 간과할 수 없는 것은 '불쌍한 원주민에게 총쏘러 간' 월
남 파병에서, 우리 현대사의 그리 멀지 않은 과거에 우리 스스로가
'불쌍한 원주민'이었다는 점이다.[37]

---

37) 이런 측면은 최근들어 논의되고 있는 우리나라의 제국주의적 성격과 밀접히 연관되는
　　문제이다. 이것은 세계화 또는 세계경영과 코리안 드림이라는 구호화의 이면에 놓여진
　　제3세계 노동자에 대한 착취와 조선족 동포에 대한 멸시 문제 등이 복합적으로 얽혀
　　있는 현상이다. 우리 문학의 경우, "일제 식민지 지배와 미국의 직·간접적 영향으로
　　인해 제국주의에 대한 양가성을 지니고 있다"(강진구, 「한국소설에 나타난 제국주의 욕
　　망 탐구」, 한국어문교육연구회, 『어문연구』109호, 233쪽)는 점이다. 이에 대한 논의로

시적 자아는 그 아픈 과거를 뒤로 한 채 '월남으로 떠나는 북소리'
와 '섬나라에 굽실거리는 은행소리'가 반도에서 사라질 '그날이 오기
까지는 끝이 없을 것이다'고 자조한다. 때문에 시인은 '四月이 오면'
'미치고 싶었다'(「4月은 갈아엎는 달」)고 다른 시에서 진술한다. 왜냐하면
'얼굴생김새 맞지않는 발돋움의 흉내'인 '이 균스러운 부패와 享樂의
不夜城 갈아엎'기 전에는 '그날'이 오지 않을 것이라는 확신이 있기에,
사월이 오면 미치도록 갈어 엎어야 했고 일어서야 했기 때문이다.

5. 현실극복을 위한 대안적 전망
   ―"우리들의 고향 병들지 않는 고향"을 위하여

신동엽이 「시인정신론」에서 밝힌 세계인식은 원수성세계, 차수성세
계, 귀수성세계의 세 가지 단계로 유형화할 수 있다. 그의 설명에 의하
면, 잔잔한 해변을 원수성으로, 파도가 일어 공중에 솟구치는 물방울
을 차수성으로, 다시 물결이 숨자 제자리로 돌아오는 것을 귀수성으로
규정한다. 이러한 규정에 의해 신동엽은 인류의 봄철, 인종의 씨가 갓
뿌려져 움만이 트였을 세월, 에덴의 동산을 원수성으로, 현대문명사회
와 맹목기능자의 천지, 대지를 이탈한 현대인이 살고 있는 지금을 차
수성으로, 대지에로 돌아갈 씨앗의 운명 그리고 전경인적 삶이 있는
곳을 귀수성으로 각각 명명한다.[38] 이러한 그의 논리를 요약해보면 귀

는 다음의 글을 참고할 수 있다.
박경태, 「한국사회의 인종차별:외국인 노동자, 화교, 혼혈인」, 『역사비평』, 1995.
정백수, 『한국 근대의 식민지 체험과 이중언어 문학』, 아세아문화사, 2000.
유명기, 「한국의 제3국인, 외국인 노동자」, 임지현 외, 『우리안의 파시즘』, 삼인, 2000.
38) 신동엽, 「시인정신론」, 『전집』, 362쪽.

수성의 시학 또는 전경인 사상이라 할 수 있다.

「향아」의 시적 맥락을 따라가 보면 신동엽의 시학이 고스란히 담겨 있음을 알 수 있다. 예를 들어, 옛날이나 전설 같은 풍속을 중심으로 형상화한 전반부는 땅에 누워있는 씨앗의 마음인 원수성의 세계로, 무성한 가지 끝마다 열린 잎의 세계인 차수성의 세계는 후반부에서 형상화한 옛날로 돌아가야 하는 무지갯빛 허울의 눈부심과 기생충의 생리가 만연한 현실과 서구의 것이면 누더기라도 마다하지 않는 얼굴 생김새 맞지 않는 발돋움의 흉내 내기라 할 수 있다. 이와 같은 부조리한 현실을 극복하기 위해 제시된 미개지 또는 춤추던 전설 같은 풍속인 싱싱한 마음밭은 원수성의 세계로 돌아가는 귀수성의 세계를 형상화한 것이다. 그러나 귀수성의 세계가 속악한 현실을 대변하는 차수성의 세계를 극복하기 위한 지향으로서의 미래일 때 정작 중요한 것은 차수성의 세계인 현실이다. 신동엽은 그 현실이 "농노의 땅, 노예의 조국"이었기에 다음과 같이 말할 수 있었다.

> 水雲이 삼천리를 10여년간 걸으면서 農奴의 땅, 노예의 조국을 본 것처럼, 석가가 인도의 땅을 헤매면서 영원의 연민을 본 것처럼, 그리스도가, 그리고 聖書를 쓴 그의 제자들이 지중해 연안을 헤매면서 인간의 구원을 기구한 것처럼 오늘의 시인들은 오늘의 江山을 헤매면서 오늘의 내면을 직관해야 한다.[39)]

수운과 석가 그리고 그리스도와 그의 제자들은 「시인정신론」에서 최고의 경지에 달한 전경인들이었다. 그들은 대지 위에서 자기대로의 목숨과 정신과 운명을 생활하다가 돌아간 시인이자 철인이었기 때문

---

39) 신동엽, 「7월의 문단-공예품같은 현대시」, 『전집』, 382쪽.

이다. 수운과 석가 그리고 그리스도가 전경인의 반열에 오를 수 있었던 것은 그들 모두 자신이 처한 현실을 직시하고 오늘의 내면을 직관하는 경지에 이르렀기에 가능했다.

신동엽은 "지금은 싸우는 時代다"라고 선언한다. 왜냐하면, 사월이 오면 미치도록 일어서야 했던 신동엽의 시선에 놓여있는 남한의 현실은 "어느 것 하나 거드리면 아픈 우리의 살이 아닌 것이 없"40)기 때문이다. 그러한 선언은 싸울 수밖에 없는 투쟁의 당위성과 곳곳에 놓여있는 아픔의 편재성으로 인해 현실성을 획득한다. '무지개 빛 허울'과 '기생충의 생리'로 대별되는 근대의 폭력과 '얼굴 생김새 맞지않는 발돋움의 흉내'내기를 근대화의 기준으로 맹신한 남한의 각종 권력집단은 신동엽에게 있어서 "허망하게 우스운 꿈"(「술을 많이 마시고 잔 어젯밤은」)을 꾸게 하는 현실이었고 "오, 非本質的인 것들의/ 괴로움"(「살덩이」)을 자각케 하는 현실 극복의 대상이었다. 이러한 현실인식은 싸워야 하는 시대와 아픈 현실 역사의 흐름을 외면하지 않고 '살아픈 언어'와 '새빨간 알몸'으로 헤쳐 나아가야 하는 지난한 과정이다. 그 과정이 아직 끝나지 않았기에, '우리들의 고향 병들지 않는 젊음'을 위한 신동엽의 '껍데기는 가라'는 외침은 부메랑이 되어 현재의 우리에게로 향하는 울림으로 들려야 한다.

---

40) 신동엽, 「신저항시운동의 가능성」, 『전집』, 396쪽.

제 10 장

김수영의 「어느날 古宮을 나오면서」 읽기

1. 서론

김수영은 문학적 전환의 국면마다 새롭게 소비되어온 시인이다.[1] 문학의 생산과 소비라는 이러한 시각은 문학과 작품 그리고 독자를 상호소통론적인 관점에 입각한 것이다. 지난 세기 근대 혹은 근대성이란 대한 화두와 더불어 대두되었던 '김수영 신드롬'은 최근에까지 이어져 있다.[2] 현대시문학 전공자에게 김수영은 이미 넘거나 극복해야 할 '거대한 뿌리'와 같은 존재로 다가온다.

---

1) 박수연, 「김수영 해석의 역사」, 『작가세계』, 세계사, 2004년 여름호. 이 글은 지금까지 있어온 김수영과 그의 시에 대한 해석사를 정리한 것으로, 김수영과 그의 시에 대한 연구사는 이 글을 참고하기 바람. 김수영을 특집으로 다룬 단행본은 황동규 편, 『김수영의 문학』(초판본, 『김수영 전집』 별권, 민음사, 1983)과 『작가연구』5호(1998년 상반기) 그리고 김승희 편, 『김수영 다시읽기』(프레스 21, 2000)와 각종 문학잡지의 특집호 등을 통해 김수영과 그의 시를 다루어 왔다.
2) 김유중, 「김수영 문학을 어떻게 이해할 것인가」, 『한국문학이론과 비평』29집, 2005.12. 참조.

그 존재감이 긍정적이든 부정적이든 지금 우리 시대의 문학인에 드리운 영향력은 부인할 수 없는 사실이기도 하다. 각각의 시대적 함의에 따라 김수영과 그의 시는 문학과 현실간의 새로움을 끊임없이 추구했던 독자 혹은 연구자의 기대 지평에 호응/충돌하면서 수용되었기 때문이다. 따라서 김수영과 그의 시는 수많은 수용자들이 나름의 방식에 의해 분석/해석했던 이론의 잣대와 논리의 경합장이라 할 수 있을 만큼 소위 '뜯어먹기 좋은 빵'3)인 것이다. 그것은 그만큼 해석의 지평이나 독해의 폭이 다양하고 깊다는 점과 더불어 열린 텍스트로서의 가능성을 확인해주는 반증일 것이다.

본고의 목적은 지금까지 김수영과 그의 시에 대한 논의 성과를 바탕으로 「어느날 古宮을 나오면서」를 근대 혹은 근대성에 대한 논의에 초점을 맞추어 분석하는 데 있다. 이러한 작업은 일련의 연구물을 통해 지속적으로 지향하는 과정의 일환으로,4) 김수영과 그의 시를 통해 우리 시대의 화두를 근대와 근대성을 중심으로 그리고자하는 목적으로 기획하였다.

이에 본고는 「어느날 古宮을 나오면서」에 나타난 탈식민성에 대한 구체적인 분석과 아울러 김수영 전체 작품과의 상호텍스트성을 면밀하게 고찰하고자 한다. 이 글은 지금까지 김수영 연구사의 핵심에 해당하는 근대 혹은 근대성에 대한 화두로부터 출발하여 「어느날 古宮

---

3) 김명인, 『김수영, 근대를 향한 모험』, 소명출판, 2002.
4) 노용무, 「김수영 시 연구-자기 부정과 자기 긍정을 중심으로」, 『어문연구』104호, 1999년 겨울호.
   노용무, 「김수영과 포스트식민적 시읽기」, 『한국시학연구』3집, 2000. 11.
   노용무, 「김수영 시 연구-포스트 식민주의적 관점을 중심으로」, 전북대 박사학위논문, 2001. 8.
   노용무, 「김수영 시에 나타난 속도의 의미」, 『국어국문학』131호, 2002. 9.
   노용무, 「김수영의 「거대한 뿌리」 연구」, 『한국언어문학』53집, 2004. 12.

을 나오면서」가 놓이는 자리를 확인하는 작업이며 근대를 사유했던 김수영의 초상을 그려가는 또 하나의 과정이 될 것이다.

2. 정당함과 정당하지 못함 혹은 옹졸함과 옹졸하지 않은 것

본고가 「어느날 古宮을 나오면서」를 분석 대상으로 삼은 이유는 첫째, 이 시가 김수영의 대표시임에도 불구하고 개별 텍스트로 연구된 성과물이 거의 없다는 점이다. 이는 김수영과 그의 전체시를 연구 대상으로 하는 경우에 분석의 대상으로 되었을 뿐 독자적이고 개별적인 작품 분석에 미흡하다는 점이기도 하다.

둘째, 위항과 관련하여, 김수영 시세계와 이 시가 놓이는 자리를 명확하게 논구되지 않았다는 점이다. 이는 시 작품 전문을 인용하여 분석을 시도한 경우도 드물뿐더러 부분인용만으로 작품 분석을 시도하고 있다는 점과, 김수영의 시세계 전반적인 흐름과 이 시의 연관성을 지적하는 연구 성과가 미약하다는 점이기도 하다.

셋째, 이 시는 김수영의 시세계를 규정하는 핵심 개념인 근대 혹은 근대성과 연관하여 탈식민주의의 관점을 시인의 사유와 시적 형상화를 통해 집적되어 있다는 점이다. 이는 김수영 시대의 현실인식이기도 하지만, 지난 세기의 화두이면서 현재에도 여전히 진행형인 우리 시대의 과제이기에 동시대성을 탐색하는 작업일 것이다.

「어느날 古宮을 나오면서」는 7연 37행의 시이다. 먼저 작품을 읽어보자.

왜 나는 조그마한 일에만 분개하는가

저 王宮 대신에 王宮의 음탕 대신에
五十원짜리 갈비가 기름덩어리만 나왔다고 분개하고
옹졸하게 분개하고 설렁탕집 돼지같은 주인년한테 욕을 하고
옹졸하게 욕을 하고

한번 정정당당하게
붙잡혀간 소설가를 위해서
언론의 자유를 요구하고 越南파병에 반대하는
자유를 이행하지 못하고
二十원을 받으러 세번씩 네번씩
찾아오는 야경꾼들만 증오하고 있는가

옹졸한 나의 전통은 유구하고 이제 내 앞에 情緖로
가로놓여 있다
이를테면 이런 일이 있었다
부산에 포로수용소의 第十四野戰病院에 있을 때
정보원이 너어스들과 스폰지를 만들고 거즈를
개키고 있는 나를 보고 포로경찰이 되지 않는다고
남자가 뭐 이런 일을 하고 있느냐고 놀린 일이 있었다
너어스들 옆에서

지금도 내가 반항하고 있는 것은 이 스폰지 만들기와
거즈 접고 있는 일과 조금도 다름없다
개의 울음소리들 듣고 그 비명에 지고
머리에 피도 안 마른 애놈의 투정에 진다
떨어지는 은행나무잎도 내가 밟고 가는 가시밭

아무래도 나는 비켜서있다 絶頂 위에는 서있지

않고 암만해도 조금쯤 옆으로 비켜서있다
그리고 조금쯤 옆에 서있는 것이 조금쯤
비겁한 것이라고 알고 있다!

그러니까 이렇게 옹졸하게 반항한다
이발쟁이에게
땅주인에게는 못하고 이발쟁이에게
구청직원에게는 못하고 동회직원에게도 못하고
야경꾼에게 二十원 때문에 十원 때문에 一원 때문에
우습지 않으냐 一원 때문에

모래야 나는 얼만큼 적으냐
바람아 먼지야 풀아 나는 얼만큼 적으냐
정말 얼만큼 적으냐······5)

이 시는 1연부터 마지막 연까지 긴밀한 유기적 구조로 짜여진 작품
이다. 각 연과 각 연이 앞 연과 뒤 연의 나름의 인과관계에 기초하여
조직되었기 때문이다. 그것은 '무엇하기 때문에 무엇하다'의 도식이다.
전자의 '무엇'이 원인 혹은 근거라면 후자의 '무엇'은 결과나 전자에
따른 예시의 효과를 지닌다. 그러한 도식의 핵심은 "왜 나는 조그마한
일에만 분개하는가"이다.

시적 자아인 '나'의 질문은 자신에게로 향하는 고백이다. 그 고백의
의미를 파악하기 위해서는 두 가지의 또 다른 의문에 대한 답을 찾아
야 한다. 먼저, '조그마한 일'이란 무엇이고, 그 조그마한 일에만 유독
'나가 분개하는 것'인가가 두 번째에 해당한다. 전자가 이 시의 시적

5) 본고의 주텍스트는 김수명 편, 『김수영 전집 1 시』(민음사, 1998)와 『김수영 전집 2 산
문』(민음사, 1998)으로 한다.(이하 『전집1』, 『전집2』)

상황을 둘러싼 현실의 의미일 때 후자는 전자의 현실을 사유하는 시적 자아의 내면의 고투라 할 수 있다.

먼저, 전자의 경우, 이 시가 지닌 김수영 시에 나타나는 소시민성을 집약적으로 보여주는 사례라 할 수 있다. 시의 화두인 '조그만한 일'은 두 가지의 관점이 전제되어 있다. 조그마한 일이란 무엇이고 반면 커다란 일은 무엇인가이다. 이를 밝힐 때 후자의 경우인 왜 분개하는가에 대한 답을 찾을 수 있을 것이다.

김수영이 말하는 '조그만한 일'은 '王宮의 음탕 대신에/ 五十원짜리 갈비가 기름덩어리만 나왔다고 분개하'는 것이다. 일차적으로 시적 자아는 오십원짜리 갈비가 오십원의 가치를 하지 못하고, 고기가 아닌 기름덩어리만 있다는 사실을 분개한다. 그러나 기름덩어리 갈비의 이면에는 '王宮의 음탕'에 분개해야 하는 이유의 본질이 있다. '王宮'이란 '중심'에 대한 은유이다. 중심이란 권력을 수반하는 것이자 그것에의 지향성이 내재된 것이다. 따라서 '기름덩어리'를 '갈비'라고 가져다주는 행위 자체가 중심권에서 일정 정도 거리를 두고 있는 주변성을 함의한다.

분개하는 주체와 '설렁탕집 돼지같은 주인년'은 주변부에 위치한 동일한 존재들이다. 시적 자아는 '王宮의 음탕'에는 분개하지 못하고 욕을 할 수도 없다. 그것을 시적 자아는 '옹졸하다'고 자신에게 고백한다. 따라서 기름덩어리만 가져다주는 설렁탕집 주인에게 분개하는 행위가 조그마한 일이고 '王宮의 음탕'에 대해 분개하고 욕을 하는 것은 커다란 일이다. 시적 자아가 분개하는 이유는 조그마한 일에만 분개하고 커다란 일에는 분개할 수 없는 자신의 이중성에 있다. 소위 강한 자에게 약하고 약한 자에게 강한 자신의 이중성을 적나라하게 드러내는 김수영의 소시민성은 강렬한 자기 풍자의 면모를 띤다.

　자기 풍자의 대상은 조그마한 일에만 분개하는 소시민성이다. 자기
풍자는 자신의 이중성을 정직하게 드러내는 용기가 필요할 뿐만 아니
라, 현실에 대한 지양과 지향의 관점이 동시에 제시되는 방식이기도
하다. 그러한 방식은 자신의 소시민성을 지양해야 할 대상으로 인식하
지만 그 지양의 대상을 극복하는 일련의 행위는 지향이 된다. 예를 들
어, 옹졸한 것과 옹졸하지 않은 것의 차이 혹은 정당한 것과 정당하지
않은 것의 거리이기도 하다.

　옹졸한 것은 1연에서 제시된 '조그만한 일'에 분개하는 것이다. 반
면 옹졸하지 않은 것은 '정정당당하게' 분개하는 것이다. 그것은 붙잡
혀간 소설가를 위하는 것, 언론의 자유를 요구하는 것, 월남 파병을 반
대하는 것이다. 시적 자아는 이러한 분개를 '정정당당'한 '자유를 이
행'하는 것으로 인식한다. 그러나 그것을 정당하게 분개하지 못하기에
'야경꾼들만 증오하고 있는가'라고 시적 자아는 자신에게 되묻는다.
따라서 야경꾼들을 증오하는 것이 아닌 자기 자신을 증오하는 것으로
전이된다. 자기 자신을 증오한다는 것은 자신의 정체성을 의심하는 것
이다. 이것이 김수영 시에 나타나는 소시민성의 핵심이다.

　　‧‧‧‧‧‧活字는 반짝거리면서 하늘아래에서
　　간간이
　　자유를 말하는데
　　나의 靈은 죽어있는 것이 아니냐

　　벗이여 그대의 말을 고개숙이고 듣는 것이
　　그대는 마음에 들지 않겠지
　　마음에 들지 않어라

모두다 마음에 들지 않어라
이 黃昏도 저 돌벽아래 雜草도
담장의 푸른 페인트빛도
저 고요함도 이 고요함도

－「死靈」에서

「사령」에 나타난 자기 풍자는 강렬하다. 사령이란 죽은 영혼을 뜻한다. 자신이 죽은 영혼의 소유자임을 정직하게 드러내는 시적 자아는 '자유'라는 '활자'가 뿜어대는 광채를 똑바로 쳐다볼 수 없는 존재이다. 그 존재의 영혼이 죽어있기 때문이다. 2연에서 '벗'과 '그대'가 전하는 이야기를 시적 자아는 고개를 들고 들을 수도 없다. 고개를 숙이고 말을 듣는 자신의 모습을 '그대'가 마음에 들지 않을 것이라고 추측하면서 자신 역시 자신이 마음에 들지 않는다. 여기에서 '벗'과 '그대'는 동일인일 수도 타인일 수도 있지만 「어느날 고궁을 나오면서」 2연에서 나타나는 "한번 정정당당하게/ 붙잡혀간 소설가"일 개연성이 짙다. 그 소설가는 "언론의 자유를 요구하고 월남파병에 반대"했던 자로, 언론의 자유를 요구하는 것과 파병 반대를 자유의 이행으로 연결시킨 혹은 실천했던 문인이기도 하다.

그가 말했던 것이 이와 같은 자유의 이행이라고 할 때 시적 자아는 그의 '정의'와 실천에 고개를 들 수가 없었던 것이다. 그러니까 자신조차도 자신의 행동이 마음에 들지 않을 수밖에 없다. 따라서 황혼도, 잡초도, 담장의 푸른 페인트빛도, 저 고요함과 이 고요함도, 어제도 오늘도 내일도 모든 것이 마음에 들지 않는 것이다. 그렇다면 '하늘아래에서'가 지칭하는 것이 1960년대의 현실 문제일 때 '활자'가 '간간이' 말하는 '자유'란 다음과 같은 상황을 근간으로 하는 것이었다.

시고 소설이고 평론이고 모든 창작활동은 감정과 꿈을 다루는 것이다. 그리고 이 감정과 꿈은 현실상의 척도나 규범을 넘어선 것이다. 말하자면 현실상으로는 38선이 있지만 감정이나 꿈에 있어서는 38선이란 타부는 문제가 되지 않는다. 그런데도 불구하고 우리들은 이 너무나 초보적인 창작활동의 원칙을 올바르게 이행해보지 못했다. 다시 말하자면 우리는 문학을 해본 일이 없고 우리나라에서는 과거 십수년동안 문학작품이 없었다고 나는 감히 말하고 싶다.[6]

김수영에게 모든 창작활동은 감정과 꿈을 다루는 것이다. 그것을 억제하는 일체의 것이 '38선이란 타부'이다. 그것은 '현실상의 척도나 규범'으로 국가 권력을 통한 정치적 이데올로기를 뜻한다. 그것이 현실을 규제하는 이데올로기로 기능한다면 정신적 측면에서는 '연상의 금욕주의'와 통한다. 김수영은 다음과 같이 말한다. "이렇게 계속되는 연상을 주는 강물은 삼라만상의 요술을 얼마든지 보여줄 수 있지만, 나는 어느덧 연상에도 금욕주의자가 되었는지 너무 복잡한 연상은 삼가기로 하고 있고, 그저 장마철에 신이 나게 흘러가는 강물을 보면 사자가 달려가는 것같다는 정도의 상식적 연상으로 자제하고 있다."[7]

이와 같은 연상의 금욕주의는 '삼라만상의 요술'처럼 무궁한 연상의 흐름을 불러일으키는 장마 풍경을 '사자가 달려가는 것' 정도의 상식적 연상으로 스스로를 억압하는 것을 말한다. 그것은 억압 기관에 의해 창작자 스스로 자신을 규제하는 내면의 검열을 의미한다.

① 문제는 〈만일〉에의 考慮가 끼치는 창작과정상의 감정이나 꿈의 위축이다. 그리고 이러한 위축현상이 우리나라의 현사회에서는

---

6) 김수영, 「創作自由의 조건」, 『전집』2, 129-130쪽.
7) 김수영, 「장마 풍경」, 『전집』2, 47쪽.

혁명 후에도 여전히 그전이나 조금도 다름없이 계속되고 있다는 것을 알아야 한다. 이것은 죄악이다."8)

② 오늘날의 우리들의 두려워해야 할 <숨어있는 검열자>는 그가 말하는 <대중의 검열자>라기 보다도 획일주의가 강요하는 대제도의 有形無形의 문화기관의 <에이전트>들의 검열인 것이다. 단 하나의 이데올로기를 代行하는 것이 이들이고, 이들의 검열제도가 바로 <대중의 검열자>를 자극하는 거대한 테제가 되고 있는 것이다. <대중의 검열자>가 <눈으로 볼 수 없는, 자각조차 할 수 없는…숨어있는> 검열자라고 <문예시평>자는 말하고 있지만, 대제도의 검열관 역시 그에 못지않게 눈으로는 볼 수 없는, 자각조차 할 수 없는 숨어있는 것이다. 이들의 대명사가 바로 질서라는 것이다.9)

인용문들은 모두 연상의 금욕주의에 대해 서술하고 있는 대목이다. ①은 내면의 검열을 '만일에의 고려가 끼치는 창작과정상의 감정이나 꿈의 위축'으로 설명하는 것이고, ②는 이어령과 벌린 '불온시 논쟁'에서, 보이지 않는 검열자 또는 대제도의 검열관을 대별하는 '질서'라는 억압과 규제의 대명사에 대해서 규정하는 내용이다. 이러한 점은 모두 자기 검열에 관련된 것이며, 그것의 외적인 요인이 정치 이데올로기적 측면이라면 감정이나 꿈의 위축은 '질서' 안에서 이루어지는 내면의 검열인 내적인 요인으로 볼 수 있다. 이러한 질서의 경계로 작용하는 것이 꿈의 유무이다. 꿈이 없을 경우 '질서' 안에 위치지워지는 것이고 꿈이 있을 경우 '질서'를 넘나들 수 있기 때문이다.

---

8) 김수영, 「創作自由의 조건」, 『전집』2, 131쪽.
9) 김수영, 「實驗的인 문학과 정치적 자유」, 『전집』2, 160쪽.

3. 중심과 주변에 대한 소시민의 자기풍자

문제는 '질서'이다. 김수영이 간파한 '질서'는 「사령」의 '고요함'과 더불어 「어느날 고궁을 나오면서」의 '옹졸한 나의 전통'과 관계한다. 표면적으로 일관성있고 순서가 있으며 체계가 반듯하게 보이는 질서는 눈으로 볼 수 없고 자각조차 할 수 없이 숨어있지만 우리의 모든 것을 검열하는 '획일주의'의 다른 이름이자 평온한 듯 보이는 '고요함' 그 자체였다. 그 질서는 자유라는 활자가 자유를 이행하라고 간간이 반짝임에도 불구하고 고개를 떨구어야 했던 시적 자아의 자조섞인 '우스워라'라는 냉소적 웃음을 유발했던 동력이기도 했다.

「어느날 고궁을 나오면서」는 옹졸한 것과 옹졸하지 않는 것 두 가지의 계열체로 구성되어 있다. 옹졸한 것은 조그마한 일에 분개하기, 정정당당하지 않기, 스폰지 만들기와 거즈 접기같은 나의 반항, 조금쯤 비켜 서 있기, 이발쟁이나 야경꾼에게 반항하기 등이다. 옹졸하지 않은 것은 왕궁의 음탕에 분개하기, 정정당당하기, 포로경찰되기, 중심에 서 있기, 땅주인·구청직원·동회직원에게 반항하기 등이다. 이러한 두 가지의 계열체는 모두 3연의 '옹졸한 나의 전통'과 연관된다. 그 옹졸한 전통은 다음과 같이 '질서'안에 위치 지워진 것들이다.

> 너도 나도 누나도 언니도 어머니도
> 철수도 용식이도 미스터 강도 柳중사도
> 강중령도 그놈의 속을 모르는 바는 아니었지만
> 무서워서 편리해서 살기 위해서
> 빨갱이라고 할까보아 무서워서
> 돈을 벌기 위해서는 편리해서
> 가련한 목숨을 이어가기 위해서

신주처럼 모셔놓던 의젓한 얼굴의
그놈의 속을 창자밑까지도 다 알고는 있었으나
타성같이 습관같이
그저그저 쉬쉬하면서
할말도 다 못하고
기진맥진해서
그저그저 걸어만 두었던
흉악한 그놈의 사진을
오늘은 서슴지않고 떼어놓아야 할 날이다
　　　-「우선 그놈의 사진을 떼어서 밑씻개로 하자」에서

'질서'는 "너도 나도 누나도 언니도 어머니도/ 철수도 용식이도 미
스터 강도 柳중사도/ 강중령"이라 불리우는 우리 모두를 둘러 싼 현실
이었다. 우리들은 "그놈의 속을 모르는 바는 아니었지만" 알아도 모르
는 척 혹은 몰라도 아는 척을 해야만 했었다. 왜냐하면 그렇게 하지
않으면 '빨갱이'가 되거나 '가련한 목숨'을 부지하기 어려워지기 때문
이다. 그러한 현실을 김수영은 '옹졸한 나의 전통'이라 고백한다. 그
전통은 "타성같이 습관같이/ 그저그저 쉬쉬하면서/ 할말도 다 못"한
정정당당하지 못했던 우리의 현대사이기도 했다.

타성에 젖은 혹은 습관에 쩌들은 옹졸한 전통은 "興奮할 줄 모르는
나의 生理"(「國立圖書館」)나 "詩를 배반하고 사는 마음이여"(「구름의 파수
병」)에서 나타나는 바와 같이 질서에 적응 혹은 순응하기 위한 폭력적
현실이었다. 그것은 "合理와 非合理와 사이에 默然히 앉아있"거나 "秩
序와 無秩序와의 사이에/ 움직이는 나의 生活"(「여름뜰」)에 대한 성찰과
더불어 자신의 정체성에 대한 회의로부터 연원하는 것이다.

자신의 정체성을 의심하는 잣대는 정정당당하게 분개하느냐 그렇지

못하느냐의 구분이다. 잣대는 지향성을 가진 개념이다. 따라서 자신의 정체성이 그 잣대에 의거해서 정당하지 못하다면 정당하도록 바꾸어야 한다. 그럼에도 불구하고 설렁탕집 주인과 야경꾼들 또는 땅주인이 아닌 이발쟁이에게, 구청직원과 동회직원이 아닌 야경꾼에게만 옹졸하게 반항한다. 시적 자아는 그러한 행위를 아무래도 나는 비켜서 있고 絶頂 위에는 서있지 않기 때문이라 생각하고, 자신의 전기적 이력을 들추어 스폰지 만들기와 거즈 접고 있는 일과 다를 바 없다고 말한다.[10]

비켜서 있다는 것은 중심에서 벗어나 있는 상태이고, 절정 위에 서 있지 못한 사실은 절정의 언저리에 위치해 있다는 것을 의미한다. 중요한 점은 '조금쯤 옆에 서있는 것이 조금쯤/ 비겁한 것이라고 알고 있다'는 사실이다. 김수영의 소시민성은 '조금쯤'이 갖는 틈새에 놓여 있다. '조금쯤'이란 많지 않은 어떤 상황을 뜻한다. 그러므로 중심에서도 절정 위에서도 '조금쯤'만 이탈해 있는 것이다. 그것은 언제든지 '조금쯤'만 이동하면 복귀할 수 있는 성향이나 욕망으로 읽을 수 있다. 그 욕망은 복합적이며 다층적이며 근대 혹은 근대성의 이중성과 맞닿아 있다.

근대 또는 근대성의 이중성이란 억압과 해방의 양가적 성질을 의미한다. 특히, 우리나라의 경우, 정치적 근대화가 경제적 근대화에 압도

---

10) 최하림은 김수영이 실제로 한국전쟁 시절에 스폰지나 거즈를 접는 일을 간호사와 함께 했다고 한다.
"동래에서 수영 비행장 쪽으로 가는 중간쯤에 자리한 콘세트 건물인 가야 야전병원에서 김수영은, 통역일을 하는 한편 틈틈이 간호원들을 도와 환자들의 뒤치닥리도 하고, 그녀들과 가제를 개기도 했다. 그는 간호원들이 가엾었다. 어느 정보원이 '사내새끼가 가제나 개고 있느냐'고 하면서 포로경찰이 되라고 권유했으나, 그는 거절했다. 그는 경찰이나 정보원보다 간호원들과 어울려 일하는 편이 좋았다."(최하림 편저, 『김수영』, 문학세계사, 1995, 113쪽)

당하는 1960년대의 현실은 억압과 해방의 야누스적 두 얼굴이 어느 하나의 얼굴만을 강요하거나 강요받을 때 절대 권력의 수혜자가 되거나 피해자가 될 수밖에 없다. 이러한 수혜자/피해자의 이분법은 '조금쯤'이 갖는 경계적 상황에 처하게 될 때 명쾌하기까지 하다. 이는 '조금쯤'의 욕망이 내포하고 있는 복합적/다층적 층위가 훨씬 섬세하게 시적 자아의 내면을 드러내기 때문이다.

푸코에 의하면, "권력은 그물 같은 조직을 통해 구사되고 행사된다. 그리고 개인들은 그 실들 사이를 순환하는 데 그치는 것만은 아니다. 그들은 언제나 이 권력을 경험하거나 행사하는 위치 속에 있다. 그들이 권력의, 자활력이 없거나 순응적인 표적인 것만은 아니다. 그들은 또한 그 분절의 요소들이다. 달리 말하면 개인들은 권력이 행사되는 대상들이라기보다는 권력의 담지자들이라고"[11] 한다. 따라서 권력의 중심에서 소외된 주변부적 주체인 타자들 또한 권력 구조의 그물망으로부터 자유로울 수 없는 존재이다.

이러한 근대의 권력 구조는 근본적으로 강제적이지만, 반면 권력이 행사하는 선전선동은 종종 유혹적이기까지 하다. 타자화된 주변부적 주체들은 그 권력의 중심부에 설 수 있다는 환상과 자신을 둘러싸고 있는 권력의 유혹에 무방비 상태에 놓여져 있으며, 그러한 권력 지향성은 무의식적 욕망에 의해 내재화되어 있다. 그것은 그러한 권력을 창출했던 식민 담론 또는 중심문화의 동일화 논리에 의거하며, 그에 의해 제기되어 강제된 근대화의 이중성과 맥을 같이한다.

릴라 간디에 의하면, 우리는 권력이 다양하면서 일정치 않은 자기

---

11) M. Foucault, *Power/Knowledge: Selected Interviews and Other Writings 1972~1977*, Colin Gordon, Harvester Press, Hertfordshire, 1980, p. 98. (Leela Gandhi, 이영욱 역, 『포스트식민주의란 무엇인가』, 현실문화연구, 2000, 28면, 재인용)

재현물들을 통해 강제와 유혹 사이의, 잴 수 없는 균열을 횡단한다고 말할 수 있다. 그것은 무력을 과시하고 행사하는 데서 나타날 수도 있지만, 그것은 또한 문화적 계몽과 개혁의 사심 없는 조달자의 모습으로 나타나는 경향이 있다.12) 그러한 경향은 계몽의 주체와 개혁의 대상의 이중성을 통해 호미 바바의 '모방' 개념과도 연결된다. 식민적 모방이란 개혁되고 선진으로 인식되는 큰타자에 대한 욕망으로서 여기에서 매혹/반감의 양가감정이 따른다.13) 따라서 식민적 모방은 식민지인이 식민권력 또는 식민 종주국에 대해 느끼는 매혹/반감의 양가성을 수반할 수밖에 없다.

'조금쯤'이 갖는 틈새는 중심 권력이 담지하는 계몽의 주체와 그들에 의해 관리되는 대상 사이의 거리에 위치해 있다. 예를 들어, '조금쯤' 중심 권력 쪽으로 기울면 계몽의 주체가 될 수 있지만 '조금쯤' 계몽의 대상으로 기울면 타자화된 주변부적 주체로 전락하는 것이다. 김수영은 '조금쯤'의 경계적 글쓰기를 통해 중심과 주변의 사이에 놓인 자신의 정치적 무의식을 성찰할 수 있었다. 이때 중심으로서의 주체와 주변으로서의 주체는 각각의 대립항으로 존재한다. 여기에서 중심의 개념이 분리되어 또 다른 축의 중심을 형성하게 된다.

'王宮'은 중심으로서의 권력을 상징하고 정당하게 분개하지 못하게 만드는 강력한 국가 장치 또는 국가 이데올로기로 기능하는 것이다. 그렇기 때문에 정당하지 않게 잡혀간 소설가를 위해서 또는 월남 파병에 대해서 정당하게 분개하지 못했고, 땅주인이나 구청직원에게는 옹졸하게 조차도 반항하지 못했던 것이다. 그러나 '조금쯤 옆에 서있

12) Leela Gandhi, 위의 책, 28쪽.
13) Madan Sarup, *Identity, Culture and Postmodern World,* The University of Georgia Press, Athens, 1996, p.169.

는 것이 조금쯤/ 비겁한 것'을 말할 때, 조금쯤 옆에 서있지 않거나 조금쯤 비겁하지 않는 상황으로서의 중심이 생성된다. 그때의 중심은 비켜서 있지 않는 것, 절정 위에 서있는 상태를 지칭한다. 그 상태란 정정당당하게 분개해야 하는 대상에 분개하는 것이자 비겁하지 않은 정의로운 것이기 때문이다. 분개의 대상에 대한 정정당당한 분개는 '왕궁'으로부터 나오는 중심과는 또 다른 축의 중심을 말하며, 그 중심은 김수영의 권력에 대한 비판적 인식이 담긴 지향성을 내포한 의미이다.

따라서 김수영 시에 나타나는 소시민적 자아는 중심에 대한 지향이 있음에도 불구하고 그것을 이루지 못하는 갈등의 자의식이라 할 수 있다. 이것은 김수영 개인의 문제를 넘어서는 사회구조적 차원의 문제이다. 권력의 중심과 그 중심을 해체하기 위한 또 다른 중심의 헤게모니는 4·19 혁명 기간을 제외한다면 언제나 권력의 중심에 그 주도권이 놓여져 있었다. 따라서 권력의 중심에서 소외된 주변부의 저항은 파시즘이 횡행하는 남한 사회에서 '광기'로 내몰릴 운명의 존재이자 잠복된 '불온성'의 실체라 할 수 있다. 그러한 현실은 시적 자아를 이십원에서 십원으로, 십원에서 일원으로 자꾸만 옹졸하게 만들고 왜소화시킨다.

> 그는 나보다도 가난해 보이는데
> 남방샤쓰 밑에는 바지에 혁대도 매지 않았는데
> 그는 나보다도 가난해 보이고
> 그는 나보다도 짐이 무거워 보이는데
> 그는 나보다도 훨씬 늙었는데
> 그는 나보다도 눈이 들어갔는데
> 그는 나보다도 여유가 있고
> 그는 나에게 공포를 준다

이런 사람을 보면 세상사람들이 다 그처럼 살고 있는 것같다
나같이 사는 것은 나밖에 없는 것같다
나는 이렇게도 가련한 놈 어느사이에
자꾸자꾸 소심해져만간다
동요도 없이 반성도 없이
자꾸자꾸 小人이 돼간다
俗돼 간다 俗돼 간다
끝없이 끝없이 동요도 없이

-「강가에서」에서

「강가에서」는 '나'에게 공포를 주는 '그'와 '자꾸자꾸 小人이 돼'가
는 '나'를 대비시켜 형상화한 시이다. 그는 앞에서 언급한 또 다른 중
심에서 비켜나 있지 않고 절정에 서있는 사람이다. 그를 보면 나는 공
포를 느낀다. 왜냐하면 그가 도달한 중심에 나는 도달하지 못했기 때
문이다. 그런 맥락에서 시적 자아는 세상 사람들이 다 그처럼 살고 있
는 것 같고 또한 나같이 사는 것은 나밖에 없는 것 같이 느낀다. 이러
한 인식은 "우리들의 적은 한국의 정당과 같은 섹트주의가 아니라 우
리들의 爾餘全部이다. 혹은 나 對 전세상이다"[14]에서 적을 규정하는
세계를 바라보는 관점과 상응한다. 따라서 김수영의 적은 자신 이외의
나머지 전부이자 전세상이었다.

이때의 적은 '그'에게서 배어 나오는 또 다른 중심에 이르는 것을
가로막는 일체의 의미를 띤다. 또 다른 중심에 다다르지 못할 때 어떻
게든지 체면을 차려볼 궁리를 해야 하는 것(「파자마바람으로」), 모이 값
과 알값의 수지타산을 계산하는 것(「만용에게」), 가난이 오랜 친근이지
만 그 무게를 실감하는 것(「후란젤 저고리」), 삼십원의 여유를 대견하다

---

14) 김수영, 「시의 <뉴프런티어>」, 『전집』2, 177쪽.

고 생각하는 것(「돈」), 아내가 비싼 가구를 어렵지 않게 사들이는 것(「金 星라디오」) 등으로 드러나는 경제적인 문제와 연관된다. 경제적 현실은 세속화되어 가는 시적 자아의 인식일 수 있지만 그만큼 속악한 현실 의 문제를 드러내는 자기 풍자일 수도 있다.

자기 풍자의 기능은 자신을 시적 대상으로 표현하여 자신이 처한 현실을 환기하는 것이다. 따라서 세속화되어 가는 자신을 드러냄으로 써 그렇게 될 수밖에 없는 현실을 말하는 자기 풍자는 끝없이 동요도 없이 속돼가고 소인이 되어 가는 자신을 반성하는 주체를 수반하게 된다. 이것은 「어느날 고궁을 나오면서」 마지막 연의 "모래야 나는 얼 만큼 적으냐/ 바람아 먼지야 풀아 나는 얼만큼 적으냐/ 정말 얼만큼 적으냐······"에서 말하는 사소하고 소소한 것들에게 보내는 내밀한 고백과 연결될 때 자기 풍자의 진정성을 획득하게 된다.

그 주체는 왜 자신이 소심해져 가는 가를 반성함으로써 현실을 돌 파할 수 있다. 따라서 "먼 곳에서부터/ 먼 곳으로/ 다시 몸이 아프다"(「먼 곳에서부터」)와 "아픈 몸이/ 아프지 않을 때까지 가자"(「아픈 몸이」)에서 나타나는 것은 현실의 절망과 고통을 정직하게 드러내는 방식이다. 그 방식은 현실에 묶여 있는 소시민의 모습을 자기 풍자하는 것이고 "일 상의 비속성을 극복하려는 문제의식의 산물"[15]이라 할 수 있다.

김수영은 자신의 내면을 자기 풍자하는 과정이 진솔하면 할수록 혹 은 자신의 이중성을 정직하게 드러내면 낼수록 자기를 옹졸하게 만들 었던 현실에 대한 발언의 강도를 높일 수 있게 된다. 예를 들어, "기침 을 하자/ 젊은 詩人이여 기침을 하자/ 눈을 바라보며/ 밤새도록 고인 가슴의 가래라도/ 마음껏 뱉자"(「눈」)에서 나타나는 바와 같이, 시적 자

15) 하정일, 「김수영, 근대성 그리고 민족문학」, 『실천문학』 1998 봄호, 206쪽.

아의 내면에 쌓인 '가래'를 마음껏 토해 낼 때 '젊은 詩人'에게로 향한 시인의 시선은 "까치도 까마귀도 응접을 못하는 시꺼먼 가지를 가진/ 나도 감히 想像을 못하는 거대한 거대한 뿌리"(「거대한 뿌리」)로 이르는 길 위에 놓이게 된다.

4. 결론

본고의 목적은 김수영의 「어느날 고궁을 나오면서」에 대한 정밀한 분석과 아울러 전체 작품과의 상호텍스트성을 탈식민성을 중심으로 면밀하게 고찰하는 데 있었다. 따라서 본고는 「어느날 고궁을 나오면서」를 정정당당함과 옹졸함 그리고 중심과 주변에 대한 소시민적 자아의 자기 풍자로 나누어 각 부분의 의미와 김수영 전체 작품과의 상관성을 다음과 같이 논하였다.

김수영은 정정당당함을 옹졸함에 견주어 형상화하여 "왜 나는 조그마한 일에만 분개하는가"라는 고백적 언술을 통해 드러내고자 하였다. 여기에서 조그마한 일과 커다란 일이란 대립 개념을 설정하여 자신이 옹졸하다고 느끼는 계열체와 정정당당하게 분개해야 할 계열체를 옹졸한 자신의 전통과 연결시킨다. 김수영은 자신의 옹졸한 전통을 당대의 사회적·역사적 맥락 안에 위치하는 '질서'로 명시한 바 그것은 연상의 금욕주의나 꿈을 억압하는 획일주의로 대변되는 폭력적 국가 이데올로기였다.

'왕궁의 음탕'으로 형상화된 국가 이데올로기는 시적 자아를 왜소하게 만들고 분개하게 만드는 동력이다. 시적 자아가 분개하는 이유는 조그마한 일에만 분개하고 커다란 일에는 분개할 수 없는 자신의 이

중성에 있다. 자신의 이중성을 적나라하게 드러내는 김수영의 소시민
성은 강렬한 자기 풍자의 면모를 띤다. 자기 풍자의 대상은 조그마한
일에만 분개하는 소시민성이다.

자기 풍자는 자신의 이중성을 정직하게 드러내는 용기가 필요할 뿐
만 아니라, 현실에 대한 지양과 지향의 관점이 동시에 제시되는 방식
이기도 하다. 그러한 방식은 자신의 소시민성을 지양해야 할 대상으로
인식하지만 그 지양의 대상을 극복하는 일련의 행위는 지향이 된다.
김수영은 자신의 내면에 드리운 이중성을 자기 풍자를 통해 중심과
주변의 변증을 시도한다. 그것은 '조금쯤'이 갖는 소시민성을 억압/해
방 또는 매혹/반감의 양가적 측면으로 성찰하는 것이었다. 이때 옹졸
한 것과 옹졸하지 않은 것 혹은 정정당당한 것과 그렇지 않은 것 사이
에서 고뇌하는 시적 자아의 모습을 읽을 수 있으며, 이러한 내면의 고
투가 끝없이 왜소화되고 동요하는 자신의 모습을 드러낼 때 진정성을
획득하여 '거대한 뿌리'와 '사랑의 변주곡'에 이르는 근본적 동력이었다.

제 11 장

신경림의 「아버지의 그늘」 읽기

1. 서론

이 글의 목적은 신경림의 후기시를 대표하는 「아버지의 그늘」을 정밀하게 고찰하여, 시인의 전체 시세계를 관류하는 의미를 분석하는 데 있다. 이를 위해 본고는 「아버지의 그늘」을 '아버지'와 '아버지의 그늘'이란 모티프로 양분하여 그 의미를 추적하고자 한다. 이러한 작업은 현대시문학사의 '아버지' 모티프와 「아버지의 그늘」과의 상관성을 계보학적으로 점검하고, 시인의 전체 시작품과의 상호텍스트성을 기반으로 이루어지질 것이다. 따라서 본고는 전체 시세계에서 「아버지의 그늘」이 놓이는 자리를 확인하는 작업과 더불어 신경림의 시세계가 이 작품의 전과 후를 어떻게 변모하고 매개하는가를 밝히고자 한다.

신경림은 「낮달」, 「갈대」, 「석상」 등 시편을 『문학예술』(1956)지에 발표하면서 등단하지만 낙향하면서 절필한다. 이후 『한국일보』(1965)에 「겨울밤」을 발표하면서 시작을 재개한 신경림은 지금까지 11권의 시집[1]을 간행하였다.

현재까지 신경림에 대한 대표적인 수사는 '민족시인'으로 수렴된다. 이러한 수사를 뒷받침하는 신경림의 문학은 민중성, 서사성, 기행성, 민요성 등으로 요약할 수 있다. '민족문학론' 계열의 대표적 경향으로 파악하는 관점은 대부분 『농무』(1975)와 『새재』(1979), 『남한강』(1987)에 집중적으로 나타난다.[2] 주로 『농무』를 논의의 중심으로 하는 연구 성

---

1) 신경림, 『농무』, 월간문학사, 1973./『새재』, 창작과비평사, 1979./『달넘세』, 창작과비평사, 1985./『남한강』, 창작사, 1987./『가난한 사랑노래』, 실천문학사, 1988./『길』, 창작과비평사, 1990./『쓰러진 자의 꿈』, 창작과비평사, 1993./『어머니와 할머니의 실루엣』, 창작과비평사, 1998./『뿔』, 창작과비평사, 2002./『낙타』, 창작과비평사, 2008./『사진관집 이층』 창작과비평사, 2014.

2) 조태일, 「민중언어의 발견」, 『창작과 비평』, 창작과비평사, 1972년 봄호./ 백낙청, 「발문」, 『농무』, 창작과비평사, 1975./ 구중서, 『민족 문학의 길』, 새밭, 1979./ 홍기삼, 「새로운 가능성의 시」, 『세계의 문학』, 1979./ 구중서, 「역사 속의 우리말 가락-신경림론」, 『현대문학』, 현대문학사, 1980./ 이혜원, 「1970년대 서술시의 양식적 특성」, 『한국 근대문학 양식의 형성과 전개』, 깊은샘, 1980./ 염무웅, 「서사시의 가능성과 문제점」, 『한국문학의 현단계·I』, 창작과비평사, 1982./ 유종호, 「슬픔의 사회적 차원」, 『동시대의 시와 진실』, 민음사, 1982./ 김현, 「울음의 통곡」, 『씻김굿』, 나남, 1987./ 임헌영, 「신경림의 시세계-『남한강』을 중심으로」, 『남한강』, 창작과비평사, 1987./ 조남현, 「『농무』의 시사적 의미」, 『문학과 비평』, 1988년 여름호./ 윤영천, 「민중시의 시대적 의미」, 『문학사상』, 문학사상사, 1989. 11./ 한만수, 「신경림, 왜 널리 오래 읽히나」, 『창작과 비평』, 1990년 가을호./ 이동순, 「신경림론」, 『국어국문학』19호, 국어국문학회, 1991./ 민병욱, 「신경림 『남한강』 혹은 삶과 세계의 서사적 탐구」, 『시와 시학』, 1993년 봄호./ 윤호병, 「치밀한 민중의식과 준열한 서사의 힘-신경림 시의 구조적 특질」, 『시와 시학』, 시와시학사, 1993년 봄호./ 구중서, 「1970년대와 80년대의 민중시학」, 『현대시』, 1994. 5./ 염무웅, 「서사시의 가능성과 문제점」, 『혼돈의 시대에 구상하는 문학의 논리』, 창작과비평사, 1995./ 유종호, 「서사 충동의 서정적 탐구」, 구중서 외, 『신경림 문학의 세계』, 창작과비평사, 1995./ 윤영천, 「농민공동체 실현의 꿈과 좌절-『남한강』론」, 구중서 외, 『신경림 문학의 세계』, 창작과비평사, 1995./ 이시영, 「『목계장터』의 음악적 구조」, 『곧 수풀은 베어지리라:이시영 산문집』, 한양출판사, 1995./ 조태일, 「열린 공간, 움직이는 성정, 친화력」, 『신경림 문학의 세계』, 창작과비평사, 1995./ 오성호, 「『농무』의 리얼리티와 형상화 방법」, 『국어문학』 31집, 국어문학회, 1996./ 한만수, 「서정, 서사, 서경성의 만남」, 『순천대학교 논문집』, 순천대학교, 1997./ 윤여탁, 「창작방법으로서의 민중시론」, 한계전 외, 『한국 현대시론사 연구』, 문학과지성사, 1998./ 박혜숙, 「신경림 시의 구조와 담론 연구」, 『문학한글』, 한글학회, 1999./ 윤여탁, 「1970년대 민중시 실험의 의미와 한계」, 『작가연구』, 1999년(통권 7-8호)

과는 초기시의 문학적 세계를 집중적으로 다루고 있다. 이러한 연구 경향은 2000년대 이후에도 변함없이 나타나지만 관점의 다변화를 이루고 있다.3) 이는 '민족'이라는 담론의 테두리로부터 일정정도 거리를 두기 시작하면서 신경림의 시세계를 다양하고 다층적인 관점에서 고찰하기 시작하는 것으로, 특히 탈식민주의의 시선과 문학지리학의 '장소성' 등을 원용한 로컬리티의 관점이 두드러진다. 또한 '서정성'의 측면을 돋움새기는 작업의 경우, '민중성'에 치우쳐 잊혀지거나 간과되었던 신경림 문학의 서정을 다시 바라볼 수 있게 하는 계기가 되기도 한다.

　이러한 신경림의 문학세계에 대한 탐구는 대부분 초기시에 집중되고 있다. 신경림에 대한 수사인 '민족'이나 '민중' 등의 격정에 찬 울

---

3) 박정선, 「떠남과 돌아옴–신경림론」, 『유심』9호, 만해사상실천선양회, 2002./ 강정구, 「신경림 시의 서사성 연구」, 경희대 박사논문, 2003./ 최두석, 「길의 시학–신경림과 황동규」, 『창작과비평』31권, 창작과비평사, 2003./ 강정구, 「신경림의 시집『농무』에 나타난 탈식민주의 연구」, 『어문연구』32권, 한국어문교육연구회, 2004./ 김용락, 「탈식민주의와 한국현대시–신경림의『농무』를 중심으로」, 『시선』2권, 시선사, 2004./ 박영우, 「농촌 서정의 시적 수용 양상–박용래・신경림 시를 중심으로」, 『한국문예창작』3권, 한국문예창작학회, 2004./ 오태호, 「떠돌이의 흔적을 찾아서–신경림 시전집 1・2」, 『시와 시학』55호, 시와시학사, 2004./ 공광규, 「신경림 시의 창작방법 연구」, 단국대 박사논문, 2005./ 강정구, 「저항의 서사, 탈식민주의적인 문화 읽기–신경림의『남한강』론」, 『한국의 민속과 문화』11집, 경희대학교민속학연구소, 2006./ 양병규, 「신경림 시에 나타난 공동체의식 연구」, 『어문연구』50권, 어문연구학회, 2006./ 강경희, 「1970년대 서정성의 양상」, 『시와정보』, 2007년 가을호/ 김운향, 「농촌의 서정과 한국의 토속–신경림의『농무』다시 읽기」, 『농민문학』67호, 한국농민문학회, 2007./ 노창선, 「신경림 문학공간연구–초기 작품을 중심으로」, 『한국문예창작』6권, 한국문예창작학회, 2007./ 이태동, 「궁핍한 시대의 토착적인 삶」, 『한국현대시의 실체』, 문예출판사, 2008./ 조찬호, 「신경림 시 연구」, 우석대 박사논문, 2008./ 류순태, 「신경림 시의 공동체적 삶 추구에서 드러난 도시적 삶의 역할」, 『우리말글』51집, 우리말글학회, 2011./ 강정구, 「문학지리학으로 읽어본 신경림 문학 속의 농촌–1950년~70년대 작품을 중심으로」, 『한국문학이론과 비평』16권, 한국문학이론과비평학회, 2012./ 강정구, 「문학지리학으로 읽어 본 1980년대 신경림 시의 장소」, 『어문학』117호, 한구어문학회, 2012./ 송지선, 「신경림 시의 로컬리티 연구」, 전북대 박사논문, 2013./ 송지선, 「신경림 시에 나타난 장소 재현의 로컬리티 연구」, 『한국문학이론과 비평』64집, 2014. 9.

부짖음은 그대로 연구자의 시선에 머무르고, 90년대 이후 시집에 대한 고찰을 미약하게 하는 이유로 작동한다. 『길』(1990) 이후 『쓰러진 자의 꿈』(1993), 『어머니와 할머니의 실루엣』(1998), 『뿔』(2002), 『낙타』(2008), 『사진관집 이층』(2014) 등의 후기시[4]에 대한 연구[5]가 초기시의 연구 성과보다 극히 드문 것은 그 때문이라 할 수 있다. 따라서 본고는 기존의 연구 성과에 힘입어 신경림의 초기시세계와 일정하게 변별되는 후기시편의 흐름을 주목하고, 시인에 대한 전형적 수사인 '민족' 담론의 투사적 이미지를 탈각하여 형상화하는 시적 내면화 과정을 고찰하고자 한다.

2. 아버지, 전통과 고향의 상징적 계보학

본고가 「아버지의 그늘」을 주목하는 이유는 다음과 같다.

첫째, 신경림 시세계의 변모양상을 밝히는 중요한 단서가 될 수 있다. 지금까지 이루어진 신경림과 그의 시에 대한 성과물은 대부분 『농무』를 중심으로 하는 '민족시인 신경림'으로 모아진다고 할 수 있다. 대부분 초기시편을 대상으로 하는 이러한 논의는 당대의 전통적인 서정시와 모더니즘 시 계열의 작품과 변별되는 신경림 특유의 현실 인

---

4) 전기와 후기를 구분하는 기준은 시집 『길』(1990)의 출간으로, 대부분의 연구자가 당대 사회적 변화에 따른 흐름과 탈이념적, 개인적 성향의 분출 등을 들고 있다. 이에 본고도 이를 기준으로 한다.

5) 권혁웅, 「어머니의 목소리와 생의 원초적 감정」, 『동서문학』, 2002년 가을호./ 최동호, 「말의 정신」, 『현대시학』, 2002. 9./ 김한식, 「아버지의, 아버지를 위한 노래」, 『서정시의 운명』, 역락, 2006./ 박연옥, 「시의 숨구멍, 그 간격에 대하여」, 『시와 시학』, 2008년 여름호./ 장영우, 「소외된 이들에 대한 연민의 두 양상」, 『시작』, 2008년 가을호. 이와 더불어 2000년대 이후에 발표되는 신경림 관련 석박사 학위논문에서는 후기시를 연구대상으로 포함시켜 논의하고 있다.

식과 그 형상화 방식에 집중한다. "근대화 과정에서 소외된 계층을 문학이 외면할 수 없다."[6]는 신경림의 시선은 그대로 근대화의 타자이자 소외된 주변부적 공간이었던 농촌으로 향하고 있었다.

당대 근대화는 곧 도시화를 의미하는 것이자 서구 자본에 의한 농촌경제의 붕괴를 가속화하는 슬로건이었다. 가장 상징적인 근대화의 슬로건이란 몇 차례에 걸쳐 나타난 경제개발계획이었다. 따라서 농촌경제와 공동체의 와해는 가속화될 수밖에 없었고 신경림은 자신의 경험을 기반으로 하는 현실을 정직하게 드러내고자 했었다. 이렇듯, 신경림과 현실 혹은 사회 등의 관계는 필연적으로 그의 문학을 규정하는 가장 중요한 바로미터였다. 문학과 현실의 상관관계는 초기시에만 적용되는 것만은 아니다. 90년대 이후 발표된 그의 시편 또한 당대 국내외 현실의 급격한 변화로부터 자유로울 수 없었기 때문이다. 동구권의 몰락, 소련의 붕괴로 대변되는 국제 정세와 민족, 민중, 민주 등의 거대담론으로부터 소외당했던 미시적이고 개인적인 소소한 문제들이 부상하면서 신경림의 문학 또한 그 변화를 감내할 수밖에 없었다.

이러한 변화는 신경림의 문학적 변모를 예고하는 지표이자 "7,80년대의 역사적 산물이었던 민족문학의 성과를 부단한 자기 성찰을 통해서 '내면화'해야 한다는 일종의 방향전환"[7]이라 할 수 있다. 이때 그 변모의 서곡이 『길』이라면 그 절정은 『어머니와 할머니의 실루엣』이다. 그중 본고가 주목하는 「아버지의 그늘」은 후기시의 변모를 상징적으로 드러내고 있으며, 오랜 동안의 시력을 보여주는 시인의 시세계를 양분하는 획시기적인 작품이다. 따라서 「아버지의 그늘」에 대한 고찰은 신경림의 문학적 변모를 설명하는 단초이자 최근의 시집인 『사진

---

6) 신경림, 「무엇을 어떻게 쓸 것인가」, 『민족, 민중 그리고 문학』, 지양사, 1985, 352쪽.
7) 이병훈, 「발문」, 『쓰러진 자의 꿈』, 창작과비평사, 1993.

관집 이층』(2014)에까지 걸친 시적 경향을 찾는 과정이 될 것이다.

둘째, 작품의 아버지 모티프는 한국시문학사의 한 전형에 해당한다. 일제 강점기 시문학의 핵심 모티프는 '고향 상실감'이었다. '고향'은 전통적인 관점에서 가부장제의 '아비' 혹은 '아버지'로부터 생성되는 이미지이다. 농경사회나 남성중심주의 사회의 기본적인 속성에 기반하고 있는 것이기 때문이다. 따라서 아버지로부터 고향, 고향으로부터 공동체나 조국, 민족 등의 계열체로 확산되는 구조를 띤다. 식민지 시기의 국권 상실은 시인들로 하여금 극심한 아비의 부재 의식에 시달려야 했고, 이는 조국이나 민족으로 확산된 고향 상실감으로 나타난다.

일제 강점기 식민지 문학인에게 부과되었던 아비의 부재 의식은 피식민 주체의 비애를 형상화하는 시적 전략으로 나타나기도 한다. 이러한 경향은 아버지의 부재-고향 상실감-나라 잃은 설움 등의 도식으로 그려진다. 해방 전 대부분의 시인들은 고향 모티프를 통해 바뀌고 달라진 혹은 다시 찾을 수 없는 고향을 형상화하고 있지만 그 근저에는 아비의 부재가 놓여 있다. 따라서 나라를 잃었다는 비애는 문면의 심층에 드리운 채, 변질되거나 다시 찾을 수 없는 고향에 대한 시적 형상화를 통해 피식민 주체의 의식을 표면에 내세우는 방식이다.

그러나 해방 후 '아버지' 이미지는 해방 전과 다르게 형상화된다. 해방 전 아버지가 고향이나 조국의 이미지였다면 시적 주체가 인지하는 그 이전의 삶을 총체적으로 그려내는 '전통'이나 '전통적인 것'의 통칭으로 바뀌게 되는 시기가 해방 후이다. 따라서 해방 후 아버지 모티프는 한국전쟁을 거치면서 전통에 대한 거부나 저항의 맥락에서 형상화된다. '아버지'는 전후의 실존의식과 황무지 혹은 폐허의식으로부터 자유로울 수 없기 때문이다. 즉, 식민지 이후 세대나 한글 세대의 공통된 정서가 아버지로 상징되는 전통과 전통적인 것, 그것은 바로 치욕의 시간이거나 새롭고 근대적인 무엇으로 변혁되어야 할 공간이었기 때문이다.

본고가 주목하는 「아버지의 그늘」은 이러한 맥락을 담보하고 아버지라는 상징성을 전형적으로 형상화하면서 아버지에 대한 저항이나 거부와 쌍생아적인 부채의식을 드러내고 있는 작품이다. 증오로 얼룩진 아버지에 대한 거부는 그만큼 그에 대한 연민과 부채의식을 동반한다. 이러한 면은 해방 후 거부와 저항으로서의 아버지 모티프와는 다른 측면에서 조망을 요하는 이유이다.

셋째, 신경림의 후기시에 나타나는 시적 경향을 「아버지의 그늘」과 다른 작품과의 상호텍스트적 분석을 통해 다면적으로 고찰 할 수 있다. 신경림은 전기시와 달리 후기시편에서 다른 시적 변모를 보이고 있다. 지금까지 전기시편에 대한 평가가 절대적인 우세를 보이는 바 후기시편에 대한 접근이 필요할뿐더러 후기시의 시적 경향에 대한 심층적인 분석이 필요한 시점이다. 또한 신경림 문학에 대한 연구는 '민족'이나 '민중' 담론의 거시적 안목을 벗어난 텍스트 내적 연구를 통해 한층 더 질적인 도약을 준비해야 하는 시기이기도 할 것이다. 따라서 본고가 주목하는 「아버지의 그늘」과 다른 후기시편의 상호텍스적 분석은 신경림 시문학 연구의 다변화와 다층화를 기대할 수 있을 것이다.

「아버지의 그늘」은 3연 31행의 비교적 긴 시로, 신경림의 가족사가 아버지로 초점화되어 형상화되어 있는 작품이다. 먼저 시를 읽어보자.

툭하면 아버지는 오밤중에
취해서 널부러진 색시를 업고 들어왔다.
어머니는 입을 꾹 다문 채 술국을 끓이고

할머니는 집안이 망했다고 종주먹질을 해댔지만,
며칠이고 집에서 빠져나가지 않는
값싼 향수내가 나는 싫었다.
아버지는 종종 장바닥에서
품삯을 못 받은 광부들한테 멱살을 잡히기도 하고,
그들과 어울려 핫바지춤을 추기도 했다.
빚 받으러 와 사랑방에 죽치고 앉아 내게
술과 담배 심부름을 시키는 화약장수도 있었다.

아버지를 증오하면서 나는 자랐다.
아버지가 하는 일은 결코 하지 않겠노라고,
이것이 내 평생의 좌우명이 되었다.
나는 빚을 질 일을 하지 않았다,
취한 색시를 업고 다니지 않았고,
노름으로 밤을 지새지 않았다.
아버지는 이런 아들이 오히려 장하다 했고
나는 기고만장했다, 그리고 이제 나도
아버지가 중풍으로 쓰러진 나이를 넘었지만.

나는 내가 잘못했다고 생각한 일이 없다,
일생을 아들의 반면교사로 산 아버지를
가엾다고 생각한 일도 없다, 그래서
나는 늘 당당하고 떳떳했는데 문득
거울을 보다가 놀란다, 나는 간 곳이 없고
나약하고 소심해진 아버지만이 있어서.
취한 색시를 안고 대낮에 거리를 활보하고,
호기있게 광산에서 돈을 뿌리던 아버지 대신,
그 거울 속에는 인사동에서도 종로에서도

제대로 기 한번 못 펴고 큰소리 한번 못 치는
늙고 초라한 아버지만이 있다.

-「아버지의 그늘」8) 전문

「아버지의 그늘」은 비교적 긴 편에 속하는 시임에도 불구하고 시의 구조는 단순 명쾌하다. 1연은 시적 화자의 아버지와 관련된 유년기의 기억으로 시인의 전기적 이력과 정확하게 일치한다. 시인의 아버지는 동생 신태은(시인의 삼촌)과 광산에서 덕대(광산의 하청업자)와 연상(분광중), 금방앗간과 금분석간으로 일했다는 점, 여러 가지의 사업을 벌렸지만 대부분 실패를 거듭했다는 점, 술과 노름, 여자와 친구를 좋아했다는 점9) 등 삶의 진폭이 있는 존재였다. 이러한 아버지의 존재감이 시적 화자의 유년기에 어떻게 비춰졌을 지를 유추하는 것은 그리 어렵지 않다. 1연의 아버지에 대한 형상화가 시인의 삶 속에 비친 아버지의 모습과 정확하게 일치한다는 사실은 이 시가 전기적 혹은 자전적 작품임을 방증하는 것이다.

1연에서 형상화된 아버지의 모습과 행위들은 시적 화자인 '나'에게 가장으로서의 절대적인 권위와 어쩔 수 없는 불가항력을 느끼게 하는 것이다. 난봉꾼, 오입쟁이 등을 연상시키는 아버지의 행위는 비록 철저하게 남성중심의 가부장 사회이긴 하지만 할머니의 종주먹질과 어머니의 입을 꾹 다무는 모습만 돋움 새긴다. 이러한 아버지로부터 파생되는 일상의 모습은 유년기의 중요한 풍경이지만 그에 대한 가치평가는 유보되어 있다. 왜냐하면, 시적 화자인 '나'는 아버지의 행위에 대한 평가를 내릴 수 없을 정도로 어렸으며, 일상화된 아버지의 삶을

---

8) 신경림, 『어머니와 할머니의 실루엣』, 앞의 책.
9) 이재무, 「우리 시대의 민족 시인」, 『신경림 문학앨범』, 웅진출판, 1992, 29-34쪽.

중심으로 전경화되어 형상화된 과거 시제이기 때문이다.

"아버지를 증오하면서 나는 자랐다"로 시작하는 2연은 1연의 아버지 행위에 대한 가치평가가 조목조목 세세하게 드러난다. 빚지기, 취한 색시 업고 다니지 않기, 노름하지 않기 등은 1연의 과거 아버지의 행적에 대한 '나'의 평가이자 '평생의 좌우명'이 될 정도로 단호한 '증오'이다. 증오의 동력은 아버지가 했던 행위이다. 그 행위가 미친 영향이 '나'의 의식과 무의식에 적층되어 왔기 때문이다. 진저리나게 싫고 결코 하지 않겠다고 한 다짐의 자장엔 할머니와 어머니가 있다. 그녀들은 모두 아버지의 삶 내에서 '나'와 더불어 결코 자유로울 수 없는 존재들이다. 아버지가 가부장 사회나 농경 사회에서 이룩된 남성중심 이데올로기의 전형적 은유라면 그로부터 철저하게 소외되고 타자화되었던 존재가 할머니와 어머니였기 때문이다. 이는 다시 중심 혹은 권위나 권력으로부터 소외당해야 했던 소소하고 주변부적인 타자들의 모습으로 확산되어 맥락화시킬 수 있을 것이다. 이 또한 신경림의 문학 여정을 염두에 둔다면 시적 편력과 삶의 관계가 정확하게 비례하는 것이다. 여기에서 본고가 「아버지의 그늘」을 통해서 규명하고자 하는 '아버지'의 상징성이 드러난다.

> 고향에 고향에 돌아와도
> 그리던 고향은 아니러뇨
> 산꿩이 알을 품고
> 뻐꾸기 제철에 울건만
> 마음은 제 고향 지니지 않고
>
> ―정지용, 「고향」[10]에서

---

10) 정지용, 『정지용시집』, 시문학사, 1935.

나는 그리워서 모두 그리워

먼 길을 돌아왔다만

버들방천에도 가고 싶지 않고

물방앗간도 보고 싶지 않고

고향아

가슴에 가로누운 가시덤불

돌아온 마음에 싸늘한 바람이 분다

— 이용악, 「고향아 꽃은 피지 못했다」[11)]에서

나는 아버지로 섬기는 이라 한 즉

의원은 또다시 넌지시 웃고

말없이 팔을 잡아 맥을 보는데

손길은 따스하고 부드러워

고향도 아버지도 아버지의 친구도 다 있었다

— 백석, 「고향」[12)]에서

한국문학사에서 '아버지'의 문학적 형상화는 해방 전과 후가 다르게 나타난다. '아비 찾기', '아비 부재', '고향 상실감' 등의 문학적 모티프는 주로 해방 전 식민지 시대를 관류하는 기표였다. 부재하는 아비를 찾아 나선 식민지 문학인은 근대와 근대성으로 점철된 동경(東京)을 향한 동경(憧憬)에 젖어 근대적인 무엇을 추구하게 된다. 그 과정에서 필연적으로 나올 수밖에 없었던 것이, 김기림이 탁월하게 형상화했던 '청무우밭'인줄 알고 갔다가 '공주처럼 지쳐서 돌아'(김기림, 「바다와 나비」)와야 했던 소위 '현해탄 콤플렉스'였다. 왜냐하면, 전근대와 근대의 경계이자 점이지대였던 식민지 조선의 문학인은 상실한 아비나 고

---

11) 이용악, 『낡은집』, 삼문사, 1938.
12) 백석, 『사슴』, 선광인쇄주식회사, 1936.

향 혹은 국권을 대체할 그 무엇을 찾아야 했기 때문이다. 그 대안으로 설정되었던 것이 새로운 아비로 떠올랐던 근대적인 것이었으므로 바다 건너의 근대성을 향한 동경은 자연스러운 것일 지도 모른다. 따라서 근대성을 향한 형용할 수 없는 동경이 절망이 되어 돌아올 때 그 상실감은 배가 될 수밖에 없었을 것이다.

인용시 중 정지용과 이용악의 작품에서 형상화되어 나타나고 있듯, '고향'은 철저한 상실감의 원천으로 작용한다. 이는 근대화된 식민주체의 근대성에 매료된 시적 화자의 열등의식에 기반하는 것이다. 따라서 바라던 고향과 돌아가고 싶지 않은 고향은 작고 소소하고 누추한 현실을 각인시키며 거부하고 저항해야 하는 시적 대상으로 떠오른다. 또한 고향은 백석의 작품에서 나타나듯, 아버지와 아버지 이전의 전근대적인 것들이 존재하는 장소성의 의미를 띠는 전통 혹은 전통적인 것과 동의어가 된다. 이러한 경향은 한국전쟁이 주었던 황무지와 폐허의식을 통해 식민시절을 겪지 않았던 전후 한글 세대에 이르면 다른 양상으로 나타난다.

> 아버지, 아버지! 내가 네 아버지냐
> 그해 가을 나는 살아온 날들과 살아갈 날들을 다 살아
> 버렸지만 벽에 맺힌 물방울 같은 또 한 여자를 만났다
> 그 여자가 흩어지기 전까지 세상 모든 눈들이 감기지
> 않을 것을 나는 알았고 그래서 그레고르 잠자의 가족들이
> 매장을 끝내고 소풍 갈 준비를 하는 것을 이해했다
> 아버지, 아버지…… 씹새끼, 너는 입이 열이라도 말 못해
>   -이성복, 「그해 가을」[13]에서

---

13) 이성복, 『뒹구는 돌은 언제 잠 깨는가』, 문학과지성사, 1980.

나는 요따위로 싸가지 없이 불효막심하게
말할 수도 없다 테레비가 정말 나의 아버지인가
그렇다면 나는 꼭 테레비를 모시고 있어야 한다
이 테레비 없는 후레자식
네 테레비가 널 그렇게 가르치디

　　　　　　　　－함민복, 「오우가－텔레비전·1」[14]에서

　두 편의 인용시는 모두 가족의 문제로 나타난다. 각각 80년대와 90년대의 문화적 풍속도를 보여주는 두 작품은 아버지의 상징성이 해방전의 맥락과 달리하여 형상화되고 있다. 아버지의 이미지는 강점기 시편들의 주요 속성이었던 고향이나 조국, 민족 등의 거대 담론으로부터 벗어나 아버지를 둘러싼 개인과 가족의 영역으로 문면에 드리운다.

　이성복의 경우, 아버지는 한 가정의 가장이자 모든 사람의 아버지로 형상화되어 나타난다. 「그해 가을」은 '그레고르 잠자의 가족'이 등장하는 카프카의 『변신』으로부터 중요한 연원을 제공받고 있다. 병신 혹은 괴물로 변해버린 '그레고르 잠자'를 죽이고 매장을 한 후 소풍을 떠나는 '가족'의 모티프는 "아버지, 아버지…… 씹새끼, 너는 입이 열이라도 말 못해"라는 욕설을 증폭시키고 강화시킨다. 한국 사회에서 가장 민감한 부분을 가감없이 들춰내는 이러한 방식은 무능력함의 표상이지만 한 집안의 억압자로서의 아버지를 그려내는 데 목적이 있다. 따라서 이성복은 철저하게 파괴되고 파편화되어 가는 한 가정의 관계성에 대한 시적 천착에 주목한다. "모두 병들었는데 아무도 아프지 않"(이성복, 「그날」)은 한국 사회의 뒤틀린 윤리성과 가족 구성원 삶의 불모성은 당대 암울한 사회의 병리적 현상에 대한 은유라 할 수 있다.

---

14) 함민복, 『자본주의의 약속』, 세계사, 1993.

이성복의 '아버지'가 아버지의 존재성을 중심으로 한 가정에서 사회로 확산시키는 귀납적 방식을 취했다면 함민복의 '아버지'는 사회문화적 현상을 한 가정의 가정 교육 측면으로 연역시키는 시적 전략으로 나타난다. 함민복은 물질만능과 천박한 자본주의 혹은 매스 미디어의 융단 폭격으로부터 결코 자유로울 수 없는 현대인의 운명을 예언하고 있다. 그것은 몰락한 혹은 끝도 없이 추락해가는 아버지의 운명이다. '아버지'는 유교 이데올로기의 중심에서 그 지위와 권위를 '테레비'에게 강탈당한다. 싸가지 없음, 불효막심, 후레자식 등에서 엿보이는 일상적 담화는 "이 테레비 없는 후레자식/ 네 테레비가 널 그렇게 가르치다"에서 절정에 이른다.

한국 사회의 토대인 가정 교육은 이제 매스 미디어의 홍수 속에서 가족 간의 소외 현상을 야기하고 그 간격은 점차 벌어질 것이다. '테레비'로 표상된 90년대에 이미 함민복에 의해 예견된 이러한 사회 현상은 컴퓨터와 휴대폰이라는 '괴물'의 탄생으로 한 인간의 인성을 결정하는 가정 교육까지 점령해 버린 것이다. 지금이 그 증거이다.

3. 아버지의 그늘, 지양과 지향의 변증적 자기 연민

"아버지를 증오하면서 나는 자랐다/ 아버지가 하는 일은 결코 하지 않겠노라고"는 일종의 슬로건이자 하나의 서사이다. 이를 위해 본고는 아버지 모티프의 의미와 변용을 계보학적으로 길게 에둘러 온 셈이다. 이성복과 함민복의 '아버지'는 모두 한국사회의 병리적 현상을 시적 대상으로 형상화하는 전략이었다. 그들이 형상화한 '아버지'와 신경림의 '아버지의 그늘'은 다르다. '아버지'는 하나의 종결된 서사 단위에

서 그 맥락을 구성한다면 '아버지의 그늘'은 과거로부터 현재, 현재로
부터 미래로 계속 이어지는 서사체라 할 수 있다. 또한 '아버지'가 하
나의 개념으로부터 혹은 한 존재로부터 시작되어 사회문화적인 맥락
으로 확산되는 구조를 지닌 반면, 그 역으로 당대의 보편성을 띠는 가
부장적 아버지로부터 시적 화자 개인의 내면으로 파고드는 구성 방식
을 보이는 것이 '아버지의 그늘'이다.

「아버지의 그늘」은 두 가지의 맥락을 구조화하고 있는 작품이다. 첫
째가 '아버지'라는 보편적 개념을 과거라는 시간성에 의존하여 객관화
시키고 있다면 시적 화자의 의식과 무의식에 드리운 아버지의 '그늘'
이란 자장 내에서 내면화시켜 주관화하고 있는 것이 두 번째이다. 이
러한 구조는 시간의 영역대에서 변별된다.

> 대과거(1연)-유년의 기억-있었다:절대적 과거-체험
> 중과거(2연)-중년의 기억-않았다:주관적 현재-행위
> 소과거(3연)-노년의 기억-있다:추론적 미래-시선

「아버지의 그늘」은 전체적으로 과거형의 시제가 드러나는 시이다.
아버지에 대한 기억과 체험에 의존하는 1연은 절대적 과거이다. 이는
신경림의 자전적 이력을 통해 확인되는 체험이자 사실적 관계이다. 이
러한 관계는 아버지를 바라보는 유년의 시선이자 구체적인 일화일 것
이다. 빚을 지고, 호기롭고, 주색에 빠진 아버지의 형상은 1연에서 3연
에 이를 때까지 지속적으로 시적 화자의 뇌리에 맺혀있다. 따라서 시
전체를 추동하는 동력은 과거의 지속이다. 그러나 그 과거는 정체되어
있지만 시적 화자의 시간은 유년에서 중년 그리고 노년으로 흐른다.
아버지에 대한 기억은 변함없지만 시적 화자의 내면이 흐르는 것이다.

달리 말하면, 나이를 먹는 것이고, 그 나이에 걸 맞는 사고를 하는 것이자 성숙되어지는 것이다.

아버지는 1연에서 기억이고 체험을 주는 객관적인 시적 대상이지만 2연에 이르면 시적 화자의 내면으로 주관화된다. 이때 1연에서 형상화했던 아버지에 대한 기억이 평가를 유보하는 모습이었다면 2연의 경우, 객관화에서 주관화 과정을 통해 대두된 '증오'는 명확한 가치 규정이라 할 수 있다. '아버지가 중풍으로 쓰러진 나이'를 기점으로 아버지는 시적 화자의 아버지의 '그늘'로 내면화되어 3연에서 형상화되듯 '거울' 속 '늙고 초라한 아버지'로 존재하게 된다. 이때 시간은 추론적 미래로 치닫는다. 시적 화자 자신이 존재하는 한 거울에 자신을 비춰볼 때면 언제나 나타날 것이기 때문이다. 따라서 1연에서 3연에 이르는 시간은 거울 속 아버지의 모습으로 초점화되면서 끝없이 미래로 미끄러진다. 과거의 아버지와 현재의 나는 '거울' 속 무시간 속으로 혹은 시간이 무화된 미래지향적 현재가 지속되는 상황에 놓이게 되는 것이다.

아버지의 '그늘'은 시적 화자가 인식하는 깨달음의 원천이다. '아버지'가 객관적이라면 그로부터 시적 화자가 인지하는 '그늘'은 주관적이다. 모든 이의 아버지가 아버지라는 대명사를 갖지만 그의 자식들은 그를 대하는 태도나 감정이 모두 다른 이유이다. '그늘'의 의미는 시적 전개에 따라 다르게 변용되어 나타난다. 1연의 경우, '그늘'이란 단어가 지닌, 불투명한 물체에 가려 빛이 닿지 않는 상태나 그 자리라는 사전적 의미를 지니지만 2연에 대두된 '증오'라는 가치 평가를 염두에 둘 때 어떤 상황을 가리어 드러나는 것을 방해하는 영향력으로 읽을 수 있다.

'반면교사'였던 아버지는 시적 자아인 '나'가 당당하고 떳떳한 삶을 살아가리라 다짐했던 '증오'의 대상이었다. 그러나 '거울' 속에 비친 아버지는 "나약하고 소심해진 아버지만이 있"고, "인사동에서도 종로에서도/ 제대로 기 한번 못 펴고 큰소리 한번 못 치는/ 늙고 초라한 아버지만이 있다." 즉, 아버지에 대한 증오는 일생동안을 이끈 좌우명이었지만 일종의 열등감이었고, 그 열등감은 자신의 나약하고 소심한 치부를 드러내기 싫은 아버지에 대한 거부와 저항으로 이어졌다. 그러나 거울 속에 비친 내가 아버지였음을 깨닫는 순간 아버지의 '그늘'은 의지할 만한 사람의 보호나 혜택 혹은 자장권이란 의미로 전용하게 된다. 그것은 '그늘'에 대한 깨달음이고 자기 자신에 대한 자기 연민이자 성찰의 순간이다.

이러한 「아버지의 그늘」이 지닌 시적 맥락은 『할머니와 어머니의 실루엣』 전편을 아우르는 체계이자 후기시편에 공통적으로 드러나는 구조라 할 수 있다. 이제 다른 시편을 통해 이를 확인해 보자.

> 어려서 나는 램프불 밑에서 자랐다,
> 밤중에 눈을 뜨고 내가 보는 것은
> 재봉틀을 돌리는 젊은 어머니와
> 실을 감는 주름진 할머니뿐이었다.
> 나는 그것이 세상의 전부라고 믿었다.
> 조금 자라서는 칸델라불 밑에서 놀았다,
> 밖은 칠흑 같은 어둠
> 지익지익 소리로 새파란 불꽃을 뿜는 불은
> 주정하는 험상궂은 금점꾼들과
> 셈이 늦는다고 몰려와 생떼를 쓰는 그
> 아내들의 모습만 돋움새겼다.
> 소년 시절은 전등불 밑에서 보냈다,

가설극장의 화려한 간판과
가겟방의 휘황한 불빛을 보면서
나는 세상이 넓다고 알았다, 그리고

나는 대처로 나왔다.
이곳 저곳 떠도는 즐거움도 알았다,
바다를 건너 먼 세상으로 날아도 갔다,
많은 것을 보고 많은 것을 들었다.
하지만 멀리 다닐수록, 많이 보고 들을수록
이상하게도 내 시야는 차츰 좁아져
내 망막에는 마침내
재봉틀을 돌리는 젊은 어머니와
실을 감는 주름진 할머니의
실루엣만 남았다.

내게는 다시 이것이
세상의 전부가 되었다.
　　　　　　　　　-「어머니와 할머니의 실루엣」15) 전문

　「아버지의 그늘」을 설명하는 또 다른 방식이 인용시의 독법이다. 「어
머니와 할머니의 실루엣」은 「아버지의 그늘」과 유사한 방식으로 전개
되는 작품이다. 신경림은 과거에서 현재로 그리고 미래지향적 현재라
는 시간적 유사성과 더불어 '아버지'라는 중심이나 권위로부터 소외된
'어머니와 할머니'를 전면에 등장시켜 또 다른 아버지의 '그늘'을 형
상화하고 있다. 그토록 증오했던 아버지와 달리, 신경림은 같은 '그늘'
의 자장권 내에서 존재해야 했던 그들의 삶에 대한 애정을 기반으로,

---

15) 신경림, 위의 책.

소외되고 타자화 되었던 여러 삶들에 대한 편력을 이로부터 공급받게 되었을 것이다.

신경림은 인용시를 통해 「아버지의 그늘」과 동일한 시간성을 공유하면서 다른 공간성을 특화시켜 자신의 내면을 고백한다. 공간성을 이끄는 시적 전략은 불빛이다. 램프불, 칸델라불, 전등불 등으로 나타난 불빛의 이미지는 어둠과 대비되면서 빛이 비추는 일정한 공간을 상정하게 한다. 예를 들어 어둠이 '아버지'로 상징되는 권위나 폭력의 억압자가 거주하는 공간이라면 불빛은 그로부터 안전하게 자신을 보호해주는 해방구이자 안전지대이다. 점점 시적 화자가 커갈수록 불빛도 커간다. 따라서 빛이 비추는 공간도 커진다. 그만큼 자신이 거주하는 공간도 활동하는 영역도 넓어지고 깊어지는 것이다. 그것은 시적 화자의 세상에 대한 욕망의 값과 비례하는 것으로 조금 더, 조금 더 밝고 강한 빛을 따라 더 넓고 화려한 공간으로 나아가고자하는 것이다.

'대처'는 바로 그곳이다. 아버지의 '그늘'을 벗어나는 곳, 그곳을 향한 길은 먼 세상으로 나아가 수많은 견문을 넓히는 인생의 여로였다. 그러나 그 여로가 넓고 깊고 풍부해질수록 '이상하게도' 점점 좁아지고 작아진다. 그곳은 다시 시간을 거슬러, 어려서 보았던 희미한 램프불 밑 젊은 어머니와 주름진 할머니가 '실루엣'으로 남겨진 공간으로 변모한다. 그 공간은 밝고 휘황한 전등과 네온사인에서 램프불로 역행하는 기억의 소급을 거쳐, 희미하고 가물거리는 불빛에 아른거리는 엷은 '실루엣' 즉 윤곽이나 형태만 존재하는 관념의 장소이다. 그 곳에 이르는 불빛을 향한 욕망과 긴 여로는 삭제되거나 망각된 채 두 분의 얼굴이 지워진 윤곽만이 남았다. 이를 두고, "내게는 다시 이것이/ 세상의 전부가 되었다"는 표현은 마치 '나는 늘 당당하고 떳떳했는데' 그렇지 못하고 '늙고 초라한 아버지'가 되어버린 자신을 발견하는 것이다.

이와 같은 시적 전개 방식은 후기시에 공통적으로 나타나는 것으로 판단된다. 예를 들어, 신경림 자신의 자전적 이력에 기반한 시의 경우나 시적 대상에 대한 연민으로부터 자기 연민을 불러일으키는 대부분의 시편에서 이를 엿볼 수 있다. 신경림의 문학적 편린을 염두에 둘 때 '대처'로 나아가는 과정과 '증오'를 느끼는 시선은 대체로 다음과 같은 시집 『농무』에 실린 전기 시편에서 나타난다.

> 산구석에 처박혀 발버둥친들 무엇하랴
> 비료값도 안 나오는 농사따위야
> 아예 여편네에게나 맡겨두고
> 쇠전을 거쳐 도수장 앞에 와 돌 때
> 우리는 점점 신명이 난다
> 한 다리를 들고 닐리리를 불거나
> 고개짓을 하고 어깨를 흔들거나
>
> ―「농무」에서

> 왜 이렇게 자꾸만 서울이 그리워지나
> 어디를 들어가 섰다라도 벌일까
> 주머니를 털어 색싯집에라도 갈까
> 학교 마당에들 모여 소주에 오징어를 찢다
> 어느새 긴 여름해도 저물어
> 고무신 한 켤레 또는 조기 한 마리 들고
> 달이 환한 마찻길을 절뚝이는 파장
>
> ―「파장」에서

> 어둠이 내리기 전에 산 일번지에는

통곡이 온다. 모두 함께
죽어버리자고 복어알을 구해온
어버이는 술이 취해 뉘우치고
애비 없는 애기를 밴 처녀는
산벼랑을 찾아가 몸을 던진다
그리하여 산 일번지에 밤이 오면
대밋벌을 거쳐 온 강바람은
뒷산에 와 부딪쳐
모든 사람들의 울음이 되어 쏟아진다

─「산 1번지」에서

　인용시편에서 드러나듯 신경림은 80년대 이전과 후를 관통하며 농촌의 경제와 삶의 문제, 공동체의 와해 과정 등이 도시빈민들의 고통스러운 삶과 더불어 황폐한 현실에 대한 비판적인 목소리를 형상화하고 있었다. 전기시의 대표적인 경향이라 할 수 있는 현실에 대한 격렬하고 치열한 몸부림은 민중과 민중성에 대한 이념적 외피를 두르며 더욱 공고해진다. 초기시의 경우, 민중을 역사변혁의 주체로 보는 신경림은 실제로 체험한 경험을 토대로 각박한 현실에 대한 강인한 투쟁과 극복 의지를 드러내고자 하였기 때문이다. 신경림은 인용시편에 등장하는 산구석에 처박혀 발버둥치는 사람, 절뚝이는 파장에서 갈 곳 몰라 하는 사람, 산 일번지에 사는 고통스러운 사람들 외에도 천민적 자본주의 사회에 의해 소외당하고 죽음으로 내몰려야 했던 수많은 군상들에 대한 연민을 드러내고자 하였다.

　여기에서 「아버지의 그늘」에서 중요한 변화의 조짐을 보였던 '증오'를 떠올리게 된다. '반면교사'였던 아버지에 대한 증오는 신경림의 시선을 외부로 지향하게 하고 다양한 사회적 부조리와 삶의 군상을 목도하게 하는 동력으로 나타난다. 이러한 맥락은 「어머니와 할머니의 실루엣」에서 하나의 기점에 해당하는, 휘황한 불빛이 있는 '대처'에 나와서 더욱 더 많은 것을 듣고 보고 행했던 과정과 일치한다. 신경림은 실제로 해외로 나가 견문을 넓혔으며 한국사회의 부조리성과 더불어 환경의 문제에 이르기까지 다종다기한 현실의 문을 두드리기도 한다. 그러나 거울 속 자신이 아버지의 '그늘'로부터 자유롭지 못하다는 사실과 온 세상을 다 돌아다녀도 자신의 망막엔 어머니와 할머니의 '실루엣'만이 다시 전부라는 깨달음은 완벽한 이란성쌍생아인 것이다. 이러한 인식은 자신의 가족을 중심으로 자신에게로 모아지는 자기 연민이자 성찰의 과정이라 할 수 있다.

> 할아버지는 두루마기에 지팡이를 짚고
> 휘이휘이 바람처럼 팔도를 도는 것이 꿈이었다
> 집에서 장터까지 장터에서 집까지 비칠걸음을 치다가
> 느티나무 한그루를 심고 개울을 건너가 묻혔다
> 할머니는 산을 넘어 대처로 나가 살겠노라 노래삼았다
> 가마솥을 장터까지 끌고 나가 틀국수집을 하다가
> 느티나무가 다섯자쯤 자라자 할아버지 곁에 가 묻혔다
> 아버지는 큰돈을 잡겠다며 늘 허황했다
> 광산으로 험한 장사로 노다지를 찾아 허둥댄 끝에
> 안양 비산리 산비알집에 중풍으로 쓰러져 앓다가
> 터덜대는 장의차에 실려 할아버지 발치에 가 누웠다
> 그 사이 느티나무는 겨우 또 다섯자가 자랐다
> 내 꿈은 좁아빠진 느티나무 그늘에서 벗어나는 것이었다
> 그래서 강을 건너 산을 넘어 한껏 내달려 스스로
> 할아버지와 할머니와 아버지와 다른 사람이 되었다
> 나는 그런 자신이 늘 대견하고 흐뭇했다

하지만 나도 마침내 산을 넘어 강을 건너 하릴없이
할아버지와 할머니와 아버지 발치에 가 묻힐 때가 되었다
나는 그것이 싫어 들입다 내달리지만
느티나무는 참 더디게도 자란다

-「더딘 느티나무」[16) 전문

　「더딘 느티나무」는 '그늘'로부터 벗어나고자 몸부림쳤던 시적 화자의 담담한 진술을 통해 '느티나무'를 객관적 상관화하면서 가족사의 '실루엣'을 그려나가는 작품이다. 시적 화자는 할아버지와 할머니 그리고 아버지처럼 살지 않겠다 다짐한다. 그들은 모두 '좁아빠진 느티나무 그늘' 내에서 한 치도 어김없이 살아왔고, 시적 화자인 '나'는 그들과는 '다른 사람'이 되고자 한다. 여기에서 '나'의 지양과 지향이 드러나는 바, 그것은 「아버지의 그늘」에서 명시적으로 형상화되었던 아버지의 '그늘'에서 발원하는 것이다. 아버지의 아버지, 아버지의 어머니라는 상징적 계보는 '나'를 존재케하는 근간이자 토대라는 아버지의 심연이기 때문이다. 그러나 이러한 인식은 그들이 '나'에게 끼쳤던 지양의 과정을 통해 성립되는 것이기도 하다. 그들처럼은 살지 않겠다는 각오와 다짐은 바로 '증오'로부터 나온다. '그늘'은 바로 '나'를 옭아매는 속박이었고 억압이자 슬픈 운명이나 숙명처럼 느껴졌기 때문이다. 그렇기 때문에 '나'는 '꿈'꾼다.

　'나'의 '꿈'은 그들의 삶을 명징하게 드러내는 '느티나무'로부터 벗어나고자 하는 지향점이다. 따라서 그 꿈을 향한 길은 느티나무의 '그늘'이 너무 좁기 때문에 더 넓고 큰 아름드리나무의 광막한 공간을 향해 산과 강을 넘어 저 너머의 무언가로 나아가고자 하는 여정일 것이

---

16) 신경림, 위의 책.

다. 그 꿈을 향해 나아가는 길의 이정표는 '느티나무'이다.

느티나무는 할아버지가 뿌린 씨앗이고 그와 더불어 할머니와 아버지가 공존하는 영역의 표지이다. 또한 시적 화자인 '나'에게는 그들처럼 살지 않겠다는 각오를 떠올리는 기표이다. 따라서 그들과 나를 연결하는 끈이자 매개가 느티나무인 것이다. '나'에게 느티나무는 현실을 바라보는 창으로, 나무 그늘이 너무 좁아 운신의 폭이 적으며, 자라는 속도가 늦어 빠르게 변화하는 현실의 흐름을 따라갈 수 없는 존재로 그려지는 시적 대상이다. 느티나무의 속도는 지극히 주관적인 '나'의 감정일 뿐이다. 느티나무는 한 자가 30cm 정도이니 다섯 자로 두 번 자라 3m의 높이로 크는 동안 '나'는 그들을 닮아 버린 세월을 보낸다. 다섯 자로 크는 속도가 더디다고 생각했지만 자신이 나이를 먹는 빠른 세월을 간과한 것이다.

여기에서 신경림은 느티나무의 무한성과 인간의 유한성이 상대적으로 묘한 대비를 이루며 좁고 더딘 '그늘'로 회귀하는 시적 화자의 귀소 본능을 그려내고 있다. 그 정점이 '하릴없이'이다. 반면교사였던 그들의 '그늘'과 느티나무의 좁고 더딘 '그늘'은 '하릴없이' 돌아와야 하는 '나'의 자장권이었음을 고백하는 것이다. '그늘'로부터 벗어나고자 하는 원심력과 어떻게 해볼 도리도 혹은 어찌할 수 없이 돌아와야 하는 구심력의 길항성은 자못 팽팽하다. 그러나 인간의 유한성은 안으로 향하는 구심력으로 치우치게 만들고 결국 그들의 모습을 닮아갈 것이다.

신경림의 안으로 향하는 구심력은 현실에 대한 치열한 열정과 삶에 대한 원숙한 관조가 빚어내는 자기 연민이자 나로부터 발원하고 가족과 사회로 확산되었던 원심력의 결과값이기 때문이다. 이러한 경향은 후기시를 이루는 근간으로 현재에도 『사진관집 이층집』(2014)에까지 드리운 진행형이다. 신경림은 "고장난 사진기여서 오히려 안심하면서"(「고장난 사진기」) 바라는 것과 바라지 않던 것의 관계를 천착하고, "너무 멀리서만 보고 있는 것은 아닐까 아니면/ 너무 가까이서만 보고 있는 것은 아닐까"(「장자를 빌려」) 하는 물음을 던지며 숲과 나무의 원근에 대해 화두를 보낸다. 이러한 깨달음은 "창틀 아래 웅크린 아낙의 어깨"보며 "하늘과 세상을 떠받친 게/ 산뿐이 아닌 것"(「산그림자」)을 보는 혜안과 닮아 있다.

4. 결론

이 글은 신경림의 「아버지의 그늘」을 정밀하게 고찰하는 데 목적을 두었다. 이를 위해 본고는 「아버지의 그늘」을 '아버지'와 아버지의 '그늘'이란 모티프로 양분하여 그 의미를 다음과 같이 살펴보았다.

첫째, 현대시문학사의 '아버지' 모티프와 「아버지의 그늘」과의 상관성을 계보학적으로 점검하였다. 시사적 맥락에서 '아버지' 모티프는 일제 강점기에 민족, 고향 등의 담론을 상징하면서 형상화되었지만 해방 후에는 개인의 문제를 천착하는 주요 계기가 된다. 해방 전의 경우가 '아비 찾기', '고향 상실감' 등의 식민지 시대 문학인의 공통 감각이었다면 한국전쟁 이후 황무지와 폐허의식으로 잠재되었던 해방 후의 시적 모티프는 다른 양상을 보여준다. 이 시기 아버지의 이미지는 강점기 시편들의 주요 속성이었던 고향이나 조국, 민족 등의 거대 담론으로부터 벗어나 아버지를 둘러싼 개인과 가족의 영역으로 문면에 드리운다. 신경림은 이러한 상징성을 공유하면서 아버지를 둘러싼 가족과 개인의 문제를 드러내고, 화자 자신의 의식을 내면화한다.

둘째, 신경림의 '아버지의 그늘' 모티프와 시인의 다른 시작품에 나

타난 '그늘'과의 상호텍스트성을 고찰하였다. '아버지'가 하나의 개념
으로부터 혹은 한 존재로부터 시작되어 사회문화적인 맥락으로 확산
되는 구조를 지닌 반면, 그 역으로 당대의 보편성을 띠는 가부장적 아
버지로부터 시적 화자 개인의 내면으로 파고드는 구성 방식을 보이는
것이 아버지의 '그늘'이었다. 따라서 본고는 「아버지의 그늘」에서 아
버지의 '그늘'을 주목하여, 시적 화자의 내면에서 드러나는 지양과 지
향의 변증적 자기 연민과 시적 성찰이 후기 시편에 일관되게 나타나
는 시적 경향임을 밝혔다.

제 12 장

한국 근대시와 영미시의 영향 관계 읽기

1. 들어가며

한국 근대문학의 성립 이후 100년이 넘었다. 이는 구체적으로 1908
년에 나온 『소년』지 창간호 권두시 「해에게서 소년에게」가 발표된 지
100년째의 의미를 지니기 때문이다. 따라서 한국 근대문학의 성립과
그 의의를 가늠하는 작업이 상징성을 띠는 동시에 지속적으로 펼쳐지
고 있는 근거이기도 하다. 많은 논자에 의해 한국 근대의 기원과 성립
에 대한 견해가 있었지만, 일반적으로 갑오경장 기점설로 굳어지고 있
는 형국이다.

1894년 갑오경장을 근대의 기점으로 잡는 견해는 기본적으로 이 해
를 기준으로 서구의 문물을 받아들였다는 관점이다. 이와 같은 맥락에
서, 1908년 최남선의 「해에게서 소년에게」를 한국 최초의 근대시나 신
체시로 부르는 관점 역시 이전과 이후를 양분하는 시간개념으로부터
자유롭지 못할 것이다. 따라서 근대나 현대는 논자의 시기구분에 따른

편의개념일 뿐이지 정확한 비평적 사유로부터 발원한 것은 아니다. 중요한 것은 근대의 기점이란 근대 이전과 이후를 지칭하는 구획선의 의미를 지닌다는 점에 있다.

근대 이전과 이후로 나누는 관점은 흔히 고전문학과 현대문학으로 양분하는 '전통단절론'을 상기시킨다. 예를 들어, 최남선의 경우, '최초의 근대시'란 화려한 수사는 기본적으로 한국의 전통적 양식으로부터 일탈해 있음을 기원하는 말이다. 따라서 한국의 전래 문학적 관습으로부터 얼마만큼이나 일탈해 있는가를 따지는 척도가 '근대적'이라는 말일 것이다. 이때 근대적이라는 것은 두 가지의 함의를 가지는 바 첫째가 서구적이라는 의미와 더불어, 서구적 양식이 일본을 전신자로 들여왔다는 의미가 그 두 번째이다. 따라서 우리의 연구자들이 그토록 '근대'와 '근대성'에 집착하는 이유가 여기에 있기도 하다.

자생적 근대화론은 우리나라 내부의 근대적 동력에 민감하게 반응했던 학자들의 애정에 기초한 학설이었다. 그것이 식민지 근대화론이나 식민지 수탈론에 대한 나름의 학자적 대응이었을지라도 근대 혹은 근대성은 우리 것이 아니었다. 왜냐하면 근대 이전에는 결코 볼 수 없었던 기차가 무거운 강철덩어리를 너무도 가뿐하게, 지축을 울리는 굉음을 울리며 우리의 풍경에 편입되면서 비로소 우리의 근대가 시작되었다는 사실과 그 궤를 같이하기 때문이다.

이 글에서 언급하고자 하는 논의 방향 역시 우리 문학의 근대와 근대성으로부터 자유로울 수 없다. 왜냐하면 우리의 근대가 근본적으로 이식된 것이기에 근대문학 혹은 근대시 역시 서구문학의 영향권 내에 위치할 수밖에 없기 때문이다. 특히 이 글에서 주안점을 두고 있는 영미시의 경우, 한국 근대시의 형성기에 중요한 영향 관계를 보이는 바, 한국 근대시사의 시사적 의의를 담보하는 몇 장면만을 들어 영미시문학과 연관된 한국 근대시문학의 흐름을 되짚어 보고자 한다.

2. 소년, 최남선과 바이런

문학을 바라보는 네 가지 관점 중 표현론적 관점에 선 작가론 연구 방법은 '그 나무에 그 열매'를 강조한다. 이러한 관점은 '그 열매'를 맺게 하는 '그 나무'를 중요시 하는 시각으로, '그 나무'를 둘러싼 환경에 주안점을 두고 있다. 이때 '그 나무'를 형성케 하는 다양한 인자들로부터 수용과 영향 관계를 따지게 된다. 수용이 일방적으로 받아들임이라면 영향은 쌍방적이다. 원천과 영향의 두 속성을 염두에 둘 때 그 관계를 고찰할 수 있다. 영향관계의 고찰은 비교문학을 연구함에 있어서 핵심적인 과제가 된다. 울리히 바이스슈타인(Ulrich Weisstein)의 언급대로, 그것이 구체적이면서 비교가능한 두 개의 실체, 즉 영향을 준 작품과 그것을 지향하는 작품을 가정하는 것이기 때문이다.

일반적으로 영향 연구는 두 개의 별개의 것이 존재함으로써 비교되는 실체로서, 발신자와 수신자 사이에 직접적인 접촉이 있어야만 영향 관계가 성립된다. 따라서 영향 관계란 근본적으로 비교문학적이다. 얼드리지에 의하면(Aldridge), "한 작가의 작품 속에 다른 작가의 작품을 읽지 않았다면 결코 존재할 수 없는 것이 존재하고 있을 때" 나타나는 영향 관계는 "단일하고 구체적인 방법으로 나타나는 것이 아니라 여러 가지 다른 명시(明示) 속에서 발견되어야만 하는 것"으로 규정된다.

이에 따르면, 궁극적으로 영향을 받은 작가는 영향을 준 작가와는 별개로 자신의 상상력을 통해 자기의 작품을 쓰는 것이며, 원천 작가의 영향은 영향을 받은 작가의 작품 구조 내에서 삼투되어 육화하는 화학적 반응이라 볼 수 있다. 이와 같은 맥락에서 본다면, 수신자가 발신자의 문학세계에 대해 정통해야할 뿐만 아니라 '그 나무'를 둘러 싼 환경에 대해서도 잘 알아야만 한다는 전제조건이 필요하다. 그러나 우리의 신문학 초기에 있었던 문학 활동의 경우, 이러한 영향에 대한 정의를 적용하기 어렵다. 첫째가 그 당시 한국에 소개된 서구문학이 거의 모두 단편적이거나 일부분에 불과한 경우였고, 원문을 직수입해서 번역하는 경우보다는 일본이라는 전신자를 거친 중역에 해당하는 경우가 훨씬 많았던 것이 두 번째이다.

영미시가 한국 현대시에 미친 영향을 논한 이창배의 논의를 빌리자면, 이러한 시대적 상황에서 출발한 한국 현대시는 직접 간접으로 서구시의 절대적인 영향 하에서 성장 해 온 것은 부인할 수 없는 사실이다. 서구시 중에서도 영미시의 영향은 크다. 그것은 영시가 다른 외국시보다 사용 인구면에서 우세한 언어라는 사실과, 영문학의 역사와 그 우수성, 그리고 동양에서 영문학이 더 일찍 그리고 더 많이 소개되어 우리나라에서 영문학을 전공한 사람이 압도적으로 우세한데 기인한다고 본다.

또한 <소년>지의 경우, 잡지에 소개된 외국시 9편 중 8편이 영미시이고 이후 <개벽>, <태서문예신보>, <해외문학> 등에서도 영미시의 소개가 우세하다. 특히 30년대에 이르러 최재서, 김기림 등이 전적으로 영미시와 시론을 소개하여 영미 모더니즘을 한국에 이식시켰던 것도 사실이다. 따라서 우리나라에 있어서 서구시의 이입과정에서 가장 많은 작품은 영미시였던 것을 알 수 있으며, 이러한 현상은 특히 해방 전만이 아니고 해방 이후에 더욱 두드러진 현상이기도 하다.

우리 근대문학의 최초라는 월간 <소년>지는 최초의 신체시 혹은 신시가 실린 잡지이면서 서구문학을 도입했던 시초라는 측면에서 주목된다. 따라서 우리의 근대시문학은 이 시기를 기점으로 근대화 작업이 시작된 셈이라 할 수 있다. 신문학 초기에 활동했던 문인들은 서구시의 이입과정을 통해 전통적인 시가 형식에서 볼 수 없었던 서구적 스타일에의 매혹으로부터 자유로울 수 없었다.

1908년에 나타난 최남선의 신체시는 1882년 일본에서 일어난 신체시운동과 밀접한 관련을 갖는다. 일본의 전통적인 和歌나 俳句 등과 전연 다른 새로운 형식의 시를 추구했던 최초의 시집이『新體詩抄』이다. 이 시집의 서문을 보면, "西洋의 風으로 模倣하여 일종 新體의 詩"를 만들고자 하였고, "明治의 노래는 明治의 노래여야 한다. 古歌여서는 안된다. 日本의 詩는 日本의 詩여야 할 것이지, 漢詩여서는 안된다. 이것이 新體의 詩를 만든 이유이다"고 명시하고 있다. 이러한 점은 조선조로부터 내려오는 전통적인 고시가의 형태가 아닌 서구적 양식의 시에 눈을 돌리고 그것을 모방·이입하고자 하는 의도적인 노력을 보인 <소년>지의 편집의도와 일치한다. 이때 의도적으로 노력하고자 했던 서구적 스타일은 바이런의 작품이었다.

<소년>지 제 3년 3권에는 최남선 역의 '바이런의 海賊詩'와 鷲浪 역 '바이런의 大洋'이 원문과 함께 게재되었고 이와 더불어 바다와 관련된 지면에 많은 할애를 보이고 있다. 바이런의 바다시편은 바다의 웅장함, 기상, 힘 등을 찬양하며 소년의 진취적 사상을 고취하고자 했던 최남선의「해에게서 소년에게」가 지니는 시의식에 영향을 주었다. 최남선이 정한 잡지 제목으로서 혹은 시 제목으로 '소년'에게 원했던 것은 바이런의 바다시편에서 나타나는 호탕하고 자유롭고 열정적인 낭만정신이었다. 이제 분량이 상당히 길지만, 최남선의「해에게서 소년에게」전문을 읽어보자.

1.
처……ㄹ썩, 처……ㄹ썩, 척, 쏴……아.
따린다, 부순다, 무너버린다.
태산(泰山)같은 높은 뫼, 집채 같은 바윗돌이나,
요것이 무어야, 요게 무어야,
나의 큰 힘, 아느냐, 모르느냐, 호통까지 하면서,
따린다, 부순다, 무너 버린다.
처……ㄹ썩, 처……ㄹ썩, 척, 튜르릉, 콱.

2.
처……ㄹ썩, 처……ㄹ썩, 척, 쏴……아.
내게는, 아무것, 두려움 없어,
육상(陸上)에서, 아무런 힘과 권(權)을 부리던 자(者)라도,
내 앞에 와서는 꼼짝 못하고,
아무리 큰, 물건도 내게는 행세하지 못하네.
내게는 내게는 나의 앞에는
처……ㄹ썩, 처……ㄹ썩, 척, 튜르릉, 콱.

3.
처……ㄹ썩, 처……ㄹ썩, 척, 쏴……아.
나에게 절하지, 아니한 자(者)가,
지금(只今)까지, 없거던, 통지하고 나서 보아라.
진시황(秦始皇), 나팔륜, 너희들이냐,
누구 누구 누구냐, 너의 역시(亦是) 내게는 굽히도다.
나하고 겨룰 이 있건 오너라.
처……ㄹ썩, 처……ㄹ썩, 척, 튜르릉, 콱.

4.

처……ㄹ썩, 처……ㄹ썩, 척, 쏴……아.

조고만 산(山)모를 의지(依支)하거나,

좁쌀같은 작은 섬, 손뼉만한 땅을 가지고,

고 속에 있어서 영악한 데를,

부르면서 나혼자 거룩하다 하는 자(者),

이리 좀, 오나라, 나를 보아라.

처……ㄹ썩, 처……ㄹ썩, 척, 튜르릉, 콱.

5.

처……ㄹ썩, 처……ㄹ썩, 척, 쏴……아.

나의 짝될 이는 하나 있도다,

크고 길고, 너르게 뒤덮은 바 저 푸른 하늘.

적은 시비(是非) 적은 쌈 온갖 모든 더러운 것 없도다.

조 따위 세상(世上)에 조 사람처럼,

처……ㄹ썩, 처……ㄹ썩, 척, 튜르릉, 콱.

6.

처……ㄹ썩, 처……ㄹ썩, 척, 쏴……아.

저 세상(世上) 저 사람 모두 미우나

그 중(中)에서 똑 하나 사랑하는 일이 있으니

담(膽)크고 순정(純情)한 소년배(少年輩)들이,

재롱(才弄)처럼, 귀(貴)엽게 나의 품에 와서 안김이로다.

오나라 소년배(少年輩) 입 맞춰 주마

처……ㄹ썩, 처……ㄹ썩, 척, 튜르릉, 콱.

이 시의 영향 관계는 비교적 명쾌하다. 최남선의 이 작품에 대한 분석은 허다하게 이루어졌기에 이 글의 논지인 영향 관계에 집중하여 주목해보자. <소년>지에 수록된 바이런의 「해적가」와 「대양」을 이 시와 비교해 볼 때 특히 후자의 시와 형식적인 면에서 유사한 측면이 많다. 육당이 바이런의 영향을 받았다는 이유를, 첫째 양자가 모두 6연으로 되어 있다. 둘째 바이런의 제4연과 육당의 제3연이 너무도 흡사하다. 셋째 두 시 모두가 끝 연에 소년이 나온다는 것이다. 넷째 양시가 모두 거의 동일한 길이의 장시이고 모두 번호를 붙여 연을 구분한다는 점이다.

이러한 형식적인 측면의 유사함은 "처……ㄹ썩, 처……ㄹ썩, 척, 튜르릉, 콱."의 의성음과 바이런의 "드로를 퉁탕"과 비교할 수 있고, "진시황(秦始皇), 나팔륜, 너희들이냐,/ 누구 누구 누구냐, 너의 역시(亦是) 내게는 굽히도다."를 바이런의 "앗시리아, 끄레시아, 로오마, 카아테이지--, 너희들이 다 무엇이냐"라는 부분에 이르면 그 영향 관계가 더욱 분명해진다.

간과할 수 없는 것은 내용상의 변별점이다. 바이런의 바다이미지가 바다와 소년의 용기를 고취시키고, 모험과 열정을 동반한 세계여행의 폭넓은 체험을 중요시했다면 육당의 그것은 다르다. 바이런이 개인적 측면에서 바다를 향한 소년의 이미지를 구국했다면 육당이 형상화한 바다를 향한 소년의 이미지는 민족적이다. 이는 <소년>지의 편집의도와 부합하는 사실로써 창간호에 게재된 스미스(samuel F. Smith)의 「아메리카合衆國國歌」와 육당의 「新大韓少年」를 비교할 때 나타난 유사성과 연관된 문제이다.

<소년>지에서 처음으로 외국시를 번역하는 데 바이런과 더불어 '자유'가 '자유민'에 의해 '자유'를 구가하고 '자유'를 창조하는 '자유'와 '영원성'을 주제로 하는 스미스의 시를 게재한 이유는 자유정신으로 요약되는 미국정신과 개척의식을 모방하려는 의도에서 였다. 개화

기에 처한 우리 민족의 현실 상황에서 육당이 「新大韓少年」에서 역설한 것도 철저한 계몽주의의 일환이었다. 따라서 육당의 「해에게서 소년에게」는 바이런의 작품으로부터 다분히 형식상의 영향을 받았지만 내용상으로 보면, 당대 우리 민족이 겪고 있던 상황이나 개화에의 의지를 표현한 것으로 보아야 한다.

3. 태서문예신보, 김억과 예이츠

다음으로 찾아가는 영미시와 관련된 우리 근대시의 현장은 <태서문예신보>를 둘러싼 풍경이다. 이 잡지의 권두언을 읽어보면, "본 보는 태서의 유명한 소설, 시조, 산문, 가곡, 음악, 미술, 각본 등 일반문예에 관한 기사를 문학대가의 붓으로 직접 본문으로부터 충실하게 번역하여 발행할 목적으로 다년간 계획해오던 바, 오늘에 제일호 발간을 보게 되었습니다."로 되어 있다. 여기에서 필자가 주목하는 것은 두 가지이다. 먼저, 이 잡지의 제호인 <태서문예신보>의 '太西'를 정한 이유를 추측해보자. 태서를 '크나 큰 서양' 정도로 번역한다면 이 잡지의 지향점이 분명해진다. 즉, 서구문학이 지닌 우리 근대문학의 전제조건 혹은 영향력을 떠올리게 만든다. 두 번째는 이 잡지와 관련되어 '문학대가'로 불리우는 중요한 인물이 김억이라는 점이다.

안서 김억을 떠올리는 우리시사의 풍경은 그리 어렵지 않을 정도로 시사적 의의를 가늠할 수 있는 그림이다. 김억은 이 잡지의 번역을 담당했을뿐더러 한국 최초의 근대적 번역시집 『오뇌의 무도』를 간행하기도 하였다. 김윤식에 의하면, 어느 나라에서나 그 문학의 초기 형성 과정에서는 외국문학의 직접적인 영향이 고려되고 있다고 제시하고 우리 근대문학의 경우를 세 단계로 나눈 바, 첫째 시기가 창가, 신소설, 신체시의 시대였고 둘째 시기가 김억의 활동시기였다는 것, 셋째가 해외문학파의 활동을 들고 있다. 이를 통해 알 수 있는 것은 둘째 시기를 담당하는 김억의 해외문학 번역 소개 활동이 얼마만큼 중요한 위치인가를 증명해준다.

우리의 시사에서 <태서문예신보>에 대한 평가가 육당과 춘원의 시대 이후 근대 시단의 새로운 자각과 의미를 두고 있다는 점에서 그 시사적 의의를 무시할 수 없다. 이때 김억은 <태서문예신보>의 주역으로서, 육당과 춘원의 2인 문단시대를 풍미했던 공리주의적 계몽성으로부터 시의 서정성을 강화하였고 시 형태면에서 <詩形의 音律과 呼吸>이라는 시론을 통해 새로운 운율의식을 정착하기도 하였다. 현재까지 김억과 영미시의 영향관계에서 중요하게 거론되는 시인이 예이츠이다. 먼저 김억이 번역한 예이츠의 작품을 읽어 보자.

꿈(W. B. Yeats, 김억 번역)

내가 만일 光明의
黃金, 白金의 짜아내인
하늘의 繡노흔옷,
낮과 밤, 또는 저녁의
프르름, 어스렷함, 그리하고 어두움의
물들인옷을 가젓슬지면,
그대의 발아레 페노흘려만
아아 가난하여라, 내所有란 꿈박게업서라,
그대의발아래 내꿈을 페노니,
나의생각가득한 꿈우를

그대여, 가만이 밟고지내라.

예이츠의 이 작품은 戀詩다. 시적 화자인 '나'가 그리운 그대에게 보내는 한 편의 사랑인 것이다. 시적 화자는 밝은 빛의 보석으로 자아낸 하늘을 수놓은 옷이나, 낮과 밤 그리고 저녁이거나 푸르름 가득한 어두움을 물들인 옷을 가졌다면 사랑하는 그대의 발 아래 펼쳤겠지만 가난하기에 그러하지 못한다. 여기서 두 가지의 옷은 삼라만상 모든 것을 표상하며, 그것을 그대에게 바치겠다는 것은 그만큼 그대를 사랑한다는 의미로 읽힌다.

따라서 시적 화자는 그 옷이 있었다면 그대에게 바치겠으나 가난하기 때문에 부재하므로 꿈으로 밖에 해소할 길이 없다. 그러므로 사랑하는 그대의 발 아래 두 옷이 깃든 시적 화자의 꿈을 펼치노니 그 꿈을 밟고 오라는 시적 전언으로 볼 수 있다. 이제 김억의 작품을 읽고 예이츠의 작품과 비교해보자

꿈길(김억 작품)

떠나계신 사람이
못내 그리워
별빛나는 밤길을
내가 걷노라

모두 잠든 밤길을
혼자 걷길래
꿈길이라 고요히
불러 보노라

갈바람에 잎과 꽃
모두 떨려도
내꿈길엔 언제나
꽃이 피거나

　이 작품은 부재한 임에 대한 그리움을 형상화한 시이다. 사랑하는
임이 현재 부재하기에 시적 화자인 '나'는 모두 잠든 꿈 속 혼자 걷는
꿈길조차도 그대를 향한 그리움을 전하고자 한다. 그러나 현실에서 떠
나가신 그대는 꿈길에서도 그 모습을 볼 수 없다. 그대가 없는 꿈길엔
잎과 꽃이 모두 떨어진 시련의 계절이기에 시적 화자인 '나'는 새로운
계절이 도래하면 그대를 볼 수 있기를 고대한다.

　이러한 시적 맥락을 통해 이 시는 예이츠의 작품과 공히 연시임을
알 수 있다. 김억의 작품이 연을 구분했지만 1연과 2연의 연 구분을
통한 시적 의미가 미약함을 가정한다면 예이츠의 작품과 12행으로 동
일하다. 또한 두 시의 제목이 '꿈'과 '꿈길'로 거의 같은 의미를 지니
고 있다. 이것은 두 시의 기본적인 모티프가 동일하다는 점 이외에 시
적 화자의 염원이 담긴 가정법을 사용하였다는 점 그리고 예이츠의
경우, '하여라', '업서라', '페노니', '지내라'와 '걷노라', '보노라', '더
거니'의 김억 작품에 쓰인 어미의 쓰임새가 모두 영탄조라는 점 등을
들어 두 시의 영향관계가 입증된다.

　따라서 김억이 예이츠의 작품을 번역하면서 그 작품에 심취해 발동
한 문학적 상상력을 통해 생산된 작품으로 보여진다. 김억은 1921년
역시집 『오뇌의 무도』이후 『기탄잘리』(1923) 『新月』(1924) 『잃어진 眞珠』
(1924) 『園丁』(1924) 『懊惱의 舞蹈』(1924, 재판) 등을 상재하여 왕성한 번
역활동을 하였던 바, 그의 첫시집이자 우리 시사에 있어서 근대적 의

미의 첫 창작시집이라 할 수 있는 『해파리의 노래』(1923)를 출판하던 해와 겹치게 된다. 이러한 번역활동과 창작활동의 시간적 공감대는 김억에게 있어서 자의든 타의든 번역의 대상 작가들로부터 영향을 받지 않을 수 없었을 것으로 추측된다.

김억과 관련하여 우리 시사에 있어서 빼놓을 수 없는 시인이 김억의 제자인 김소월이다. 2002년도 『시인세계』에서 창간호 기념 특집으로 실린 '한국 현대시 100년-100명의 시인, 평론가가 선정한 10명의 시인'이라는 지면을 기획한 바 있다. 이때의 조사 결과에 대한 분석에 따르면, 서정주(46표), 김소월(43표), 김수영(42표), 정지용(41표), 백석(34표), 김춘수(28표), 한용운(27표), 박목월(25표), 이상(24표), 신경림(15표)의 순서였다. 이에 따르면 김소월은 서정주에 이어 2위를 차지했지만 다른 조사기관이나 설문의 대상에 따른 변인을 바꾼다면 순위가 뒤바뀔 개연성은 농후하다. 이처럼 김소월은 시인이나 시 비평가로부터 시 애호가에 이르기까지 그 폭과 넓이를 가늠하기가 어렵지 않다.

이 글의 관심이 우리 근대시와 영미시의 영향관계라는 점을 상기할 때, 소위 국민적 애송시라 불리는 김소월의 「진달래꽃」과 예이츠의 또다른 작품을 언급한 논의를 떠올리게 된다. 앞서 인용했던 이창배의 다음과 같은 견해를 주목해 본다.

초기 예이츠의 영향이 김억의 제자 김소월의 시에 나타난 것은 잘 알려진 사실이다. 김소월의 <진달래>는 예이츠의 <하늘의 옷감>Heaven' Cloth(혹은 꿈)을 모방한 것인 바 현대영시 중에서나 또는 예이츠의 전작품 중에서 별로 보잘 것 없는 그 작품이 우리나라에 들어와 모양을 바꾸어 가장 유명한 시로 된 것은 참으로 아이러니칼한 애기다.

인용문에서 주지하는 것은 두 가지이다. 첫째가 김소월과 예이츠의 영향관계가 정말인가, 둘째가 정말로 아이러니칼한 애기인가이다. 먼저 후자부터 살펴보면, 예이츠의 작품 중에서 별로 좋지 않은 삼류 작품이 우리나라에 들어와서 최고의 작품 소리를 듣는다는 영문학 전공자의 푸념으로 읽힌다. 그 푸념의 근간은 논문의 부제로 달린 "영시학도가 본 한국의 현대시"라는 전제조건하에서 가능한 것이다. 따라서 아이러니를 느꼈다는 것은 주체의 시선이 영문학 쪽으로 한걸음 다가서서 우리의 문학을 바라보았기 때문이다. 이는 영향관계를 한쪽의 일방적 시선으로 다른 한편을 바라보는 일원적 사고라 할 수 있다. 영문학 혹은 예이츠에 정통한 영시학도는 신문학 초기 우리의 근대시에 왜 그러한 아이러니가 성립될 수밖에 없었나하는 사실에 대해서는 언급하지 않는다.

우리의 근대사에서 한일합방은 국권의 상실과 더불어 일제에 의한 무단통치의 체제로 바뀌게 하는 사건이었다. 이에 우리의 근대문학 전반과 함께 번역문학 역시 합방 이전의 모습과는 다른 변화를 가져올 수밖에 없었다. 육당이나 춘원류의 공리적 계몽주의가 짙은 역사류나 전기류 그리고 바람 앞에 등불처럼 놓인 우리 민족의 향방에 대한 사상성이 가미된 서적은 분서갱유의 운명에 처하게 된다. 따라서 철저한 사상의 검열과 인쇄매체의 사전검열은 그 이전의 시기에 행했던 문자 행위의 변화를 가져올 수밖에 없었던 것이다.

이 시기의 번역문학 역시 총독부의 검열에 통과할 수 있는 새로운 돌파구를 모색해야 했다. 이러한 맥락에서 프랑스 퇴폐적 상징주의의 수용과 더불어 정치적이거나 시사적이지 않은 순수문학으로의 방향전환은 어쩔 수 없는 선택이었는지도 모른다.

4. 진달래꽃, 김소월과 예이츠

이제 김소월과 예이츠의 영향 관계를 검토해 보자. 인용문에서 언급한 예이츠의 '하늘의 옷감'(Heaven' Cloth)은 김억과 예이츠의 영향관계를 검토한 '꿈'이라는 시와 동일한 작품이다. 김억의 번역시집『오뇌의 무도』에 번역되어 있는 이 시는 앞서 전문을 인용했기에 '그는 하늘나라의 옷을 원한다'는 제목으로 되어있는 예이츠의 작품 원문과 김소월의 작품을 읽어보자.

He Wishes for the Cloths of Heaven(W.B.Yeats)

Had I the heaven's embroidered cloths
Enwrought with golden and silver light
The blue and the dim and the dark cloths
Of night and light and the half-light,
I would spread the cloths under your feet:
But I, being poor, have only my dreams;
I have spread my dreams under your feet;
Tread softly because you tread on my dreams.

진달래꽃(김소월)

나 보기가 역겨워
가실 때에는
말없이 고이 보내드리우리다

영변에 약산
진달래꽃
아름 따다 가실 길에 뿌리우리다

가시는 걸음걸음
놓인 그 꽃을
사뿐히 즈려밟고 가시옵소서

나보기가 역겨워
가실 때에는
죽어도 아니 눈물 흘리우리다

위의 두 시편에서 김소월과 예이츠의 영향관계를 지적하는 시구는
"Tread softly because you tread on my dreams."와 "사뿐히 즈려밟고 가시
옵소서"이다. 선후관계를 따져보면 예이츠-김억-김소월의 순이다. 예
이츠의 마지막 행을 김억은 "그대여, 가만이 밟고지내라."로 번역하고,
이로부터 영향을 받았다고 보는 김소월의 시구는 "사뿐히 즈려밟고
가시옵소서"에서 '사뿐히 즈려밟고'이다.

앞서 말한 바 예이츠의 번역시편은 모두 연시로 당대의 일제 무단
통치와 일정부분 관련있음을 주지하였다. 이를 감안하면서 두 시를 읽
어보면, 모두 시적 화자인 '나'가 그리운 임에 대한 사랑의 마음을 형
상화하는 공통점이 있지만 형식면에서는 확연히 다름을 알 수 있다.
즉, 연 구분이 없는 예이츠의 12행과 연과 행의 구분이 확실한 12행은
시상 전개 측면에서도 다르다. 먼저, 예이츠의 작품이 '내가 만일'이란
가정법을 통해 가진 것은 꿈뿐이기에 그 꿈속에서나마 만나기를 기원
하는 내용이라면 김소월의 경우는 꿈이 아닌 현실의 정황을 형상화한

것이다. 그것은 '나'를 떠나가는 임과의 이별에 대한 서러움을 역설적
으로 드러내기 때문이다.

흔히 지적되는 'Tread softly'의 모방이라 보는 '사뿐히 즈려밟고'의
유사성과 '밟다'라는 구체적인 행위 이외에 현격하게 많은 변별성이
존재한다. 예를 들면, '영변의 약산'과 같은 구체적인 지명과 한반도
전역에 피는 진달래꽃의 이미지를 통해 시적 영토를 구체화하고 있고,
예이츠와 김억의 작품이 그대를 바라보는 나의 관점이 남성화자일 개
연성이 짙은 반면 김소월의 그것은 우리민족의 전통적 정서에 기반한
여성화자를 전면에 내세웠다는 변별성을 들 수 있다.

영향관계란 본질적으로 수용자의 창조적 상상력에 의한 새로운 개
성적 변용을 전제로 하는 것이기에 예이츠와 김소월의 영향관계가 본
질적임을 알 수 있다. 따라서 모방, 모작, 패러디, 베끼기 등의 혐의를
받아온 영향이라는 비평적 개념은 김소월에 이르면 영향의 본질적 관
계를 보여주는 전형적인 예에 해당한다.

김소월은 예이츠의 연시에 나타난 이별에 대한 태도를 넘어서서 전
통적 '한'의 한국적 정서를 근간으로 하는, 체념과 미련이 각각의 미감
으로 버무려진 다층화된 이별의 정한을 창조적으로 형상화하였다고
판단된다. 이러한 맥락에서, 김억의 역시집『오뇌의 무도』에 번역되어
있는 예이츠의 작품은 앞서 인용한 '꿈' 이외에 '늙은이', '落葉', '失
戀', '舊友를 닛지말아라', '술노래' 등을 싣고 있는 바 이는 김억의 창
작시와 더불어 김소월의 다른 작품 -'진달래꽃', '가을', '님과 벗', '黃
燭불'-에서도 그 영향관계를 추정할 수 있다.

그러나 중요한 점은 우리의 신문학에 영향을 미친 영미시의 수용과
영향이라는 관점에 대한 인식이다. 이러한 인식의 대부분은 'Tread
softly'와 '사뿐히 즈려밟고'와 같은 표현의 유사성을 지적하는 경우라

할 수 있다. 따라서 이들 연구는 대부분 번역상의 오역이나 번역문과 원문의 형식상의 차이를 중요시했다고 여겨진다.

서구문학의 영향이란 우리의 근대문학에서 필연적이었으니, '이것'이 '저것'의 모작이다 아니다를 따지는 논쟁적 성격이 과연 적절한가라는 문제에 봉착한다. 우리의 근대문학 혹은 근대시의 운명이란 서구문학을 받아들임으로써 가능했었다는 이식문학사의 관점 아래 선다면 그 수용과 영향의 관계란 피할 수 없는 것이다. 하여, 우리의 시선을 모아야 하는 것은 그것이 피상적이고 단순한 수용인가 혹은 원문과 번역을 넘어서서 창조적 문맥 속에 한국적인 정서를 육화시켰는가하는 층위로 옮겨져야 한다. 바로 이 지점이 김소월의 시사적 의의를 새롭게 매김하는 자리이자, 시공을 넘나들며 애송되는 그의 시가 차지하는 독보적 위상을 증명하는 또 다른 작업이기도 할 것이다.

참고문헌

가라타니 고진, 박유하 역, 『일본근대문학의 기원』, 민음사, 1997.

감태준, 『이용악시연구』, 문학세계사, 1990.

강경희, 「1970년대 서정성의 양상」, 『시와정보』, 2007년 가을호.

강상중, 이경덕 · 임성모 역, 『오리엔탈리즘을 넘어서』, 이산, 1999.

강은교, 「신동엽 연구」, 구중서 · 강형철 편, 『민족시인 신동엽』, 소명출판, 1999,

강정구, 「신경림 시의 서사성 연구」, 경희대 박사논문, 2003.

강정구, 「신경림의 시집 『농무』에 나타난 탈식민주의 연구」, 『어문연구』32권, 한국어문교육연구회, 2004.

강정구, 「저항의 서사, 탈식민주의적인 문화 읽기-신경림의 『남한강』론」, 『한국의 민속과 문화』11집, 경희대학교민속학연구소, 2006.

강정구, 「문학지리학으로 읽어 본 1980년대 신경림 시의 장소」, 『어문학』117호, 한국어문학회, 2012.

강정구, 「문학지리학으로 읽어본 신경림 문학 속의 농촌-1950년~70년대 작품을 중심으로」, 『한국문학이론과 비평』16권, 한국문학이론과비평학회, 2012.

강진구, 「한국소설에 나타난 제국주의 욕망 탐구」, 한국어문교육연구회, 『어문연구』109호,

강현국, 「바다이미지를 통해 본 한국시의 상상력 연구」, 『대구교대논문집』, 1986. 9.

고형진, 「백석 시 연구」, 고려대 석사학위논문, 1983.

고형진, 『백석 시 바로 읽기』, 현대문학, 2006.

고형진 편, 『정본 백석시집』, 문학동네, 2007.

공광규, 「신경림 시의 창작방법 연구」, 단국대 박사논문, 2005.

곽광수, 『가스통 바슐라르』, 민음사, 1994.

구중서, 「신동엽론」, 『창작과비평』, 1979년 봄호.

구중서, 『민족 문학의 길』, 새밭, 1979.

구중서, 「역사 속의 우리말 가락-신경림론」, 『현대문학』, 현대문학사, 1980.

구중서, 「1970년대와 80년대의 민중시학」, 『현대시』, 1994. 5.

구중서 · 강형철 편, 『민족시인 신동엽』, 소명출판, 1999.

권성우, 「허준 소설의 '미학적 현대성' 연구」, 『한국학보』, 1993년 겨울호.

권영민, 『해방직후의 민족문학운동연구』, 서울대학교출판부, 1989.

권영옥, 「백석 시에 나타난 토속성 연구」, 한양대 석사학위논문, 2007.

권오만, 「박봉우 시의 열림과 닫힘」, 『시와시학』, 1993 겨울호.

권혁웅, 「어머니의 목소리와 생의 원초적 감정」, 『동서문학』, 2002년 가을호.

김 현, 「울음의 통곡」, 『씻김굿』, 나남, 1987.

김 훈, 『정지용시의 분석적 연구』, 서울대 박사학위논문, 1990.

김경은, 「김광균 시에 나타난 장소성 연구」, 『인문사회논총』17호, 인문사회과학연구
      소, 2010.

김규동, 『길은 멀어도』, 미래사, 1991.

김기림, 「『사슴』을 안고」, 『조선일보』, 1936. 1. 29.

김기림, 『시론』, 백양당, 1947.

김기림, 『김기림 전집 1 시』, 심설당, 1988.

김기수, 부산대한일문화연구소 옮김, 『주역 일동기유』, 부산대한일문화연구소, 1962.

김동환, 「소설의 내적 형식과 문학교육의 한 가능성」, 한국국어교육연구회, 『국어교육』,
      1994. 6.

김명인, 『한국근대시의 구조연구』, 한샘, 1988.

김명인, 「백석시고」, 『백석』, 고형진 편, 새미, 1996.

김명인, 『김수영, 근대를 향한 모험』, 소명출판, 2002.

김민숙, 「노천명 시에 나타난 장소성 연구」, 건국대 박사학위논문, 2012.

김성수, 「허준의 「잔등」에 대하여」, 사에구사 도시카쓰 외, 『한국 근대문학과 일본』,
      소명출판, 2003.

김수경, 「백석 시의 시간 활용 방법 연구」, 중앙대 석사학위논문, 2012.

김수명 편, 『김수영 전집 1 시』, 민음사, 1998.

김수명 편, 『김수영 전집 2 산문』, 민음사, 1998.

김수영, 「참여시의 정리」, 『창작과비평』, 1967년 가을호.

김승구, 「백석 시의 낭만성 연구」, 서울대 석사논문, 1997.

김열규, 『고전시가론』, 새문사, 1984.

김영무, 「신동엽의 시세계」, 『신동엽-그의 삶과 문학』, 온누리, 1983.

김용락, 「탈식민주의와 한국 현대시-신경림의 『농무』를 중심으로」, 『시선』2권, 시선
      사, 2004.

김용직, 『한국현대시연구』, 일지사, 1976.

김용직, 「토속성과 모더니티」, 『한국 현대시 해석 비판』, 시와시학사, 1993.

김우창, 「신동엽의 『금강』에 대하여」, 『창작과비평』, 1968년 봄호.

김우창, 『궁핍한 시대의 시인』, 민음사, 1993.

김욱동, 『대화적 상상력』, 문학과지성사, 1994.

김운향, 「농촌의 서정과 한국의 토속-신경림의 『농무』 다시 읽기」, 『농민문학』67호,

한국농민문학회, 2007.

김유중, 「김수영 문학을 어떻게 이해할 것인가」, 『한국문학이론과 비평』29집, 2005.12.

김윤식, 『한국근대작가론고』, 일지사, 1974.

김윤식, 『한국현대문학사』, 일지사, 1976.

김윤식, 『한국현대시론비판』, 일지사, 1982.

김윤식, 「허준론:소설의 내적 형식으로서의 '길'」, 『한국 근대리얼리즘 작가 연구』, 문학과지성사, 1988.

김윤식, 『한국근대문학사상사』, 한길사, 1990.

김윤식, 「다락같은 말의 나비화 과정」, 『시와 시학』, 1992 여름호.

김윤식·정호웅, 『한국소설사』, 예하, 1993.

김은자, 『현대시의 공간과 구조』, 문학과 비평사, 1988.

김은철, 「백석 시 연구-과거지향의 시간의식을 중심으로」, 『한국문예비평연구』15집, 한국현대문예비평학회, 2004.

김익두, 「통일의 삶, 통일의 시학」, 전북민족문학인협의회, 『사람의 문학』, 1992 창간호.

김재근, 『이미지즘 연구』, 정음사, 1973.

김재용, 「근대인의 고향 상실과 유토피아의 연원」, 『백석 전집』, 실천문학사, 2003.

김재홍, 「민족적 삶의 원형과 운명에의 진실미」, 『한국문학』192호, 1989.

김종철, 「30년대 시인들」, 『문학과 지성』, 1975년 봄.

김종철, 『시와 역사적 상상력』, 문학과 지성사, 1978.

김종철, 「신동엽론」, 『창작과비평』, 1989년 봄호.

김종철, 「신동엽의 도가적 상상력」, 『민족시인 신동엽』, 소명출판, 1999.

김지하, 『타는 목마름으로』, 창작과비평사, 1982.

김진균·조희연, 「분단과 사회상황의 상관성에 관하여」, 변형윤 외, 『분단시대의 한국사회』, 까치, 1985.

김창완, 「신동엽 시 연구」, 한남대 박사학위논문, 1993.

김태준, 「고향, 근대의 심상공간」, 『'고향'의 창조와 재발견』, 역락, 2008.

김학동, 『정지용 연구』, 민음사, 1987.

김학동 외, 『정지용연구』, 새문사, 1988.

김학동 편, 『정지용 전집』 1·2, 민음사, 1988.

김학동의 「소월 최승구론」, 『한국근대시인연구(1)』, 일조각, 1991.

김한식, 「아버지의, 아버지를 위한 노래」, 『서정시의 운명』, 역락, 2006.

김현·곽광수, 『바슐라르 연구』, 민음사, 1976.

김현자, 『시와 상상력의 구조』, 문학과 지성사, 1982.

김형수, 「서정시의 운명을 밝히는 사실주의」, 『한길문학』, 1991년 여름호.

김형옥, 「백석 시에 나타난 고향의식 연구」, 한양대 석사학위논문, 2012.

김혜영, 「백석 시 연구」, 『국어국문학』131호, 국어국문학회, 2002.

김화영, 「식칼과 눈물의 시학-조태일의 인간과 시」, 『서울평론』, 1975.

나카노 하자무, 최재석 역, 『공간과 인간』, 도서출판 국제, 1999.

나희덕, 「1930년대 시에 나타난 '기차' 표상과 근대적 시각성」, 현대문학이론학회, 『현대문학이론연구』27집, 2006. 4.

남기혁, 「박봉우 초기시 연구」, 『작가연구』, 새미, 1997.

노용무, 「정지용 시의 이미지 연구-집 이미지의 변모 양상을 중심으로」, 전북대 석사학위논문, 1997.

노용무, 「박봉우 시 연구-'나비'의 비상과 좌절을 중심으로」, 한국문학회, 『한국문학논총』22집, 1998.

노용무, 「김수영 시 연구-자기 부정과 자기 긍정을 중심으로」, 『어문연구』104호, 1999년 겨울호.

노용무, 「김수영과 포스트식민적 시읽기」, 『한국시학연구』3집, 2000. 11.

노용무, 「박봉우 시의 '나비'이미지 연구」, 중앙어문학회, 『어문논집』28집, 2000. 12.

노용무, 「김수영 시 연구-포스트 식민주의적 관점을 중심으로」, 전북대 박사학위논문, 2001. 8.

노용무, 「신동엽의 「향아」 연구」, 한국문학이론과비평학회, 『한국문학이론과 비평』13, 2001. 12.

노용무, 「김수영 시에 나타난 속도의 의미」, 『국어국문학』131호, 2002. 9.

노용무, 「이용악의 「북쪽」 연구」, 국어문학회, 『국어문학』38집, 2003. 12.

노용무, 「이용악 시에 나타난 길의 의미」, 현대문학이론학회, 『현대문학이론연구』21집, 2004. 4.

노용무, 「바람의 시인-조태일론」, 『작가연구』, 깊은샘, 2004 상반기.

노용무, 「그대에게 가는 풍경 혹은 나를 찾아가는 시간-양병호의 '시간의 공터'론」, 『문예연구』, 2004. 여름호.

노용무, 「김수영의 「거대한 뿌리」 연구」, 『한국언어문학』53집, 2004. 12.

노용무, 「해방기 문학의 내적 형식과 길 모티프」, 한국문학이론과 비평학회, 『한국문학이론과 비평』26집, 2005. 3.

노용무, 「김수영의 「어느날 고궁을 나오면서」에 나타난 탈식민성 연구」, 한국문학이론과비평학회, 『한국문학이론과비평』31집, 2006. 6.

노용무, 「한국 근대시와 기차」, 『현대문학이론연구』30집, 2007. 4.

노용무, 「한국 근대시와 영미시의 영향 관계」, 『문예연구』55호, 2007년 겨울호.

노용무, 「백석 시와 탈식민적 글쓰기」, 『어문론집』49, 2012.

노용무, 「백석 시와 토포필리아」, 『국어문학』56집, 2014. 2.

노용무, 「신경림의 「아버지의 그늘」 연구」, 『건지인문학』17집, 2016. 10.

노창선, 「신경림 문학공간연구-초기 작품을 중심으로」, 『한국문예창작』6권, 한국문예
　　　창작학회, 2007.

류경동, 「잃어버린 시간의 복원과 허무의 시의식」, 『1930년대 후반문학의 근대성과 자
　　　기성찰』, 깊은샘, 1998, 355쪽.

류순태, 「신경림 시의 공동체적 삶 추구에서 드러난 도시적 삶의 역할」, 『우리말글』51
　　　집, 우리말글학회, 2011.

류지연, 「백석 시의 시간과 공간의식 연구」, 명지대 박사학위논문, 2002.

맹재범, 「백석 시의 시간문제에 관한 한 고찰」, 경희대 석사학위논문, 2007.

문덕수, 『한국모더니즘시연구』, 시문학사, 1981.

문재원, 「문화전략으로서 장소와 장소성」, 『장소성의 형성과 재현』, 부산대 한국민족
　　　문화연구소 편, 2007.

민병욱, 『한국서사시의 비평적 성찰』, 지평, 1987.

민병욱, 「신경림 「남한강」 혹은 삶과 세계의 서사적 탐구」, 『시와 시학』, 1993년 봄호.

박경태, 「한국사회의 인종차별:외국인 노동자, 화교, 혼혈인」, 『역사비평』, 1995.

박봉우, 『휴전선』, 정음사, 1957.

박봉우, 『겨울에도 피는 꽃나무』, 백자사, 1959.

박봉우, 『한국전후문제시집』, 신구문화사, 1961.

박봉우, 「신세대의 자세와 황무지의 정신」, 『한국전후문제시집』, 신구문화사, 1961.

박봉우, 『4월의 화요일』, 성문각, 1962.

박봉우, 『황지의 풀잎』, 창작과비평사, 1979.

박봉우, 『딸의 손을 잡고』, 사사연, 1987.

박봉우, 「해저무는 벌판에서」 외 13편(유작시), 『창작과비평』, 1990 여름호.

박봉우, 『나비와 철조망』, 미래사, 1991.

박수연, 「김수영 해석의 역사」, 『작가세계』, 세계사, 2004년 여름호.

박순원, 「백석 시의 시어 연구:시어 목록의 고빈도 어휘를 중심으로」, 고려대 박사학위
　　　논문, 2007.

박연옥, 「시의 숨구멍, 그 간격에 대하여」, 『시와 시학』, 2008년 여름호.

박영우, 「농촌 서정의 시적 수용 양상-박용래·신경림 시를 중심으로」, 『한국문예창
　　　작』3권, 한국문예창작학회, 2004.

박윤우, 「전쟁체험과 분단현실의 시적 인식」, 구인환 외 공저, 『한국 전후문학연구』,
　　　삼지원, 1995.

박이문, 『인식과 실존』, 문학과지성사, 1982.

박정선, 「떠남과 돌아옴-신경림론」, 『유심』9호, 만해사상실천선양회, 2002.

박주식, 「제국의 지도 그리기」, 고부응 편, 『탈식민주의-이론과 쟁점』, 문학과지성사,
　　　2003, 259-261쪽.

박주택,『낙원회복의 꿈과 민족정신의 복원』, 시와시학사, 1991.

박주택, 「백석 시 연구」, 경희대 박사학위논문, 1999.

박천홍,『매혹의 질주, 근대의 횡단』, 산처럼, 2003.

박태일, 「백석 시의 공간 현상학」, 고형진 편,『백석』, 새미, 1996.

박태일,『한국 근대시의 공간과 장소』, 소명출판, 1999.

박혜숙, 「신경림 시의 구조와 담론 연구」,『문학한글』, 한글학회, 1999.

백 석,『사슴』, 선광인쇄주식회사, 1936.

백기만,『상화와 고월』, 청구출판사, 1951.

백낙청, 「민족문학의 현단계」,『창작과비평』, 1975년 봄호.

백낙청, 「발문」,『농무』, 창작과비평사, 1975.

서란화, 「백석 시의 방언 연구」, 숭실대 석사학위논문, 2010.

서정호, 「백석 시에 형상화된 시어의 이미지즘적 특성 연구」, 동국대 석사학위논문,
    2011.

서준섭,『한국모더니즘문학연구』, 일지사, 1988.

서효인, 「백석 시 연구-모더니티 구현양상을 중심으로」, 전남대 석사논문, 2009.

소래섭, 「백석 시에 나타난 음식의 의미 연구」, 서울대 박사학위논문, 2008.

소재호, 「박봉우시인의 전주에서의 삶, 그 흐린 하늘」,『시와 시학』, 1993 겨울호,

손종업,『극장과 숲-한국 근대문학과 식민지 근대성』, 월인, 2000.

송 욱,『시학평전』, 일조각, 1967.

송 준,『남신의주유동박시봉방-세계 최고의 시인 백석 일대기1-2』, 지나, 1994.

송기원 엮음, 신동엽 미발표산문집,『젊은 시인의 사랑』, 실천문학사, 1988.

송기한,『전후시와 시간의식』, 태학사, 1996.

송지선, 「신경림 시의 로컬리티 연구」, 전북대 박사논문, 2013.

송지선, 「신경림 시에 나타난 장소 재현의 로컬리티 연구」,『한국문학이론과 비평』64
    집, 2014. 9.

스티븐 컨, 박성관 역,『시간과 공간의 문화사』, 휴머니스트, 2004, 127쪽.

신경림,『농무』, 월간문학사, 1973.

신경림,『새재』, 창작과비평사, 1979.

신경림, 「역사의식과 순수언어-신동엽의 시에 대해서」,『한신대학보』, 1981.

신경림, 「무엇을 어떻게 쓸 것인가」,『민족, 민중 그리고 문학』, 지양사, 1985.

신경림,『달넘세』, 창작과비평사, 1985.

신경림,『남한강』, 창작사, 1987.

신경림 엮음,『꽃같이 그대 쓰러진』, 실천문학사, 1988.

신경림,『가난한 사랑노래』, 실천문학사, 1988.

신경림,『길』, 창작과비평사, 1990.

신경림, 『쓰러진 자의 꿈』, 창작과비평사, 1993.

신경림, 『어머니와 할머니의 실루엣』, 창작과비평사, 1998.

신경림, 『뿔』, 창작과비평사, 2002.

신경림, 『신경림 시전집』, 창작과비평사, 2004.

신경림, 『낙타』, 창작과비평사, 2008.

신경림, 『사진관집 이층』 창작과비평사, 2014.

신동엽, 『阿斯女』, 문학사, 1963.

신동엽, 『신동엽 전집』, 창작과비평사, 1999.

심선옥, 「1950년대 분단의 시학-박봉우론」, 조건상 편저, 『한국전후문학연구』, 성대출판부, 1993.

심재휘, 『한국 현대시와 시간』, 월인, 1998.

심재휘, 「시간을 밀봉하는 방법:백석의 「여우난곬族」, 『시안』제13권 2호, 시안사, 2010.

아지자·올리비에리·스트크릭 공저, 장영수 역, 『문학의 상징·주제 사전』, 청하, 1992.

양문규, 「신경림 시에 나타난 공동체의식 연구」, 『어문연구』50권, 어문연구학회, 2006.

양병호, 『시간의 공터』, 모아드림, 2004.

양병호, 『사소한 연애의 추억』, 시문학사, 2019.

양왕용, 『정지용시연구』, 삼지원, 1988.

에드워드 렐프, 김덕현 외 역, 『장소와 장소상실』, 논형, 2005.

에드워드 소자 외, 이무용 외 역, 『공간과 비판사회이론』, 시각과 언어, 1997.

염무웅, 「김수영과 신동엽」, 『뿌리 깊은 나무』, 1977. 12.

염무웅, 「서사시의 가능성과 문제점」, 『한국문학의 현단계·I』, 창작과비평사, 1982.

염무웅, 「서사시의 가능성과 문제점」, 『혼돈의 시대에 구상하는 문학의 논리』, 창작과비평사, 1995.

염창권, 『집없는 시대의 길가기-일제강점기 한국 현대시의 공간구조』, 한국문화사, 1999.

오성호, 「시에 있어서 리얼리즘 문제에 관한 시론」, 『실천문학』, 1991년 봄호.

오성호, 「식민지 시대 리얼리즘시론 연구(1)」, 『문학과논리』창간호, 1991.

오성호, 「『농무』의 리얼리티와 형상화 방법」, 『국어문학』31집, 국어문학회, 1996.

오성호, 「상처받은 '나비'의 꿈과 절망」, 『1950년대 남북한 시인 연구』, 국학자료원, 1996.

오세영, 『문학연구방법론』, 이우출판사, 1988.

오세영, 『20세기 한국시 연구』, 새문사, 1989.

오양호, 「전후 한국시의 지속과 변화」1, 『문학의 논리와 전환사회』, 문예출판사, 1991.

오윤정, 「신동엽 시 연구-물질적 상상력과 귀수성의 시학」, 『민족시인 신동엽』, 소명
　　출판, 1999.

오탁번, 『현대문학산고』, 고대출판부, 1976.

오태호, 「떠돌이의 흔적을 찾아서-신경림 시전집 1 · 2」, 『시와 시학』55호, 시와시학
　　사, 2004.

유길준, 채훈 옮김, 『서유견문』, 양우당, 1988.

유명기, 「한국의 제3국인, 외국인 노동자」, 임지현 외, 『우리안의 파시즘』, 삼인, 2000.

유병관, 「백석 시의 시간 연구」, 『국제어문』39집, 국제어문학회, 2007.

유성호, 「1950년대 후반 시에서의 '참여'의 의미」, 『민족문학사연구』10호, 민족문학사
　　연구소, 1997.

유인실, 「백석 시의 로컬리티 연구」, 전북대학교 인문학연구소, 『건지인문학』7, 2012.

유종호, 「슬픔의 사회적 차원」, 『동시대의 시와 진실』, 민음사, 1982.

유종호, 「서사 충동의 서정적 탐구」, 구중서 외, 『신경림 문학의 세계』, 창작과비평사,
　　1995.

윤여탁, 「1920-30년대 리얼리즘시의 현실 인식과 형상화 방법에 대한 연구」, 서울대
　　박사학위논문, 1990.

윤여탁, 「한국전쟁후 남북한 시단의 형성과 시세계」, 『문학과논리』3호, 태학사, 1993.

윤여탁, 「서정시의 시적 화자와 리얼리즘론-이용악론」, 『시의 논리와 서정시의 역사』,
　　태학사, 1995.

윤여탁, 「정지용 시의 변모양상과 그 교육적 의미」, 『현대문학이론연구』5집, 한국현
　　대문학이론연구회, 1995. 12.

윤여탁, 「시 교육에서 언어의 문제-정지용을 중심으로」, 『국어교육』89 · 90집, 1995. 12.

윤여탁, 「시의 다성성 연구를 위한 시론」, 『시교육론II』, 서울대학교출판부, 1998.

윤여탁, 「창작방법으로서의 민중시론」, 한계전 외, 『한국 현대시론사 연구』, 문학과지
　　성사, 1998.

윤여탁, 「1970년대 민중시 실험의 의미와 한계」, 『작가연구』, 1999년(통권 7-8호).

윤여탁, 「시의 서술구조와 시적 화자의 기능」, 윤여탁 · 이은봉 편, 『시와 리얼리즘 논
　　쟁』, 소명출판, 2001.

윤영천, 「민중시의 시대적 의미」, 『문학사상』, 문학사상사, 1989. 11.

윤영천, 「농민공동체 실현의 꿈과 좌절-『남한강』론」, 구중서 외, 『신경림 문학의 세계
　　』, 창작과비평사, 1995.

윤의섭, 「정지용 후기시의 장소성」, 『현대문학이론연구』46, 현대문학이론학회, 2011.

윤종영, 「박봉우 시정신의 전개양상」, 대전대학교 문과대학 국어국문학회, 『대전어문
　　학』12집, 1995. 2.

윤지관, 「순수시와 정치적 무의식」, 『외국문학』, 1988년 겨울호.

윤호병,「치밀한 민중의식과 준열한 서사의 힘-신경림 시의 구조적 특질」,『시와 시학』, 시와시학사, 1993년 봄호.

이근배,「겨레의 아픔 시로 터뜨린 박봉우」,『시와 시학』, 1992, 여름호.

이대규,『한국 근대 귀향소설 연구』, 이회, 1995.

이대근,『한국전쟁과 1950년대의 자본축적』, 까치, 1987.

이동순,「눈물, 그 황홀한 범람의 시학-조태일론」,『창작과 비평』, 1996, 봄.

이동순,「신경림론」,『국어국문학』19호, 국어국문학회, 1991.

이동순,「민족 시인 백석의 주체적 시정신」,『백석 시 전집』, 창작과비평사, 1997.

이마무라 히토시, 이수정 역,『근대성의 구조』, 민음사, 1999.

이명찬,「이향과 귀향의 변증법」,『민족문학사연구』12호, 소명, 1998.

이문재,「김소월·백석 시의 시간과 공간의식 연구」, 경희대 박사학위논문, 2008.

이민정,「백석 시의 신화적 상상력 연구」, 서울대 석사학위논문, 2008.

이병천,「휴전선의 삶과 토막난 생애-전주에서의 고된 삶」, 전북민족문학인협의회,『사람의문학』, 1992 창간호

이병초,「백석시의 고향의식과 형상화 방법」, 고려대 석사학위논문, 2006.

이사라,「정지용 시의 기호론적 연구」,『구조와 분석』1시, 도서출판 창, 1993.

이성복,『뒹구는 돌은 언제 잠 깨는가』, 문학과지성사, 1980.

이소연,「백석·윤동주 시의 동심지향성 연구」, 경희대 박사학위논문, 2011.

이순욱,「카프의 서술시 연구」, 한국문학회,『한국문학논총』23집, 1998.

이숭원,「풍속의 시화와 눌변의 미학」,『한국시문학의 비평적 탐구』, 삼지원, 1985.

이숭원,『한국 근대시의 자연표상 연구」, 서울대 대학원 박사논문, 1986.

이숭원,「백석 시의 전개와 그 정신사적 의미」,『현대시와 현실 인식』, 한신문화사, 1990.

이숭원,『한국 현대 시인론』, 개문사, 1990.

이숭원,『한국 현대시 감상론』, 집문당, 1996.

이숭원,『백석 시의 심층적 탐구』, 태학사, 2006.

이숭원,「백석 시에 나타난 자아와 대상과의 관계」,『한국시학연구19호』, 2007.

이숭원,『백석을 만나다』, 태학사, 2008.

이승훈 편저,『문학상징사전』, 고려원, 1995.

이시영,「「목계장터」의 음악적 구조」,『곧 수풀은 베어지리라:이시영 산문집』, 한양출판사, 1995.

이어령,『시 다시 읽기』, 문학사상사, 1995.

이영미,「「잔등」의 서사미학 고찰」, 현대문학이론학회,『현대문학이론연구』21집, 2004, 4.

이영섭,「1950년대 남한의 현실인식과 시적 형상」, 한국문학연구회 편,『1950년대 남북한 문학』, 평민사, 1992.

이용악, 『낡은집』, 삼문사, 1938.

이은봉, 「실사구시의 시학」, 『나의 시, 나의 시학』, 공동체, 1992.

이인복, 『한국문학에 나타난 죽음의식의 사적 연구』, 열화당, 1987.

이재무, 「우리 시대의 민족 시인」, 『신경림 문학앨범』, 웅진출판, 1992.

이재선 편, 『문학 주제학이란 무엇인가』, 민음사, 1996.

이재선, 『한국문학 주제론』, 서강대학교출판부, 1996.

이종호, 「황무지와 지성인의 역할」, 정창범 편, 『전후시대 우리 문학의 새로운 인식』, 박이정, 1997.

이진경, 『근대적 시·공간의 탄생』, 푸른숲, 1997.

이진홍, 「정지용의 작품 <유리창>을 통한 시의 존재론적 해명」, 경북대 대학원, 1978.

이태동, 「궁핍한 시대의 토착적인 삶」, 『한국현대시의 실체』, 문예출판사, 2008.

이-투 투안, 구동회·심승희 역, 『공간과 장소』, 대윤, 2007.

이혜원, 「1970년대 서술시의 양식적 특성」, 『한국 근대문학 양식의 형성과 전개』, 깊은샘, 1980.

이혜원, 「김소월과 장소의 시학」, 『생명의 거미줄』, 소명, 2007.

임승빈, 『경관분석론』, 서울대출판부, 2009.

임헌영, 「신경림의 시세계-『남한강』을 중심으로」, 『남한강』, 창작과비평사, 1987.

장도준, 『정지용 시 연구』, 태학사, 1994.

장영우, 「소외된 이들에 대한 연민의 두 양상」, 『시작』, 2008년 가을호.

장창영, 「한국현대시에 나타난 폭력과 저항의 그늘」, 『한국언어문학회 56회 발표자료집』, 2015. 11.

전정구 편, 『素月 金廷湜 全集』1, 한국문화사, 1993.

정백수, 『한국 근대의 식민지 체험과 이중언어 문학』, 아세아문화사, 2000.

정유화, 「집에 대한 공간체험과 기호론적 의미:백석론」, 중앙어문학회, 『어문논집』29집, 2001, 260쪽.

정재형, 「백석 시의 시어 연구」, 고려대 석사학위논문, 1999.

정지용, 『정지용시집』, 시문학사, 1935.

정지용, 『백록담』, 문장사, 1941.

정지용, 『지용시선』, 을유문화사, 1946.

정지용, 『지용문학독본』, 박문출판사, 1948.

정지용, 『산문』, 동지사, 1949.

정진원, 「인간주의 지리학의 이념과 방법」, 『지리학논총』11집, 1984.

정창범, 「박봉우의 세계」, 『나비와 철조망』, 미래사, 1991.

정한용, 「휴전선에 피어난 진달래꽃」, 『시와시학』, 1993 겨울호.

제해만, 『한국 현대시의 고향의식 연구』, 단국대 박사학위논문, 1991.

조남현, 「『농무』의 시사적 의의」, 『문학과 비평』, 1988년 여름호.

조남현, 「반복 모티프의 기능과 의미」, 『한국문학이란 무엇인가』, 민음사, 1995.

조동일, 「시와 현실참여-참여파시의 가능성」, 현대한국문학전집 제 18권, 『52인 시집』, 신구문화사, 1967.

조용훈, 『한국 근대시의 고향상실 모티프 연구』, 서강대 박사학위논문, 1993.

조찬호, 「신경림 시 연구」, 우석대 박사논문, 2008.

조태일, 『아침선박』, 선명문화사, 1965.

조태일, 『식칼론』, 시인사, 1970.

조태일, 「민중언어의 발견」, 『창작과 비평』, 창작과비평사, 1972년 봄호.

조태일, 「신동엽론」, 『창작과비평』, 1973년 가을호.

조태일, 『국토』, 창작과비평사, 1975.

조태일, 『가거도』, 창작과비평사, 1983.

조태일, 『자유가 시인더러』, 창작사, 1987.

조태일, 「열린 공간, 움직이는 성정, 친화력」, 『신경림 문학의 세계』, 창작과비평사, 1995.

조태일, 『혼자 타오르고 있었네』, 창작과비평사, 1999.

조해옥, 「전쟁체험과 신동엽의 시」, 『민족시인 신동엽』, 소명출판, 1999.

지주현, 「백석 시의 서술적 서정성 연구」, 전남대 박사논문, 2008.

차한수, 「백석 시의 시간·공간성 고찰」, 『동남어문논집』6호, 동남어문학회, 1996.

창작과비평사 간, 『신동엽 전집』, 1980.

채광석, 「민족시인 신동엽」, 『한국문학의 현단계』Ⅲ, 창작과비평사, 1984.

채만묵, 『한국모더니즘시 연구』, 전북대 박사학위논문, 1980.

채수영, 『한국현대시의 색채의식연구』, 집문당, 1987.

채호석, 「허준론」, 『한국학보』, 1989년 가을호.

최동호, 「산수시와 은일의 정신」, 『1930년대 민족문학의 인식』, 한길사, 1990.

최동호, 「말의 정신」, 『현대시학』, 2002. 9.

최두석, 『리얼리즘의 시정신』, 실천문학사, 1990.

최두석, 「리얼리즘 시론」, 『실천문학』, 1991년 겨울호.

최두석, 「백석의 시 세계와 창작 방법」, 『리얼리즘의 시정신』, 실천문학사, 1992.

최두석, 「길의 시학-신경림과 황동규」, 『창작과비평』31권, 창작과비평사, 2003.

최만종, 「김소월 시에 있어서 '장소애'의 현상학적 연구」, 서강대 박사학위논문, 2001.

최명표, 「김해강의 서한체 시 연구」, 현대문학이론학회, 『현대문학이론연구』13집, 2000.

최병두, 「장소의 역사와 비판적 공간이론」, 『로컬의 문화지형』, 부산대학교 한국민족문화연구소 편, 혜안, 2007.

최수현, 「백석 시에 나타난 공동체 의식 연구」, 국민대 박사학위논문, 2010.

최승호, 「정지용 자연시에 나타난 정·경에 대한 고찰」, 『한국문학과 리얼리즘』, 한양출판, 1995.

최재서, 『최재서 평론집』, 청운출판사, 1961.

최정례, 「백석 시의 근대성 연구」, 고려대 박사논문, 2004.

최정례, 『백석 시어의 힘』, 서정시학, 2008.

최하림 편저, 『김수영』, 문학세계사, 1995.

최학출, 「1930년대 한국 모더니즘 시의 근대성과 주체 욕망의 체계에 대한 연구」, 서강
　　　대 박사논문, 1994.

프란츠 파농, 이석호 역, 『검은 피부 하얀 가면』, 인간사랑, 1998.

하정일, 「김수영, 근대성 그리고 민족문학」, 『실천문학』 1998 봄호.

한계전, 『한국현대시론연구』, 일지사, 1983.

한만수, 「신경림, 왜 널리 오래 읽히나」, 『창작과 비평』, 1990년 가을호.

한만수, 「서정, 서사, 서경성의 만남」, 『순천대학교 논문집』, 순천대학교, 1997.

한수영, 「1950년대의 재인식」, 『문학과 현실의 변증법』, 새미, 1997.

한용환, 『소설학 사전』, 고려원, 1992.

한형구, 「1950년대의 한국시」, 문학사와 비평연구회 편, 『1950년대 문학연구』, 예하,
　　　1992.

함민복, 『자본주의의 약속』, 세계사, 1993.

함석헌, 『성서적 입장에서 본 조선역사』, 성광문화사, 1954.

허　준, 『한국소설문학대계』24, 동아출판사, 1996.

홍기삼, 「새로운 가능성의 시」, 『세계의 문학』, 1979.

황병주, 「근대적 시간규율과 일상」, 『한국문학』, 1999년 봄호.

황인교, 「이용악 시의 언술 분석」, 이화여대 박사학위논문, 1991.

Aleida Assmann, 변학수 외역, 『기억의 공간』, 경북대학교출판부, 2003.

Bill Ashcroft · Gareth Griffiths · Helen Tiffin, 이석호 역, 『포스트 콜로니얼 문학이론』,
　　　민음사, 1996.

D. Lamping, 장영태 역, 『서정시: 이론과 역사』, 문학과지성사, 1994.

E. Lunn, 김병익 역, 『마르크시즘과 모더니즘』, 문학과지성사, 1986.

E. Staiger, 오현일 · 이유영 공역, 『시학의 근본개념』, 삼중당, 1978.

F. K. Stanzel, 안삼환 역, 『소설형식의 기본 유형』, 탐구당, 1990.

Frantz Fanon, 박종렬 역, 『大地의 저주받은 者들』, 광민사, 1979.

G. Bachelard, 곽광수 역, 『공간의 시학』, 민음사, 1990.

G. Bachelard, 김현 역, 『몽상의 시학』, 홍성사, 1978.

G. Bachelard, 이가림 역, 『물과 꿈』, 문예출판사, 1980.

G. Bachelard, 정영란 역, 『공기와 꿈』, 민음사, 1994.

G. Durant, 진형준 역, 『상징적 상상력』, 문학과지성사, 1990.

Georg Lukacs, 반성완 역, 『소설의 이론』, 심설당, 1985.

H. Meyerhoff, 김준오 역, 『문학과 시간현상학』, 삼영사, 1987.

I. A. Richards, 김영수 역, 『문예비평의 원리』, 현암사, 1977.

J. C. Cooper, 이윤기 역, 『세계문화상징사전』, 까치, 1994.

J. P. Richard, 윤영애 역, 『시와 깊이』, 민음사, 1991.

J. R. Cruger, 권종준 역, 『시의 요소』, 학문사, 1983.

Leela Gandhi, 이영욱 역, 『포스트식민주의란 무엇인가』, 현실문화연구, 2000.

M. Blanchot, 박혜영 역, 『문학의 공간』, 책세상, 1990.

M. Heidegger, 소광희 역, 『시와 철학』, 박영사, 1989.

M. Heidegger, 전광진 역, 『하이데거의 시론과 시문』, 탐구당, 1981.

M. 칼리니스쿠, 이영욱 외역, 『모더니티의 다섯 얼굴』, 시각과 언어, 1994.

Marshall Berman, 윤호병 · 이만식 역, 『현대성의 경험-견고한 모든 것은 대기 속에 녹
아버린다』, 현대미학사, 1998.

Michel Foucault, 김부용 역, 『광기의 역사』, 인간사랑, 1999.

N. Frye, 이상우 역, 『문학의 구조와 상상력』, 집문당 1987.

N. Frye, 임철규 역, 『비평의 해부』, 한길사, 1989.

Otto. F. Bollnow, 백승균 역, 『삶의 철학』, 경문사, 1979.

W. J. Ong, 이기우 · 임명진 역, 『구술문화와 문자문화』, 문예출판사, 1995.

Ann Laura Stoler, *Race and the Education of Desire*, Durham and London: Duke University
Press, 1995.

C. Brooks · R. P. Warren, *Understanding Poetry*, 4th ed; New York, 1976.

C. D. Lewis, *The Poetic Image*, Newyork; Oxford University Press. 1948.

Esther Jacobson-Leong, *Place and Passage in the Chinese Arts: Visual Images and Poetic
Analogues*, Critical Inquiry, 1976.

I. A. Richards, *Coleridge Imagination*, Bloomington; Indiana University Press, 1965.

M. Foucault, *Power/Knowledge: Selected Interviews and Other Writings 1972-1977*, Colin
Gordon, Harvester Press, Hertfordshire, 1980,

Madan Sarup, *Identity, Culture and Postmodern World*, The University of Georgia Press,
Athens, 1996,

R. Wellk · A. Warren, *Theory of Literature*, Penguin Books, 1966.

저자 소개

노 용 무

전라북도 군산 출생, 군산대학교 국어국문학과 졸업
전북대학교 대학원 국어국문학과 석·박사과정 졸업
전북대학교 인문학연구소 박사후과정(post-doc)
월간 시문학 신인문학상 등단
월간 수필과비평 신인평론상 등단
현 전북대학교, 호원대학교 강사

〈논문〉

「김수영 시 연구」
「1950년대 모더니즘 시론 연구」
「친일시와 식민담론」
「현대시의 문학적 체험과 알레고리」
「한국 현대시에 나타난 군산지역 형상화의 의미」
「전북 지역 시문학의 연구 현황과 과제」
「한국 현대시와 속도」 외 다수

〈저서〉

『시로 보는 함민복 읽기』
『탈식민주의 시선으로 김수영 읽기』
『시똥구리』
『시인의 길 찾기와 그 여로 읽기』
『한국 현대문학과 탈식민성:동고와 시선들』(공저)
『허준-자기 성찰과 타자의 윤리학』(공저)
『그리운 시 여행에서 만나다』(공저) 외 다수

시인의 길 찾기와 그 여로 읽기

초판 1쇄 인쇄 2020년 6월 3일
초판 1쇄 발행 2020년 6월 10일

지은이 노용무
펴낸이 이대현

책임편집 임애정 | **편집** 이태곤 권분옥 문선희 백초혜
디자인 안혜진 최선주 김주화 | **마케팅** 박태훈 안현진
펴낸곳 도서출판 역락 | **등록** 1999년 4월 19일 제303-2002-000014호
주소 서울시 서초구 동광로46길 6-6(반포4동 577-25) 문창빌딩 2층(우06589)
전화 02-3409-2060(편집부), 2058(영업부) | **팩시밀리** 02-3409-2059
전자우편 youkrack@hanmail.net
홈페이지 www.youkrackbooks.com

ISBN 979-11-6244-531-0 93810

정가는 뒤표지에 있습니다.